고전문학을 바라보는 북한의 시각

고전산문 2

통일
인문학 연구총서
011

고전문학을 바라보는 북한의 시각

고전산문 2

건국대학교 통일인문학연구단

김종군, 강미정, 전영선,
나지영, 박재인, 조흥윤

도서
출판 박이정

기획 : 건국대학교 통일인문학연구단
이 책은 2009년 정부(교육과학기술부)의 재원으로 한국연구재단의 지원을
받아 제작되었습니다.(NRF-2009-361-A00008)

분단된 한반도의 현실에서 통일에 대한 새로운 패러다임을 찾겠다는 취지로 '통일인문학' 연구는 시작되었습니다. 기존의 다양한 통일 담론이 체제 문제나 정치·경제적 통합을 전제로 진행되는 가운데 시류에 따라 부침을 거듭하는 것이 현실입니다. 통일인문학은 사회과학 차원의 통일 논의가 관념적이면서도 정치적인 한계를 가지고 있다고 진단하고, 사람 중심의 인문정신을 바탕으로 한반도의 통일문제를 진단하고 그 해법을 찾고자 하는 새로운 학문영역입니다.

사람을 중심에 둔 통일 논의는 기존의 통일 담론에서 크게 확대된 개념으로 이해할 수 있습니다. 즉 지리적으로도 한반도에 국한되지 않고 코리언 디아스포라를 모두 포괄하는 것으로, 남과 북의 주민은 물론이고 전 세계에 산재한 약 800여만명의 코리언을 아우릅니다. 나아가 '결과로서의 통일'에만 역점을 두고 연구 사업을 진행하는 데 그치지 않고 '과정으로서의 통일'까지도 목표로 삼고 있습니다. 따라서 통일이 이루어지는 시점은 물론 통일 이후의 사회 통합과정에서 반드시 풀어가야 할 사람간의 통합을 지향합니다.

이에 통일인문학은 '소통·치유·통합'을 주요 방법론으로 제시합니다. 인문정신에 입각하여 사람 사이는 물론 사회계층 간의 소통을 일차적인 방안으로 삼습니다. 이러한 소통은 상대와 나와의 차이를 인정하면서 그 가운데 내재하는 공통의 요소들을 탐색하고 이를 적극적으로 활용하는 가운데 가능한 것입니다. 그를 위해 분단 이후 지속적이면서 현재까지 거듭 생산되고 있는 분단 트라우마의 실체를 파악하고, 이를 치유하기 위한 방안들을 모색하는 것입니다. 우선 서로에게 정신적·육체적으로 씻을 수 없는 상처를 가한 분단의 역사에서 잠재 되어 있는 분단서사를 양지로 끌어 올리고 진단하여 해법으로 향하는 통합서사를 제시함으로써 개개인의 갈등 요인이 됨직한 분단 트라우마를 치유하고자 합니다. 그리고 우리 사회 전반에 자리 잡은 체제나 이념의 통합과 우리 실제 삶속에서 일어나고 가라앉는 사상·정서·생활 속의 공통성과 차이성간의 조율을 통하여 삶으로부터의 통합이 사회통합으로 확산될 수 있기를 기대합니다.

이러한 취지에 따라 통일인문학은 철학을 기반으로 한 사상이념, 문학을 기반으로 한 정서문예, 역사와 문화콘텐츠를 기반으로 한 생활문화 등 세 가지 축을 기준으로 삶으로부터의 통합과 사회통합으로의 확산이라는 문제를 풀어가는 데 연구역량을 기울이고 있습니다. 그리고 이렇게 인문정신을 바탕으로 연구 생산한 성과들은 학계와 대중에게 널리 홍보되어 후속연구로의 발판 마련과 사회적 반향으로 이어지기를 기대합니다. 그와 관련된 노력은 우선 국내외의 통일 관련 석학들과의 만남을 통하여 선행연구의 흐름을 파악하거나, 한반도의 통일문제를 연구 화두로 삼고 있는 학자나 전문가들과의 학술심포지엄을 정기적으로 개최하는 등의 활동에서 이루어지기도 합니다. 그와 함께 분단 트라우마 진단을 위한 구술조사도 지속적으로 행하고 있으며, 통일인문학의 대중화를 위한 시민강좌나 교육프로그램 개발은 물론이고, 통일콘텐츠 연구개발 사업 등 다양한 방면의 모색과 실천을 거듭하고 있습니다.

그리고 이러한 다양한 활동과 사업의 성과들은 출판물로 외현되어 학계와 대중들이 적극 공유할 수 있는 장으로 옮겨집니다. 본 연구단에서 특히 출간기획에 주력한 것은 『통일인문학총서』시리즈입니다. 현재 『통일인문학총서』시리즈는 모두 네 개의 영역별로 분류되어 출간중입니다. 첫째, 본 연구단의 학술연구과정의 성과들을 주제별로 묶은『통일인문학 연구총서』, 둘째, 분단과 통일 관련 구술조사 내용을 구술현장의 묘미를 잘 살려 정리한『통일인문학 구술총서』, 북한연구 관련 자료와 콘텐츠들을 정리하고 해제 · 주해한『통일인문학 아카이브총서』, 남북한 연구에 도움을 줄 수 있는 희귀 자료들을 현대어로 풀어낸『통일인문학 번역총서』등이 그것입니다.

통일인문학의 정립과 발전을 사명으로 알고 열의를 다하는 연구단의 교수와 연구교수, 연구원들께 고마움을 전합니다. 아울러 연구 사업에 기꺼이 참여해주시는 통일 관련 국내외 석학 · 전문가 · 학자들께도 심심한 감사를 드립니다. 그리고 무엇보다 자신의 소중한 체험과 기억을 구술해주신 분들께도 머리 숙여 고마움을 표합니다. 마지막으로 통일인문학의 취지를 백분 이해하시고 흔쾌히 출판을 맡아주신 출판사 관계자분들께도 감사드립니다.

사람의 통일, 인문정신을 통한 통일을 지향하며
건국대 통일인문학연구단장 김성민

　남북이 분단된 지 60년이 지난 지금 국문학계에서 북한에 대해 두는 관심은 많이 위축된 듯하다. 해금 이전 시기에는 북한과의 학문적 교류가 통제된 속에서 북한의 학문 연구 성과와 자료에 대한 갈망이 대단하였다. 해금을 맞아 몇몇 학자들과 발 빠른 출판 시장에서 봇물 터지듯 북한 자료를 소개하는 일들이 진행되었다. 그리고 20여년이 지난 지금은 북한 자료들을 수집하고 소개하는 일들도 점차 시들해지고 있다. 그 이유는 정세에 따른 변화로 읽을 수도 있겠으나 실상으로 파고들면 북한의 연구 성과가 우리의 기대치에 크게 미치지 못한다는 실망감에서 비롯된 점이 많아 보인다.

　북한 문학계는 남한의 학계보다는 학술활동이 제한적이라고 판단된다. 국가 주도 학술기관인 사회과학원에서 문학사와 같은 총서 집필을 주도하고, 국문학분야의 연구는 김일성종합대학 조선어문학 분야에서 이루어지는 정도로 파악된다. 그리고 개별적인 학문 연구 집단의 층도 매우 얇아서 고전문학을 비롯한 국문학 전반에 대한 개별 연구의 성과들을 찾기가 쉽지 않다. 그 결과 지금까지 북한의 고전문학 연구 성과를 산출하는 방법은 대체로 총서 형식으로 집필된 문학사를 중심으로 이루어졌다. 그리고 비정기적으로 유입되는 북한의 문예 관련 잡지에서 고전문학에 대한 연구 시각을 간혹 접할 수 있는 수준이다.

　이 책에서는 북한의 고전문학 작품들에 대한 연구 성과들을 추출하여 소개하고 이를 남한의 연구 성과들과 비교하고자 한다. 대체로 국내의 학자들은 북한의 문학사 서술 방식에 관심을 두고 남한의 그것과 비교하는 연구를 진행하는 경향을 띤다. 아울러 출판계에서는 북한에서 나온 문학사나 고전문학 자료들을 영인하여 출판하거나 간단한 해제를 덧붙여 간행하는 방식을 취하고 있다. 이 책에서 기획한 것과 같이 북한 학계에서 비중을 두고 논의한 고전문학 개개의 작품들에 대한 연구 성과를 분석하고 이를 남한의 시각과 비교하는 시도는 눈에 띄지 않는다. 여기서는 북한의 문학사에서 강조하는 작품 중에서 개별 연구자들의 연구 성과가 산출된 작품을 주요 대상으로 삼았다.

북한에서 출판된 문학사들은 거의 모두가 남한 학계에 소개되었다. 그렇지만 개인 연구자들의 학술 논문들은 거의 소개되는 경우가 없다. 북한의 고전문학 관련 전문 학술지를 찾던 중 북한에서 발간되는 다양한 학술 잡지들을 현지에서 DB화하여 국내에 소개하는 업체를 만나게 되었고, 이를 통해 학술 잡지들을 접할 수 있게 되었다.

현재 북한에서 발행되는 국문학 관련 전문 학술잡지는 『조선어문』과 『김일성종합대학학보(어문학)』 정도이다. 『민족문화유산』이라는 대중 잡지가 있는데, 여기에는 한국의 전통문화에 대한 소개 글들이 주로 수록되면서 고전 작품들에 대한 전문적인 글이 게재되기도 한다. 그 외 종합 문화잡지로 『천리마』가 있지만 대중을 상대로 한 잡지에 고전문학 작품을 소개하는 정도의 기사가 수록되는 양상이다. 그리고 『아동문학』, 『청년문학』의 잡지가 발행되는데, 여기에는 문예 창작물이 수록되고 있다.

이 책에서는 연대별로 발간된 북한의 문학사 전체에서 공통적으로 비중을 두는 고전문학 작품들을 선별하고, 이 가운데 현재 국내에 소개된 북한의 학술지인 『조선어문』, 『김일성종합대학학보(어문학)』과 『민족문화유산』에 개별 학자들의 연구 성과들이 있는 작품들을 우선 분석 대상으로 삼았다. 그러나 앞서도 언급했듯이 북한 학계에서 고전문학 작품에 대한 개별 논문들을 찾기가 쉽지 않으므로 위의 학술지에 개별적인 논문이 수록되지 않았더라도 연대별 문학사에서 공통적으로 주목하는 작품들은 분석의 대상으로 삼는다.

이 책에서 참고한 북한의 조선문학사와 고전소설사를 연대별로 정리하고 그 내용적인 특성들을 다음과 같이 제시한다. 이들 문학사는 이 책에서 공통으로 참고한 문헌이므로, 그 서술상의 특징들을 이해하는 것이 필수적이다.

① 조선민주주의인민공화국 과학원 언어문학연구소 문학연구실 편,『조선문학통사』(상), 과학원출판사, 1959(화다, 1989).
② 사회과학원 문학연구소,『조선문학사』고대 · 중세편, 과학백과사전출판사, 1977(『조선문학통사』1, 이회문화사, 1996).
③ 김일성종합대학 편,『조선문학사』1, 김일성종합대학출판사, 1982(임헌영 해설, 도서출판 천지, 1995).
④ 정홍교 · 박종원,『조선문학개관』1, 사회과학출판사, 1986(도서출판 진달래, 1988).
⑤ 김하명,『조선문학사』4 · 5 · 6, 사회과학출판사, 1991~1999.
⑥ 김춘택,『조선고전소설사연구』, 김일성종합대학출판사, 1986.

북한에서 출간된 '조선문학사'는 북한의 사회 변혁 운동 시기에 따라 그 초점이 달라진다. 북한은 1970년 11월에 있었던 제5차 당대회에서 주체사상을 역사적 원리로 강조하기 시작한다. 그리고 제6차 당대회(1980년 10월)에서는 주체사상을 유일사상으로 규정하고 당의 지도 이념으로 내세우면서 사회주의적 보편성을 약화시킨다.

이러한 북한 사회의 변혁은 문학사에도 그대로 투영되는데, 1959년 출판된 ①에서는 '맑스-레닌주의적 방법'을 표방하여 간명하게 문학사를 서술해야 한다고 제시하고 있다. 아울러 김일성의 교시 인용도 절제되어 나타난다. 그런데 제5차 당대회를 거친 후에 출판된 ②, ③, ④, ⑤, ⑥에서는 '수령의 형상 창조 문학 사관'을 표방하면서 주체사상을 문학사 서술의 원리로 강조하고 있다. 그리고 김일성 교시의 표현 방식도 모두 큰 글자로 장황하게 인용하고 있다(③의 임헌영 해설 참조). 그 결과 1970년을 기점으로 북한의 문학사 서술 시각과 작품명의 명명 방식이 확연히 달라진 것을 확인할 수 있다.

아울러 북한의 문학사는 대체로 제한된 전문 학자들에 의해 반복적으로 집필된 경향을 가진다. 조선시대 문학사은 대체로 사회과학원에서는 김하명이 주도 집필하였고, 김일성종합대학에서는 김춘택이 주도하고 있다. 정홍교는 조선 이전의 문학사를 전담한 것으로 보인다. 그러므로 대체로 주체사상 정립 이전에 출판된 ①을 제외하고, ②와 ⑤는 김하명의 집필로 보이고, ③과 ⑥은 김춘택의 집필임을 확인할 수 있다. ④의 정홍교는 김하명의 후학으로 그 지도를 받은 것으로 파악된다. 그 결과 대체로 인용한 문학사에서 ①이 별개의 논점으로 서술되어 있고, ②, ④, ⑤는 김하명의 서술 시각이며, ③, ⑥은 김춘택의 서술 시각이라고 단정할 수 있겠다. 이 가운데 김춘택의 서술 시각은 김하명에 비해 체계적이고 간결하다고 판단된다.

이 책은 통일인문학연구단의 정서문예팀원들에 의해 공동으로 집필되었다. 매주 1회 정기적으로 남북한의 고전문학연구 시각을 비교하는 세미나를 진행한 결과물을 축적한 것이다. 국내에 소개된 이상의 북한문학사·고전소설사와 더불어 앞서 언급한 DB화된 북한의 국문학 관련 학술지를 최대한 확보하고 이를 분석 대상으로 삼았다. 여기에 덧붙여 남한 학계의 연구 성과들도 꼼꼼하게 검토하였다. 우리와 다른 문학사 서술 시각, 낯선 북한식 맞춤법과 띄어쓰기 방식이 난삽하게 와 닿을 수 있는데 열의를 가지고 성실히 임해 준 팀원들 모두에게 고마움을 전한다. 아울러 통일인문학에 큰 관심을 가지고 기꺼이 출판을 맡아주신 박이정의 박찬익 사장님께 심심한 감사를 표한다.

2012년 5월
건국대 통일인문학연구단
정서문예팀장 김 종 군

황생의 망상

고전문학을 바라보는 북한의 시각

黃生의 妄想

1. 서지 사항

〈황생의 망상〉은 이수광(李睟光, 1563~1628)의 『지봉유설』(1614, 광해군 6년, 전 20권 10책) 권16, '해학'편에 실려 있다. '해학'편은 이름 그대로 웃음을 자아내는 짤막한 이야기들을 여러 편 모아둔 것인데, 〈황생의 망상〉은 이러한 이야기 중 한 편으로서 그 제목이 따로 명명되어 있지 않다. 〈황생의 망상〉이라는 제목은 북한연구자인 김춘택의 『조선고전소설사』 연구에서 처음으로 찾아볼 수 있는데, 그 최초 명명자가 김춘택인지는 확신할수 없지만 연구자들에 의하여 후대에 명명된 것은 분명하다고 생각된다.

이 작품은 이후로 북한 연구자들에 의해 〈황생의 망상〉이라는 제목으로 통용되어 다루어지고 있는데, 남한에서는 이 작품에 대한 본격적인 논의가 이루어진 바 없다. 따라서 이 작품에 대한 명명도 이루어진바 없다. 그러므로 본고에서는 상대적으로 활발한 연구가 이루어지고 있는 북한의 예에 따라, 그 제목을 〈황생의 망상〉으로 하여 이야기를 이어가기로 한다.

2. 작품 개요

  작품에 대한 이해의 차원에서 간단한 줄거리를 제시한다. 특히 이 글은
북한 문학사를 소개하는 것에 초점이 있으므로, 여기서는 김춘택의 『조선고
전소설사연구』에 잘 정리되어 있는 줄거리를 제시함으로써, 관련한 북한
연구의 이해에 도움을 주고자 한다.

  한양의 동쪽 양근의 두메산골에 황생이라는 선비가 살고 있었다.
  늘 경서를 념불처럼 외우면서 그대로 믿는 위인이니 거기에 적혀져 있는
≪천지개벽≫에 대한 글도 어찌 믿지 않을 수 있겠는가.
  황생은 늘 ≪천지개벽≫하는 날이면 하늘이 무너져내리고 땅바닥이 깨여
져버릴수도 있을것이라고 생각하면서 두려워하였다.
  심지어 그러한 생각이 골수에 깊이 박혀 신병에 걸릴 지경이다.
  그것도 그럴것이 그는 옛날 경서에 그와 비슷한 이야기가 뚜렷이 적혀있
는 것을 읽어보았기 때문이다.
  옛날 경서에 하늘이 무너져내리고 땅이 깨여진다는 글이 적혀있으니 그
대로 믿어야 했다.
  하루는 황생이 방에 홀로 앉아있는데 번개가 치고 우레가 요란스럽게 울
더니 소낙비가 쏟아져내렸다.
  갑자기 뒤산으로부터 무서운 사태가 내리기 시작한다.
  하늘땅을 뒤흔들어놓는듯한 요란한 소리와 함께 높은 산꼭대기로부터 바
위가 굴러내리고 흙무지가 쏟아져내려온다.
  그 바람에 아연실색한 황생은 허둥지둥 바깥으로 내달았다.
  사위는 흙사태로 하여 캄캄해졌으며 지척을 분간할수 없었다. 어느쪽이
하늘이고 어느쪽이 땅인지 분간할수 없었다.
  그는 걷잡을수 없는 두려움을 느꼈다.

황생은 눈을 감은채 혼자서 ≪이게 바로 〈천지개벽〉이라는 것이로구나!≫라고 생각하였다.

이윽고 그는 ≪깨달은바≫있어서 ≪〈천지개벽〉하느라고 사람들이 다 죽어없어졌을것이니 인제는 이 세상에 나혼자만 살아남았구나. 그 옛날 천황씨는 땅우에 사람이 생겨나기전에 태여났다고 하여 바로 〈천황씨〉라고 불렀다고 했으니 인제는 내가 그 천황씨가 되겠구나.≫라고 생각하니 두려움도 다 사라져버리고 줄곧 기쁘기만 하였다.

그는 빙그레 웃으면서 ≪옛날 천황씨때엔 아직 글자도 없었다고 했는데 지금 나는 글도 잘 외우고 쓸줄 안다. 그러니 나의 위풍은 옛날의 그 천황씨와는 견줄바도 못된다.≫라고 자랑스럽게 말했다.

황생은 조금전에 느꼈던 그 무서운 공포심에서 벗어났을뿐아니라 지금까지 맛보지 못했던 크나큰 희열을 느꼈다.

무겁게 드리웠던 먹구름이 흩어지기 시작하더니 어느덧 하늘이 맑게 개였다.

눈을 뜨고 사방을 두루 살펴보니 하늘과 땅도 그대로이고 산천도 옛모습 그대로이다.

달라진 것은 다만 황생의 집뿐이었다.

뒤산밑에 있어야 할 그의 집이 보이지 않는다. 무서운 흙사태에 파묻혀버렸으니 집터도 찾아볼수 없었다.

어이없는 일이였다.

얼마후 이웃사람들이 달려와 봉변을 당하여 얼마나 괴롭겠는가고 말하여서야 황생은 비로소 모든 것을 깨닫게 되었다.

그제야 황생은 옛날의 경서에 적혀있는 ≪천지개벽≫이 일어나지 않았다는 것을 사람들에게 말했다.

사람들은 그의 언행이 너무도 황당하고 어이없어 배를 그러안고 웃었다.

마침내 사람들은 그를 ≪하늘에서 내려온 황씨≫라고 부르게 되었다.[1]

3. 북한 문학사

〈황생의 망상〉에 대한 북한 연구의 흐름을 살펴보기 위해, 확인 가능한 연구 논저의 목록을 다음과 같이 제시한다.

① 조선민주주의인민공화국 과학원 언어문학연구소 문학연구실 편,『조선문학통사』(상), 과학원출판사, 1959(화다, 1989).

② 사회과학원 문학연구소, 『조선문학사』고대 · 중세편, 과학백과사전출판사, 1977(『조선문학통사』1, 이회문화사, 1996).

③ 김일성종합대학 편,『조선문학사』1, 김일성종합대학출판사, 1982(임헌영 해설, 도서출판 천지, 1995).

④ 김춘택,『조선고전소설사연구』, 김일성종합대학출판사, 1986.

⑤ 정홍교 · 박종원,『조선문학개관』1, 사회과학출판사, 1986(도서출판 진달래, 1988).

⑥ 김하명,『조선문학사』5, 사회과학출판사, 1994.

⑦ 장광혁,「소설 ≪황생의 망상≫과 그 문학사적의의에 대한 고찰」,『김일성종합대학학보(어문학)』, 2000년 4호.

⑧ 추지원,「리수광의 미학적견해와 고전소설 ≪황생의 망상≫에 대하여」,『김일성종합대학학보(어문학)』, 2007년 1호.

제시된 논저들을 살펴본바, 몇 가지 흥미로운 점을 발견할 수 있다. 우선, 목록의 ①~⑥까지를 차지하고 있는 북한의 문학사관련 논저 중 〈황생의 망상〉에 대한 언급은 ④에서만 찾아볼 수 있다는 점이다. 다양한 관점의 문학사 저술이 용인되는 남한과 달리 문학사의 기술에 일정한 기준이 요구되는 북한에서 이러한 경우는 흔치 않다. 이에 대하여 하나의 논저에서만 중요시되는 작품으로서, 전체 북한 문학사에서는 중요시되지 않는 작품으로 치부할 수도 있다. 그러나 이 작품에 관하여 작성된 연구 논문이 2000년도 이후로 두 편이나 확인된 것을 보면 그만큼 〈황생의 망상〉이 중요한 작품으로

---

1) 김춘택,『조선고전소설사연구』, 김일성종합대학출판사, 1986, 237~238쪽.

여겨짐을 반증한다. 따라서 이러한 문학사 기술상의 특이점에 주목한다면
북한 연구의 흐름에 관한 흥미로운 발견이 있을 것이라 기대된다.

또 흥미로운 점은, 〈황생의 망상〉을 '단편소설'로 취급하여 비슷한 시기
의, 비슷한 형태를 지닌 '야담'류의 문헌설화 들과는 다른 지위를 부여하고
있다는 점이다. 이에 대한 논의를 참고하면 '소설의 기준'에 대한 북한의
연구 시각을 보다 상세히 알게 될 수 있으리라 기대된다.

이러한 생각들을 중심으로, 본 장에서는 〈황생의 망상〉에 대한 북한의
연구들을 자세히 소개하기로 한다.

3.1. 장르의 구분 - 한문단편에서 실학파소설까지

가장 앞선 시기인 1959년에 간행된 ①에서는 실학의 선구자인 이수광이
18세기의 문학에 미친 영향에 대하여 간단히 언급하고 있다.

> 이미 17세기 초엽에 이수광(李睟光), 기타의 선구자들에 의하여 그 단초
> 가 열렸던 실학 사상은 이 시기의 새로운 사회 경제적 변동을 반영하면서
> 더욱 풍부화 되고 체계화 되었으며, 새로운 사상과 이론으로서 이 시기 선
> 진 사상계의 주류를 이루게 되었다.(중략)
> 실학자들은 '정통적' 유학자들의 공리 공담에다 실증 실용, 이용 후생의
> 구호를 대치시켰다. 실학자들은 "실제적인 사실에서 진리를 찾자"고 하는
> 실사 구시(實事求是)의 구호 밑에 사살에 의하여 확증되지 않는 일체의 신
> 비론과 비개화주의, 허황한 미신을 부인하고 반대하였다.
> 이러한 새로운 학풍은 사회-경제적 제 조건의 발전과 함께 점차 체계화되
> 고 풍부화되었는바, 반계 유형원(磻溪 柳馨遠 ; 1622~1673)의 뒤를 이은
> 성호 이익(星湖 李瀷 ; 1682~1764), 담헌 홍대용(湛軒 洪大容 ; 1731~1783),
> 연암 박지원(燕巖 朴趾源 ; 1737~1805)을 거쳐 다산 정약용(茶山 丁若鏞
> ; 1762~1836)에 의하여 집대성 되었다.(중략)
> 인민의 해방 투쟁에 고무되는 이들의 열렬한 애국주의와 인도주의는 이들

을 다방면에 걸친 과학 및 사상 활동에로, 문학예술의 창작에로 추동하였다.[2]

여기서는 초기의 실학자로서 이수광의 업적이, 후대의 유형원, 이익, 홍대용, 박지원, 정약용에 이어져 18세기의 문학사상을 이끌었음을 이야기하고 있다. 그러나 이수광의 문예이론에 대한 자세한 소개나 〈황생의 망상〉에 대한 언급은 찾아 볼 수 없다.

다만, 18세기 소설문학의 세 가지 계열에 대한 언급 중에서 '한문단편'에 대한 단초를 찾을 수 있을 뿐이다.

이 시기 예술적 산문의 지배적 장르는 소설이었다. 이 시기 소설 문학을 그 형성, 발전 과정의 특성에 의하여 대체로 세 계열로 구분할 수 있다.

첫째는 종전의 '이야기책'의 문체를 답습하여 발전한 국문 표기의 소설작품들이다. 이것은 일반 대중에게 읽힐 것을 목적으로 창작한 것으로 18세기 말에 조선을 여행한 한 외국 인사의 기록에 의하면 당시에 이 계열의 작품으로서 「임장군 충렬전(林將軍忠烈傳)」, 「소 대성전(蘇大成傳)」, 「사씨전(謝氏傳)」 등이 읽히었고 「장화홍련전」, 「장풍운전(張風雲傳)」 기타가 새로 창작된 것으로 추정된다.

둘째로는 보통 '판소리'라고 하는 특수한 예술 형태의 대본으로서 창작된 일군의 작품들이 있다.(중략)

세째 계열은 종래의 패설 문학(稗說文學)의 전통적 형식을 계승하여 발전시킨 한문으로 표기된 단편 및 장편 소설들이다.(중략)

셋째 계열의 소설, 즉 한문으로 표기된 단편 및 장편 소설들도 이 시기에 와서 새로운 발전을 보았다. 아직도 공식적인 교육은 한문이었기 때문에 그 영향력도 컸다.(중략)

소설에 대한 인식이 점차 바뀌고 그 수요가 격증됨과 함께 소설을 직접 창작하려는 기운도 양양되었다. 이리하여 적지 않은 한문 소설이 창작되었는바, 김려(金鑢)의 작품집으로 전하는 『우초속지(虞初續志)』와 『단량패사

---

2) 조선민주주의인민공화국과학원 언어문학연구소 문학연구실 편, 『조선문학통사(상)』, 과학원출판사, 1959(화다, 1989), 330~332쪽.

(丹良稗史)』, 작자 불명의 『황강잡록(黃岡雜錄)』, 『기담수록(奇談隨錄)』, 박지원(朴趾源)의 『방격각외전(放瓊閣外傳)』등의 단편집을 비롯하여, 김재육(金在堉)의 『육미당기(六美堂記)』, 김소행(金紹行)의 『삼한습유(三韓拾遺)』등의 장편 소설이 나왔다.(중략)

특히 박지원의 소설 작품들은 그 사상 예술적 성과에 있어서 이 시기 조선 문학의 발전의 지표로 되었다.[3]

정리하면 당대의 소설문학은 〈장화홍련전〉을 비롯한 국문 소설, 판소리계 소설과, 한문 표기의 장·단편으로 나뉜다고 하는데 여기서 주목할 만한 부분은 단편소설들로 언급된 부류의 것이다. 남한에서 '연암소설'로 칭해지는 박지원의 『방격각외전』수록 작품들 외에, '패설', '소품', '야담' 등으로 구분되는 작품집에 수록된 작품들에 대해서도 단편소설이라 지칭하고 있는 것이다. 이는 한문단편에 대한 북한 문학사 최초의 언급이라 할 수 있다.

또한 그 중에서도 박지원의 작품들에 대하여 '조선 문학의 발전의 지표'라 하여 특별한 지위를 부여한다.

①에서는 이처럼 18세기의 문학에 영향을 끼친 실학자들의 역할이 강조되면서 그들의 문예이론에 영향을 받은 한문단편이 출현한 것으로 이야기되었다. 그러나 이후의 문학사에서는 '실학파문학'이라는 장르가 성립되면서, 실학자들의 직접적인 역할이 강조되게 되었다. 따라서 실학파문학을 구성하는 작품들은 '실학자에 의해 지어진 것'이 되고, 그 범위도 대폭 줄어들게 되는데, 이는 1977년에 간행된 ②에 잘 드러나 있다.

실학파 문학은 임진 조국 전쟁 이후에 조성되었던 사회 역사적 조건에서의 변화들을 반영하면서 17세기 중엽으로부터 하나의 문학사조로 형성되기 시작하여 우리나라에서 근대문학이 발생한 19세기 후반기에 이르기까지의 약 2세기 동안에 걸쳐서 발전한 애국적이며 진보적인 문학사조이다.

---

3) 조선민주주의인민공화국과학원 언어문학연구소 문학연구실 편, 『조선문학통사(상)』, 과학원출판사, 1959(화다, 1989), 360~381쪽.

(중략)

실학파 문학은 이익(1681~1763)을 거쳐 박지원, 정약용 등에 이르러 자기 발전의 가장 높은 단계를 보여주게 된다.(중략)

「양반전」을 비롯한 박지원의 소설들과 「굶주리는 백성의 노래」, 「애절양」을 비롯한 정약용의 시들, 이익의 시 「서리맞은 농사」, 이광려의 시 「양정의 어머니」 등은 이러한 대표적 작품들이다.(중략)

실학자들은 대부분 시 창작에 많은 관심을 돌리고 소설에는 별로 흥미를 느끼지 않았다. 그들 가운데는 심지어 소설을 창작하는 것은 물론, 소설을 보는 것조차 꺼려한 사람들도 있었다.(중략)

이리하여 실학파 문학 가운데는 소설이 얼마 없고 시가 대부분을 차지하며 산문으로는 여행기나 전기 형식의 작품 또는 정론적 산문이 있을 뿐이다.

박지원은 실학자들 가운데서 소설 창작에서 두각을 나타낸 대표적인 작가이다. 물론 박지원 외에도 실학자들이 쓴 산문들 가운데 소설적 체제를 갖춘 것이 전혀 없는 것이 아니며 신후담과 같은 사람은 적지 않은 소설을 썼다고 한다.4)

①에서 언급되었던 이수광의 역할은 ②에서는 언급되지 않는다. 실학파 문학의 시기를 17세기 중엽 이후로 설정하고 이익에서 이어지는 계보를 설정하면서 소설과 시 분야의 가장 높은 단계를 각각 박지원과 정약용이라 설명한다.

여기서 주목되는 것은 이전 논의에 비해 실학파문학 가운데 소설의 영역이 매우 축소된 점이다. 종래의 '실학파의 영향을 받은 문학'으로부터 '실학자의 문학'으로 범주가 축소되면서, 실학자인 박지원의 작품 외에, 실학의 영향을 받은 '한문단편'에 대한 언급은 사라지게 되었다. 인용된 내용에 다른 실학자들이 쓴 소설도 있음을 언급하고 있지만, 그에 대한 자세한 언급은 없이 박지원의 작품만을 이야기 하고 있다.

②에서 성립된 '실학파문학'의 개념은 이후의 문학사 기술에서도 이어진

---

4) 사회과학원 문학연구소, 『조선문학사』 고대·중세편, 과학백과사전출판사, 1977(『조선문학통사』1, 이회문화사, 1996), 535~542쪽.

다. 다음을 보면 1982년에 간행된 ③에서도 마찬가지로 '실학파문학'의 개념으로 당대의 문학계를 설명하고 있다.

> 실학파 문학은 17세기초에 발생한 진보적 문학이다. 실학파 문학은 임진조국 전쟁 후인 17세기초에 발생한 실학 사상에 기초한 애국적이며 진보적인 문학 사조로서 근대 문학이 발생한 19세기 후반기에 이르기까지 발전하였다.
> 17세기에 발생한 실학파는 실학 즉 '쓸모 있는 학문'을 연구하며 '실사구시'(사물에 대한 연구를 통하여 진리를 탐구하는 것)를 목적으로 하는 학문을 주장하였다. 실학자들은 이러한 '실사 구시'의 '실학'을 통하여 정치·경제·문화 등 사회의 여러 영역에 걸쳐 진보적인 사상을 내놓았다. 실학자들은 문학을 '쓸모 있는 학문'의 한 분야로 보면서 문학에 대한 진보적인 견해를 가지고 창작 활동에 참가하게 되었다. 실학자들의 문학 예술에 대한 진보적인 견해는 이수광의 「지봉유설」(문학 부문), 박지원의 「좌소산인에게 보내는 글」·「영처고 서문」·「공작관문고」, 정약용의 「연에게」·「두 아들에게」·「오학론」 등을 비롯한 많은 글들에서 찾아볼 수 있다.[5]

여기서는 ②에서 이익을 실학파문학 계보의 시초로 삼았던 것과 달리 그 시초를 이수광으로 삼는다. 이는 오히려 더 앞선 시기의 논의인 ①의 견해를 따른 것이다. 박지원과 정약용을 각각 실학파소설과 시의 최고봉에 놓는 ②의 논의에 동의하며, ①과 ②의 견해에 대한 절충을 꾀한다.

③의 저자는 「지봉유설」 중 문학 부문에 주목하여 이수광의 문예 이론에 획기적인 소설 발전의 단초가 있다고 파악한 듯하지만 정작 이수광이 지은 소설을 통하여 그 문예 이론을 확정할 수 없었던 것으로 보인다. 따라서 ③에서는 이수광을 실학파문학의 시초라 하면서도 그의 문예이론을 자세하게 설명하려 하지 않으며 실학파소설의 특성을 밝히는 예로서 박지원의 작

---

5) 김일성종합대학 편, 『조선문학사』1, 김일성종합대학출판사, 1982(임헌영 해설, 도서출판 천지, 1995), 359~360쪽.

품만을 언급하고 있을 뿐이다. 그리고 이후 1986년에 간행된 ④에 이르면 실학파소설의 전모를 밝히는 화두로서 이수광의 문예 이론이 중요하게 논의되고 있다.

리수광(1563~1628)은 16세기말부터 17세기전반기사이에 활동한 학자이며 작가이고 실학의 선구자의 한사람이다. 호는 지봉이다.

리수광은 량반의 가정에서 태여나 생애의 말년에는 판서의 벼슬까지 한 일이 있었으나 일찍부터 철학, 력사, 천문, 지리를 비롯한 다방면적인 학문에 관심을 돌렸으며 특히 문학 창작과 론평에 힘써왔다.

그가 활동하던 시기는 리조봉건사회의 모순이 더욱 첨예화되고 인민들의 생활고가 일층 우심해진데다가 나라의 국방력이 약화된 틈을 타서 외래침략이 빈번하게 있은 때였다.

한편 15세기부터 시작된 봉건통치계급내부의 사화당쟁이 격화되고 통치계급의 사상을 반영한 관념론적학설에 대한 독경주의적인 학풍이 사회문화분야를 휩쓸고있었다.

이러한 사회문화적인 환경속에서 리수광은 비록 벼슬길에 있기는 하였으나 불합리한 당대의 사회현실을 바로잡을데 대한 진보적인 사상미학적견해를 가지고 창작활동을 계속하였다.(중략)

이 시기에 쓴 그의 많은 글들이 보여주는바와 같이 그는 나라의 발전에 저애를 주는 사회적 불합리를 없애려는 지향으로부터 출발하여 반동적인 량반사대부들의 교조적이며 독경적인 학풍을 반대하고 실사구시적인 학풍을 세울 것을 주장하였다.

그는 유교성리학자들의 공리공담을 배격하면서 학문이란 목적과 방향을 똑바로 세우고 현실에 눈을 돌려야 ≪경국재민≫(나라를 다스리고 백성을 건져낸다는 뜻)하는 쓸모있는 학문으로 될수 있다고 보았다.

쓸모있는 학문에 대한 리수광의 이러한 견해는 17세기 실학적학풍 형성에 큰 영향을 미치였다.

그의 이러한 실사구시적인 견해는 1614년에 편집된 그의 문집인 ≪지봉류설≫에 구체적으로 반영되어있다.(중략)

≪지봉류설≫은 실학의 선구자로서의 리수광의 학문연구활동을 보여줄

뿐아니라 실학사상에 기초한 문학창작활동도 잘 보여주고 있다.

그의 문학활동에서 특징적인 것은 그가 자신의 생활체험과 많은 서적들에서 얻은 지식에 기초하여 소설을 비롯한 수많은 패설작품들을 창작한 것이다.

이에 대해서는 ≪지봉류설≫의 15권부터 20권에 이르는 부문에 수록된 소설 ≪황생의 망상≫을 비롯한 수십편의 패설작품들이 잘 말해준다.

특히 ≪지봉류설≫의 많은 부문들에 실려있는 문학에 대한 그의 미학적 견해는 그의 소설과 패설 창작과 함께 17세기 우리 나라 실학문학을 비롯한 진보적문학발전에 선구자적인 작용을 하였다.[6]

위의 내용을 보면 이수광에 대한 적극적인 인물소개와 더불어 실학의 선구자로서의 그의 위치를 강조하고 있다. 또한 그의 작가로서의 역할이 강조되었는데 이는 앞선 시기의 문학사에서는 드러나지 않았던 내용이다. 『지봉유설』15~20권에 이르는 부문에 수록된 수십 편의 '패설' 작품들, 특히 '소설'이라고 명명된 〈황생의 망상〉이야말로 실학파소설가로서 이수광이 내세웠던 문예이론에 가장 적합한 작품이며 〈황생의 망상〉을 찾아냄으로써 이수광을 실학파문학의 시초로 꼽는 ①·③·④의 논의가 빛을 보게 된 것이다.

따라서 같은 해에 발간된 ⑤에서도 실학파문학에 대한 이수광의 역할에 대해 어느 정도 인정하는 입장을 취한다.

실학사상은 당시 우리 나라의 미학사상과 문학예술 발전에 커다란 영향을 미쳤다.

실학자들은 부국안민을 위한 실천적 문제들을 연구하면서 사람들을 계몽하는 방법으로 그들의 목적을 달성할 것을 염원하였던 것만큼 문학예술의 인식교양적 기능을 높이는 문제에 관심을 돌렸다. 그리하여 이수광, 이익, 홍대용, 박지원, 박제가, 이덕무, 유득공, 정약용 등 많은 실학자들이 직접 시와 산문을 지었고 문예비평적인 글들도 많이 남겼다.[7]

---

6) 김춘택, 『조선고전소설사연구』, 김일성종합대학출판사, 1986, 232~233쪽.
7) 정홍교·박종원, 『조선문학개관』1, 사회과학출판사, 1986(도서출판 진달래, 1988), 259쪽.

그렇지만 이수광의 문예이론에 대한 적극적인 소개나 〈황생의 망상〉에 대한 언급은 하지 않고 있다. 이처럼 본격적인 주체문예이론이 정립되기 시작한 이후의 문학사 중에서, ③·④가 김일성종합대학 계열 연구자들의 논저로서 실학파 문학에 대한 이수광의 역할을 강조하고 있다면 ②·⑤는 사회과학원 계열 연구자들의 논저로서 이수광에 대하여 크게 주목하지 않는다는 차이가 보인다. 이는 계파간의 견해 차이인 듯한데, ④의 논의를 통해 김일성종합대학 계열의 주장이 힘을 얻어 가면서 사회과학원 계열이 이를 반영하는 식으로 논의가 전개되는 양상을 살펴볼 수 있다.

이러한 맥락에서 1994년에 사회과학원에서 간행된 ⑥을 보면 18세기의 실학파문학 형성에 이수광의 선구적 역할이 있었음을 인정하고 있는 것을 볼 수 있다.

> 실학의 선구자 리수광이 ≪지봉류설≫에서 서술한 미학문제에 대한 견해들은 이 시기에 와서 그의 계승자들에 의하여 더욱 발전 풍부화되었다. 실학자들은 문학예술에서도 우선 참다운 것을 존중하였으며 바로 생활의 진실을 옳게 반영할 것을 주장하였다.[8]

그러나 여기서도 이수광의 문예이론에 대한 설명은 배제하고 있으며 〈황생의 망상〉에 대한 언급도 이루어지지 않는다. 이때까지도 사회과학원 계열 연구자들은 이수광을 본격적인 실학파소설가로 본다거나 〈황생의 망상〉을 초기실학파소설로 보는 것에 회의적임을 알 수 있는 부분이다. 그러나 ⑤에서 실학파문학자들을 나열하는 중에 이수광의 이름만 간신히 언급된 것과는 달리, 이수광의 문예이론에 대하여 진지하게 성찰하고자 하는 모습을 엿볼 수 있다. 계파간의 견해는 다르지만 ④의 견해를 긍정적으로 수용하려는 의도를 읽을 수 있는 것이다.

---

8) 김하명, 『조선문학사』5, 사회과학출판사, 1994, 182~183쪽.

실학파소설에 대한 김일성종합대학 계파의 견해와 사회과학원 계파의 견해가 그 후로 얼마만큼이나 접근을 이루었는지는 확인할 수 없다. 다만 김일성종합대학 학보(어문학)에서 ④와 같은 견해를 보여주는 논문이 2000년도 이후로 두 편이나 확인됨으로써 적어도 김일성종합대학 계파의 연구자들에게는 ④의 주장이 정설로서 받아들여지고 있음을 알 수 있을 뿐이다.

3.2. 이수광의 문예이론

그렇다면 문제가 되고 있는 이수광의 문예이론에 대하여 그 전모를 살펴볼 필요가 있겠다. 따라서 그에 대해 자세한 설명이 이루어지고 있는 ④와 ⑧의 내용을 참고하기로 한다.

> 리수광의 문학에 대한 견해들가운데서 실학파소설가로서의 면모를 잘 보여준다고 할수 있는 몇가지 문제들을 살펴보기로 한다.
> 첫째로, 소설을 비롯한 예술적산문은 사람들의 마음을 표현하여야 하는 것이므로 그것은 모방이 아니라 오직 창작의 산물이여야 한다는 견해이다.
> 리수광은 손재간만 부리면서 글을 순탄하게 써나가지 못하는 사람들을 비웃으면서 글을 자연스럽게 빨리 쓰는 비결은 어데 있는가 라는 질문을 제기하고 ≪나는 글을 짓는 것은 조화와 같은것이라고 본다. 글은 마음속으로부터 구상하여야 반드시 잘되고 손재간만 부려서는 안되는 법이다. 그런데 세상에는 마음속에서 구상하여 글을 쓰는 사람이 적으니 글이 잘되지 않는 것은 당연하다.≫라고 썼다.
> 사람들의 마음속에서 나오고 사람들의 마음을 표현할데 대한 그의 견해에는 소설을 비롯한 예술적산문은 작가의 견해와 리상, 작가가 생활체험과정에 받아들인 즐거움과 기쁨, 슬픔과 괴로움을 표현하여야 쓸모있는 글로 될수 있다는 실사구시적인 요구가 반영되여있는것이다.[9]

---

9) 김춘택, 『조선고전소설사연구』, 김일성종합대학출판사, 1986, 233~234쪽.

④에서는 이수광의 문예이론을 통해 그의 실학파소설가적 면모를 살펴보고 있다. 여기에서 첫째로 주목한 것은 그가 작가의식에 대하여 언급한 내용이다. 이수광은 글을 마음속에서 구상하여 써야 한다고 보았는데, 마음속에서 글을 구상한다는 것은 작가의 마음에 의도한 대로 작가의 견해나 이상, 경험을 반영하여 글을 창작하는 것이라 한다. 이처럼 마음속으로부터 글을 구상하지 않고 전고에 의지하여 손재간으로만 글을 쓰던 당대 문인들을 비판하며, 이수광은 좋은 글을 쓰기 위해 작가의식의 반영이 중요하다는 점을 강조하였다는 점이다.

둘째로, 소설을 비롯한 예술적 산문은 현실과 인간생활을 있는 그대로 진실하게 묘사하여야 한다는 사실주의적견해이다.

리수광은 한때≪나는 글이란 자연스러운 것이 좋고 기교를 부리지 말아야 한다고 본다. 이렇게 되면 글을 쓰는 일이 그렇듯 어려운것으로 되지 않을것이다.≫(≪지봉류설≫제8권)라고 썼다.

글을 쓰는 사람은 현실과 인간생활의 숨결과 모습을 꾸밈새없이 그대로 보여주어야 한다는것이다. 현실과 인간생활과는 관계없이 억지로 기교를 부려가며 쓴 글은 결코 사람들에게 감흥을 줄수 없다는 것이다.

나라의 현실에 눈을 돌릴 대신에 모방과 기교에 사로잡힌 량반문인들의 보수적이며 반동적인 경향이 점차 심하게 나타난 당대의 조건에서 그의 이러한 견해는 귀중한것이다.

그것은 이러한 진보적인 견해에는 아직 리론적인 일반화가 미숙한점이 있기는 하나 사실주의묘사정신이 안받침되어있기때문이다.

리수광은 이러한 실사구시적인 사실주의묘사정신에 기초하여 ≪세속 사람들은 글에 대한 견문이 없으므로… 시간의 선후차만 따져가며 문장의 우렬을 가리며 경중을 분간하려고 한다.≫라고 하면서 바로 현실을 사실 그대로 반영한 글을 경시하고 옛글만을 좋다고 내세우는자들을 비판하였다.

그는 인간생활과 현실에 대한 이러한 사실주의정신에 기초하여 당대의 현실을 반영한 허균, 윤계선 등의 소설들을 높이 평가하였을뿐아니라 자신이 또한 그러한 소설을 비롯한 예술적산문들을 많이 창작하였다.[10]

두 번째로 주목한 것은 이수광의 사실주의적 견해에 대해서다. 그는 "글이란 자연스러운 것이 좋고 기교를 부리지 말아야 한다."라고 하였는데 여기서 말하는 '자연스러운 글'이란 현실과 인간생활의 모습을 꾸밈없이 보여주는 사실주의적 묘사를 이야기한다고 보는 것이다. 저자는 비록 이론적으로 일반화 되는 단계에 이르지는 않았지만 현실에서 눈을 돌리고 옛 글만을 추앙하던 당시 문인들의 보수성에 반대한 이수광의 견해에 높은 가치를 둔다.

이는 ⑧에서도 마찬가지로 주목되는 부분이다.

> 리수광의 진보적인 미학적견해에서 중요한 것은 우선 쓸모있는 학문으로서의 문학의 본분에 대한 견해이다.

> 리수광은 ≪시내물의 소리는 곧 시의 소리요, 산의 색은 곧 시의 색이요, 일월의 광채는 곧 시의 광채요, 바람과 비의 변화무쌍함은 곧 시의 변화무쌍함이요. …눈 앞에 보이는 하나하나의 사실과 사물들이 시로 되지 않는 것이 없다.≫(≪지봉집≫제21권, 잡지), ≪문장은 생활을 자연스럽게 묘사하는 것을 가장 귀하게 여기며 인위적인 기교를 부려서는 안된다. 이러한 지경에 이르면 쓸모가 없다. 무릇 글을 짓는자들은 이 말을 명심해야 한다.≫(≪지봉류설≫제8권, 문장부)고 하였으며 또한 정이오의 시를 높이 평가하면서 ≪이 시는 고려말기 권세가들이 토지를 겸병하여 백성들은 촌토의 땅도 가지지 못한데 대하여 진정으로 가슴아파하는 뜻을 나타내었다.≫(≪지봉류설≫제13권, 동시)라고 하였다.

> 그의 이 글들을 보면 현실은 문학의 묘사대상이며 문학은 객관세계의 현실생활을 구체적으로 진실하게 묘사하여야 쓸모있는 것으로 될수 있다는 것, 그렇지 못할 때 그것은 공리공담으로 되고 아무런 쓸모가 없다는 것을 강하게 주장하고있음을 알수 있다.

---

10) 김춘택, 『조선고전소설사연구』, 김일성종합대학출판사, 1986, 234~235쪽.

이 시기 보수적이며 반동적인 유교성리학자들은 문학이 현실생활을 구체적으로 진실하게 반영하는 것을 반대하면서 문학은 ≪도≫를 반영하여야 하며 ≪문≫과 ≪도≫는 일치한다는 ≪도문일치≫의 견해를 제창하였다. 이와 같은 폐풍은 당시 보수적인 량반문인들속에서 하나의 경향성을 띠고 나타나 문학의 건전한 발전을 저해하였다.

당시의 이러한 환경속에서 현실을 진실하게 반영한 쓸모있는 학문으로서의 문학에 대한 리수광의 견해는 진보적이며 의의있는 견해라고 할 수 있다.[11]

이와 같이 ⑧에서는 이수광의 문예이론에서 주장하는 실사구시적인 면모를 파악하는데 중점을 두었다. 저자는 객관적인 현실생활에 대한 진실한 묘사를 주장하였던 이수광의 견해가 당시 '도문일치'의 문학을 제창하며 현실생활을 외면한 보수적인 문인들의 폐풍을 꼬집은 것이라 본다. 따라서 현실을 진실하게 반영한 실사구시적인 문예이론을 내세운 이수광의 견해를 진보적이며 의의 있는 것이라 평가한다.

④·⑧에서는 또한 이수광이 산문문학에 관심을 돌리고 소설의 형태적 특성을 살려야 함을 주장한 것을 중요하게 다룬다.

셋째로, 작가들이 소설을 비롯한 예술적산문에 관심을 돌려야 하며 소설의 형태상특성과 그 기능을 살려야 한다는 견해이다.

리수광이 창작활동을 하던 17세기전반기는 우리 나라 고전소설이 그 초기발전시기를 거쳐 점차 본격적발전단계에 들어가기 시작한 때이다.

그러므로 적지 않은 문인들은 단편, 중편 소설 등 소설의 양식상구별은 두말할것도 없고 소설과 패설의 형태상차이도 석연히 리해하지 못하고있었다.(중략)

따라서 소설의 문예학적가치와 그 독자적인 형태상특성을 밝히는 문제

---

11) 추지원,「리수광의 미학적견해와 고전소설 ≪황생의 망상≫에 대하여」,『김일성종합대학학보(어문학)』, 2007년 1호.

는 이 시기 절실한 문제로 제기되었다.

이런 의미에서 리수광의 소설에 대한 견해는 주목된다.(중략)

리수광은 본격적으로 발전하기 시작한 소설형태에 대하여 일정한 리해를 하였을뿐아니라 그 형태상특성을 살려서 소설작품을 쓰려는 지향을 가지고있었다는것을 알수 있다.

이에 대해서는 ≪내가 보건대 지금 사람들이 글을 지을 때 에 소설문자를 많이 쓰고있으나 그 문체를 똑바로 식별하는 사람은 얼마 되지 않는다.≫(≪지봉류설≫제8권)라고 한 그의 말이 잘 반증하여준다.

≪지봉류설≫에 의하면 그가 말한 ≪소설문자≫의 ≪문체≫란 예술적산문인 ≪전기체≫(傳奇体)의 형식을 이어받은 산문의 한 형태라는것이다.

소설은 앞선시기의 예술적산문인 ≪전기체≫뿐아니라 수이전체, 패설 등 기타 예술적산문들의 경험도 계승한것이라는것을 고려할 때 그의 소설에 대한 견해에는 아직 미숙한 점도 있다는것을 알수 있다.

그러나 소설을 당대의 다른 산문형식들과 구별하여보았다는 것, 그리고 우리 나라 고전소설의 형태를 앞선시기의 예술적산문과의 관계속에서 보았다는것 등은 우리 나라 고전소설형태에 대한 문예학적리해에서 적지 않은 전진을 이룩하였다는것을 말한다.[12]

④에서는 셋째로 작가들이 소설의 형태상 특성을 바로 알고 그 기능을 살려야 한다는 이수광의 견해에 주목하였다. 저자는 그가 창작활동을 하던 17세기 전반기를 우리 고전소설의 본격적인 발전이 이루어진 시기로 본다. 그러나 이때에는 소설의 양식상 구별은 물론 소설과 패설의 형식 구분도 모호한 시기였다고 한다. 따라서 소설의 문예적 가치와 독자적인 형식을 밝히는 문제가 이 시기의 당면과제였다고 주장한다.

이런 의미에서 저자는 "소설문자의 문체를 똑바로 식별해야 한다."라고 이야기한 이수광의 견해에 의미를 둔다. 그가 말한 '소설문자'의 '문체'란 '전기체(傳奇体)'의 형식을 말하는데, 저자는 소설이 전기체 뿐만 아니라 수이전체, 패설 등 기타 산문 형식들의 창작 경험도 계승한 것이므로 이수광의

---

12) 김춘택, 『조선고전소설사연구』, 김일성종합대학출판사, 1986, 235~236쪽.

소설에 대한 견해가 아직 미숙한 점이 있음을 지적한다.

그러나 그가 소설을 당대의 다른 산문형식들과 구별하여 보았다는 점과 소설의 형식을 앞선 시기의 산문형식과 관련짓고 있다는 점에서 소설형식에 대한 이해에 큰 전진을 이룩하였다고 말한다.

이수광이 말한 '소설문자'의 '문체'에 주목하여 그가 이해하고 있던 소설의 형식적 특성이 무엇인지에 초점을 맞추었던 ④와는 다르게 ⑧에서는 산문문학에 대한 관심을 촉구하였던 이수광의 주장에 보다 많은 관심을 기울이고 있다.

≪지봉류설≫이 보여주는것처럼 리수광은 시뿐아니라 소설도 포함한 산문에 대하여 각별한 관심을 가지고있었다. 그는 시작품에 비하여 산문작품이 나오지 않는데 대하여 ≪우리 나라 사람들이 시공부는 힘을 들여 하지만 산문에 대하여서는 힘을 들여 쓰지 않는다. 그러므로 볼만한 글이 얼마 되지 않는다.≫(≪지봉류설≫, 제5권)고 하였다.

리수광의 이 말은 시와 대비하여 정사체의 문장이나 관가에서 쓴 공문서와 같은 일반산문을 념두에 두고 한 말이 아니라 소설을 비롯한 예술적산문을 두고 한 말이다.

소설을 비롯한 예술적산문은 그자체가 다 고유의 형태적인 특성을 가지고있으며 또 독자적인 기능을 수행한다. 그가 ≪산문에 대하여서는 힘을 들여 쓰지 않는다.≫라고 한것도 바로 량반문인들이 소설을 비롯한 예술적산문의 형태적인 특성을 살려쓰려는 탐구적노력이 부족하다는것을 말한것이다.

그러므로 그의 이 견해에는 이른바 ≪정통문학≫만을 표방하면서 소설을 비롯한 예술적산문을 극도로 천시한 보수적인 량반사대부들에 대한 비교적 날카로운 비판정신이 깔려있다고 보아야 할 것이다. 한편 여기에는 그가 이 시기 다양하게 발전하기 시작한 소설에 대하여 일정하게 리해하고 있었을뿐아니라 그 형태적인 특성을 살려서 소설작품을 창작하려는 지향도 일정하게 반영되여있음을 가늠하게 된다.[13]

저자는 시에 비하여 소설을 비롯한 산문문학을 천시하는 당대의 현실을 비판하면서 산문문학의 창작에 힘써야 한다고 주장했던 이수광의 견해에 집중하였다. 그리고 이러한 그의 견해에는 이른바 '정통문학'만을 표방한 보수적인 양반사대부들에 대한 날카로운 비판정신이 깔려있다고 본다.

또한 ④의 저자와 마찬가지로 저자는 이수광의 견해에 소설형식의 특수성에 대한 인식이 어느 정도 반영되어 있으며 그러한 형태적인 특성을 살려서 소설작품을 창작하려는 지향도 반영되어있음을 가늠할 수 있다고 하였다.

저자는 이처럼 이수광이 소설을 비롯한 산문문학의 창작에 힘써야 한다고 주장한 것을 중요하게 다루면서 이수광은 문학을 단순한 흥밋거리가 아니라 쓸모 있는 학문이라고 여기고 있었다고 강조한다.

리수광이 문학을 단순히 흥미거리로 여긴것이 아니라 계몽과 감화, 교화의 수단으로, 실천에 이바지하는 쓸모있는 학문으로 본 견해들은 여러 글들에서 찾아볼수 있다.

그것은 리수광이 ≪지봉류설≫서문에서 ≪력대로 내려오면서 창작된 여러가지 패설들은 사람들의 견문을 넓히고 고전에 나오는 사실들을 연구하고 인식하는데 큰 도움을 주게 한다.≫(≪지봉류설≫ 제1권, 자서), ≪시라는것은 아무리 정교하다고 하더라도 그것이 한담에 불과하면 실용에 도움을 주지 못한다. 그런데 세상사람들은 억지로 높고낮음을 가르고 정신을 흐리게 하면서도 이런 것을 능사로 하니 어찌 그르다고 하지 않겠는가.≫(≪지봉집≫ 제28권, 병촉잡기), ≪아직 입으로 말만 하고 실천할수 없다면 이것은 소경이 경을 읽는데 지나지 않는다. 때문에 비록 천한 말일지라도

---

13) 추지원, 「리수광의 미학적견해와 고전소설 ≪황생의 망상≫에 대하여」, 『김일성종합대학학보(어문학)』, 2007년 1호.

쓸모있는 말이면 그것을 들어야 한다.≫(≪지봉집≫ 제23권, 잡지), ≪문장이 후세에 전해지는 것은 글씨나 그림보다 더 영구하다.≫(≪지봉류설≫ 제18권, 글씨)고 한데서 찾아볼수 있다.

리수광의 이러한 견해는 어디까지나 ≪실사구시≫정신에 립각하여 피력한것이며 동시에 문학이 사회생활, 사람들의 정신생활에 미치는 작용력에 대한 일정한 리해에 기초하고있는 것이다.

이 시기 보수적인 량반문인들은 문학의 사명과 역할을 부정하면서 문학은 산수풍경이나 읊조리고 유교성리학을 찬미하는것으로 되어야 한다고 주장하였고 이로부터 문학분야에서는 구체적인 현실생활을 떠난 ≪강호문학≫, ≪도학시가≫가 하나의 경향을 띠고 나타났다. 이런 조건에서 문학의 사명과 역할을 높일데 대한 리수광의 견해도 진보적이라고 볼수 있다.[14]

저자에 의하면 이수광은 문학을 계몽과 감화, 교화의 수단으로 보았다고 한다. 그러면서 "사람들의 견문을 넓히고 고전에 나오는 사실들을 인식하고 연구하는데 패설이 도움을 줄 수 있다."고 하였던 이수광의 견해를 언급하였다. 또한 실용과 실천을 중요시하였던 그의 견해를 인용하면서 그러한 견해들은 사람들의 사회생활과 정신생활에 작용하는 문학의 영향력에 대한 이해에 기초한 것이라고 하였다.

지금까지 이수광의 문예이론에 대하여 북한의 연구자들이 주목하고 있는 지점들을 살펴보았다. 이를 간단히 정리하면 첫째로 전고를 답습하기 보다는 작가가 창작의식을 가지고 현실에 맞는 작품을 창작하여야 한다는 것, 둘째로 객관적인 현실세계를 사실적으로 묘사해야 한다는 것, 셋째로 문학의 형식이 지닌 효용에 주목하여 산문문학의 창작에 힘써야 하며 그 형식을 온전히 구현해야 한다는 것 등이 될 것이다.

---

14) 추지원, 「리수광의 미학적견해와 고전소설 ≪황생의 망상≫에 대하여」, 『김일성종합대학 학보(어문학)』, 2007년 1호.

3.3. 소설 〈황생의 망상〉

앞에서 살펴본 이수광의 문예이론에 대하여 그 선례가 되는 작품으로, 북한의 연구자들은 〈황생의 망상〉을 꼽는다. 여기서 관심을 기울여야 할 부분은 『지봉유설』소재의 다른 이야기들과 구별하여 특별히 〈황생의 망상〉을 '소설'로 이해하고 있다는 점이 될 것이다.

> 리수광은 문학에 대한 진보적인 미학견해를 내놓았을뿐아니라 패설 작품들과 함께 소설작품도 썼다. 그의 문집인 ≪지봉류설≫에는 수많은 패설 작품들이 실려있는데 영천 바다가에 사는 한 어부가 ≪룡궁≫에 들어가본 이야기, 봉산에 사는 한 녀인이 큰 칼을 휘두르며 물을 길어오라고 을러대는 홍건적의 우두머리에게 동이물을 퍼부었다는 이야기, 임진왜란때 에 깊은 숲속에 숨어 지조를 지킨 한 젊은 녀인 에 대한 이야기 등이 그 대표적인 작품들이다.
> ≪지봉류설≫에는 또한 소설로 볼수 있는 작품도 실려있는데 ≪황생의 망상≫이 그 좋은 실례로 된다.④[15)]

> 7년간의 임진조국전쟁과 그 이후의 변천된 사회력사적현실을 반영하여 실학사상이 발생하고 실학사상을 체현한 작가들이 출현하면서 소설문학은 그 주제사상적내용에서 새로운 변화가 일어났으며 형태와 양식, 묘사의 측면에서도 발전된 면모를 가져 왔다.
> ≪황생의 망상≫은 바로 이 시기에 창작된 것이다. 이 작품은 리수광의 문집인 ≪지봉류설≫의 제16권 ≪해학≫부분에 실려 있다.
> 17세기 초 실학의 선구자이며 학자였던 작가 리수광(1563-1628년, 자는 윤경, 호는 지봉)은 실사구시의 진보적립장에서 우리 나라의 철학, 력사, 지리, 천문을 비롯한 다방면적인 학문을 깊이 연구하였으며 특히 문학창작과 평론에 적지 않은 힘을 넣었다.
> 그는 실학사상과 실사구시적인 미학적견해에 기초하여 창작활동을 벌렸으며 그 과정에 많은 문학작품들을 창작하여 초기실학파문인으로서의 작가

---

15) 김춘택, 『조선고전소설사연구』, 김일성종합대학출판사, 1986, 236~237쪽.

적면모를 뚜렷이 보여 주었다.

　그의 문집 ≪지봉류설≫에는 많은 패설작품들이 실려 있는데 ≪의원이 중과 무당과 함께 강을 건넌 이야기≫, ≪국간에 대한 이야기≫, ≪죽은 사람의 저승구경≫, ≪영천민의 룡궁구경≫과 같은 작품들이 대표작이다.

　≪지봉류설≫에는 또한 소설로 볼수 있는 작품도 실려 있는데 그것이 바로 ≪황생의 망상≫이다.

　≪황생의 망상≫은 ≪지봉류설≫에 실려있는 패설작품들과는 달리 소설적인 면모를 가지고 있다.⑦[16]

　소설 ≪황생의 망상≫은 바로 이러한 그의 미학적견해의 직접적인 산물이라고 말할수 있다.⑧[17]

　위에서는 『지봉유설』에 수록된 여러 작품들이 이수광의 실사구시에 입각한 문예이론에 따라 창작된 것임을 강조하고 있다. 이를테면 〈물을 길어오라고 을러대는 홍건적의 우두머리에게 동이물을 퍼부은 봉산 여인의 이야기〉, 〈임진왜란 때에 깊은 숲속에 숨어 지조를 지킨 여인의 이야기〉, 〈의원이 중과 무당과 함께 강을 건넌 이야기〉, 〈국간에 대한 이야기〉, 〈죽은 사람의 저승구경〉, 〈영천민의 용궁구경〉 등의 작품소개가 그것이다.

　그런데 유독 〈황생의 망상〉만이 패설로 구분되는 다른 작품들과 달리 소설로 평가받고 있음을 알 수 있다. 그렇다면 앞에서 소설형식의 구현을 주장한 이수광의 견해에 비추어 〈황생의 망상〉이 그가 주장했던 소설형식에 가장 부합하는 작품이라는 말이 될 것이다. 이에 〈황생의 망상〉이 지닌 소설적 특성에 관한 북한 연구자들의 주장을 살펴보고, 『지봉유설』소재의 다른 작품들과 구분되는 동시대의 다른 야담집에 수록된 작품들과도 구분되는 초기실학파소설로서의 면모가 무엇인지 살펴볼 필요가 있겠다.

---

16) 장광혁, 「소설 ≪황생의 망상≫과 그 문학사적의의에 대한 고찰」, 『김일성종합대학학보 (어문학)』, 2000년 4호.
17) 추지원, 「리수광의 미학적견해와 고전소설 ≪황생의 망상≫에 대하여」, 『김일성종합대학학보(어문학)』, 2007년 1호.

〈황생의 망상〉에 대한 연구는 ④·⑦·⑧에서 주로 이루어졌다. 그 중에서 ⑦·⑧은 가장 이른 시기에 연구된 ④의 관점을 대부분 따르고 있고 부분적인 차이를 보이고 있는 정도이다. 따라서 ④의 논의를 중심으로 하여 ⑦·⑧의 논의를 보강하는 방식으로 〈황생의 망상〉에 대한 논의를 정리하기로 한다.

3.3.1. 실사구시의 주제사상

④에서는 우선 〈황생의 망상〉이 지닌 실사구시적인 주제 측면을 중요하게 다룬다. 주인공 황생의 모습을 통해 유교 경서를 맹목적으로 외우면서 믿고 따르는 당대 양반들의 공허함을 폭로하였다는 것이다. 실학사상의 주요내용을 이루는 '실사구시'에 기초하여 경서의 교리에 맹종하는 선비를 직접 풍자적 주인공으로 설정한 작품은 〈황생의 망상〉이 처음이라고 말하면서 그 초기실학파소설로서의 면모를 강조한다.

> 소설 《황생의 망상》은 초기실학작가로서의 리수광의 면모를 잘 보여주는 작품이다.
> 이 소설의 특성은 무엇보다도 실학사상의 주요내용을 이루는 《실사구시》에 기초하여 유교경서를 독경식으로 외우면서 그것을 맹목적으로 믿고 따르는 량반선비들의 생활을 폭로한 이야기를 소재로 한것이다.
> 17세기 이전의 우리나라 소설문학에서는 김시습의 소설, 《리생과 최랑의 사랑》에 나오는 리생의 아버지와 같이 《옛 성현들의 어질고 정의로운 가르침》을 실교한 인간들을 간혹비판하였으나 옛날 경서의 교리에 맹종맹동하는 량반선비를 직접 풍자적주인공으로 설정한 작품은 소설 《황생의 망상》이 처음이다.
> 소설 《황생의 망상》은 유교경전을 념불처럼 외우며 그대로 믿는 한 량반선비가 경서에 나오는 이른바 《천지개벽》을 직접 당해보는 풍자적인 이야기를 통하여 낡고 고루한 관념에 대한 맹종맹동이 사람들을 얼마나 우

습강스러운 존재로 만드는가 하는것을 밝히고있다.(중략)

　이러한 측면에서 이 소설의 주인공 황생은 후기 실학작가인 박연암의 소설들에 나오는 량반선비들과 다른 점을 보여준다.(중략)

　유교경서에 대한 맹종맹동이 가져다준 그의 정신적공허성이 얼마나 심한가 하는것은 단적으로 그가 경서에 나오는 ≪천지개벽≫에 대한 이야기를 그대로 믿고있는데서 집중적으로 나타난다.

　갑자기 내린 소낙비 때문에 뒤산에서 바위가 굴러내리고 흙무지가 쏟아져내릴 때 주인공 황생은 그러한 무서운 자연현상을 흙사태라고 생각지 않는다.

　옛날 경서에 적혀있는 ≪천지개벽≫이 바로 눈앞에서 일어나고있다고만 생각한다.

　소설은 이러한 풍자적인 인간형상을 통하여 낡고 고루한 관념이 사람들의 정신세계를 얼마나 기형적이며 공허한것으로 만드는가 하는것을 까밝히는 동시에 간접적으로나마 사람들은 옛날의 유교경서를 독경식으로 외우고 믿을것이 아니라 현실속에서 진리를 탐구하여야 한다는 ≪실사구시≫의 사상을 강조하고 있다.

　여기에 바로 이 소설이 밝히려고 한 주제사상의 본질적내용이 있는 것이다.[18]

　저자는 경서에 나오는 '천지개벽'에 대한 이야기를 그대로 믿고 있는 데서 황생의 정신적 공허함이 뚜렷하게 나타난다고 한다. 갑자기 내린 비에 일어난 산사태를 현실그대로 인식하지 못하고, 경서의 내용을 맹신함으로써 '천지개벽'으로 인식하는 그의 모습이 낡고 고루한 관념이 사람들의 정신세계를 얼마나 기형적으로 만드는 지를 보여주는 동시에 간접적으로 경서를 외우고 믿는 것보다 현실 속에서 진리를 탐구하여야 한다는 '실사구시'의 사상이 얼마나 필요한지 강조하고 있다는 것이다.

　또한 주인공 황생을 후기 실학작가로 평가되는 박지원의 소설 속 주인공들과 비교하기도 하는데 이에 대한 보다 자세한 논의가 이루어진 ㉠을 살펴

---

18) 김춘택, 『조선고전소설사연구』, 김일성종합대학출판사, 1986, 239쪽.

보면 다음과 같다.

주인공 황생의 형상은 후기 실학자인 박연암의 소설 ≪량반전≫의 정선
군량반이나 소설 ≪허생전≫의 허생과 같은 계렬을 이루면서도 그와는 구
별되는 측면을 가지고 있다. 즉 ≪량반전≫에서 정선군량반은 유학공부 10
년후 나라의 환자로 하여 하는수없이 량반신분을 팔며 ≪허생전≫에서 허
생은 10년공부를 그만 두고 장사를 하는 인물이다.

≪량반전≫에서 정선군량반이나 ≪허생전≫에서 허생은 우리 나라에서
봉건적인 신분관계가 급격히 와해되어 가고 자본주의적관계가 장성하던 당
시의 시대상을 반영한 인물들이라면 ≪황생의 망상≫에서 황생은 임진전쟁
이후 변화된 사회현실을 인정하여 하지 않고 여전히 경서에 파묻혀 공리공
담을 일삼던 량반선비들의 형상이다.(중략)

이 소설에서 주인공 황생을 비판하는데 그친것은 주인공이 량반신분을
팔거나 독경식 학습을 집어 치우고 장사를 하는것으로 처리한 ≪량반전≫
과 ≪허생전≫ 등 후기 실학파문학작품들과 구별되는 특성이다.

바로 여기에 이 소설이 밝히려고 한 주제사상의 본질적인 내용과 시대적
특징이 있는것이며 소설 ≪황생의 망상≫의 초기실학파소설문학으로서의
면모를 보여 주는 특성이 있는 것이다.[19]

여기서는 양반신분을 팔아버린 〈양반전〉의 주인공이나 10년 공부를 그만
두고 장사를 시작한 〈허생전〉의 주인공을 신분제도가 붕괴되고 자본주의적
움직임이 활발해지던 당시의 시대상을 반영한 인물들로 보았다. 반면에 황
생의 경우는 임란 이후의 변화된 사회현실을 부정하며 공리공담을 일삼던
양반선비들의 형상이라고 본다.

이처럼 다른 인물형상이 그려지고 있는 것에 대하여 저자는 양자의 차이
가 각각의 작품이 만들어진 시대상황에 기인한다고 보고 있다. 따라서 주인
공 황생을 그저 비판하는데 그치고 있는 점이 〈양반전〉과 〈허생전〉 등 후

---

19) 장광혁, 「소설 ≪황생의 망상≫과 그 문학사적의의에 대한 고찰」, 『김일성종합대학학보
(어문학)』, 2000년 4호.

기실학파소설과 다른 지점이고, 바로 그 차이가 초기실학파소설로서의 특성과 관련된다고 보는 것이다.

3.3.2. 묘사와 성격창조를 통한 풍자적 형상의 창조

④에서 그 다음으로 주목하고 있는 특성은 소설적인 묘사를 통한 풍자적 형상의 창조가 이루어졌다는 점이다.

> 소설《황생의 망상》의 특성은 다음으로 단편소설의 구성상요구에 맞게 주인공의 생활을 집중적으로 묘사하면서 풍자적형상을 창조한것이다.
> 우리 나라 단편 소설은 이미 소설의 발생초기부터 비교적 풍부한 창작경험 특히 생활묘사의 경험을 가지고있다.
> 《금오신화》에 나오는 소설 《리생과 최랑의 사랑》에서 리생과 최랑이 서로 만나는 대목들, 소설 《룡궁의 상량잔치》에 나오는 《윤필연》대목과 주인공 한생이 룡궁의 《룡허각》에 올라 그곳의 진기한 의장기구들을 구경하는 대목, 소설 《부벽정의 달맞이》에 묘사된 부벽정의 달밝은 밤에 두 젊은이들이 서로 만나 사랑하는 대목 이상 몇 개 대목들을 보아도 우리 나라 단편소설은 소설의 발생초기부터 인간생활을 비교적 생동하면서도 인상깊이 묘사한 경험을 축적하였다는 것을 보여준다.
> 리수광은 앞선 시기 소설문학의 이러한 경험과 자체의 패설창작경험에 기초하여 단편소설 《황생의 망상》을 썼다.[20]

저자는 우리나라의 단편소설이 이미 소설의 발생초기부터 풍부한 창작경험과 생활묘사의 경험을 가지고 있음을 이야기한다. 『금오신화』의 〈이생규장전〉에서 이생과 최랑이 만나는 대목이나, 〈용궁부연록〉의 윤필연 대목과 용궁의 진귀한 모습이 묘사되는 대목 등에서도 볼 수 있듯이, 소설의 발생초기부터 생동감 있고 인상적인 묘사의 경험을 축적하였다는 것이다. 이에

---

20) 김춘택, 『조선고전소설사연구』, 김일성종합대학출판사, 1986, 239쪽.

이러한 앞선 시기의 경험을 취하고, 이수광 스스로의 패설창작 경험이 바탕이 되어 〈황생의 망상〉이 창작되었다고 강조한다.

〈황생의 망상〉에서 저자가 주목하는 것은 주인공 황생을 산사태라는 사건의 흐름속에서 보여주는 일련의 행동에 대한 묘사이다.

> 이 소설의 생활묘사에서 주목되는 것은 주인공 황생의 생활을 하나의 돌발적인 자연현상인 흙사태라는 사건의 흐름속에서 집중적으로 묘사한것이다.
>
> 소설에는 처음부터 주인공 황생 한사람만이 등장하다가 마지막에 마을 사람들이 군상으로 등장할뿐이다.
>
> 소설은 ≪천지개벽≫의 정황속에 주인공 황생을 세워놓고 그의 내면세계를 그대로 드러내는데 초점을 두고있다.
>
> 무서운 흙사태와 함께 집안에 앉아있던 황생은 급히 바깥으로 내달았다. 처음에 그는 걷잡을수 없는 공포심에 휩싸였다. 그는 눈을 감은채 이것이 바로 ≪천지개벽≫이라고 생각한다.
>
> 그러나 잠시후 그는 무상의 희열을 느낀다.
>
> 천지가 개벽하느라고 하늘이 무너져내리고 땅이 깨어져버려 세상사람들이 다 죽었을것인데 지금 자기만은 이렇게 살아있지 않은가! 게다가 자기는 옛날 경서들도 늘 읽어 학식도 있으니 인제 다가올 새세상의 첫 ≪성인≫으로 될 자기의 위품은 그 옛날의 ≪천황씨≫와는 대비도 될수 없다는것이다.
>
> 소설은 이러한 주인공의 내면세계를 그대로 묘사하면서 그의 허황하고도 우습강스러운 망상과 현실간의 불일치를 통하여 풍자의 통쾌한 웃음을 터뜨리고있다.[21]

소설의 처음부터 마지막 장면에서 마을사람들이 등장하기 전까지 독자의 시선은 황생 하나에 집중되고 있다. 그러한 상황에서 작품은 '천지개벽'처럼 느껴지는 산사태를 만난 주인공의 내면세계를 그려내는데 초점을 두고 있는 것이다. 산사태를 경서에 나오는 '천지개벽'이라 오해하고 공포에 휩싸였

---

21) 김춘택, 『조선고전소설사연구』, 김일성종합대학출판사, 1986, 240쪽.

다가, 천지개벽 후에 천황씨를 뛰어넘을 위풍을 지니게 될 자신을 생각하며 희열을 느끼기도 하는 주인공의 내면세계를 그대로 묘사하면서 주인공의 망상과 현실간의 불일치를 통해 풍자의 효과를 만들어낸다고 하는 것이다.

저자는 이 작품이 주인공의 내면세계에 대한 묘사뿐만 아니라 외적인 장면의 묘사에 있어서도 의미 있는 성과를 보이고 있다고 판단한다.

> 작품의 마지막에 흙사태에 파묻힌 황생의 집, 그것은 바로 옛날의 경서에 파묻혀 그것을 독경식으로 외우고 따르는 당대 량반선비들의 낡은 관념의 파산을 예언하는 상징이라고 할 수 있다. 이 작품의 이야기를 그곳에 찾아온 마을사람들이 황생더러 ≪하늘에서 내려온 황씨≫라고 조소하였다는 말로 끝낸것도 이 소설의 작가가 그러한 량반선비들에 대한 당대 인민들의 비판적 기분을 반영하였기 때문이다.[22]

작품의 마지막 장면에 등장하는 황생의 거처에 대한 묘사는 집도 없고 집터도 찾아볼 수 없는 폐허로 그려진다. 저자는 이러한 장면묘사가 작품의 주제와 결부되어 당대 양반들의 낡은 관념의 파산을 예언하는 상징이 된다고 본다. 그리고 장면묘사를 통해서도 당대 양반사회에 대한 풍자적 성과를 충분히 관찰할 수 있다고 판단한다.

㉠에서도 마찬가지로 〈황생의 망상〉이 높은 수준의 묘사를 구사하고 있음에 주목한다.

> 소설은 묘사의 문학이다.
> 소설에서는 정황과 인물의 성격도 묘사를 통하여 창조되며 작품의 주제사상도 결국은 구체적이고 진실한 묘사를 통한 인물형상을 통하여 밝혀진다. 예술적묘사를 떠나서 소설의 형태상 특성에 대하여 말할 수 없다.
> 이 작품에서는 다음과 같이 쓰고 있다.
> ≪황생은 생각하기를 〈옛날 천황씨가 이 세상에 태여날 때에는 아직 이

---

22) 김춘택, 『조선고전소설사연구』, 김일성종합대학출판사, 1986, 240쪽.

땅에 글자도 없었다고 했겠다. 그런데 나는 지금 나는 글자도 잘 알고 그것을 리용할줄도 잘 알지 않는가. 그러니 내가 옛날의 천황씨와 대비할바가 못된다.〉 이런 생각으로 황생은 크나큰 희열과 행복감에 심취되였다.≫

다음 ≪황생은 당황하고 두려워서 다급히 방안에서 뛰쳐 나왔다. 그랬더니 사위는 암흑세계마냥 캄캄했다. 실로 어느 쪽이 하늘이고 땅인지 분간할 수 없었다. 마치 천지개벽 때의 그 혼돈상태와 같았다.≫고 쓰고 있다.

우의 실례에서 전자는 주인공 황생이 경서의 ≪천지개벽≫을 직접 체험하면서 느끼게 되는 심리에 대한 묘사이고 후자는 황생이 ≪천지개벽≫을 체험하기전 그의 눈앞에 펼쳐진 자연환경에 대한 묘사이다.

우에서 보는것처럼 심리묘사는 흙사태라는 구체적인 정황속에서 발현된 심리로서 유교경서의 ≪천지개벽≫에 심취된 황생의 무지와 몽매, 자고자대하는 그의 성격적특성이 비교적 선명하게 드러 나고 있을뿐아니라 경서에 대한 독경식 학풍이 인간을 얼마나 기형적이고 공허한 존재로 만드는가 하는 사상주제적과제를 밝히는데로 지향되고 있다.

자연환경에 대한 묘사도 비교적 생동하며 그것은 주인공의 심리를 드러내는 계기로 맞물려 있다.

자연에 대한 비교적 생동한 묘사가 있음으로 하여 무더기비가 쏟아 지고 사태가 나는것을 ≪천지개벽≫으로 인정하는 황생의 심리가 일정한 ≪설득력≫을 가지고 안겨 오는 것이다.

이러한 생동한 묘사도 패설작품들에서는 찾아 보기 힘든 것이다.[23]

저자는 예술적 묘사를 제외하고 소설의 형태상 특성을 논할 수 없다고 말한다. 그것은 인물의 성격창조나 주제의 부각에 이르기까지 구체적이고 진실한 묘사가 곧 소설적특성과 관련되기 때문이다.

〈황생의 망상〉의 경우 황생이 '천지개벽'을 체험하면서 느끼게 되는 심리에 대한 묘사는 유교 경전에 심취된 황생의 무지몽매함, 자고자대하는 그의 성격이 선명하게 드러나도록 하고 있으며, 독경식 학풍이 인간을 얼마나

---

23) 장광혁, 「소설 ≪황생의 망상≫과 그 문학사적의의에 대한 고찰」, 『김일성종합대학학보 (어문학)』, 2000년 4호.

기형적이고 공허한 존재로 만드는가 하는 주제를 부각시키는 역할을 충분하다고 본다. 또한 산사태가 일어나는 시점의 자연환경에 대한 묘사가 생생하게 이루어져 주인공이 산사태를 '천지개벽'으로 오해하게 되는 것에 대한 설득력을 지니게 한다고 평가한다. 저자는 이러한 생생한 묘사를 패설작품에서는 찾아 볼 수 없다고 하며, 〈황생의 망상〉이 그 묘사의 기법에 있어서 소설적인 특성을 보여주고 있다고 주장한다.

⑦에서는 또한 소설이란 인간성격을 창조하는 문학이라고 보고, 〈황생의 망상〉이 이를 잘 구현해내고 있다고 보고 있다.

> 소설이 패설을 비롯한 일반예술적산문과 구별되는 것은 성격을 창조하는 문학이라는데 있다. 소설은 인간성격을 창조하는 문학인것만큼 작품에 성격이 그려 져 있는가 없는가, 소설의 형상이 성격창조에 얼마나 지향되여 있는가 하는것은 소설의 형태상 특성을 규정하는 중요한 요인의 하나이다.
> 이 작품에서 황생은 처음부터 현실과는 떨어져 유교경서의 세계에 심취되여 있는 인간으로 설정되어 있다.
> 작품은 앞부분에서 황생의 성격을 이렇게 규정하고 그것이 발현될 수 있는 정황을 주고 있다.(중략)
> 황생의 이러한 성격은 현실생활은 초보적인것도 알지 못하면서 일신의 출세와 영달만 꿈 꾸는 유학자들에 대한 통쾌한 조소에 바쳐지고 있다.(중략)
> 이와 같이 작품에서 작가가 제기한 문제를 주인공의 성격을 통하여 해명하고 있다는데서 ≪황생의 망상≫은 패설작품들과 구별된다.[24]

이처럼 저자는 작품에 인물의 성격이 그려져 있는지의 여부, 작품내적으로 작품이 성격창조를 지향하는 지의 여부로 소설의 특성을 규정한다. 이러한 부분에 있어서 〈황생의 망상〉은 처음부터 현실과 동떨어져 유교경서의 세계에 심취되어 있는 인간을 설정하고 산사태라는 사건을 만나 변화하는

---

24) 장광혁, 「소설 ≪황생의 망상≫과 그 문학사적의의에 대한 고찰」, 『김일성종합대학학보 (어문학)』, 2000년 4호.

황생의 심리를 통하여, 현실생활에는 몽매하면서 일신의 출세와 영달만 꿈꾸는 봉건유학자들에 대응하는 풍자적 인간성격을 창조하고 있다고 판단한다. 그리고 이와 같이 작품에서 작가가 제기한 문제를 주인공의 성격창조를 통하여 해명하고 있다는 점에서 〈황생의 망상〉은 패설작품들과 구분된다고 하였다.

저자는 성격창조의 문제로서 소설과 패설을 나누는 것에 대한 이해를 돕기 위해 〈황생의 망상〉을 다른 패설작품(야담)과 대비해 보였다.

> 이에 대한 리해를 좀 더 뚜렷이 하기 위하여 ≪황생의 망상≫을 성현의 ≪용재총화≫에 실려 있는 패설작품인 ≪안생의 사랑≫과 대비하여 보면 더 잘 알수 있다.
>
> ≪안생의 사랑≫을 읽으면 주인공의 성격보다 이야기가 더 안겨 온다.
> 작품에는 안생이 어쩐 궁가의 시녀를 안해로 맞아 들였다가 궁가주인에 의하여 생리별을 당한 이야기, 안해가 자결하는 이야기, 죽었던 안해가 환영으로 안생에게 나타나는 이야기들이 련이어 펼쳐 져 있는데 그 과정에 체험하는 주인공의 심리를 파고 든 것은 찾아 보기 어렵다.
>
> 이런 실례는 16세기 류몽인의 ≪어우야담≫에 실려 있는 ≪들쥐의 혼인≫을 비롯하여 비교적 발전된 면모를 가지고 있다고 하는 패설작품들의 경우에도 마찬가지이다.
>
> 그러나 우에서 본 바와 같이 ≪황생의 망상≫에서는 흙사태라는 극적인 정황을 제시하고 그 속에서 발현되는 주인공의 심리변화과정에 대한 생동한 묘사를 통하여 성격을 보여주고 있다.
>
> 이것은 ≪황생의 망상≫이 패설작품들과는 달리 소설로서의 면모를 보여 주는 중요한 근거인 것이다.[25]

여기서는 성현의 『용재총화』에 실려 있는 〈안생의 사랑〉의 경우나, 유몽인의 『어우야담』에 실려 있는 〈들쥐의 혼인〉을 예로 들어, 그러한 작품들과

---

25) 장광혁, 「소설 ≪황생의 망상≫과 그 문학사적의의에 대한 고찰」, 『김일성종합대학학보(어문학)』, 2000년 4호.

〈황생의 망상〉이 지닌 차이를 설명하고 있다. 그러니까 두 작품 모두 발전적인 면모를 가진 작품이긴 하지만 극적인 정황을 제하고 그 속에서 발현되는 심리에 대한 생동한 묘사를 통하여 성격을 보여주는 단계에까지는 이르지 못하였다는 것이다.

결국 중요한 것은 주인공의 성격형상이나 묘사적 기법의 문제라고 정리할 수 있겠다.

> 《황생의 망상》은 내용이 길게 전개된 작품은 아니지만 주인공의 성격형상이나 묘사의 특성으로 보아 소설로서의 체모를 갖추고 있다고 말할 수 있다.

이와 같이 〈황생의 망상〉이 『지봉유설』 소재의 다른 작품들이나 그 밖의 작품집들에 수록된 패설(야담)과 달리 소설로서 받아들여지고 있는 것은, 작품의 분량이 중요한 것이 아니라 이 작품이 소설의 형태적 특성을 잘 구현해내고 있기 때문인 것이다.

⑧에서는 논저의 중심이 이수광의 문예이론에 기울어져 있는 관계로, 〈황생의 망상〉의 소설적 특성에 대해서는 ④·⑦의 내용을 답습하는 수준에서 논의가 이루어졌다. 다만 ④에서 짧게 언급된 풍자적 효과의 문제를 좀 더 기법적인 측면에서 다루었다.

> 소설은 또한 풍자적성격을 창조하기 위한 독특한 예술적수법을 활용하고 있다.

> 소설에서는 주인공의 풍자적성격을 뚜렷이 하기 위하여 현실과 유리된 주인공의 기형적인 내면세계를 파고들어 그리는 심리묘사의 수법, 경서에 파묻힌 황생의 주관적리해와 현실간의 불일치를 강하게 대조시키는 수법, 외적인 위풍과 정신적공허간의 모순을 강조하는 수법 등 다양한 예술적수법들을 탐구리용하고있다.

이러한 수법들은 이전시기 소설들에서는 찾아보기 힘든 예술적형상창조의 수법들로서 풍자소설의 비판적경향과 사실주의적특성을 강화하는데 이바지하고 있다.[26]

이는 주인공 황생의 기형적인 내면세계에 대한 조명, 현실의 사건과 일치되지 않는 황생의 주관적 이해가 가져오는 괴리, 황생이 꿈꾸는 외적인 위풍과 그의 정신적 공허사이의 모순을 강조하는 기법으로서 황생의 형상이 지닌 풍자적 성격을 극대화하고 있다는 것이다.

3.3.3. 문학사적 의의와 한계

〈황생의 망상〉은 초기실학파소설로서 그 가치를 인정받고는 있지만 '초기'라는 명명에서 알 수 있듯이 어느 정도의 한계성을 지니고 있다고 평가도 공존한다. ④에서는 이 작품이 아직까지 일화적인 이야기 방식을 벗어나지 못하고 이러한 사건을 불러일으킨 제반사회의 문제로 눈을 돌리지 못함을 지적한다.

> 소설 ≪황생의 망상≫은 생활을 묘사하고 인간성격을 밝히는데서 아직도 패설이나 설화작품의 일화적인 이야기방식에서 벗어나지 못한 제한성을 가지고 있다.
> 작가는 주로 흉사태가 있었을 때에 일어난 주인공의 내면세계에서의 변화과정에 초점을 돌린 나머지 그러한 우습강스러운 심리상태가 생기게 된 그 전체적인 생활적바탕에 대해서는 눈을 돌리지 못하였다.
> 이것은 이 소설의 작가가 인간을 그리는데서 소설문학이 가지고있는 예술적 묘사력과 감화력을 응당한 높이에서 체득하지 못한데로부터온 제한성이다.[27]

---

26) 추지원, 「리수광의 미학적견해와 고전소설 ≪황생의 망상≫에 대하여」, 『김일성종합대학학보(어문학)』, 2007년 1호.
27) 김춘택, 『조선고전소설사연구』, 김일성종합대학출판사, 1986, 240쪽.

ⓒ에서도 마찬가지로 일화적인 이야기 방식에 대한 지적, 봉건사회제도의 근본적인 개혁보다 현실의 불합리를 폭로하는데 그친 점에 대한 지적 등으로 그 한계를 이야기한다.

물론 소설에는 봉건사회제도의 근본적인 개혁보다는 현실의 불합리를 폭로비판하는데 그친것이라든가 일화적인 이야기 방식에서 벗어 나지 못한 것과 같은 제한성이 있다.[28]

이와 같은 한계가 지적되기는 하지만 그럼에도 〈황생의 망상〉은 문학사적으로 큰 의의를 지닌 작품으로서 평가받는다.

이러한 제한성이 있기는 하나 소설 ≪황생의 망상≫은 초기실학파소설의 발전정형을 잘 보여주는 대표적작품으로서 문학사적의의를 가진다.
소설은 무엇보다도 실학의 실사구시적인 립장에서 작품의 소재와 주제를 탐구하여 독경적학풍에 물젖은 선비의 풍자적형상을 창조함으로써 량반 사대부들의 공리공담을 까밝히고 간접적으로나마 쓸모있는 학문에 대한 지향의 정당성을 예술적으로 확증하였다.
소설 ≪황생의 망상≫은 또한 간결하면서도 인상적인 묘사와 이야기를 통하여 인간의 리성과 사고력을 좀먹는 독경주의에 물젖은 선비의 풍자적 형상을 창조함으로써 17세기 풍자소설의 발전에 기여하였다.[29]

ⓐ에서는 무엇보다도 실사구시적인 입장에서 독경적 학풍에 젖은 양반계층의 공리공담을 비판하고 쓸모있는 학문에 대한 지향의 정당성을 예술적으로 확증한 점에서 이 작품의 의의를 찾는다. 또한 인상적인 묘사와 풍자적 형상의 창조를 통해 17세기 풍자소설의 발전에 기여하였다고 평가한다.
ⓒ에서는 이처럼 〈황생의 망상〉이 17세기 풍자소설의 발전에 기여한 바

28) 장광혁, 「소설 ≪황생의 망상≫과 그 문학사적의의에 대한 고찰」, 『김일성종합대학학보 (어문학)』, 2000년 4호.
29) 김춘택, 『조선고전소설사연구』, 김일성종합대학출판사, 1986, 241쪽.

에 대하여 더 자세히 언급하고 있다.

> 우선 소설은 17세기 풍자소설의 유산을 풍부히 하는데 이바지하였다.
> 소설발전의 력사를 놓고 볼 때 17세기 이전 우리 나라 고전소설은 발생
> 초기부터 다양한 풍자적 형상을 창조하여 진보적문학발전에 기여하였다는
> 것을 보여 주고 있다.
> 16세기 림제의 소설≪재판 받은 쥐≫에서 간사하고 교활한 늙은 쥐의
> 형상, ≪꽃 력사≫에서 모란꽃의 형상, 17세기 소설 ≪영영전≫에서 회산
> 군과 그 부인의 형상 등은 다 이 시기 소설문학이 창조한 풍자적형상이다.
> 그러나 우의 소설들은 풍자소설이라고 말할수 없다.
> 소설 ≪황생의 망상≫은 풍자적양상을 주도적흐름으로 하고 있는 풍자
> 소설이다.
> 현재 고대중세 소설사에서 17세기 이전의 풍자소설로서 17세기 허균의
> ≪남궁선생전≫외에 별로 들수 있는 작품이 없는 조건에서 리수광의 소설
> ≪황생의 망상≫은 이 시기 풍자소설의 유산을 풍부히 하는데서 의의 있는
> 기여를 하고 있다.30)

저자는 17세기까지 본격적인 풍자소설의 유산이 적었음을 지적한다. 풍
자적 형상을 지닌 인물들의 설정은 있어왔지만 진정한 풍자소설이라고 할
만한 작품은 17세기 허균의 〈남궁선생전〉 외에 찾기 어려운 실정이었다고
한다. 이러한 때에 풍자를 주도적 흐름으로 하고 있는 〈황생의 망상〉이 등
장한 것은 이 시기의 풍자소설의 유산을 풍부히 하는데 기여한 것이라고
평가한다.

〈황생의 망상〉이 지닌 의의와 한계에 대한 ⑧의 언급은 소략하게 이루어
졌다.

---

30) 장광혁, 「소설 ≪황생의 망상≫과 그 문학사적의의에 대한 고찰」, 『김일성종합대학학보
(어문학)』, 2000년 4호.

소설 ≪황생의 망상≫은 아직도 패설이나 설화의 평면적이며 단조로운 이야기방식에서 완전히 벗어나지 못한 제한성을 가지고있지만 초기 실학파 문학의 발전과정을 보여주는 대표적인 작품으로서 의의가 있다.

이와 함께 작품은 초기 실학사상 특히 리수광의 일련의 진보적인 견해를 리해하게 하는데서 귀중한 유산으로 된다.[31]

여기서도 역시 단조로운 이야기 방식에 대한 지적이 있지만 초기실학파 문학의 발전과정을 보여주는 대표적인 작품으로서의 의의를 높이 평가하고 있다. 또한 이 작품이 초기실학사상의 연구나 이수광의 진보적 견해를 이해 하는데 중요한 단초를 제공해 준다는 면에서 의미 있는 것으로 평가한다.

4. 남한 문학사와의 비교

〈황생의 망상〉에 대한 개별연구는 남한에서 찾아보기 어려운 실정이다. 다만 남한에서도 이수광의 문예이론에 대한 연구가 이루어진 바 있으므로, 이에 대한 이야기로서 〈황생의 망상〉에 대한 남한 문학사를 갈음하고자 한다.

지봉 이수광에 대한 연구는 다방면에서 활발한 연구가 진행되어 상당한 연구 성과를 거두었다. 이수광의 문학관에 대한 남한의 연구는『지봉유설』의 '문장부(文章部)'를 중심으로 하여 당초 '시화(詩話)'나 '시평(詩評)'을 대상으로 진행되었다가 문장론으로 관심이 이동하는 과정을 거치면서 주로 그의 문학관, 시관, 비평의식을 다룬 논의들이 이루어졌다.[32]

---

31) 추지원, 「리수광의 미학적견해와 고전소설 ≪황생의 망상≫에 대하여」, 『김일성종합대학 학보(어문학)』, 2007년 1호.

32) 윤성근, 「유학자의 소설배척」, 『어문학』 25, 한국어문학회, 1971 ; 김주한, 「지봉평론연구」, 『영남어문학』 2, 영남어문학회, 1975 ; 최 웅, 「조선중기 시학연구」, 『국문학연구』 32, 국문학회, 1975 ; 신현윤, 「이수광의 문학평론에 관한 연구」, 수도여사대 석사학위논문,

이들 연구는 1970년대부터 이수광의 평론을 중심으로 본격적으로 이루어
졌다.[33] 이후 1980년대 들어서는 그의 시론에 대해 연구되었다.[34] 그러다가
1990년대에 들어서는 이수광의 문학에서 다루지 않았던 두시비평(杜詩批
評)에 대한 연구가 이루어졌다.[35] 이러한 선행연구의 결과가 종합적인 이수
광 문학의 비평연구로 이어진 것도 이때의 일이다.[36]

2000년도에 이르러서는 이수광의 시론을 현대의 시교육에 접목한 연구가
이루어졌는데 한시와 현대시에 대한 시교육적 교섭이란 새로운 접근을 시

1978 ; 윤경희, 「지봉시론연구」, 고려대학교 석사학위논문, 1980 ; 백태남, 「지봉유설연구」,
단국대학교 교육대학원 석사학위논문, 1982 ; 황의열, 「이수광의 시론」, 『태동고전연구』
3, 태동고전연구소, 1987 ; 이민홍, 「지봉 이수광의 문학연구」, 『성대문학』 26집, 1988
; 최 웅, 「지봉 이수광의 문학비평」, 『관악어문연구』 14, 서울대학교, 1989 ; 정원구, 「지봉
이수광의 문학관 탐구」, 부산대학교 교육대학원 석사학위논문, 1989 ; 이민홍, 「지봉 이수
광의 조선중기 가단인식」, 『조선중기 시가의 이론과 미의식』, 성대출판부, 1993 ; 박수천,
『지봉유설 문장부의 비평양상연구』, 태학사, 1995 ; 김규형, 「지봉유설에 나타난 이수광의
문학인식」, 경북대학교 교육대학원 석사논문, 1995 ; 문희순, 「『지봉유설』 소재 한국 한시
비평에 대한 연구」, 『학산조종업선생정년퇴임기념논총』, 1996 ; 전영란, 「『지봉유설』을
통해 본 이수광의 두보시론 연구」, 『학산조종업선생정년퇴임기념논총』, 1996 ; 전영란,
「이수광의 두시 주석에 대한 분석」, 『인문과학연구』 15집, 대구대 인문과학연구소, 1996
; 전영란, 「『지봉유설』에 나타난 이수광 두시주석의 허와 실」, 『어문연구』 29, 어문연구회,
1997 ; 장홍재, 「지봉유설에 나타난 이수광의 비평론 분석」, 『고전작가 작품의 이해』,
박이정, 1998 ; 진갑곤, 「『지봉유설』의 두보비평 연구」, 『어문논총』 32, 경북어문학회,
1998 ; 허왕욱, 「시교육에서 자아와 세계의 관계에 대하여 - 지봉 이수광의 시론을 중심으
로」, 『문학교육학』 3, 한국문학교육학회, 1999 ; 허왕욱, 「지봉 이수광 시론의 특성과
시교육적 적용 연구」, 한국교원대학교 박사논문, 2000.
33) 김주한, 「지봉평론연구」, 『영남어문학』 2, 영남어문학회, 1975 ; 신현윤, 「이수광의 문학
평론에 관한 연구」, 수도여사대 석사학위논문, 1978.
34) 윤경희, 「지봉시론연구」, 고려대학교 석사학위논문, 1980 ; 황의열, 「이수광의 시론」, 『태
동고전연구』 3, 태동고전연구소, 1987.
35) 전영란, 「『지봉유설』을 통해 본 이수광의 두보시론 연구」, 『학산조종업선생정년퇴임기념
논총』, 1996 ; 전영란, 「이수광의 두시 주석에 대한 분석」, 『인문과학연구』 15집, 대구대
인문과학연구소, 1996 ; 전영란, 「『지봉유설』에 나타난 이수광 두시주석의 허와 실」, 『어
문연구』 29, 어문연구회, 1997 ; 진갑곤, 「『지봉유설』의 두보비평 연구」, 『어문논총』 32,
경북어문학회, 1998.
36) 박수천, 『지봉유설 문장부의 비평양상연구』, 태학사, 1995 ; 문희순, 「『지봉유설』 소재
한국 한시비평에 대한 연구」, 『학산조종업선생정년퇴임기념논총』, 1996 ; 장홍재, 「지봉
유설에 나타난 이수광의 비평론 분석」, 『고전작가 작품의 이해』, 박이정, 1998.

도했다는 점에서 의의를 갖고 있다.37)

이처럼 남한에서는 북한에 비해 매우 다양하고 많은 연구 성과들을 축적하고 있다. 그러나 이에 대해 일일이 거론하기는 어려운 일이므로, 여기서는 북한의 문학사에서 살펴본 이수광의 문예이론에 관련된 연구에 한해 간략히 언급하기로 한다.

우선 이수광의 시평을 중심으로 『지봉유설』의 평론을 연구하는 방향의 논의가 있었는데, 그에 따르면 이수광이 언제나 고문(古文)에로의 회복을 희원하고 있었다고 한다.38) 이는 이수광이 전고를 답습하는 당대문인들을 비판했다고 하는 북한의 연구와는 매우 대조적인 결론이라고 할 수 있다.

한편으로는 조선중기의 시학을 연구하면서 허균과 이수광을 방외인적 문학관을 가진 대표적인 인물로 거론한 연구도 있었는데, 여기서는 이수광의 문학관을 공리성만을 추구하는 효용론적 입장을 떠나 좀더 문학본연의 자세를 찾아보자는 데에 근거를 두고, 문학의 본질은 현상의 진수를 표현하는 것, 문학작품의 모범으로서의 경전탈피, 문학 활동은 독립된 사업이라는 것 등으로 집약시킬 수 있다고 하였다. 그러므로 이수광의 문학론은 곧 방외인 문학세계와 상통하는 점이 있다는 것이다.39)

이러한 논의는 북한의 문학사에서 살펴본 이수광의 문예이론에 일정부분 대응하는 결론을 이끌어낸 듯 보인다. '현상의 진수를 표현하는 것'은 북한 문학사에 언급된 '사실적인 묘사'에, '경전 탈피'는 북한에서 '전고를 답습하는 당대 문인들에 대한 비판'이 이루어졌다고 이야기 하는 것에, '문학 활동은 독립된 사업'이라는 것은 북한에서 '소설의 형태상 특성을 확립했다.'고 하는 것에 대응할 수 있는 내용이리라 생각된다.

---

37) 허왕욱, 「시교육에서 자아와 세계의 관계에 대하여 - 지봉 이수광의 시론을 중심으로」, 『문학교육학』 3, 한국문학교육학회, 1999 ; 허왕욱, 「지봉 이수광 시론의 특성과 시교육적 적용 연구」, 한국교원대학교 박사논문, 2000.
38) 김주한, 「지봉평론연구」, 『영남어문학』 2, 영남어문학회, 1975.
39) 최 웅, 「조선중기 시학연구」, 『국문학연구』 32, 국문학회, 1975.

또, 같은 맥락으로서, 이수광이 문학의 독자적 영역을 옹호하기 위한 이론을 전개하며 '성정론(性情論)'을 수용하였던 것이라 주장한 논의도 있었다. 여기서는 이수광의 시론을 '주신론(主神論)'으로 규정하고 '신(神)'이란 작가의 내재적인 영감의 주체가 밖에 있는 대상과 만났을 때 아무런 작위적인 과정을 거침이 없이 저절로 발휘되게 하는 자질과 역량이라고 정의하였다.[40]

이는 이수광이 '자연스러운 글이 좋은 글'이라는 명제로, 일체의 작위 없이 사실적인 묘사를 추구해야 함을 주장했다는 북한 문학사의 입장과 통하는 맥락이다.

본고가 〈황생의 망상〉을 중심으로 이야기를 이어나가고 있는 점에서 특별히 주목하게 되는 것은 이수광의 소설관을 들여다보고자 한 연구에 대한 것이다.

여기서는 『지봉유설』의 '자서(自序)'를 인용하여 논의를 풀어나가고 있는데, 이를 통해 당대의 유학자들이 소설을 배척하였던 것과는 달리 이수광은 소설의 편에 서 있었다고 주장하였다.[41] 이에 대하여 『지봉유설』의 '자서(自序)'에서 이수광이 '소설'이라고 한 것은 '소설잡기(小說雜記)', '패관소품지서(稗官小品之書)', '패관잡기(稗官雜記)' 등의 통칭으로 쓰인 개념이었다는 점을 지적받기도 하였지만,[42] 여기서의 '소설'과 '인간에 관한 꾸며낸 이야기의 기록'이라는 소설의 개념이 차이가 있으나 유학자의 전통적 사고방식과 충돌하여 유학자들이 대립적 태도를 취했다는 점에서는 전자와 후자가 그 내포를 공유하고 있기 때문에 함께 거론할 수 있다고 하였다.

흥미로운 점은 이 논저가 북한 문학사에서 소개하였던 ⑧과 같은 부분을 논의의 근거로 삼고 있는 점이다. 논의의 근거로 삼은 지점이나 그 주장하는 바에 있어서, 이수광이 '소설창작에 관심을 기울일 것을 촉구하였다.'라

40) 황의열, 「이수광의 시론」, 『태동고서연구』 3, 태동고서연구회, 1987.
41) 윤성근, 「유학자의 소설배척」, 『어문학』 25, 한국어문학회, 1971.
42) 김규형, 「지봉유설에 나타난 이수광의 문학인식」, 경북대학교 교육대학원 석사학위논문, 1995.

고 주장하는 북한 문학사의 맥락과 통하는 지점이 있다고 여겨진다.

이처럼 남북한의 연구초점은 미묘하게 다르지만 이수광의 문학관에 있어서는 크게 다르지 않은 해석이 내려지는 경우가 많다는 것을 알 수 있다. 이는 사회문화적인 모순과 갈등이 심화되어가던 당대 사회에 대하여 남북이 공유하고 있는 불편한 인식이 크게 다르지 않음과 관련된 것이라 생각된다. 따라서 그러한 사회현실 속에서 개혁적 모션을 취했던 '실학'에 대하여 남북 모두가 긍정적이고 혁신적인 이미지로 받아들이고 있는 것이다.

물론 연구자가 다양한 접근방법을 모색할 수 있는 남한의 경우에 이견이 분분하기도 하고, 북한의 연구경향과는 전혀 관계없는 연구가 이루어지기도 한다. 그럼에도 불구하고 이수광의 문예이론에 대하여 분명히 남북은 많은 부분을 공유하고 있으며 이러한 공유지점이 장차 남북한 문학교류의 거점이 될 것은 분명할 것이다.

5. 참고문헌

5.1. 북한자료

조선민주주의인민공화국 과학원 언어문학연구소 문학연구실 편,『조선문학통사』 (상), 과학원출판사, 1959(화다, 1989).

사회과학원 문학연구소,『조선문학사』고대 · 중세편, 과학백과사전출판사, 1977 (『조선문학통사』1, 이회문화사, 1996).

김일성종합대학 편,『조선문학사』1, 김일성종합대학출판사, 1982(임헌영 해설, 도서출판 천지, 1995).

김춘택,『조선고전소설사연구』, 김일성종합대학출판사, 1986.

정홍교 · 박종원,『조선문학개관』1, 사회과학출판사, 1986(도서출판 진달래, 1988).

김하명,『조선문학사』5, 사회과학출판사, 1994.

장광혁, 「소설 ≪황생의 망상≫과 그 문학사적의의에 대한 고찰」, 『김일성종합대
학학보(어문학)』, 2000년 4호.

추지원, 「리수광의 미학적견해와 고전소설 ≪황생의 망상≫에 대하여」, 『김일성
종합대학학보(어문학)』, 2007년 1호.

5.2. 남한자료

윤성근, 「유학자의 소설배척」, 『어문학』 25, 한국어문학회, 1971.

김주한, 「지봉평론연구」, 『영남어문학』 2, 영남어문학회, 1975.

최 웅, 「조선중기 시학연구」, 『국문학연구』 32, 국문학회, 1975.

신현윤, 「이수광의 문학평론에 관한 연구」, 수도여사대 석사학위논문, 1978.

윤경희, 「지봉시론연구」, 고려대학교 석사학위논문, 1980.

백태남, 「지봉유설연구」, 단국대학교 교육대학원 석사학위논문, 1982.

황의열, 「이수광의 시론」, 『태동고전연구』 3, 태동고전연구소, 1987.

이민홍, 「지봉 이수광의 문학연구」, 『성대문학』 26집, 1988.

최 웅, 「지봉 이수광의 문학비평」, 『관악어문연구』 14, 서울대학교, 1989.

정원구, 「지봉 이수광의 문학관 탐구」, 부산대학교 교육대학원 석사학위논문, 1989.

이민홍, 「지봉 이수광의 조선중기 가단인식」, 『조선중기 시가의 이론과 미의식』,
성대출판부, 1993.

박수천, 『지봉유설 문장부의 비평양상연구』, 태학사, 1995.

김규형, 「지봉유설에 나타난 이수광의 문학인식」, 경북대학교 교육대학원 석사논
문, 1995.

문희순, 「『지봉유설』 소재 한국 한시비평에 대한 연구」, 『학산조종업선생정년퇴
임기념논총』, 1996.

전영란, 「『지봉유설』을 통해 본 이수광의 두보시론 연구」, 『학산조종업선생정년
퇴임기념논총』, 1996.

전영란, 「이수광의 두시 주석에 대한 분석」, 『인문과학연구』 15집, 대구대 인문과
학연구소, 1996.

전영란, 「『지봉유설』에 나타난 이수광 두시주석의 허와 실」, 『어문연구』 29, 어문

연구회, 1997.

장홍재, 「지봉유설에 나타난 이수광의 비평론 분석」, 『고전작가 작품의 이해』, 박
　　　이정, 1998.

진갑곤, 「『지봉유설』의 두보비평 연구」, 『어문논총』 32, 경북어문학회, 1998.

허왕욱, 「시교육에서 자아와 세계의 관계에 대하여 – 지봉 이수광의 시론을 중심
　　　으로」, 『문학교육학』 3, 한국문학교육학회, 1999.

허왕욱, 「지봉 이수광 시론의 특성과 시교육적 적용 연구」, 한국교원대학교 박사
　　　논문, 2000.

<조홍윤>

임진록

고전문학을 바라보는 북한의 시각

壬辰錄

1. 서지 사항

조동일에 의하면 "〈임진록〉은 임진왜란을 다룬 역사소설인데 사실을 소설로 전환시켜 일정한 역사의식에 입각해 민족의 항쟁을 고취하면서 당시 사회의 내적 대립까지 문제 삼은" 작품이다.[1] 〈임진록〉은 작자와 정확한 창작 시기를 알 수 없으나 임진왜란 이후 전쟁 당시의 역사적 사실을 소재로 하고 있기 때문에 17세기의 소설 작품으로 이해되고 있다. 〈임진록〉은 왜적에게 당한 손실과 민족적 상처와 치욕을 떨치고 민족의 자존심을 위하여 구성된 민족 문학적 성격을 가진 작품이다.[2] 그리고 왜적에 대한 강력한 분노를 담고 있기 때문에 일제치하에서는 금서로 지목받고 불태워지는 수

---

[1] 조동일, 〈임진록〉, 『한국고전소설작품론』, 집문당, 1990, 285쪽.

[2] 강형모, 「최일형 계열 〈임진록〉에 나타난 김덕령의 영웅화 양상과 의미」, 『한민족문화연구』14집, 한민족문화학회, 2004, 84쪽. "〈임진록〉은 온 민족이 힘을 합하여 왜적과 싸운 민족적 수난인 임진왜란을 배경으로 한 역사소설이다. 〈임진록〉은 그동안 천시해오던 왜적에게 전 국토가 유린당하여 물질적, 정신적으로 막대한 손실을 가져온 임진왜란이란 국가적 재란 속에서 패배하였던 민족적 상처와 치욕을 보강하고 설원하며 민족적 자존심과 민족적 자각을 부각시키고자 재구된 민족문학적 성격을 가진 작품이다. 따라서 〈임진록〉에는 침략한 왜적이나 구원한 명군에 대한 배타심을 드러낼 뿐 아니라, 제대로 대항을 하지 못하고 패배한 지배층에 대해 신랄하게 비판하고 있다."

난을 겪은 작품이 〈임진록〉이다.[3]

현재까지 남한에서 보고되고 있는 〈임진록〉이본은 70여종에 이르며,[4] 북한에서는 18종의 이본을 소개한 연구도 있다.[5] 〈임진록〉 이본들은 공통적으로 전쟁의 발생과정과 전쟁 중에 활약한 인물들의 영웅적인 면모를 중심 내용으로 다루고 있다. 또한 〈임진록〉은 다양한 인물들의 활약상이 담겨 있기 때문에 인물들의 에피소드를 집적한 인상을 주는 작품이기도 하다.[6]

이처럼 〈임진록〉은 임진왜란 이후 전쟁 때 활약 했던 인물들에 대한 역사적 기록과 설화내용이 함께 어우러져 다양한 이본으로 전해지고 있기 때문에 〈임진록〉에 대한 충실한 이해는 각각의 이본들이 보여주는 내용들을 세밀하게 살피는 과정에서 심화되리라 본다. 그렇지만 이글에서는 〈임진록〉의 전반적인 성향에 대하여 논의한 북한연구자료를 중심으로 그러한 연구 성향과 관련하여 비교할 수 있는 남한 연구동향을 개괄적으로 소개하는 것에 중심을 두고자 한다. 그것만으로도 〈임진록〉이 임진왜란의 고통을 극복하기 위하여 여러 인물들의 이야기가 집적된 전쟁의 승리에 대한 기억과 그를 통한 전쟁 상처의 극복에 대한 서사로 〈임진록〉을 이해하는 것이 가능하리라 보기 때문이다.

---

3) 신태수, 「임진록 연구의 현황과 전망」, 『문학과 언어』제11집, 문학과언어연구회, 1990, 235쪽. "임진록은 임진왜란의 역사적 사실을 소재로 한 고소설이다. 임진왜란을 전후하여 이루어진 설화가 여러 담당층을 거쳐 유전하다가 후일 문자로 정착됐을 것으로 여겨진다. 배왜적인 내용으로 인하여 일제 치하에서는 금서로 지목받고 불태워지는 수난을 겪는 바, 이런 연유로 그 가치가 더욱 상승하고 은밀히 전파되어 이제는 40여종의 이본으로 생성 발굴되기에 이르렀다."

4) 임철호, 『임진록 이본 연구』Ⅰ,Ⅱ,Ⅲ,Ⅳ, 전주대학교출판부, 1996. 〈임진록〉에는 내용이 각기 다른 [H]계열, [C]계열, [G]계열 등이 있고, 이들 기본계열이 전승되는 과정에 파생된 [L]계열, [HI]계열, [M]계열 등이 있다 ; 임철호, 「〈임진록〉의 전승과 구비설화」, 『고소설연구』5권 1호, 한국고소설학회, 1998, 212쪽. "필자는 70여종의 이본을 분석, 정리하여 〈임진록〉의 형성배경과 전승과정의 일단을 밝힌 바 있다"

5) 백순남, 「임진록의 이본고찰」, 『조선고전문학연구』1, 문학예술종합출판사, 1993.

6) 신태수, 「임진록 연구의 현황과 전망」, 『문학과 언어』제11집, 문학과언어연구회, 1990, 236쪽. "임진록 연구가 안고 있는 문제점은 작품 자체의 성격과도 무관하지 않다. 여러 인물이 등장하지만 인물과 인물간의 관련성이 적고, 인물의 전승을 더 보태거나 빼더라도 별 차이가 없을 만큼 서두와 결말의 특징도 미약하다."

2. 작품 개요

〈임진록〉의 작품개요는 북한의 연구 자료를 바탕으로 정리하려 한다. 그를 통하여 북한에서 관심을 기울이고 있는 〈임진록〉의 대강의 내용이 어떠한가를 살필 수 있을 것이다. 그에 따라 이 글에서 다루고 있는 북한연구자료 중에서 특히『조선고전소설사연구』에 실려 있는 〈임진록〉에 대한 내용을 중심으로 정리해본다. 그런데『조선고전소설사연구』에서는 결말에 대한 부분이 소략하여 그 부분은 백순남의「임진록 이본고찰」에서 보강하기로 한다.

일본의 도요도미 히데요시(풍신수길)은 우리나라에 대한 야망을 품고 전쟁준비를 다그쳐나가는 간악함을 드러냈다. 왜적의 괴수 도요도미는 여러 사무라이들을 모아놓고 "내 이제 대병을 들어 조선을 쳐 멸하고 천하를 취하려"한다고 뇌까린 뒤 사람들을 보내여 우리나라를 두루 다니며 교통형편과 지형을 살핀 후 우리나라에 쳐들어올 수로와 륙로까지 렴탐해놓고 한편으로는 수많은 대장들과 수십만의 침략군들을 준비해두고 있었다.

왜적의 침략적 야망의 속심은 이렇듯 명백하였으나 우리나라 봉건통치배들은 태평성대만 부르짖으면서 벼슬만 탐하고 정치에는 무관심하여 나라는 무방비상태에 놓이게 되었다.

1592년 4월 13일(음력) 잔인무도한 왜적들이 불의에 우리나라에 쳐들어오자 애국적 인민들과 군인들은 어려운 조건 속에서도 원쑤들의 침공을 맞받아 용감히 싸웠으나 부패무능한 반동 통치배들의 무능력과 비겁성으로 하여 원쑤들의 침략의 마수가 점차 깊이 뻗치기 시작했다.

부산성과 동래성에서 고을의 방어에 힘썼으나 경상도 바다에 접한 고을들은 며칠만에 왜국의 발굽밑에 짓밟혀 버렸다. 그러나 봉건통치배들의 부패무능성과 비겁성은 왜적들이 륙로를 따라 서울쪽으로 쳐들어올 때에도 드러났다. 조령, 충주 등 중요 거점을 방어하는 싸움에서 애국적 인민들과 군인들은 죽음을 무릅쓰고 용감히 싸웠으나 관군의 전투지휘를 맡은 봉건통치배들의 무능력과 비겁성으로 하여 북상하는 왜적의 선봉을 막아낼 수 없었다.

곽재우는 왜적의 침입 초기에 앞장서서 의병을 일으킨 의병장이었다. 곽재우는 적들이 불의에 부산 울산 등지로 쳐 들어왔을 때 비겁하게도 도망쳤던 경상감사와 남해안 고을 장관들을 보면서 긴박감을 가지고 의병을 모았다. 곽재우는 백면서생으로서 한번 조국강산을 지키고자 하여 동리사람들을 모아 깨우쳐 말하기를 우리 동리에 가희 싸울만한 장정이 수백명이 있으니 마땅히 일심으로 일어나 솔나루를 지키면 가히 향리를 안보하리니 어찌 맨손으로 죽음을 기다리겠느냐며 의병으로 싸울 것을 독려하였다. 그리고 이렇게 조직된 의병부대는 곽재우의 지휘 밑에 솔나루에 기여든 원쑤들을 섬멸해버렸다.

왜적이 충주를 거쳐 계속 북쪽으로 쳐들어온다는 소실이 들어오자 나라의 운명은 아랑곳하지 않고 일신의 안전만을 꾀한 왕을 비롯한 봉건통치배들은 백성을 버리고 궁궐을 떠나자 성난 인민들은 왕의 비겁한 처사를 규탄하면서 돌을 던지고, 왕의 행차가 평양에서 다시 북으로 피하려고 보통문으로 나갈 때 인민들이 소동을 일으켜 길을 막고 왕을 따르는 대신을 막대기로 때렸다.

평양의 기생 계월향은 비록 녀성의 몸이지만 김응서 장군과 함께 성내에 도사리고 있는 적장 소서비를 처단하였다.

용사 임욱경은 대동강을 건너 적을 습격하고 돌아오는 길에 수많은 적들을 족치며 부대의 철수를 보장하다가 장렬한 최후를 마쳤다.

리순신 장군은 거북선을 만들어 수군장졸을 련일 조련하며 수전을 익혀온 리순신 장군이 옥포와 한산도, 당황포의 앞바다에서 수많은 왜선들을 격파함으로써 전쟁 초기부터 적의 수륙병진의 흉악한 모략을 꺽어버렸다. 왜장 가등청정이 거느린 침략군이 멀리 함경도까지 쳐들어오자 당시 북평

사였던 정문부는 인민들의 애국투쟁에 고무되면서 의병부대를 데리고 적들의 거점이였던 경성을 탈환하였을뿐 아니라 다음해 정월에는 함경도 일대에서 적들을 모조리 격퇴하였다.

정문부는 의병을 일으킬 때 뜻있는 사람들과 더불어 깊은 산속에 찾아가기도 하고 혹은 여러 고을에 들려 우리 조선이 일조에 왜국천하가 되였으니 그대들인들 어찌 비감치 않으리오라고 부르짖기도 하고 또는 여러 고을 관가에 령을 내려 왜적을 치고 한번 장검으로 조선강산을 건져내고자 하니 각읍 장관이나 백성들이나 충절 가진 사람들은 모두 향응하여 한가지로 도적을 파하자고 호소하기도 하였다.

그리하여 정문부의 의병부대에는 인민들과 관군이 속했던 수많은 군인들이 구름 모이듯 집결하였을뿐 아니라 각 고을의 관속들도 언제 의병이 이르러 왜적을 칠가 바라기를 대한 칠년에 운우 바래듯 하였다고 환성을 울리며 달려왔다. 이렇게 조직되고 강화된 의병부대를 지휘한 정문부가 한편으로는 나라와 민족을 배반한 국세필과 같은 반역자들을 처단하며 다른 편으로는 그 주력을 왜장 가등청정의 군사를 격파하는데 돌림으로써 적들로 하여금 혼비백산하여 달아나버리게 하였다.

이렇듯 나라의 이르는 곳마다 구름이 모이듯 의병이 일어나고 그들은 바닷가에서 또는 나루터와 강가에서 이름 모를 골짜기들과 산길에서 원쑤들의 진로를 가로막고 놈들에게 무리 죽음을 안겨주기도 하고 도망치는 적들을 궁지에 몰아넣고 족쳐버리기도 하였다.

한편 왜장 가또가 거느린 일본침략군이 함경도 일대에 기여들기 시작한 임진년 7월에 해정창(김책시)에서 적들에게 타격을 준 특진의 기병들은 말타기와 활쏘기를 잘하여 활도 쏘며 말도 달려 창으로 찌르며 적들을 무리로 쓸어 눕혔다.

그런가하면 함경도쪽으로 가던 어느 산밭의 오솔길에서는 이름 모를 어떤 농민들이 북쪽으로 쳐들어가는 왜적들이 강요하는 길잡이를 거부해나섰으며 남해의 날바다에서는 용감한 수군들이 멀리 서해의 장산곶으로 북상하려던 왜적의 배길을 막아버리고 무수한 왜선을 격파하였다.

김응서 장군이 지휘하는 군인들과 인민들, 사명당, 서산대사 등이 지휘하는 승병부대들이 남쪽으로 위하는 패주하는 적을 물리치고, 정문부가 지휘하는 의병부대와 인민들이 험한 산길로 빠져 도주하는 적들에게 련속으로 큰 일격을 가하였다.

간신이였던 원균의 흉계로 한때 옥에 갇혔다가 풀려나온 리순신장군은 수군의 사기를 돋구고 부서진 배를 수리하여 왜병을 삼대 베듯 쓸어 눕히면서 무수한 적선을 화염에 싸이게 하였다. 애국명장으로서의 리순신 장군의 애국심과 용감성은 특히 전쟁 마지막 시기 큰 바다 싸움인 로량 앞바다 싸움에서 더욱 감명깊이 발양된다. 리순신 장군은 적의 탄알에 맞아 배우에서 쓰러지는 순간 자기의 갑옷을 벗어 조카에게 넘겨주면서 내죽음을 알리지 말고 네가 내 옷을 입고 저 북을 쳐서 나라를 사랑하는 마음으로 끝까지 싸워 이기라는 최후의 말을 남겼다.[7]

전쟁이 끝난 뒤에 사명당이 왕명을 받아 왜국에 사신으로 가게되었다. 왜인들은 사명당을 궁지에 몰려고 애를 썼다. 왜인들이 쇠로 지은 집에 사명당을 묵게 한 뒤에 불을 떼서 집안을 시뻘겋게 달구고 문을 열어 보았더니 사명당이 있는 방에는 성에가 낄 정도로 차가왔다. 간교한 왜인들이 이번에는 쇠말을 달구어 놓고 사명당에게 타라고 하였다.

사명당이 서산대사가 있는 향산을 향하여 절을 하였더니 순간 오색구름이 하늘에 가득 일어나 뇌성벽력이 천지를 진동하였다. 사명당은 말 등에 올라 왜왕에게 목을 내놓지 않으면 왜국을 바다로 만들어버리겠다고 호령하였다. 놀란 왜왕이 조선을 침노한 것에 대하여 사죄하면서 살려만 주면

---

7) 김춘택,『조선고전소설사연구』, 김일성종합대학출판사, 1986, 85~96쪽. 위의 줄거리는 김춘택의 『조선고전소설사연구』에서 〈임진록〉에 관하여 기술된 부분에서 해당 내용을 발췌하면서 이야기 흐름에 따라 순서를 바꾸어가며 정리한 것이다.

조선국 은혜를 갚겠다고 하였다. 사명당은 왜왕을 크게 꾸짖고 조선에 조공을 할 것을 명하였다. 그리하여 사명당은 왜인의 흉계를 물리치고 왜왕의 항복을 받아 돌아왔다.[8]

3. 북한의 연구

북한에서는 〈임진록〉을 임진 조국 전쟁과 관련된 대표적인 작품으로 보고 있다. 그에 따라 〈임진록〉은 7년에 걸친 임진 조국전쟁의 상황을 잘 그려낸 우수한 작품으로 인정받고 있다. 그리고 북한에서는 한문본 〈임진록〉보다는 국문본 〈임진록〉이 인민의 애국적이고 자주적인 정신을 잘 반영했다고 보기 때문에 〈임진록〉 연구의 주 자료로도 국문본 〈임진록〉을 중심으로 사용하고 있다. 이 글에서 〈임진록〉에 관한 북한 연구사를 다루면서 주요하게 참고한 자료들을 소개하면 다음과 같다.

① 조선민주주의인민공화국 과학원 언어문학연구소 문학연구실 편,『조선문학통사』(상), 과학원출판사, 1959(화다, 1989).
② 김일성종합대학 편,『조선문학사』1, 김일성종합대학출판사, 1982(임헌영 해설, 도서출판 천지, 1995).
③ 김춘택,『조선고전소설사연구』, 김일성종합대학출판사, 1986.
④ 정홍교 · 박종원,『조선문학개관』1, 1986(도서출판 진달래, 1988).
⑤ 김하명,『조선문학사』4, 사회과학출판사, 1992.
⑥ 백순남,「임진록의 이본고찰」,『조선고전문학연구』1, 문학예술종합출판사, 1993.

---

8) 백순남,「임진록의 이본고찰」,『조선고전문학연구』1, 문학예술종합출판사, 1993, 243~244쪽. 사명당에 대한 것은 백순남의 「임진록의 이본고찰」에서 발췌하여 정리한 것이다. 백순남의 논문에는 〈임진록〉에 등장하는 여러 인물들의 일화가 자세하게 소개되어 있다. 그렇지만 이본간 비교연구이기 때문에 〈임진록〉 전체를 개괄하여 정리하는 이글에서 모두 참고하기는 어려운 점이 있었다.

3.1. 형성 배경과 전승 과정

〈임진록〉은 7년간의 임진왜란 이후의 행적이 담겨 있기 때문에 어떤 작품보다도 형성 배경이 뚜렷하며, 비록 작자와 창작연대를 정확히 알 수는 없지만 전쟁 이후에 지어진 작품이라는 점에서 17세기를 창작시기로 잡는데 무리가 없다.

> 〈임진록〉의 창작년대는 정확히 밝히기 어려우나 1598년 11월에 로량해전에서 적함대를 격파하여 7년간에 걸친 임진조국전쟁에서 승리를 이룩한이후의 대일외교관계까지 그려져 있고 또 그것이 장편적구성의 소설작품이라는점들을 고려할 때 적어도 17세기 초엽에 들어와서 창작된 것으로 추정된다. 그리고 〈임진록〉은 그 형사적 특성과 문제로 볼 때 국문소설로서가장 초기에 작품계렬에 속하는 것으로 보아진다.[9]

위의 논의에서는 〈임진록〉이 로량해전에서 승리를 거두고, 그 뒤에 이어지는 사명당이 일본에 가서 일본왕을 굴복시키는 이야기까지 있는 점, 장편소설의 구성을 갖추고 있는 점 등에 따라 17세기 초엽에 창작된 작품으로보고있다. 이처럼 임진왜란이후 창작되었다고 보는 논의는 다음 자료에서도 알 수 있다.

> 임진록은 임진조국전쟁의 전과정과 전쟁이 끝난 다음 사신이 일본에 갔다 오는 장면까지 설정한 것으로 보아 17세기에 들어와서 창작된 것으로볼 수 있다.[10]

〈임진록〉의 형성 배경에 전쟁과정과 전후 사정이 중요하게 작용한다는것은 위 논의에서도 확인할 수 있다. 또한 이러한 형성 배경은 자연스럽게

---

9) 김하명, 『조선문학사』4, 사회과학출판사, 1992, 165쪽.
10) 정홍교·박종원, 『조선문학개관』1, 1986(도서출판 진달래, 1988), 169쪽.

창작시기 논의로 이어져 〈임진록〉은 17세기에 창작된 작품이라고 보는 것이 지배적인 견해가 된다.

> 〈임진록〉은 전쟁 당시부터 구비화된 설화들에 기초하여 점차 소설적 구성을 보게 된 것이나, 현전하는 〈임진록〉이 무오 심하역(戊午深河役 : 1618년) 이후에 씌어진 것은 강홍립, 김응서 등에 관한 기록이 실증하여 주고 있다.[11]

또 한편으로 〈임진록〉은 인물과 관련하여 전해지는 구비설화적 내용이 많이 들어있기 때문에 역사적 사건과의 관련성이 창작시기를 결정하는 논의와 관련되고 있기도 하다. 이를테면, 위 논의에서는 강홍립과 김응서의 실증적 기록을 참고하여 〈임진록〉의 창작 시기가 17세기임을 강조하고 있다.

> 이 작품은 일본사무라이들의 침입을 반대한 임진조국전쟁에서의 우리인민의 승리의 과정을 보여준 소설이다. 지금까지 국문본과 한문본이 전해오는데 그 수사본만 하여도 여러 이본들이 있다. 소설 〈임진록〉은 그 창작정형에 대한 구체적인 력사기록이 전해오지 않으므로 창작년대와 작가명을 정확히 밝힐 수 없으나 작품의 내용과 창작적 특성으로 보아 임진조국전쟁이 승리한 직후인 17세기 전반기에 구전설화를 소재로 하여 우리글자로 창작되어 널리 읽혀진 것으로 볼 수 있다.[12]

〈임진록〉에는 국문본과 한문본이 전해지는데 위 논의에서도 알 수 있듯이 북한에서는 〈임진록〉의 국문본을 주요 자료로 삼고 논의를 전개하는 경향이 강하다. 그것은 〈임진록〉이란 작품이 '임진조국전쟁이 승리한 직후인 17세기 전반기에 구전설화를 소재로 하여 우리글자로 창작되어 널리 읽혀

---

11) 조선민주주의인민공화국 과학원 언어문학연구소 문학연구실 편, 『조선문학통사』(상), 과학원출판사, 1959(화다, 1989), 313쪽.
12) 김춘택, 『조선고전소설사연구』, 김일성종합대학출판사, 1986, 85쪽.

진 것'이라고 하는 데에서 확인 할 수 있는 것이다.

3.2. 주제 사상적 내용 및 구성

〈임진록〉은 다른 어떤 작품보다도 주제사상적 방향이 선명한 작품이라 할 수 있다. 또한 여러 인물에 대한 설화들이 상황별로 연결되어 에피소드식으로 구성되어 있는 것도 특성이라 할 수 있다.

> 반침략 애국투쟁을 주제로 한 17세기 소설문학에서 〈임진록〉과 〈박씨 부인전〉은 대표적인 작품들이다. 소설 〈임진록〉은 현재까지 전해지고 있는 국문소설가운데서 가장 오래된 작품으로서 당시 민중들 속에 널리 유포되고 있던 설화를 토대로 하여 창작되었다. 이로부터 소설은 구전문학적 성격이 강하고 기본 주인공이 없이 실재한 인물들의 설화를 중심으로 하여 이야기 줄거리를 엮어 나가고 있는 것이 특징적이다.[13]

위의 논의에서 볼 수 있듯이 〈임진록〉은 반침략 애국투쟁을 주제 사상적으로 표방하고 있는 17세기 소설의 대표적인 작품이다. 또한 〈임진록〉은 국문소설 중에서 가장 오래된 작품으로 인지되고 있는데 이것은 민중들에게 유포되어 있던 설화가 주요 내용을 구성하고 있기 때문이다. 북한연구자료에서 〈임진록〉을 국문소설의 대표적인 작품으로 인정하고 있는 지점에서 〈임진록〉의 국문본이 주 연구 자료로 사용되고 있음도 살필 수 있다.

> 소설 〈임진록〉은 전쟁에 참가했던 의병장, 명장, 애국 인민들의 투쟁과 그들의 애국적 감정을 소설의 형식으로 묘사하고 있다. 7년간에 걸치는 인민들의 애국적 투쟁을 어떻게 묘사할 것인가 하는 것은 이 시기 진보적 문학 앞에 나선 중요한 문제였다. 사화 당쟁에 몰두하고 있던 당시의 양반

---

13) 정홍교 · 박종원, 『조선문학개관』1, 1986(도서출판 진달래, 1988), 69쪽.

통치배들은 임진조국전쟁과정과 그 승리의 요인을 당쟁의 목적에 유리하게 해석하거나, 개별적 인물들과 사실들을 자기들의 목적에 보합되게 왜곡하거나 과장하여 해석하려고 하면서 당대 역사적 현실의 본질을 왜곡하려고 하였다 또한 명나라에 대한 사대주의 사상에 물젖은 완고한 양반 사대부들은 우리 인민들의 애국적 투쟁의 의의를 외면하면서 명나라에 대한 사대주의 사상을 고취하였다. 그러나 소설 〈임진록〉은 당대 애국적이며 진보적인 문학사조의 흐름 속에서 작품의 주제사상을 설정하고 있다. 소설은 임진조국전쟁의 역사적 사실들과 실제적 인물들을 소재로 하면서 조선 인민을 일방으로 하고 일본 침략자들을 타방으로 하는 투쟁을 기본 갈등으로 설정하고 조선 인민 자신의 애국적 투쟁을 형상화하는 데 중심을 두고 있다.[14]

〈임진록〉이 반침략 애국투쟁을 선명하게 보여주는 장점을 갖고 있으면서 일본에 항거한 인민들의 활약을 전면적으로 내세우고 있다는 점도 분명한 주제사상구현에 힘이 되는 것이기도 하다. 〈임진록〉에서 이처럼 인민의 활약상을 다루고 있는 것을 부각하여 설명하고 다시 강조하는 논의가 이루어진 것은 바로 〈임진록〉이 전후에 봉건지배계층이 그들을 임진조국전쟁에 기여한 인물로 포장하려는 것을 저지하고자 했기 때문이다. 위 글에서 나타나듯이 〈임진록〉의 내용은 봉건지배계층의 무능함으로 인하여 피해를 입은 인민의 상황과 그 속에서도 굴하지 않고 스스로 일어서서 나라를 지키려 했던 인민과 그들과 같은 생각을 가진 장수들의 이야기가 중심을 이룬다. 그러니까 〈임진록〉은 당시의 시각으로서는 상당히 진보적인 노선을 보인 내용으로 구성되어 있는 셈이다. 또한 위 글에서는 "당쟁에 몰두하고 있던 당시의 양반 통치배들은 임진조국전쟁과정과 그 승리의 요인을 당쟁의 목적에 유리하게 해석하거나, 개별적 인물들과 사실들을 자기들의 목적에 보합되게 왜곡하거나 과장하여 해석하려고 하면서 당대 역사적 현실의 본질을 왜곡하려고 하였다"라고 하여 역사의 본질을 제대로 전하지 못하고 있는

---

14) 김일성종합대학 편, 『조선문학사』1, 김일성종합대학출판사, 1982(임헌영 해설, 도서출판 천지, 1995), 256쪽.

봉건지배계층의 무능함을 강력하게 비판하고 있는 것도 〈임진록〉의 주제사상의 특성으로 간주하고 있다.

소설 〈임진록〉은 초기 장편소설로서 구성상 미숙성을 가지고 있다. 소설은 전쟁승리의 과정을 하나의 통일적 화폭 속에 담아 보여주는 대신에 여러 의병장들과 명장들의 애국적 투쟁을 순서에 따라 개별적으로 보여주고 있다. 그러나 작품의 전반적 흐름을 볼 때 소설은 명백하게 설정한 구성상 단계를 거쳐 전쟁 승리의 과정을 생동하게 보여주고 있다. 소설의 첫 부분에서는 왜적의 침략 기도와 그들의 불의의 침략, 봉건 통치배들의 국방에 대한 무관심과 무능력성으로부터 오는 전쟁 초기의 정형을 보여준다. 둘째 부분에서는 각지 인민들의 의병투쟁의 강화에 대하여 보여준다. 셋째 부분에서는 전쟁 말기 왜적에 대한 공격의 강화, 각지 의병 대오의 반침략 애국 투쟁의 강화, 남해에서의 해전의 승리, 적의 패주, 전쟁의 승리를 보여준다.[15]

〈임진록〉은 소설이기는 하지만 장편소설이라고 보기에는 미숙한 구성 체계를 갖고 있기도 하다. 그것은 임진왜란 당시에 활약한 여러 인물들의 이야기가 모여 이루어진 창작과정에서부터 기인한 미숙함이기도 하다. 전체적인 맥락에서는 전쟁에 임하였던 사람들의 애국심을 극적으로 그려낸 장점을 갖고 있지만 그 애국적 투쟁이 개별적으로 나열되면서 각 인물 간 일화들의 관련성은 상대적으로 떨어지게 되기 때문이다.

물론 전반적으로 〈임진록〉은 전쟁 승리의 과정을 생동감 있게 보여준다는 점에서는 매우 분명하고 일관된 주제사상을 그려내고 있다. 그렇지만 설화가 모여서 이루어진 소설처럼 보이기에 후대의 장편소설의 인과성이나 연결의 촘촘함과 비교한다면 미숙해 보이는 구성 체계를 갖고 있다고 말할 수 있을 것이다. 그러나 〈임진록〉은 크게 네 부분으로 내용이 구성되면서 각 부분마다의 연계성이 뚜렷하기 때문에 단순히 설화들의 집적으로 인하

---

15) 김일성종합대학 편, 『조선문학사』1, 김일성종합대학출판사, 1982(임헌영 해설, 도서출판 천지, 1995), 257쪽.

여 소설적 구성이 미흡하다고 단정하기는 어려울 것이다. 〈임진록〉의 치밀해 보이는 구성은 다음과 같이 정리해보면 잘 나타난다. 그러니까 〈임진록〉은 첫 부분은 왜적의 침략기도, 둘째 부분은 인민들의 투쟁, 셋째 부분의 왜적에 대한 승세의 흐름, 넷째 부분에서는 전쟁의 승리를 내용으로 구성하면서 격전의 과정과 승리로의 도달이 박진감 있게 그려지고 있다는 것이다. 어떤 점에서는 이처럼 분명한 구성상의 흐름이 마련되어 있었기에 여러 설화가 들고나고 하는 것도 가능했으리라 본다.

> 소설 〈임진록〉은 크게 네 부분으로 구성되어 있다. 소설의 첫 부분에서는 임진조국전쟁이 일어나기 직전의 국내외 정세와 전쟁이 일어나게 된 경위를 밝히고 있다. 둘째부분에서는 임진년(1592년) 4월 우리나라를 불의에 침략한 왜놈들의 야수적인 반행과 부패무능한 반동통치배들의 비겁한 반역행위를 폭로하고 있으며 셋째 부분에서는 나라의 여러 지방들에서 의병이 일어나고 바다와 육지에서 우리나라 군대들이 원수들에게 거듭 참패를 안김으로써 마침내 강점된 조국땅을 회복하고 전쟁승리를 이룩하게 되는 과정이 형상되고 있다. 마지막 부분에서는 왜적을 조국강토에서 몰아낸 다음 사신이 일본에 건너가서 항복을 받아오는 장면이 그려져 있다. 소설은 이야기 줄거리를 기본적으로 역사적 사실과 일치시키면서도 실제한 사건과 인물들을 단순하게 기록한 것이 아니라 예술적으로 일반화하였다.

〈임진록〉을 구성하고 있는 네 개의 서로 다른 내용은 전쟁이 일어나게 된 경위, 전쟁으로 인한 피해상황, 전쟁을 이겨내기 위한 인민들의 투쟁, 마침내 전쟁의 소용돌이에 넘어간 조국 땅을 회복하는 대단원 등으로 정리할 수 있다. 그리고 이러한 내용 구성의 틀은 기본적으로 역사적 사실로 전해지고 있는 사건과 인물들의 일화를 단순한 기록에 머물게 하지 않고 예술적으로 승화시킨다. 예술적 승화의 과정에서 환상적인 인물로 거듭나게 되는 것은 의병대장들과 애국명장들이다. 그리하여 〈임진록〉은 전쟁의 과정과 승리로의 도달과 더불어 전쟁영웅들의 다채로운 모습을 잘 그려낸 작품이 되는 것이다.

3.3. 전쟁영웅의 형상화

소설 〈임진록〉은 임진조국전쟁의 진행과정을 역사적 순차에 따라 폭넓게 보여주면서 일본 침략자들을 반대하는 투쟁에서 공훈을 세운 애국명장 이순신 장군을 비롯하여 정문부, 곽재우, 김덕령, 김응서, 서산대사, 사명당 등 의병장들과 애국적 인물들의 활동을 위주로 형상하고 있다.[16]

〈임진록〉은 전쟁 상황을 헤쳐 나가는 인물들인 전쟁영웅들을 그려내고 그 이미지를 확장시키는데 집중한 경향이 있다. 그에 따라 역사적 순서에 따라 전쟁의 과정을 보여주면서 이순신, 정문부, 곽재우, 김응서, 서산대사, 사명당 등 수 많은 애국적 인물들의 활동 상황을 적극적으로 그려내는 것이다. 그 과정에서 각 인물들은 상당히 환상적이고 이인적인 풍모를 갖게 되기도 한다.

그것은 의병장들과 애국명장들을 형상함에 있어서 환상적 수법을 많이 쓰고 있는데서 잘 나타나고 있으며 특히는 일본에 사신으로 건너가 왜왕에게서 항복을 받아오는 사명당의 형상창조에서 두드러지게 표현되고 있다. 소설은 다양한 수법으로 그려진 예술적 형상을 통하여 이순신, 정무부, 김덕령, 김응서 등 우리나라의 애국명장들과 의병장들이 정신도덕적 풍모에 있어서나 지략과 용맹에 있어서 원수들보다 우월하다는 것을 강조하고 일본 침략자들이 아무리 횡포하고 간악하여도 결국은 우리 민중의 애국적 투쟁 앞에 참패를 면할 수 없다는 것을 보여주고 있다.[17]

소설 〈임진록〉은 인민들과 의병장, 명장, 개별적인 애국적 인물들의 양

---

16) 정홍교·박종원,『조선문학개관』1, 사회과학출판사, 1986(도서출판 진달래, 1988), 170쪽.
17) 정홍교·박종원,『조선문학개관』1, 사회과학출판사, 1986(도서출판 진달래, 1988), 170쪽.

상을 진실하게 창조하였을뿐 아니라 나라의 운명은 아랑곳하지 않고 일신의 안전만을 생각하는 봉건통치배들의 비겁성과 죄악상을 날카롭게 폭로하고 있다.[18]

의병장들과 애국명장을 환상적인 수법으로 형상화하는 것에서 자주 사용되는 것은 도술을 부릴 줄 아는 이인으로서의 풍모를 강조하는 것이다. 사명당은 그런 모습을 아주 잘 보여주는 인물 중 하나이다. 〈임진록〉의 결말 부분에서 사명당은 왜국을 찾아가서 자신을 해치려는 왜인들의 계략에 전혀 넘어가지 않고 오히려 왜왕을 두려움에 떨게 하는 힘을 보여준다.[19] 또한 〈임진록〉에서 애국명장들과 의병장들이 정신 도덕적 풍모에서나 지략과 용맹에 있어서 뛰어나다는 것을 강조하고 있는데 이것은 〈임진록〉에서 봉건통치배들의 무능함이 집중적으로 형상화된 것과는 다른 측면이라고 할 수 있다. 그러니까 이처럼 애국명장과 의병장의 능력이 탁월함을 강조하는 의도는 우리가 결코 힘이 없어서가 아니라 무능한 몇몇 때문에 일본에 침략을 당한 것이며, 실은 우리는 침략자들보다 훨씬 우월한 영웅들, 전쟁에서 활약상을 돋보인 전쟁영웅들이 언제 어디에서나 출현 가능한 우수한 민족임을 강조하려는 데 있다고 본다. 그렇기 때문에 〈임진록〉은 몇몇 중요하게 등장하는 애국명장과 의병들 이외에도 알려지지 않은 인민들의 영웅적 형상화를 매우 극적으로 보여주게 되는 것이다.

---

18) 김춘택, 『조선고전소설사연구』, 김일성종합대학출판사, 1986, 95쪽.
19) 백순남, 「임진록의 이본고찰」, 『조선고전문학연구』1, 문학예술종합출판사, 1993, 243~244쪽. 전쟁이 끝난 뒤에 사명당이 왕명을 받아 왜국에 사신으로 가게되었다. 왜인들은 사명당을 궁지에 몰려고 애를 썼다. 왜인들이 쇠로 지은 집에 사명당을 묵게 한 뒤에 불을 때서 집안을 시뻘겋게 달구고 문을 열어 보았더니 사명당이 있는 방에는 성에가 낄 정도로 차가웠다. 간교한 왜인들이 이번에는 쇠말을 달구어 놓고 사명당에게 타라고 하였다. 사명당이 서산대사가 있는 향산을 향하여 절을 하였더니 순간 오색구름이 하늘에 가득 일어나 뇌성벽력이 천지를 진동하였다. 사명당은 말 등에 올라 왜왕에게 목을 내놓지 않으면 왜국을 바다로 만들어버리겠다고 호령하였다. 놀란 왜왕이 조선을 침노한 것에 대하여 사죄하면서 살려만 주면 조선국 은혜를 갚겠다고 하였다. 사명당은 왜왕을 크게 꾸짖고 조선에 조공을 할 것을 명하였다. 그리하여 사명당은 왜인의 흉계를 물리치고 왜왕의 항복을 받아 돌아왔다.

소설 〈임진록〉은 이야기줄거리의 구성에서뿐 아니라 등장인물들의 인물창조에서도 고유한 특성을 가지고 있다. 작품은 무엇보다도 임진조국전쟁은 먼 옛날부터 내려오던 애국투쟁의 역사를 이어 받은 전인민적인 전쟁이라는 것을 형사적으로 보여주기 위하여 인민들의 형상창조에 관심을 돌리고 있다.[20]

소설 〈임진록〉에서 인민들의 형상은 왜적을 반대하는 투쟁의 중심에 서 있는 군상으로 또는 개별적인 인물형상으로 창조되면서 전쟁의 승리적 과정은 그들의 애국심과 슬기, 그들의 지혜와 용감성에 의하여 실현되여간다는 것을 밝히고 있다.[21]

소설 〈임진록〉은 인민들의 애국적 투쟁을 수많은 생동한 군상을 통하여 보여주었을뿐 아니라 개별적인 인물형상을 통하여서도 인상 깊게 보여주고 있다. 계월향과 임욱경, 충남이 등이 그 실례가 된다. 평양기생 계월향은 비록 녀성의 몸이지만 김응서 장군과 함께 성내에 도사리고 있는 적장 소서비를 처단하며 용사 임욱경은 대동강을 건너 적을 습격하고 돌아오는 길에 수많은 적들을 족치며 부대의 철수를 보장하다가 장렬한 최후를 마친다.[22]

위 글에서 나타나듯이 〈임진록〉은 오래전부터 이어진 애국투쟁의 역사를 이어 받은 전인민적인 전쟁에 관한 작품이다. 그렇기에 그 전인민들이 갖고 있는 애국영웅으로서의 자질을 인민들이 적극적으로 전쟁에 참여하여 목숨을 바쳐 나라를 구하려고 고군분투하는 모습으로 보여주고 있는 것이다. 이처럼 〈임진록〉은 전쟁에 참여한 인민들의 애국심과 슬기, 지혜와 용감성을 하나하나 강조하며 전쟁영웅으로서의 면모를 형상화해낸다.

정문부는 의병을 일으킬 때 뜻있는 사람들과 더불어 깊은 산속에 찾아가 기도 하고 혹은 여러 고을에 들려 〈우리 조선이 일조에 왜국천하가 되었으

---

20) 김춘택, 『조선고전소설사연구』, 김일성종합대학출판사, 1986, 91쪽.
21) 김춘택, 『조선고전소설사연구』, 김일성종합대학출판사, 1986, 91쪽.
22) 김춘택, 『조선고전소설사연구』, 김일성종합대학출판사, 1986, 92쪽.

니 그대들인들 어찌 비감치 않으리오〉라고 부르짖기도 하고 또는 여러 고을 관가에 령을 내려 〈왜적을 치고 한번 장검으로 조선강산을 건져내고자 하니 각읍 장관이나 백성들이나 충절 가진 사람들은 모두 향응하여 한가지로 도적을 파하자〉고 호소하기도 하였다. 그리하여 정문부의 의병부대에는 인민들과 관군이 속했던 수많은 군인들이 구름 모이듯 집결하였을뿐 아니라 각 고을의 관속들도 〈언제 의병이 이르러 왜적을 칠가 바라기를 대한 칠년에 운우바래듯 하였다〉고 환성을 울리며 달려왔다. 이렇게 조직되고 강화된 의병부대를 지휘한 정문부가 한편으로는 나라와 민족을 배반한 국세필과 같은 반역자들을 처단하며 다른 편으로는 그 주력을 왜장 가등청정의 군사를 격파하는데 돌림으로써 적들로 하여금 혼비백산하여 달아나버리게 하였다.[23]

인민의 애국투쟁의 의지에 대한 것은 정문부가 의병을 규합하는 내용에서도 다시 볼 수 있다. 위 글에서 나타나듯이 정문부는 의병을 모으기 위하여 갖은 노력을 아끼지 않는다. 정문부가 이와 같이 의병을 모을 즈음에는 왜적의 침노가 일파만파가 되어 형세가 어떻게 될 것인지 알 수 없는 위태로운 지경이었지만, 정문부는 두려워하지 않고 사람들을 모았고, 사람들도 언제 의병을 일으켜 왜적을 칠것인지에 대한 기대를 마치 큰 가뭄이 7년이나 되었을 때 비가 내리기를 바라는 간절함으로 드러내며 의병이 된다.

정문부의 의병규합 과정에서 인상적인 것은 인민과 관속이 모두 하나의 마음으로 의병부대가 만들어가는 지점이 될 것이다. 비록 전쟁은 나라를 도탄에 빠뜨렸지만 정문부와 같은 헌신적인 지도자가 새롭게 부상하면서 서로 어울릴 것 같지 않았던 인민과 관속이 하나 되는 마음으로 모여 왜적을 물리치는 쾌거를 이루게 되는 배경이 된다.

이와 같은 헌신적 지도자적인 이미지는 비단 정문부에 국한되지 않는다. 〈임진록〉에 등장하는 의병장들은 어떻게든 인민을 규합하여 왜적을 물리치겠다는 의지와 그 의지에 따른 지도력을 각각 잘 발휘하였기 때문이다. 그

---

23) 김춘택, 『조선고전소설사연구』, 김일성종합대학출판사, 1986, 94쪽.

런 점에서 〈임진록〉을 통해 형상화되는 전쟁영웅은 독단적으로 활약하는 모습에 그치지 않고 인민과 함께하는 영웅으로서의 면모도 갖추었다고 보아야 할 것이다.[24]

3.4. 장르적 특성과 문학사적 의의

소설 〈임진록〉은 반침략 조국방위에 싸움에 나선 민중들의 투쟁을 소홀히 취급한 제한성을 가지고 있으나 임진조국전쟁당시의 현실을 폭넓게 반영하고 나라를 지켜싸운 역사적 인물들의 형상을 통하여 애국주의 사상과 민족적 긍지를 표현하였으며 우리 글로 씌여진 중세소설의 첫작품의 하나인 것으로 하여 봉건시기 소설문학의 발전 역사에서 중요한 자리를 차지한다.[25]

〈임진록〉은 북한에서는 설화냐 소설이냐하는 장르론에 관한 논쟁의 중심에 있지 않았다. 이 글에서 자료로 삼은 북한연구물에서 〈임진록〉은 의심할

---

24) 물론 〈임진록〉 이본에 따라서는 인민전체와 함께하는 전쟁영웅의 모습보다 전쟁영웅의 개별적 능력에 더 집중한 경우도 있다. 백순남, 「임진록의 이본고찰」, 『조선고전문학연구』1, 문학예술종합출판사, 1993, 255쪽. "〈임진록〉 첫째 류형의 작품들에 등장하는 김응서, 리순신, 곽재우, 정문부, 리일 등 수많은 력사적 인물들은 모두 애국심이 강하고 뛰여난 지략과 용맹을 지닌 비범한 영웅으로 형상되여있다. 그런데다가 여기에 허구적인 사건들과 인물들도 끌어들여 임진조국전쟁에서 발휘한 애국명장들과 인민출신 영웅들의 위훈을 더욱 강조하고 있다. 이는 당대 인민들의 사상감정을 대변하고 있는 창작자 또는 필사자(전달자)들의 사상적립장과 관점, 감정이 그대로 반영된 것이 라고 할 수 있다. 첫째 류형의 작품은 임진조국전쟁이 끝난 후 전재오가 관련한 수많은 이야기가 전해지고 인민대중의 미학정서적요구도 계속 높아짐에 따라 문학화되였다고 보게 된다. 둘째 류형의 〈임진록〉이본들은 인민들 속에서 전해오는 구전설화에 기초하여 창작되였다. 이 작품들은 사건체계 인물들이 첫째류형과는 많이 다르다. 첫째 류형은 애국명장들과 의병장들의 투쟁에 형상을 집중시켰으나 둘째 류형의 작품들에서는 김덕양, 김응서, 강홍립, 사명당을 중심에 놓고 그들의 초인간적인 지략과 용맹, 신술을 보여주고 있다. 설화적인 요소가 많이 삽입된 이 류형의 작품들에는 인민대중의 지향과 념원이 더 강하게 반영되여있다. 력사적사실과 구전설화가 결합된 셋째류형의 작품들은 리순신, 곽재우, 정문부, 김덕양, 김응서, 강홍립, 사명당 등의 형상을 집중적으로 보여주고 있다."
25) 정홍교·박종원, 『조선문학개관』1, 사회과학출판사, 1986(도서출판 진달래, 1988), 70쪽.

바 없이 17세기에 등장한 중요한 소설작품이었다. 이는 남한연구에서 초기에 〈임진록〉이 설화인가 소설인가하는 장르론이 중심연구주제였다는 것과 차별되는 것이기도 하다. 위 글에서 확인할 수 있듯이 〈임진록〉은 중세소설의 첫작품이면서 우리글로 씌어진 작품이기에 봉건시기 소설문학의 발전에 기여한 작품이다.

> 한문본은 주로 한학자들에 의하여 창작되였으며 한문을 아는 지식층에게 읽힐 것을 목적하였다면 국문본은 인민들 자신에 의하여 인민들에게 읽힐 것을 목적으로 창작보급되였다. 전자에 있어서는 그 창작담당층의 계급적 제약성으로 말미암아 그들의 관념화된 유교 사상이 작품의 사상예술성을 일정하게 제약하였다면 국문본은 기본적으로 구전설화에 의거하여 그 내용과 형식에 있어서 훨씬 더 인민적 성격을 띠게 되었다. 국문본 〈임진록〉은 승리한 인민들의 앙양된 자주정신과 애국주의사상을 반영하면서 랑만성이 풍부한 것이 특성으로 되어 있다.[26]
>
> 한문본은 주로 한학자들에 의하여 창작되였으며 한문을 아는 지식층에게 읽힐 것을 목적하였다면 국문본은 인민들 자신에 의하여 인민들에게 읽힐 것을 목적으로 창작보급되였다. 전자에 있어서는 그 창작담당층의 계급적 제약성으로 말미암아 그들의 관념화된 유교 사상이 작품의 사상예술성을 일정하게 제약하였다면 국문본은 기본적으로 구전설화에 의거하여 그 내용과 형식에 있어서 훨씬 더 인민적 성격을 띠게 되었다. 국문본 〈임진록〉은 승리한 인민들의 앙양된 자주정신과 애국주의사상을 반영하면서 랑만성이 풍부한 것이 특성으로 되어 있다.[27]

그리고 〈임진록〉은 한문본과 국문본으로 나눌 수 있는데, 북한에서는 인민을 대상으로 한 국문본 〈임진록〉에 논의를 집중하는 경향을 보인다. 그에 따라 한문본 〈임진록〉은 지식층의 관념화된 유교사상에 지배를 받아 작품의 사상예술성이 제약이 있었다고 보고, 국문본 〈임진록〉은 기본적으로 구전설

---

26) 김하명, 『조선문학사』4, 사회과학출판사, 1992, 166쪽.
27) 김하명, 『조선문학사』4, 사회과학출판사, 1992, 166쪽.

화에 의거하였기에 그 내용과 형식이 훨씬 자유롭다고 본다. 나아가 국문본 〈임진록〉이 승리한 인민들의 자주정신과 애국주의 사상을 더 잘 반영했다고 평가한다.

> 소설 〈임진록〉은 반침략 애국사상을 주제로 한 장편소설로서 그 후 우리나라 소설 발전에 적지 않은 경험을 넘겨 주었다. 후기 군담소설인 〈박씨부인전〉, 〈임경업전〉 등은 소설 〈임진록〉의 경험을 이어받은 것이다.[28]

〈임진록〉은 반침략 애국사상이라는 주제가 뚜렷한 장편소설로 후기 군담소설에 지대한 영향을 미치게 된다. 특히 〈박씨부인전〉, 〈임경업전〉이 〈임진록〉의 영향을 받은 후속작품이다. 그리고 〈임진록〉은 17세기 문학 발전에서 특징적인 현상[29]이라 할 수 있는 반침략조국방위의 투쟁을 반영한 애국주의 문학의 흐름에 기여한 작품이기도 하다.

> 그리하여 임진 조국전쟁의 서사시적 화폭을 통하여 조서 인민의 애국적 영웅성을 훌륭히 보여준 〈임진록〉은 우리의 고전 유산 가운데서도 빛나는 자리를 차지하고 있다.[30]

무엇보다 〈임진록〉의 가치는 조선인민의 애국적 영웅성을 충실하게 구현한데 있다. 그렇기 때문에 위 글에서는 〈임진록〉이 임진조국전쟁을 잘 그려낸 서사시적 성향을[31] 갖고 있으며 그 과정에서 구현된 인민의 애국적 형상화로

---

28) 김일성종합대학 편, 『조선문학사』1, 김일성종합대학출판사, 1982(임헌영 해설, 도서출판 천지, 1995), 258쪽.
29) 정홍교·박종원, 『조선문학개관』1, 사회과학출판사, 1986(도서출판 진달래, 1988), 168쪽. "17세기 문학발전에서 특징적인 것은 무엇보다도 반침략조국방위의 투쟁을 반영한 애국주의문학이 하나의 뚜렷한 흐름을 이루고 발전한 것이다."
30) 조선민주주의인민공화국 과학원 언어문학연구소 문학연구실 편, 『조선문학통사』(상), 과학원출판사, 1959(화다, 1989), 313쪽.
31) 조선민주주의인민공화국 과학원 언어문학연구소 문학연구실 편, 『조선문학통사』(상), 과학원출판사, 1959(화다, 1989), 311쪽. "〈임진록〉은 7년에 걸친 임진조국전쟁의 화폭을 담은 우수한

인하여 고전 유산 중에서도 빛나는 자리에 있을 수 있다고 강조하고 있는 것이다.

4. 남한 연구와의 비교

남한에서의 〈임진록〉 연구의 대체적인 흐름에 대해서는 1990년에 「〈임
진록〉 연구의 현황과 전망」을 발표한 신태수의 논의를 중심으로 정리해볼
수 있다. 신태수에 의하면 〈임진록〉 연구는 초기부터 1980년대 이후까지
제1기, 제2기, 제3기로 나뉘면서 변화를 거듭해온다. 그에 따르면 제1기인
1935~1965년까지는 〈임진록〉의 국문본과 한문본의 차이를 구명하는 데 관
심이 집중되었다. 그에 따라 한문본은 〈임진록〉으로 보지 않고, 국문본만을
〈임진록〉으로 보거나, 국문본과 한문본을 모두 소설로 간주하거나, 국문본
과 한문본이 모두 허구적인 작품이기에 단지 역사기록물로 〈임진록〉을 이
해하는 데 그쳐서는 안 된다는 논의로 심화되었다.[32]

그 뒤 제2기인 1966~1980년대의 〈임진록〉 연구는 소설로 인정되는 〈임진
록〉을 어떻게 분석할 것인가의 관심이 높아져서 역사와 소설의 대응을 통한
사회사적 연구맥락에서 〈임진록〉을 분석하게 된다. 그에 따라 문학의 사회
적 기능이나 민중의식의 탐구와 관련된 〈임진록〉 연구방향이 활성화되고

작품일뿐만 아니라 우리들의 일대민족서사시편이라 하여도 과언이 아니다."

[32] 신태수, 「임진록 연구의 현황과 전망」, 『문학과 언어』제11집, 문학과언어연구회, 1990,
239쪽. "제1기의 임진록 연구는 국문본과 한문본의 차이점을 구명하는 데 관심이 집중되
었다. 김태준은 아예 한문본을 임진록으로 보지 않았고, 그렇다고 국문본을 소설로 본
것도 아니다. 이명선, 주왕산 이후로는 국문본, 한문본을 모두 소설로 간주하되 국문본이
한문본보다 주체의식이 더 강할 것이라는 논거를 새롭게 내세웠다. 이에 김기동은 국문
본 못지않게 한문본 또한 허구성이 강함을 실제 작품을 들어 이의를 제기하고 기록 수단
으로 내용을 파악해서는 안 된다는 선례를 남겼다. 김태준에서 김기동으로 이어질수록
논의가 구체화되고 있으나 자료를 다루는 방법의 한계, 목적론적인 시각으로 인해 주제
는 천편일률적으로 정신으로 승리한 문학이니 복수문학이니 하며 여기에 가치를 두는
데서 벗어나지 못했다."

양적으로 많은 연구물들이 축적되기에 이른다.

그러나 〈임진록〉을 인물 전승별로 해체하고 분석하는 경향이 주류를 이루고, 문학과 역사의 대비를 곧바로 하는 과정에서 문학이 사상이나 민중의식을 찾는 수단에 그친 측면도 나타난다.[33] 제3기인 1980년대 이후 〈임진록〉 연구는 연구의 방향이 다양해지면서 사회사적 고찰을 통하여 담당층의 의식을 밝히고자 하거나, 영웅 전승별로 독립하여 영웅별 특성을 찾으려고 하거나, 여러 장르와의 대비를 통해 연접 양상을 찾고자 하거나, 구조적 원리를 모색하는 방향으로 논의가 축적되고 있다.[34]

신태수가 살펴본 〈임진록〉 연구의 현황에 대한 논의는 1990년에 발표된 논문에 실려 있고, 지금 이글에서 이러한 사항을 소개하고 정리하는 시점은 2012년이므로 〈임진록〉연구의 현황과 전망이 발표된 시점으로부터 근 20여년이 흐른 셈이다. 그리고 그 시간동안 〈임진록〉연구는 신태수가 정리한

---

33) 신태수, 「임진록 연구의 현황과 전망」, 『문학과 언어』제11집, 문학과언어연구회, 1990, 244쪽. "제2기의 임진록 연구는 장르 문제가 주된 관심거리였고, 또한 이설이 없을 정도로 해결이 된 시기이기도 했다. 최진원에서 소재영에 이르기까지 설화로 규정되다 조동일에 의해 소설로서 그 위상이 굳어진 것이다. 장르에 대한 문제가 사라지자 소설로서의 임진록을 어떻게 분석할 것인가하는 문제가 새롭게 대두했다. 역사와 소설의 대응을 통한 사회사적 연구방법이 소재영에 의해 제기되고 임철호를 거치면서 문학의 사회적 기능이나 민중의식의 탐구가 왕성하게 일어났다. 양적으로 연구논문이 증가했고 질적으로 자료 자체에 근거한 방법론이 대두했으니 제1기의 성과를 크게 뛰어넘은 것은 두말할 나위도 없다. 그러나 임진록을 인물전승별로 해체해서 다루는 경향이 주류를 이루었기에 명목은 소설이되 연구방향은 설화로 나아갔고, 문학과 역사를 곧바로 대비함으로써 문학이 사상이나 민중의식을 찾아내는 수단으로 떨어지기도 했다."
34) 신태수, 「임진록 연구의 현황과 전망」, 『문학과 언어』제11집, 문학과언어연구회, 1990, 249쪽. "제3기의 임진록 연구는 관심의 다변화로 특징지을 수 있다. 사회사적 고찰을 통해 담당층의 의식을 밝히는 방향, 영웅 전승별로 독립시켜 그 특징을 찾으려는 방향, 여러 장르와의 대비를 통해 연접 양상을 찾으려는 방향, 구조적 원를 모색하려는 방향으로 정리할 수 있는데 어느 한 방향이 주류를 점하기보다는 상호의 논의가 각기 뚜렷한 특징을 지니는 것이 이채롭다. 이것은 임진록의 실상이 그만큼 다면적이어서 다양한 시각에서 접근할 필요가 있음을 의미한다. 방법론에 대한 재고가 요청되는 경우도 없지 않지만, 민중의식이나 역사의식을 추출하기 위해 임진록을 단순히 보조 자료로 이용하는 사례는 거의 사라졌으며 작품 자체의 연구를 통해 의미를 파악하고 올바른 위상을 정립하려는 노력이 어느 방향에서나 기본적으로 나타난다."

제3기의 연구 흐름과 같은 맥락에서 더욱 심화되어 오고 있는 듯하다.

최근의 연구는 〈임진록〉에 등장하는 영웅적인 인물들의 활약상이 해당 인물과 관련된 다른 자료들과의 연계 속에서 다시 확인되고 재의식되면서 의미를 심화시키는 방향으로 나아가고 있기 때문이다. 이제 다음에서는 〈임진록〉에 관한 북한 연구 경향에서 강조하고 있는 측면을 고려하면서 남한에서의 〈임진록〉 연구의 흐름을 생각하기로 한다.

4.1. 형성 배경과 전승 과정

조동일에 의하면 "〈임진록〉에 수용된 구비전승은 상층의 관여가 거의 없는 민중의 전승에 따른 결과"이다.[35] 그에 따르면 〈임진록〉은 민중의식의 구비문학적이며 소설적인 표현이기 때문에 임진왜란에 관한 어떠한 문헌기록도 갖지 않는 독자적 가치를 가진 작품이라 할 수 있다. 또 한편으로 〈임진록〉은 문헌설화로 전승되는 임진왜란 당시의 설화와 〈임진록〉의 전승에 개입된 구비설화를 통하여 〈임진록〉의 형성 배경과 전승 과정의 일단을 살필 수 있는 중요한 작품이다.

〈임진록〉은 일본, 즉 왜적을 징치하는 내용이 증대되는 과정에서 단편에서 점차 장편화하면서 전승되는 변화가 나타나기도 한다. 일본과의 전쟁에서 받은 고통을 극복하려는 의지를 담고 전승되는 〈임진록〉이었기에 왜적의 징치 장면이 늘어나면서 더욱 흥미진진하게 이야기가 전개되는 경향도 보이게 된다.[36] 그 과정에서 많은 이본들이 생성되게 된다.

---

35) 조동일, 〈임진록〉, 『한국고전소설작품론』, 집문당, 1990, 288~289쪽.
36) 신태수, 「임진록 작품군의 장편화 경향과 흥미지향」, 『한민족어문학』 21집, 한민족어문학회, 1992, 193쪽. "우선 경판본을 보기로 한다. 전체가 상, 중, 하권으로 이루어져 있다. 상권 서두에 제시된 왜국의 유래, 평수길의 탄생, 성장, 관백이 되기까지의 내력을 제외하면 상, 중권에서는 역사적 사실이 거의 그대로 나타난다. 그러나 하권에 이르면 사건이 달라진다. 강홍립과 김응서의 정왜, 사명당의 정왜가 이어지는데, 역사와는 다른 내용으로 일관된다. 역사에 충실한 부분은 조선 국내에서 왜적을 물리치는 내용이라면 역사에서 벗어나는 부분은 국외에서 왜적을

그동안 〈임진록〉의 이본을 체계적으로 분류하고 계열화하는 작업은 소재영[37], 임철호[38] 등에 의하여 적극적으로 이루어져 왔다. 이본의 형성과정에서 변화의 주된 역할을 하는 것은 구비설화의 삽입이다. 그러니까 〈임진록〉의 주된 내용에 인물별로 다양한 구비설화가 삽입되면서 양도 늘어나고 변화도 일어나게 된다. 그런데 이러한 구비설화의 경우 〈임진록〉의 서두와 결말 부분에 집중적으로 삽입되는 경향성을 보인다. 또한 〈임진록〉에 구비설화가 덧붙여지는 경우도 있지만, 〈임진록〉에서 해당 인물에 관한 이야기가 구비설화로 파생되는 경우도 있다. 이처럼 〈임진록〉은 구비설화의 자유로운 들어가고 나감에 따라 다채로운 양상으로 전승되어 왔다고 볼 수 있다.[39]

응징하는 내용이라고 할 수 있다. 단편 임진록에서는 조선 국내의 왜적을 물리치는 내용이 압도적인 비중을 차지하는 데 비하면 경판본에서는 조선 국외에서 왜적을 물리치는 내용이 증대되어 조선 국내에서 왜적을 물리치는 내용과 거의 대등한 비중을 보인다. 경판본에만 이런 현상이 나타나는 것은 아니다. 100쪽 이상 200쪽 미만인 이본, 200쪽 이상인 이본이라면 어디서나 이런 현상을 찾아볼 수 있다. 단편에서 벗어나 장편이 될수록 정왜 장면의 서술이 늘어나고 작품 내에서의 비중이 커지므로 정왜 장면이야말로 읽을거리 중의 읽을거리로 여겨졌다고 할 수 있다."

37) 권혁래, 「16·17세기 동아시아적 경험과 기억으로서의 일본인 형상 -조선후기 역사소설을 대상으로」, 『열상고전연구』26집, 열상고전연구회, 2007, 35쪽. "소재영은 설화 모티브와 표기수단을 기준으로 하여 20여 종의 이본들을, 역사성을 바탕으로 한 작품군, 역사성을 바탕으로 의도적 설화를 가미한 작품군, 설화를 바탕으로 한 한문본 계열의 작품군, 설화를 바탕으로 한 한글본 계열의 작품군,의도적 설화들을 발췌 편집한 작품군, 다섯 계통으로 나누었다

38) 임철호, 「〈임진록〉의 전승과 구비설화」, 『고소설연구』5권 1호, 한국고소설학회, 1998, 212쪽. "〈임진록〉은 어떤 이본을 연구의 대상으로 했느냐에 따라 결과가 달라질 수 있는 작품이다. 〈임진록〉의 이본 가운데에는 내용과 성격이 완전히 달라 별개의 작품으로 볼 수도 있는 이본도 있다. 지금까지 이 작품의 성격이 야사기록물, 혹은 설화의 집합체로 파악된 대부분의 경우는 역사성과 설화성이 강한 특정 이본을 대상으로 했기 때문이다. 필자는 70여종의 이본을 분석, 정리하여 〈임진록〉의 형성배경과 전승과정의 일단을 밝힌 바 있다. 〈임진록〉의 이본들은 이질적인 요소가 많기 때문에 독자적으로 존재할 수 있으면서도 '임진록 전승'이라는 총체적인 전승에서 파악하면 밀접한 관련성을 지니기도 한다."

39) 임철호, 「〈임진록〉의 전승과 구비설화」, 『고소설연구』5권 1호, 한국고소설학회, 1998, 243쪽. "〈임진록〉의 계열간 전승에서 구비설화가 삽입된 경우의 대부분이 연결부위에 집중되어 있다는 것과 또한 이본간의 전승에서 구비설화가 삽입된 경우의 대부분이 서두와 결말 부분에

4.2. 주제 사상적 내용 및 구성

김기동에 따르면 "7년이란 공전의 큰 전쟁을 겪은 우리 겨레는 태평세월의 꿈에서 잠을 깨었고, 국가에 대한 의식이 굳어졌으며, 민족에 대한 자각을 하게 되어 적개심과 복수심에 불타게 되었던 것이니, 이와 같은 시대정신을 주제로 하여 쓴 소설이 임진록"[40])이었다고 하며 우리 고전 소설 중에서 반일감정이 가장 강하게 나타난 것이 〈임진록〉임을 강조한 바 있다. 그렇기에 〈임진록〉은 그 주제사상적 내용이 다른 어떤 작품보다도 선명한 특성을 갖게 된다.

〈임진록〉은 역사적 사실을 배경으로 허구적 인물들이 등장하여 민중적이고 민족적인 소망을 해결하려는 데 그 취지를 둔 작품이기도 하다.[41] 그런 점에서 〈임진록〉은 민중들이 지닌 자각과 분노를 표리하여 형성된 성장의 문학이면서 민족의 문학이라는 것이 매우 뚜렷하게 나타나는 작품이기도 하다.[42]

소설로서의 〈임진록〉은 한 작가의 작품이 아니라 여러 사람이 여러 작품을 집적한 구성적 특성을 갖고 있기도 하다. 이렇게 말할 수 있는 이유는

집중되어 있는 현상은 〈임진록〉의 중간에 끼어들기 힘들정도로 이질적인 요소가 있다는 것을 의미한다. 〈임진록〉과 구비설화의 관계는 물론 〈임진록〉에 구비설화가 개입된 경우도 있지만, 〈임진록〉에서 구비설화로 파생된 경우도 있기 때문에. 〈임진록〉에서 파생된 구비설화에 대한 구체적인 검토가 이루어지면 보다 분명하게 드러날 것이다."

40) 김기동, 『임진록』, 서문당, 1978, 1쪽.
41) 강형모, 「임진록에 나타난 김덕령 전승양상」, 『한국언어문화』24집, 한국언어문화학회, 2003, 94쪽. "〈임진록〉은 임진왜란이란 역사적 사실을 배경으로 한 작품이지만, 역사현장에 없는 허구적 사실이 가미되어 있다. 그리고 임진왜란에 활동하였거나 허구적 인물을 등장시켜 민족적, 민중적 소망을 해결하고자 하였다. 따라서 〈임진록〉의 내용은 여러 인물이나 주제항목이 나열된 이야기 집합군으로 각각 독립된 이야기는 완결성을 지니면서도 전체적으로 임진왜란의 상황을 그려내고 있다. 그러므로 각 주지들은 형식논리적 또는 인과론적인 상호관계에서 일관성이 법칙에 의해서 제시 전개되는 이야기가 아니라 임진란의 전경을 조감하고 우리 민족의 항전 현장을 각각 대표화하고 있다."
42) 소재영, 『임병양란과 문학의식』, 한국연구원, 1980, 264쪽. "임진록은 시간적 변화를 의식하면서 각성기의 민중들로 하여금 내적인 자각과 외적인 분노를 표리하여 형성된 성장의 문학이요, 민족의 문학임이 증명되었다"고 하였다.

〈임진록〉에 실려 있는 작품 하나하나가 각각 개별적인 내용을 담고 있기 때문이다.

〈임진록〉이 다양한 인물관련 설화들이 모인 작품이라는 것은 하나의 특성이기도 하다. 〈임진록〉은 설화를 적절하게 배치하면서 중요한 구성적 요소를 이루고, 점진적으로 확장되고 심화되는 측면을 가지고 있다. 동시에 〈임진록〉은 평민의 분노와 평민의 관용이라는 서로 다른 감정 상태를 각각 책임지고 있는 관묘설화와 사명설화를 배치하여 입체적인 평민의식을 구현해낸 장점도 갖고 있다.[43)]

4.3. 전쟁영웅의 형상화

〈임진록〉에 등장하는 임진왜란 때 활약한 영웅들은 이인의 풍모를 지니고 있다. 이렇게 이인적 속성을 지닌 영웅들은 갖가지 도술을 부려 전쟁을 승리로 이끌어 간다. 〈임진록〉에 이인의 형상을 한 영웅이 등장하게 된 것은 그러한 영웅이 그려지기를 기대한 민중의 소망과 관련된다. 민중들은 전쟁터에서 힘들게 싸우는 인물들에게 도술을 부여하여 쉽게 영웅적 존재로 탈바꿈 시키고 전승하면서 〈임진록〉 속의 한 영웅으로 자리 잡게 한 것이다. 그 결과 〈임진록〉의 영웅상은 임진왜란 당시 선풍이 크게 위세를 떨

---

43) 김장동, 「임진록의 설화고-關廟說話와 泗溟說話를 중심으로-」, 『동아시아 문화연구』 4집, 한양대학교 한국학연구소, 1983, 99쪽. "〈임진록〉은 설화의 집대성이라고 할만큼 설화가 요소요소에 적절히 배치되어 있어 중요한 구성적 요소를 이루고 있다. 그런데 설화는 평민의식의 투영이므로 임진록은 다수의 평민의식이 가미되어 정착된 소설이다. 특히 〈임진록〉에 투영된 설화 중에서도 관묘설화와 사명설화는 대조적인 위치에 있다. 관묘설화는 〈임진록〉의 발단에서부터 요소요소에 장치되어 소설적 기능을 발휘하고 있으며, 관묘설화는 대미에 장치되어 평민들의 설분의식을 첨예화하고 있다. 그러면서도 관묘설화는 설분과 복수라는 민족적 적개심으로는 한계를 드러낸 반면에, 사명설화는 관용과 설분이 분비어어 평민의식을 투영하고 있다 하겠다. 〈임진록〉의 설화 중에서 관묘설화와 사명설화를 소설의 수용면에서 분석해보았다. 이 두 설화는 평민들의 의식면에서 그 문학적 가치를 찾아야 할 것이다."

치면서 전란을 통하여 활약하였던 인물의 이인적인 내면세계가 점차 이인 설화로 확장되면서 구체적으로 형성되는 것이다. 이러한 이인적인 풍모는 임진왜란 이후 소설이 발흥되는 지점에서는 거의 모든 군담소설에 반영되면서 영웅이면서 이인의 풍모를 지닌 인물들의 등장이 자연스러워 진다.[44]

특히 〈임진록〉에서 이인의 모습으로 형상화되는 전쟁영웅들의 모습은 이후 군담소설에서도 계속 이어지는 것이기도 하다.[45] 〈임진록〉에서 형상화되는 전쟁영웅 중에서 극적인 측면을 많이 갖고 있는 인물을 들자면 김덕령을 들 수 있을 것이다. 김덕령의 경우 〈임진록〉의 여러 이본 계열에서 조금씩 다른 모습으로 형상화되면서 전승되어 오고 있다.[46]

---

44) 최삼룡, 「〈임진록〉의 영웅상에 대한 고찰-이인영웅으로의 변모를 중심으로-」, 『국어국문학』107호, 국어국문학회, 1992, 35쪽, "임진왜란을 배경으로 한 〈임진록〉에서도 임진왜란에서 활약한 인물들을 영웅화함으로써 싸움을 승리로 이끌어내는 이야기를 창출한 것이다. 임란의 인물들이 싸움을 승리로 이끄는데 있어서는 무엇보다도 도술이라는 날개가 필요했다. 민중들은 그들에게 도술을 부여함으로써 쉽사리 영웅적 존재로 탈바꿈시킬 수 있었다. 도술이야말로 난국을 해결해 나가는데 가장 손쉬운 방편이 될 수 있을 뿐만 아니라, 이야기를 더욱 흥미있고 풍성하게 만드는 소재이기도 하다. 당시에 이인으로 풍문이 있었던 도교 수련자의 면모야말로 도술적 이야기를 이끌어내는 데 있어서 가장 적절한 모티브의 구실이 되었던 것이다. 이미 서술한 바와 같이 임란에 참여하여 활약한 인물 중에는 이인적 면모를 갖추고 있는 자들이 있어, 이들의 행적이 임란을 계기로 항간에 이인설화로 유포되고, 후일에는 임진왜란 설화의 모음이라고 할 수 있는 〈임진록〉을 만들어내기에 이르렀다. 〈임진록〉에는 앞에서 언급한 인물 이외에도 많은 인물들이 이인영웅으로 변이되어 나타남을 볼 수 있다. 이순신, 유성룡, 김응서, 계월향 등 국내의 인물과 이여송, 가등청정, 평수길 등 응원국이나 적국의 장수들도 도술적 능력을 발휘할 수 있는 인물로 나타나 〈임진록〉의 도술적 분위기를 형성하고 있다."

45) 최삼룡, 「〈임진록〉의 영웅상에 대한 고찰-이인영웅으로의 변모를 중심으로-」, 『국어국문학』107호, 국어국문학회, 1992, 46쪽. "〈임진록〉에서 살펴 본 이인설화를 통해서 우리는 한국고소설에 표현된 이인의 모습을 3가지로 나누어 볼 수 있다. 첫째는 일사적 삶을 유지하며 잠시 세상에 이적을 드러내기도 하지만 끝내는 자취를 감추고 마는 인물로 신선전류의 주인공이 여기에 속한다. 둘째는 그의 이인적 능력을 세상에 나타내어 일약 영웅적 존재로 전환하는 인물로 군담소설의 주인공이 여기에 속한다. 셋째는 이인 영웅을 배후에서 조종하고 음조하는 인물로 군담소설에서뿐만 아니라 기타 유형의 소설에서도 주인공을 도와주는 역할을 한다."

46) 강형모, 「최일형 계열 〈임진록〉에 나타난 김덕령의 영웅화 양상과 의미」, 『한민족문화연구』14집, 한민족문화학회, 2004, 85쪽. "김덕령 전승의 유형양상은 〈임진록〉의 이본연구를 통해 보면 크게 세 가지로 나타난다. 첫째는 김덕령이 역사적 사실을 기초로 〈임진록〉 일부에 등장하는 역사계열에 속하는 유형이다. 둘째는 喪身의 몸인 김덕령이 전쟁에 참가하였다가 간신들의

강형모에 의하면, "〈임진록〉에서 김덕령은 위태한 국가와 도탄에 빠진 백성을 구하여 충과 공을 이루고 이름을 빛내겠다고 한다. 유가에서는 이름을 빛내는 입신양명이 효의 한 방법이다. 김덕령은 어머니에게 충을 이용하여 효를 이루겠다며 출전의 허락을 요구한다. 그런데 어머니는 부친의 상중이며, 재주가 없다는 것, 그리고 독자인 김덕령이 전사하였을 때 조상의 향화를 전할 수 없다는 것 등을 내세워 거절한다. 김덕령이 주장하는 효와 어머니가 요구하는 효에는 개념의 차이가 있다. 김덕령이 주장하는 효는 겉으로 드러나는데 비하여, 어머니가 주장하는 효는 내면적이고 원론적이며, 근본적인 것이다"[47]라고 하여 충과 효의 갈림길에서 고민하는 김덕령의 됨됨이를 조망한다. 그러니까 김덕령은 출전에 앞서 어머니와 타협하기 어려운 형국이었으며, 결국 어머니의 허락을 받지 않고 청전의 진으로 들어가 도술을 부려 승리했지만, 김덕령을 시기한 간신들에 의해 전쟁터에 나와 왕실을 보호하지 않고 청정의 진으로 들어간 역적으로 모함당하여 억울한 죽음을 맞이한 인물이었던 것이다.[48] 이와 같이 김덕령은 뛰어난 능력을 갖고 있음에도 불구하고 위정자들의 간악한 흉계에 의하여 비극적인 죽음을 맞이한 전쟁영웅으로 민중들의 기억 속에 남아 전해지게 되는 것이다. 그래서 〈임진록〉의 김덕령은 민족적 영웅이면서 민중적 영웅이 된다.[49]

모함으로 억울하게 죽었다는 최일형 계열 유형이다. 셋째는 김덕령이 〈임진록〉의 중심인물(주인공)으로 등장하는 관운장 계열이다."

47) 강형모, 「최일형 계열 〈임진록〉에 나타난 김덕령의 영웅화 양상과 의미」, 『한민족문화연구』14집, 한민족문화학회, 2004, 90~91쪽.

48) 조동일, 〈임진록〉, 『한국고전소설작품론』, 집문당, 1990, 301쪽. "소설은 사실과 달리 김덕령이 홀로 싸우며 용력을 실제로 발휘해 외적을 무찔렀다 하고, 외적 및 내적과 맞선 상황을 선명하게 했다. 구비문학적 단순성을 버리지는 않으면서도 이질적인 자아와 세계의 상호우위에 입각한 대결을 심각하게 다루었다"(조동일의 이러한 김덕령에 관한 논의는 백순재 소장 김근수 발표 국본 사본 〈흑농일기〉, 이명선 소장 발표 국본 사본〈흑룡록〉, 이명선이 소장하고 국역으로 발표한 한문본 〈임진록〉, 권영철 소장 한국어문학회 발표국문사본 〈임진록〉을 자료에서 바탕한 것이다)

49) 조동일, 〈임진록〉, 『한국고전소설작품론』, 집문당, 1990, 292쪽. "선조는 덕령은 형장에도 굽히지 않으니 틀림없는 적이라고 판단했다. 그러나 소설을 만든 민중은 김덕령에

〈임진록〉에서 일본과의 해전에서 승리를 이끈 이순신에 대한 기술은 상당한 분량을 차지하고 있다. 그러니까 〈임진록〉의 전승자들은 이순신의 전쟁영웅으로서의 면모를 충분히 그려내고 싶은 의지가 〈임진록〉의 많은 분량을 이순신에게 할애하는 현상으로 드러난 것이다. 그런데 이순신의 영웅적 특성을 확장하면서 허구성을 지나치게 가미하는 과정에서 이순신의 실제 활약상이 희석되는 경향도 생각해볼 수 있다.[50] 또 한편으로 경판본 〈임진록〉에서는 이순신의 사후에 이순신의 어린 시절에 대한 회상과, 이순신을 기리는 백성들의 이야기가 덧붙여져서 책임감 있는 신뢰할만한 전쟁영웅으로 이순신을 기억하고 싶은 민중의 소망이 이순신의 이야기를 확장하고 있다고 볼 수도 있다.[51]

대한 견해가 다르다. 김덕령을 전적으로 동정하고 옹호하는 입장에 서며, 겪은 시련과 비극 때문에 더욱 출중한 영웅으로 숭앙한다. 따라서 소설에서의 김덕령은 민족적 영웅이면서 민중적 영웅이기도 하다. 민족적 영웅인 김덕령은 왜적과 싸우지만, 민중적 영웅인 김덕령은 부당하게 행사하는 집권층과 맞섰다. 왜적은 外敵이고 집권층은 內敵이었다 해도 무리가 없다."

50) 최문정, 『『임진록』에 나타난 조선 武將像』, 『일본연구』, 한국외국어대학교 일본연구소, 2001, 162쪽. "경판본과 숭전대본의 경우는 '지면의 삼할 정도를 이순신의 영웅상을 드러내 보이기 위하여 할애하고 있다'고 소재영도 지적하고 있듯이, 공정한 태도로 이순신에 대해 서술되어 있는 것으로 평가되고 있다. 그러나 이순신의 죽음이 서술되어 있는 위치가 문제다. 경판본과 숭전대본의 경우, 말미에 허구의 전투담을 붙임으로써 이순신 사후에 두 번이나 일본과의 전투가 벌어졌던 것처럼 서술되어 있다. 즉 역사상으로는 이미 이여송이 명나라로 귀국한 후인데, 작품에서는 이여송이 다시 한번 등장하여 그의 지취하에 김응서와 강홍립 등의 장수가 드디어 왜장 淸正을 죽이고 잔적을 모두 물리치는 것으로 되어 있고, 나중에는 일본 원정까지 나서는 것으로 서술되어 있다. 이러한 허구담으로 인해 이순신은 전란의 와중에서 전사한 것으로 되어, 이순신의 실제 활약의 의미가 왜소화되게 된다. 군담화되어 있는 후기 이본의 경우에는 이러한 경향이 더욱 강하게 나타나 있다."

51) 정출헌, 「임진왜란의 영웅을 기억하는 두 개의 방식 —사실의 기억, 또는 기억의 서사」, 『한문학보』21, 우리한문학회, 2009, 321쪽. "이순신을 우의정에 증직하시고 영풍부원군을 봉하시며 시호를 충무공이라 했다. 공은 가정 을사에 생하고 만력 무술에 졸하니 시년이 오십사세나라고 마무리되는 권2를 끝으로 보아도 무방하다. 그럼에도 끝나는 듯하던 작품은 '어찌 되는지 하회를 분석하라'며 권3으로 이어진다. 여기서 흥미로운 점은 권3의 서두부분이 죽은 이순신을 기리던 백성들의 뒷이야기라든가 어린 시절 이순신의 일화들로 채워지고 있다는 점이다. 그 점, 유성룡의 『징비록』에서 살폈던 결말과 비슷한 양상이다. 역사계열에 속하는 경판본 『임진록』이 『징비록』과 친연성을 맺고 있다는 유력한 단서이기도 하다."

〈임진록〉에 등장하는 전쟁영웅 중에서 대일외교에서 큰 성과를 거두면서 우리를 침략하였던 일본을 두렵게 만들면서 우리나라에게 조공을 바치게 한 주요한 인물은 바로 사명당이다. 사명당이 지닌 신통한 법력에 대한 이미지는 매우 지배적이어서 많은 연구자들은 〈임진록〉과 관련된 사명당의 이인적 풍모를 탐색하고 설명하는 데 노력을 기울여오기도 한다. 특히 최근에는 사명당이 일반 민중에게 민중의 좋은 벗이자 보호자이며 구원자로 인지되면서, 민중들이 겪었던 전쟁의 상처를 이겨내고 자존심을 회복할 수 있도록 이끄는 전쟁영웅으로서의 면모를 지닌 인물이었음이 강조되기도 한다.[52]

4.4. 장르적 특성 및 문학사적 의의

북한에서 17세기의 중요한 소설로 인정받아왔던 〈임진록〉은 남한에서는 한동안 설화냐 소설이냐로 그 장르의 구분에 관한 분분한 의견속에서 연구된 작품이다. 그렇지만 1970년대 이후로는 〈임진록〉을 소설로 보는 것에 큰 거부감을 일으키지 않고 〈임진록〉에 등장하는 개별 인물들에 대한 논의가 적극적으로 전개되어 온다.[53]

---

52) 신동흔, 「사명당 설화에 나타난 역사인식-역사인물 설화의 서사적 문법을 통한 고찰-」, 『고전문학연구』제38집, 한국고전문학회, 2010, 306쪽 "일반 민중에게 있어 사명당은 왜란을 종결시키고 민족의 자존심을 회복시킨 최고의 영웅이었다. 사람들은 사명당을 최고의 능력을 지닌 신이한 인물로 보면서도 그를 멀고 높은 곳에 있는 존숭의 대상이라기보다는 그들의 대리자 내지 대변자로 여기며 깊은 신뢰와 일체감을 나타냈다. 사람들은 사명당의 활약을 매개로 하여 전쟁의 상처를 이겨내고 자존심을 회복하여 다시 일어설 수 있는 힘을 얻을 수 있었으니 사명당은 민중의 좋은 벗이자 보호자이고 구원자였다고 할 수 있다. 특히 사명당이 양반 지배층에 속한 인물이 아니라 산사에서 도를 닦던 선승이었다고 하는 사실은 사람들로 하여금 더 깊은 공감과 신뢰 속에 그를 마음에 받아들이게 하는 동인이 되었다고 할 수 있다. 민중은 사명당으로부터 현실 사회의 권력체계 너머 세상의 안쪽 내지 아래쪽에서 역사를 움직이면 큰 힘의 상징적 표상을 찾을 것이라 할 수 있다."
53) 신태수, 「임진록 연구의 현황과 전망」, 『문학과 언어』제11집, 문학과언어연구회, 1990, 236쪽. "근원설화의 소설화 과정에 주안점을 두는 학자들은 임진록이 전설의 덩어리로 되어

〈임진록〉의 장르 인식은 설화에서 소설로 옮겨가면서 달라지는 추세를 보인다. 분명 〈임진록〉은 자아와 세계의 대결양상을 잘 보여주고 있기 때문에 소설이라고 보아야 하지만, 〈임진록〉에 구비전승이 많이 수용되어 있고 여러 인물이 두서없이 등장하기 때문에 설화적인 측면도 만만치 않다. 그래서 임진록의 장르를 소설로 규정하기까지는 여러 연구자들의 오랜 노력이 뒤따랐던 것이다. 또 한편으로 〈임진록〉을 소설로 보면서도 여전히 등장인물들을 해체하여 분석하기 때문에 소설로 안착하는 것이 어렵지 않느냐는 반성적 목소리도 이어지게 된다.

그러나 〈임진록〉의 이본들을 두루 살피면 서두에 나오는 인물, 결말에 나오는 인물이 대체로 일정한 편이고, 특정 사건과 특정 인물의 관련성을 파악하게 되면서 소설이 갖고 있는 유기적인 구성적 특성을 발견할 수 있기에 더 이상 〈임진록〉을 설화와 소설이냐 하는 논의에 매어두지 않고 소설로 보아야 한다는 의견이 지배적이다.[54]

있다고 보아 설화라고 했고, 짜임새를 중시하는 학자들은 전설이 일정한 질서 하에 구성되어 있다고 보아 소설이라고 했다. 설화냐 소설이냐의 논란은 1970년대를 지나면서 소설이라는 쪽으로 판가름 났지만 구체적인 검토를 통해 이런 방향으로 나아갔다기 보다는 근원설화의 연구가 한계를 드러내면서 부수적으로 곁들여진 성과에 불과하다. 왜냐하면 대부분의 학자들은 자료의 성격상 인물과 인물의 상호관계, 작품진행원리를 찾아내기 어렵다고 여기고 한 인물씩 깊이 있게 천착해서 그 결과를 종합하는 방법을 취했기 때문이다. 소설로서의 임진록을 연구한다고 해놓고 인물설화를 다루는 차원에 머물러 있는 것이다."

54) 신태수, 「임진록 연구의 현황과 전망」, 『문학과 언어』 제11집, 문학과언어연구회, 1990, 252쪽. "임진록의 장르인식은 설화라는 쪽에서 소설이라는 쪽으로 이행된 것이 그동안의 추세였다. 장르 인식이 한 단계 나아간 것은 틀림없으나 소설로서의 연구가 이를 따르지 못하고 있는 실정이다. 소설이라고 하면서도 인물 전승별로 해체해서 다루는 방법이 여전히 성행하다고 있으니 설화라는 쪽으로 끌려드는 상황을 면치 못한다. 조동일이 체계적으로 제시한 장르 이론이 임진록 연구에서 더 이상 확장되지 못한 것도 소설적 측면이 부진한 원인일 수 있다. 그러나 가장 주된 원인은 여러 이본을 세밀히 살피지 못한 탓이다. 40여편의 이본을 두루 살펴보면 서두에 나오는 인물, 결말에 나오는 인물이 대체로 일정한 편이고, 특정한 사건에는 특정한 인물이 등장하는 경우가 허다하다. 따라서 인물과 사건, 전승과 전승이 우연적으로 나열되었다고 할 수 없으며 무엇인가 인과적 고리로 묶여 있다고 보아야 할 터이다. 인물 전승의 유기적인 의미를 찾아내고 소설로서의 미적 가치를 부여하려면 각 이본의 개성을 살리되 여러 이본의 특징을 동시에 포괄하는 방법

또 한편으로 〈임진록〉은 평민문학의 정수로 알려져 있기도 하다. 왜냐하면 〈임진록〉은 평민들의 의식과 분노가 생생하게 구현된 소설이기 때문이다.[55] 〈임진록〉은 조선후기 소설사에서 역사적 사건과 인물을 소재로 하여 형상화된 일군의 소설 작품에 속하면서 조선 후기의 국가적 전란과 지배층 내부의 정치적, 이념적 사건 등을 특유의 서사적 형식으로 담아 그 시대의 역사의식 내지 시대정신을 보여주는 의의를 가진 역사소설의 하나로 분류되기도 한다.[56]

〈임진록〉의 문학사적 의의 중 하나로 17세기의 소설사 발전에 기여한 측면을 들 수 있을 것이다. 선행 연구자들은 17세기의 소설적 특성은 서사의 확장과 심화, 소재의 확장, 적극적 현실반영, 환상에 기대지 않는 사실성 추구라고 정리하는데,[57] 이러한 소설적 특성이 〈임진록〉에 어느 정도 실현

론을 개발해야 하겠다."

55) 김장동, 「임진록의 설화고-關廟說話와 泗溟說話를 중심으로-」, 『동아시아 문화연구』 4 집, 한양대학교 한국학연구소, 1983, 99쪽. "〈임진록〉은 평민들의 임진왜란의 역사를 자각하고 의식해서 나타난 민간신앙의 차원에서 설분한 기록이다. 특히 사명설화는 다른 설화보다도 철저하게 표출되어 있어 이를 인증할 수 있다. 그러므로 〈임진록〉은 평민문학의 정수이며, 평민들의 의식과 분노를 집성한 설화소설의 압권이며, 관묘설화보다 사명설화가 평민들의 주체의식이 강하게 반영되어 있어 평민문학으로 높이 평가해야 할 것이다."

56) 권혁래, 「조선 후기 역사소설의 개념과 범주에 대한 소고」, 『열상고전연구』 10집, 열상고전연구회, 1997, 155쪽. "조선후기 소설사에는 역사적 사건과 인물을 소재로 하여 형상화된 일군의 소설 작품이 그 고유한 자리를 지키고 있다. 이른바 〈임진록〉, 〈임경업전〉, 〈신미록〉, 〈박태보전〉 등의 작품이다. 이들 작품들은 주로 조선 후기의 국가적 전란과 지배층 내부의 정치적, 이념적 사건 등을 특유의 서사적 형식으로 담아 그 시대의 역사의식 내지 시대정신을 보여주고 있는데, 문학적으로 독특한 성격을 갖고 있으며 소설사적으로도 중요한 위치를 차지하고 있어 주목된다. 이들 작품들을 묶어 개념화할 때 필자는 역사소설이라 하거니와 혹자는 역사 군담소설이라고도 하고, 또는 실기류나 사실계(寫實系) 소설이라고도 하였다. 몇몇 작품에 대해선 전쟁소설, 군담소설, 전기소설 등의 이름으로 유형화하기도 하였다."

57) 장경남, 「壬·丙 兩亂과 17세기 小說史」, 『우리문학연구』 21집, 우리문학연구회, 2007, 195쪽. "우리 소설사에서 17세기는 본격적인 소설의 시대가 열린 시기로 규정하고 있다. 17세기는 많은 종류의 소설 작품이 등장한 시기이며, 작품의 형식이나 내용면에서도 16세기와는 사뭇 다른 양상을 보이고 있다. 17세기의 소설적 특성을 서사적 편폭의 확대, 소재의 확장, 현실반영의 심화, 환상적 필치의 약화, 사실성 추구 등으로 보는 것은 이전 시기와 비교한 결과이다. 내용 형식면의 변화와 함께 작품 유형의 변화도 큰 폭으로 이루어졌다. 몽유록의 지속적인 창작, 전기소설의 혁신, 가정·가문 소설의 등장, 역사적 사건 및 인물을 소설화한 역사소설의 등장, 한글소설의 창작 등이 바로 17세기에 이루어진 소설사적 성과이다."

되어 있기 때문이다. 〈임진록〉은 역사적 사건과 허구적 이야기의 결합과 다양한 인간 군상을 보여주면서 적극적인 현실의 반영과 서사의 확장 및 심화를 실천하고 있는 작품이라 할 수 있다.

〈임진록〉은 민중의 승리에 대한 희구와 애국이라는 주제의식으로 집중시키면서[58] 계속 전승되고 많은 이본을 통하여 다채로운 방향을 보여준 작품이다. 독자적인 의미를 지닌 개별적인 이야기들이 모여 형성되며 여러 가지 문제 상황들을 헤쳐 나가며 고군분투하는 인물들을 그려낸 〈임진록〉은 그 자체로 '겨레의 회한과 분노가 창조한 승리의 역사물'[59]이라는 점에서 시공을 초월한 영원성을 지닌다고 볼 수 있다.

5. 참고문헌

5.1. 북한 자료

조선민주주의인민공화국 과학원 언어문학연구소 문학연구실 편, 『조선문학통사』 (상), 과학원출판사, 1959(화다, 1989).
김일성종합대학 편, 『조선문학사』1, 김일성종합대학출판사, 1982(임헌영 해설, 도서출판 천지, 1995).
정홍교 · 박종원, 『조선문학개관』1, 사회과학출판사, 1986(도서출판 진달래, 1988).
김하명, 『조선문학사』, 사회과학출판사, 1991.
김춘택, 『조선고전소설사연구』, 김일성종합대학출판사, 1999.

---

58) 소재영, 「임진록의 의식세계」, 『어문논집』19, 20집 1호, 안암어문학회, 1977, 537쪽 "임진록에는 위축되었던 민중의 의지가 승리와 환희로 되살아나 있다. 이것은 대조적 변모의 바닥에는 오랜 시간을 두고 한 덩어리로 응어리진 민족의 얼이 깔려 있다. 그들은 임란의 역사를 하나의 귀중한 교훈으로 되살리면서 왜에 대한 적대적 감정의 도화선으로 수다한 임진록의 설화 속에 불을 붙였다."
59) 소재영, 「임진록의 의식세계」, 『어문논집』19, 20집 1호, 안암어문학회, 1977, 538쪽.

백순남, 「임진록의 이본고찰」, 『조선고전문학연구』1, 문학예술종합출판사, 1993.

5.2. 남한 자료

김기동, 『임진록』, 서문당, 1978.

강형모, 「임진록에 나타난 김덕령 전승양상」, 『한국언어문화』24집, 한국언어문화
학회, 2003.

강형모, 「최일형 계열 〈임진록〉에 나타난 김덕령의 영웅화 양상과 의미」, 『한민족
문화연구』14집, 한민족문화학회, 2004.

권혁래, 「16·17세기 동아시아적 경험과 기억으로서의 일본인 형상 -조선후기 역
사소설을 대상으로」, 『열상고전연구』26집, 열상고전연구회, 2007.

권혁래, 「조선 후기 역사소설의 개념과 범주에 대한 소고」, 『열상고전연구』 10집,
열상고전연구회, 1997.

김장동, 「임진록의 설화고-關廟說話와 泗溟說話를 중심으로-」, 『동아시아 문화
연구』 4집, 한양대학교 한국학연구소, 1983.

소재영, 「임진록의 의식세계」, 『어문논집』19,20집 1호, 안암어문학회, 1977.

신동흔, 「사명당 설화에 나타난 역사인식-역사인물 설화의 서사적 문법을 통한
고찰-」, 『고전문학연구』제38집, 한국고전문학회, 2010.

신태수, 「임진록 작품군의 장편화 경향과 흥미지향」, 『한민족어문학』 21집, 한민
족어문학회, 1992.

신태수, 「임진록 연구의 현황과 전망」, 『문학과 언어』제11집, 문학과언어연구회,
1990.

유병환, 「임진록에 나타난 사명당의 신통법력과 그 의미」, 『한어문교육』8, 한국언
어문학교육학회, 2000.

임철호, 「〈임진록〉의 전승과 구비설화」, 『고소설연구』5권 1호, 한국고소설학회,
1998.

임철호, 「임진록 [M박]본의 형성배경」, 『국어문학』 37집, 국어문학회, 2002.

임철호, 『임진록 이본 연구』I, II, III, IV, 전주대학교출판부, 1996.

장경남, 「壬·丙 兩亂과 17세기 小說史」, 『우리문학연구』 21집, 우리문학연구회,

정출헌, 「임진왜란의 영웅을 기억하는 두 개의 방식 -사실의 기억, 또는 기억의
서사」, 『한문학보』21, 우리한문학회, 2009.

최문정, 「『임진록』에 나타난 조선 武將像」, 『일본연구』, 한국외국어대학교 일본
연구소, 2001.

최삼룡, 「〈임진록〉의 영웅상에 대한 고찰-이인영웅으로의 변모를 중심으로-」, 『국
어국문학』107호, 국어국문학회, 1992.

조동일, 〈임진록〉, 『한국고전소설작품론』, 집문당, 1990.

<강미정>

구운몽

고전문학을 바라보는 북한의 시각

九雲夢

1. 서지 사항

현전하는 『구운몽』의 이본은 한문본이 20여종, 국문본이 30여종에 이른다. 서지적 연구를 주도해온 정규복 교수에 의하면 한문본 『구운몽』은 크게 네 계열이 있는데, 노존A본(老尊A本, 1725년 이전 필사본), 노존B본(老尊B本, 1725년 이전 필사본), 을사본(乙巳本, 1725년 목판본), 계해본(癸亥本, 1803년 목판본) 등이 그것이다. 이 가운데 노존B본을 가장 연대가 오래되고 훌륭한 이본으로 평가하고 있다. 국문본은 경판본과 완판본의 목판본과 활자본으로 1913년에 유일서관에서 발행한 『연정구운몽(演訂九雲夢)』을 비롯한 10여종, 한문현토본, 필사본 등이 있다. 국문본 가운데서는 필사본인 서울대본이 최고본이고, 최선본이라는 평을 듣고 있다. 그리고 이것은 한문본 노존B본을 국역한 것으로 확인되고 있다.[1]

현재 남한 학계에서는 서포 김만중이 〈구운몽〉을 최초로 창작할 때는 한문으로 지었고, 이것이 동시대에 국역이 이루어져 유통이 되었다는 견해가

---

1) 『구운몽』의 이본에 대한 논의는 정규복, 『구운몽원전의 연구』, 일지사, 1977 ; 김병국 교주·역, 『구운몽』, 서울대출판문화원, 2009의 서문을 참조한다.

힘을 얻고 있다. 일찍이 이명구는 서울대본을 원본으로 추정하여 국문원본설을 제기[2]하였는데, 이후 정규복이 한문원본설을 주장하고 노존본을 통해 이를 입증하였다. 그 결과 대체로 한문원본설을 학계에서 수용하는 입장이다.

북한에서는 모든 문학사와 작품해설집에서 국문원본설을 당연하게 받아들이고 있으며, 어떤 이견도 보이지 않는다. 그도 그럴 것이 당대의 기록을 근거로 하면서 국문원본설을 공식적인 입장으로 취하고 있기 때문이다.

> 회헌 리정작은 ≪이사재기문록≫에 쓰기를 김춘택이 한문으로 번역한 ≪구운몽≫과 ≪사씨남정기≫를 읽은 어떤 사람이 ≪옥린몽≫15권을 지었다고 하였다.
> 고전소설 ≪구운몽≫은 대외적으로도 알려진 작품이다. 이 소설은 17세기말에 우리 나라에서 한문으로 번역된후 중국과 일본에 소개되였다.[3]

이정작의 기록을 토대로 하면 서포가 한글로 지은 작품을 그의 종손(從孫)인 북헌 김춘택이 거의 동시대에 한문으로 번역하여 유통시켰고, 그 결과 〈옥린몽〉과 같은 작품들이 창작되었다는 논리이다. 이러한 기록들을 굳이 들지 않더라도 주체성을 강조하는 북한 학계의 분위기라면 국문원본설이 당연해 보인다.

그리고 연구사에서 연구 대상으로 삼는 텍스트는 구체적으로 무엇인지 확인할 수 없지만 53장본 장회체라고 거듭 인용[4]하는 것을 보면 한문본이나 서울대 소장본은 아닌 듯하다.[5] 북한에서는 1958년에 조선고전문학선집을 발간하는데, 이때 『김만중 작품선집』에 〈구운몽〉을 수록하였다. 그 체제

---

2) 이명구, 「구운몽고」, 『성균학보』 2집, 성균관대학교, 1955 ; 이명구, 「구운몽평고」, 『성균학보』 3집, 성균관대학교, 1958.
3) 윤기덕, 「고전장편소설 〈구운몽〉이 후기 중세창작에 준 영향」, 『조선고전문학연구』1, 문학예술출판사, 1993, 288쪽.
4) ≪구운몽≫은 53회의 장회체소설로서 장편의 구성을 가지고 이야기가 전개되고 있다(김하명, 『조선문학사』4, 사회과학출판사, 1992, 308쪽).
5) 한문본인 노존본과 이를 국역한 서울대 소장본은 16장으로 구성되어 있다.

가 53장 장회체로 구성되어 있는데, 주석을 한 신구현에 의한 편제라고 볼 수 있겠다. 그 후 1991에 새롭게 발간한 조선고전문학선집 64『김만중작품집』은 림호권이 윤색하였는데, 그 체제 역시 53장 장회체로 되어 있으나 각 장의 제목이 한문투 문장에서 한글로 번역되어 있을 뿐이다. 그렇다면 이는 1958년에 발간한 저본을 다소 윤색한 것으로 보여진다.

이 두 텍스트는 각각『김만중 작품선집』과『김만중작품집』으로 〈사씨남정기〉, 〈윤씨행장〉과 더불어 수록되어 있는데, 국내에도 영인되어 소개된 바 있다.

2. 작품개요

〈구운몽〉의 줄거리를 직접 정리할 수도 있겠으나 여기서는 북한의 시각에 중심을 두고 있으므로 줄거리 정리에서도 북한의 관점을 읽기 위해 북한에서 정리된 줄거리를 원문 그대로 옮겨 둔다. 북한 문학사에서 〈구운몽〉에 대한 논의가 그렇게 장황하지 않기 때문에 전체 경개를 수록한 경우는 없다. 이 줄거리의 전반부는 김춘택의『조선고전소설사연구』(김일성종합대학출판사, 1986)의 내용을 끌어왔고 여기서 소략하게 처리해 버린 여덟 여성과의 결연과정의 줄거리는 조선문학창작사 고전문학실에서 발간한『고전소설해제』1(문예출판사, 1988)을 인용하였다. 후자가 전자의 내용을 고스란히 취해오고 다만 양소유와 여덟 여성의 결연담 부분만을 추가로 정리하였으므로 전체 흐름에는 문제가 없어 보인다.

륙관대사가 형산의 다섯개봉우리 가운데 하나인 련화봉에 큰 법당을 짓고 거기에서 5백~6백명의 제자를 모여놓고 불도를 닦고있었다. 여러제자들

가운데서 불법을 잘 깨닫고 리해하는자는 30여명 되었는데 그 가운데서도 성진이가 으뜸이였다.

성진이는 용모가 잘 생겼을뿐아니라 총명하여 나이 스무살에 벌써 불교 경전인 삼장경문을 환히 알고있었다.

그러므로 륙관대사는 그를 특별히 사랑하여 장차 그로 하여금 자기의 불도를 이어나가게 하려고 마음먹었다.

대사는 모든 제자들을 한자리에 모여놓고 불경을 배워주었는데 그럴 때마다 동정룡왕이 자주 헌옷차림을 한 늙은이로 변신하여 법석에 나타나 대사의 강론을 유심히 들었다. 불법을 배우려는 룡왕의 이러한 기특한 행동에 감동된 대사는 직접 룡궁에 찾아가 룡왕에게 사의를 표시하려고 했으나 몸이 늙고 병들어 좀처럼 법당의 문을 나설 기회를 얻지 못했다.

어느날 대사가 여러 제자들앞에서 ≪누가 나를 대신하여 룡궁에 들어가 룡왕께 사례하고 돌아오겠는가?≫라고 하니 성진이가 가겠노라고 대답하였다.

그리하여 성진이는 대사의 명을 받고 동정룡궁으로 길을 떠났다.

룡궁에 들어가 룡왕이 차린 잔치에까지 참가하고 다시 련화봉으로 돌아오는 길에 성진이는 산기슭을 감도는 시내가에 가로놓인 돌다리를 건느려다가 거기에서 때마침 팔선녀를 만나게 된다. 그들은 모두 옥황상제의 명을 받들고 선녀, 선동들을 맡아보는 남악 위부인의 휘하에 있는 선녀들이였다.

원래 선도를 닦는 남악선녀 위부인과 불도를 닦는 륙관대사는 같은 산봉우리를 가운데 두고 서로 동서로 나누어져 살고있었는데 그들이 닦는 도가 각각 다른데다가 자연이 다사하여 서로 만나보지 못하고있었다.

마침내 위부인은 대사한테 안부를 전하고 구구한 정성을 표시하기 위해 여러 선녀들을 그에게로 보내였다.

성진이가 돌다리우에서 만난 팔선녀들이 바로 그들이였다.

바여흐로 화창한 봄날이여서 선녀들은 돌다리우에서 련화봉의 절승경개와 맑은 시내물에 비치는 자기들의 황홀한 그림자를 즐기고있었다.

성진이가 금방 룡궁에서 돌아온 사연을 말하고 잠간 길을 비켜달라고 공손히 말하자 팔선녀들 역시 위부인의 심부름으로 륙관대사한테 문안하러 갔다 돌아오는 길이라고 하면서 예로부터 행로에서는 사나이는 왼켠으로 녀인은 오른켠으로 피한다고 하지만 본래 다리가 좁아서 피할수 없으니 ≪화상님은 다른 길로 가소서.≫라고 했다.

성진이가 불법대로 손을 들어 사례하며 ≪물이 깊어 다른 길이 없사오니 어데로 가라고 하시나이까 잠간만 길을 열어 주소서.≫라고 하자 팔선녀들은 ≪옛날 석가여래(부처)의 제자 아란존자는 엽귀잎을 타고 큰바다도 건넜다고 하는데 화상이 진실로 불도를 닦는 륙관대사의 제자이면 어찌 조그마한 시내물을 건느지 못하여 녀인들과 더불어 길을 다투나이까.≫라고 하면서 조롱한다.

이 말을 들은 성진이는 녀인들이 필경 길값을 받으려는 심사라고 생각하여 복숭아꽃 한가지를 꺾어 선녀들의 앞에 던졌다. 순간 꽃은 변하여 여덟개 맑은 구슬이 되여 밝은 빛을 뿌리고 그윽한 향기를 내뿜으니 팔선녀들은 얼굴에 미소를 띄운채 각각 한개 구슬씩 받아가지고 하늘로 올라갔다.

늦어서야 법당에 돌아온 성진이는 낮에 만났던 팔선녀들의 아름다운 모습이 삼삼히 떠올라 밤이 깊어가도 잠을 이루지 못하였다.

무엇보다도 불교의 도에 대해 의문을 품게 되었다. 성진이는 불교에서 도를 닦는다는것은 한그릇 밥과 한잔 정화수를 떠놓고 수십권 경문에 넘주를 목에 걸고 설법을 하는것뿐이니 그 도가 아무리 높고 깊다할지라도 적막함이 극심한 일이라고 생각해보기도 하였다.

그럴수록 그는 사나이 세상에 태여나서 눈으로 고운 빛을 보고 귀로 묘한 소리를 들으며 부귀공명을 누려보려는 욕망을 억누를수 없었다.

그날밤 잠못 이루고 모대기던 성진이는 륙관대사의 부름을 받고 법당에 나타나 그의 엄한 질책을 받게 되었다.

대사가 크게 꾸짖으며 꼽은 성진의 죄명은 이러하다.

도를 닦는 중이 룡궁에 들어가 술을 마시였으니 그 죄 작지 아니하고 돌아오는 길에 복숭아꽃가지를 꺾어 팔선녀를 희롱하고도 법당에 돌아와서는 불법을 잊어버리고 인간세상의 부귀를 생각하는 욕망을 더욱 은근히 간직하였다는 것이다.

성진이가 눈물을 떨구며 ≪불도≫를 닦는 중이 ≪도장을 버리고 어데로 가리있가.≫라고 애원하자 대사는 ≪네 가고저 하는데로 가게 함이니 어찌 여기서 머물러있게 하랴.≫라고 꾸짖으면서 황건력사를 불러 성진이를 지옥의 염라대왕께 보내였다.

성진이 한참 염라대왕의 심문을 받고있을 때에 거기에는 낮에 만나보았던 팔선녀들도 끌리여왔다.

엄한 심문끝에 염라대왕은 ≪이 아홉사람을 각각 인간세상으로 가게하라.≫라고 하였다. 염라대왕의 말이 떨어지자 홀연히 대풍이 일어나더니 아홉사람들을 공중으로 휘몰아올려 사면팔방으로 흩어져가게 했다.

그리하여 성진이는 회양도 수주현에 사는 양처사집 류부인의 몸에서 인간으로 태여나니 그 성은 양이고 이름은 소유라고 했다. 팔선녀들도 각각 인간세상에 태여난다.

양소유가 세상에 태여나자 원래 신선이였던 그의 아버지 양처사는 하늘로 올라가버리고 그는 어머니 류씨슬하에서 자란다.

그리고 옥황상제에게 모여살던 팔선녀들도 각이한 신분의 녀인으로 자라난다.[6]

양소유는 어렸을 때부터 열심히 공부하여 명성을 날렸다. 그리하여 그는 열네댓살에 문무를 달통하고 과거보러 서울로 올라갔다.

그는 서울이 멀지 않은 화음현의 아름다운 버들숲에 이르러 가던 길을 멈추고 시를 지어 읊었다.

버들숲가의 한 다락우에 앉아 수를 놓던 한 녀인이 낮잠을 자다가 그 소

___
6) 김춘택, 『조선고전소설사연구』, 김일성종합대학출판사, 1986, 256~259쪽.

리에 깨여 내려다보니 용모 비범한 젊은 사나이가 올려다보는것이였다.

그 녀인은 일찌기 어머니를 여의고 홀아버인 진어사의 슬하에서 자란 진채봉이라는 처녀였다. 이때 진어사는 서울에 올라가고 진소저가 집을 지키고있는중이였다.

그는 후일에 아버지한테 말씀드려 이 총각한테 시집가리라 생각하고 유모에게 그 젊은이의 성명과 주소를 물어보라고 하면서 시 한편을 지어보냈다.

이 시가 인연이 되여 그들은 밝은날 서로 만나기로 약속하였다.

그러나 이밤에 서울에서 반란이 일어나고 모두들 피난가는바람에 양소유 역시 진채봉을 직접 대면해보지 못하고 산속으로 은거하게 되였다.

여기서 양소유는 한 도사를 만나 거문고와 퉁소를 배우고 도술을 적은 책을 받게 되였다.

몇달후 산속에서 나온 양소유는 진어사의 집을 찾았다. 다락은 이미 재가 되고 린근마을의 집들도 황폐화되여 진채봉의 소식을 물을길 없었다.

주막주인더러 물으니 그의 대답인즉 진어사가 역적과 공모한 죄로 극형을 받아 죽었다는것과 진채봉은 서울에 잡혀갔고 그후의 소식은 잘 모른다는것이였다.

양소유는 눈물을 뿌리고 집으로 돌아갔다.

어머니 류씨는 새봄이 돌아오자 다시금 과거보러 떠나는 그에게 서울 자청관에 자기의 이종사촌형이 있는데 그를 찾아가 어진 혼처를 구하라고 당부하였다.

그가 락양현에 이르렀을 때였다. 갑자기 소낙비가 쏟아져내렸다. 비를 피하여 술집으로 들어간 양소유는 그 술집주인으로부터 천진교근방에 이름있는 술집이 있다는 소리를 들었다.

그 술집으로 양소유가 찾아갔을 때 수많은 젊은 선비들이 앉아서 시를 지어 계섬월이라는 기생에게 바치고있었다.

계섬월은 자색과 가무가 가장 뛰어난 명기로서 고금글을 무불통지하고 글의 우렬을 알므로 이 젊은이들이 지은 시들중 마음에 드는것만 골라 가곡에 넣는다는것이였다.

양소유는 좌중의 젊은이들이 한결같이 청하므로 못이기는척하면서 시 세수를 지어 계섬월에게 주었다. 곧 이 시들은 계섬월의 가곡에 오르게 되였다.

이날밤 양소유와 계섬월은 굳은 인연을 맺었고 백년해로할것을 언약하였다.

계섬월은 고을아전으로 있던 아버지를 일찍 여의고 계모의 속임수에 의하여 술집에 팔리워온 불쌍한 녀인이였다.

그는 자기처럼 일찌기 부모를 여의고 창기가 된 적경홍이란 명기를 소개하면서 경홍은 자기와 한사람을 섬길것을 다짐하였으나 지금 산동제후궁중에 들어갔으니 이 사정을 알릴길 없다고 안타까워하였다. 그러면서 서울에 가면 정사도의 딸을 꼭 찾아보라고 하였다.

계섬월은 정소저의 인물과 재능을 소문을 통하여 들었던것이다.

양소유는 서울에 이르러 곧바로 어머니가 권하던 자청관의 친척을 찾아갔다.

그 친척은 놀랍게도 계섬월이 꼭 만나보라던 정사도집의 딸 이야기를 하면서 장원을 하면 혼인이 가망있을것이라 하였다.

양소유는 정소저의 어머니 최부인이 음률을 매우 좋아한다는것을 알고 녀복차림을 한다음 거문고를 가지고 이 집에 접근하여 소저와 만나 곡조의 우렬과 의미를 론하였다.

그러던중 정소저는 거문고를 타던 ≪녀인≫이 남자라는것을 알아차리고 몸을 숨겼다.

며칠후 양소유는 장원급제하여 한림이 되였다. 정사도는 양소유를 사위감으로 지목하고 곧 청혼하였다. 양소유는 이에 선선이 응하였으며 정소저는 이미 선을 뵈온 사실이 있으므로 부끄러워 어찌할바를 몰라하였다.

그는 자기와 함께 일생 한 남자를 섬기기로 한 가춘운이라는 처녀를 시켜 양소유에게 분풀이를 하기로 작정하였다.

원래 가춘운은 승상부의 아전으로 있었던 아버지를 따라 서호에서 서울로 올라온 처녀였는데 아버지가 일찌기 병사하자 정사도의 집에서 고이 자라났었다.

양소유와 정소저가 정혼한 다음 가춘운은 정소저와 짜고 양소유를 심산유곡에 있는 별당으로 유인하였다. 춘운은 거짓선녀로 되어 그를 유혹하기도 하고 귀신으로 가장하여 재치있게 속여넘기기도 하였다. 이리하여 가춘운도 양소유와 인연을 맺었다.

양소유는 그후 연나라에 사신으로 가서 연왕을 항복시키고 돌아오다가 천진교술집에서 계섬월을 만나며 그의 주선으로 연왕의 궁중에 다시 들어가 명기인 적경혼과 인연을 맺는다.

그날밤 그는 연왕의 궁전에 들어갔다가 숙소에서 시를 읊고있는데 어디선가 퉁소소리가 간간이 들여오므로 그에 화답하여 옥퉁소로 두어곡조 분것이 인연이 되어 란양공주의 배필로 지목되게 되었다.

황제와 태후는 양소유를 궁안으로 불러들이고 그의 글재주를 시험하였다. 이때 궁녀들이 부채에 시를 써준것이 계기로 되여 궁녀로 있던 진채봉이 양소유를 알아보게 되였다.

황제는 어명으로 정사도의 집에 준 양소유의 봉채를 물리게 하며 자기 누이인 란양공주를 양소유와 결혼시키려 하였다.

이렇게 되자 양소유는 란양공주와 결혼할수 없는 사정을 적어 황제에게 상소하였다. 상소를 받아보고 크게 노한 황제의 명령으로 양소유는 옥에 갇히우게 되였으나 그는 거기서도 자기의 지조를 굽히지 않았다.

이때 토번이 강성하여 십만대병으로 나라에 쳐들어왔다.

양소유는 대장군이 되어 삼만명의 군사를 거느리고 국내에 쳐들어온 적을 무찔렀다. 그러고나서 그는 적의 소굴을 들이칠 뜻을 황제에게 말하여 승낙받고 곧 대원수로 되여 토번을 공격하여 항복받았다.

이때 적의 자객 심요연은 양소유의 위풍에 눌려 스스로 자기의 정체를 드러내고 그의 첩으로 되기를 원하였다. 그리하여 양소유와 심요연은 인연을 맺게되었다.

양소유는 토번을 치고 돌아오는 길에 백룡담에 있는 룡왕의 딸 백룡파와 인연을 맺고 그의 도움으로 백룡담의 물을 마시여 고통을 겪는 군사들을 구원하게 되었다.

한편 양소유가 출전한후 란양공주는 정경패의 용모와 례절이 뛰여나다는 소문을 듣고 그를 만나보기 위하여 수놓은 족자를 파는 행인으로 가장하고 정사도의 집근처에 숙소를 잡았다.

이 족자를 보고 정소저는 리소저(란양공주가 변성명하였음)를 만나보려는 의향을 표시하였다.

며칠 후 정소저를 만난 란양공주는 자기의 신분을 밝히고 그를 자기 어머니인 태후에게 데리고 갔다.

황제는 란양공주를 통하여 정소저의 인품과 덕행을 알게 되여 그를 황태후의 양딸로 삼고 영양공주라 부르게 하였으며 이 두 공주를 전승하고 돌아온 양소유의 부인으로 삼도록 하였다. 그리고 진채봉의 전후사를 듣고는 그를 첩으로 얻게 하였다.

그후 양소유는 승상이 되였고 자기와 인연맺은 가춘운, 계섬월, 적경홍, 심요연, 백룡파 등도 첩으로 맞아들였다.[7]

양소유는 전세에 인연이 있었을뿐아니라 인간세상에서도 서로 기이하게 만나 다정한 사이에 있던 여덟명의 녀인들과 더불어 어머니를 모시고 부귀영화를 마음껏 누리다가 마침내 벼슬을 버리고 《취미궁》이라는 리궁에서 한가한 여생을 보낸다.

하루는 여덟명의 녀인들을 데리고 리궁의 서편에 있는 높은 봉우리에 올라가 끝없이 넓은 자연의 조화와 지난날의 력사의 자취를 굽어보니 지금까지 살아온 인간세상의 생활이 한순간의 꿈처럼 느껴졌다.

---

7) 조선문학창작사 고전문학실, 『고전소설해제』1, 문예출판사, 1988, 56~60쪽.

소설은 양소유가 ≪불도≫를 닦아 팔선녀와 더불어 극락세계로 들어가려는 것으로 끝난다.[8]

3. 북한의 연구

〈구운몽〉에 대한 북한의 연구 동향을 파악하기 위해 참고한 국내에 유입된 북한의 자료는 다음과 같다. 문학사가 6종이며, 작품집이 2종, 작품해제가 1종, 연구논문이 2종 발견된다.

① 조선민주주의인민공화국 과학원 언어문학연구소 문학연구실 편, 『조선문학통사』(상), 과학원출판사, 1959(화다, 1989).

② 사회과학원 문학연구소, 『조선문학사』 고대·중세편, 과학백과사전출판사, 1977(『조선문학통사』1, 이회문화사, 1996).

③ 김일성종합대학 편, 『조선문학사』1, 김일성종합대학출판사, 1982(임헌영 해설, 도서출판 천지, 1995).

④ 정홍교·박종원, 『조선문학개관』1, 사회과학출판사, 1986(도서출판 진달래, 1988).

⑤ 김하명, 『조선문학사』4, 사회과학출판사, 1992.

⑥ 김춘택, 『조선고전소설사연구』, 김일성종합대학출판사, 1986.

⑦ 윤세평, 「서포 김만중에 대하여」, 『김만중 작품선집』, 국립문학예술서적출판사, 1958.

⑧ 최언경, 「김만중작품집에 대하여」, 『김만중작품집』, 문예출판사, 1991.

⑨ 조선문학창작사 고전문학실, 『고전소설해제』1, 문예출판사, 1988.

⑩ 윤기덕, 「고전장편소설 ≪구운몽≫이 후기 중세창작에 준 영향」, 『조선고전문학연구』1, 문학예술출판사, 1993.

⑪ 김춘택, 「우리 나라 고전소설연구에서 나서는 몇가지 문제」, 『조선고전문학연구』1, 문학예술종합출판사, 1993.

---

8) 김춘택, 『조선고전소설사연구』, 김일성종합대학출판사, 1986, 259쪽.

위에 든 참고문헌 중 ①~⑥은 〈구운몽〉이 언급된 고전문학사나 고전소설 사이며, ⑦과 ⑧은 김만중의 작품을 수록한 고전문학선집의 서문에 해당하며, ⑨는 고전소설 해제집으로, 작품의 줄거리와 설명들이 덧붙어 있다. ⑩과 ⑪은 개별 논문으로서, 특히 ⑩은 〈구운몽〉에 대한 독자적인 논문으로서 눈여겨 볼만하다.

이들 참고문헌에서 〈구운몽〉에 대한 평가와 논의의 비중은 크게 차이가 나는데, ⑦~⑪까지는 대체로 출판 당시의 문학사의 논조를 그대로 따르는 추세이다. 그러므로 ①~⑥까지의 문학사의 흐름을 통해 북한에서 〈구운몽〉에 대한 평가 추이를 진단할 수 있다.

3.1. 시대에 따라 달라지는 작품에 대한 평가

〈구운몽〉에 대한 북한 문학계의 평가는 시대에 따라 크게 달라지고 있어 주목을 요한다. 이는 북한 체제의 사상적 변화 흐름에 따라 고전문학 개별 작품에 대한 평가도 달라지고 있다는 것을 확인할 수 있는 지점이다. 1960년대 후반 이후 주체사상이 본격적으로 강조되면서 문학사에서 다루는 작품들은 부침(浮沈)이 있고, 그 평가도 긍정에서 부정으로, 다시 긍정으로 변화하는 일정한 흐름이 발견된다. 특히 〈구운몽〉은 17세기 후반 양반사대부의 전형이라 할 수 있는 김만중에 의해 창작되었고, 그 내용이 조선시대 사대부들의 이상을 적극적으로 담고 있다는 평가를 받는 작품으로서 이 같은 변동을 그대로 수용하고 있다.

북한의 문학사에서 작가 김만중에 대해서는 대체로 긍정적인 평가를 내리고 있다. 병자호란 당시 강화도에서 항거하다 투신한 그의 부친 김익겸과 몰락한 집안을 일으키기 위해 헌신한 그의 모친 해평윤씨에 대해 모두 긍정적인 시각을 드러내고 있다. 다만 그의 가계 전반에 대해서는 언급을 회피하여 조선 예학의 거두로 불리는 그의 증조부인 사계 김장생에 대해서는 일체 언급하지 않는다. 그의 부모에 대한 긍정적인 평가와 더불어 김만중에 대해서는 효자, 국문문학의 우수성을 주창한 문인, 국문 장편소설들을 창작한 작가, 그리고 초기 실학자의 면모를 갖춘 학자 등으로 훌륭하게 평가하는 입장이다. 그리고 그의 창작 소설 가운데서는 이 글에서 다루는 〈구운몽〉에 비해 〈사씨남정기〉를 훨씬 비중 있게 평가하고 있다. 그 이유는 사실주의적인 작품으로서 당대의 문제를 용기 있게 다루었다고 보기 때문이다. 그에 비해 〈구운몽〉은 낭만주의적 작품으로서 평가가 시대에 따라 상반되고 있다.

우선 1959년에 출판된 ①에서는 장황하지는 않지만 작품에 대해 대체로 긍정적인 평가를 내리고 있다. 여기서는 17세기 문학을 논의하는 자리에서 작가 김만중과 작품의 창작 경위, 〈사씨남정기〉를 비중 있게 다루면서 〈구운몽〉도 비슷한 비중으로 논의하고 있다.

> 이 작품의 보다 본질적인 면은, 전래의 설화를 모찌브로 하여 중세기적인 환상의 세계를 빌려서 봉건적 제 이데올로기적 구속으로부터 벗어나려는 인민들의 낭만적 요구를 충족시킨 데 있다.(중략)
> 그러나 작품은 비록 불교적인 과거, 현재, 미래의 삼세(三世)에 걸친 인과 관계로 사건의 시작과 종말이 이어지고 또 현세(現世)에 있어서 유교적인 제 관계가 지배적인 것이 사실일지라도 작가가 보여 주려는 기본 사상은 그러한 봉건적 제 이데올로기적 구속과 질서의 속박으로부터 벗어나려는 개성해방의 강렬한 지향이다.
> 정경패와 난양공주의 실례에서 보는 것과 같이 봉건 전제주의하의 어떠한 명령과 질서도 아랑곳없이 자기의 소신을 관철시켜 나가는 그러한 개성적인 인물로 성격지어지고 있다.
> 여기에 「구운몽」은 당시 인민들의 반봉건적인 개성 해방의 지향을 반영하면서 그들이 낭만적 요구를 충족시킨 작품으로 되었는바, 「구운몽」은 인민들의 가장 널리 애독된 작품의 하나로서 그 주인공들은 그 후의 「춘향전」,

「심청전」, 그리고 시가들에서도 자주 인용되었다.[9]

　이 시기 북한문학사에서는 이 작품이 개성 해방의 강렬한 의지를 표출한다고 평가하고 있다. 이를 위해 중세기적 환상을 차용하고 인민들의 낭만적인 요구를 수용하고 있다고 보고 있다. 그래서 주인공 성진이 양소유로 환생하는 적강소재 자체가 불교계율에 대한 심각한 항거로 보는 입장이다. 이러한 항거를 표면화하기 위해 정경패나 난양공주와 같은 개성적인 인물을 설정하여 중세 봉건 이데올로기에 대항하도록 했다는 것이다. 이와 같은 개성 해방 지향이 인민들에게 큰 반향을 일으켜 널리 읽히고, 그 결과 이후의 고전 작품 속에 많은 영향을 끼쳤다는 논의이다.

　이 문학사가 집필된 1959년은 북한 사회에서 주체사상의 태동하기 이전 시기이므로 불교적 인물인 성진이나 유교의 이상을 실현한 양소유와 같은 인물들이 반봉건의 대표로 평가 받을 수 있었던 것으로 보인다. 이 같은 평가는 같은 시기에 나온 조선고전문학선집 중『김만중 작품선집』의 서문인 ㉠에서도 그대로 수용되어 나타나고 있다.

　그러나 〈구운몽〉에 대한 긍정의 평가는 1960년대 말부터 북한 사회를 휩쓴 주체사상의 파장에서는 처참하게 무너져 버린다. 주체사상이 사회 전반을 장악한 1970년대 후반에 출판된 문학사에는 그 평가가 판이하게 변한다.

　㉡에서는 〈구운몽〉에 대한 언급이 거의 이루어지지 않는다. 17세기 문학을 다루면서 소설의 항목에서 '김만중의 소설 「사씨남정기」'를 표제어로 제시하여 서포의 생애와 문예 이론에 대해 언급하면서 소설 창작의 대표적 업적으로 〈사씨남정기〉를 구체적으로 분석하고 있다. 이에 비해 〈구운몽〉은 단편적으로 언급할 뿐이고, 그 과정에서도 부정적인 평가만을 제시하고 있다. 이는 이 문학사가 집필된 시기가 1977년으로, 주체적 문예이론을 고

---

9) 조선민주주의인민공화국 과학원 언어문학연구소 문학연구실 편,『조선문학통사』(상), 과학원출판사, 1959(화다, 1989), 326~327쪽.

전 작품의 평가에 그대로 적용하여 우리 고전에 대한 호불호를 단정적으로 드러낸 시기이므로 문학사에서 배제시킨 것으로 보인다.

> 소설 「구운몽」은 형상 수법에서 최치원의 「두 여자의 무덤」, 임제의 「남연부주 이야기」[10]와 「원생의 꿈」 등의 창작 경험을 이어받고 있으며 낭만주의적 색조가 강하다.
> 소설은 양소유와 팔선녀 및 기타 등장인물들과의 복잡한 관계를 통하여 얽음새와 구성 조직을 입체적으로 짜고 우리말을 능숙하게 사용하여 인간 성격들을 비교적 생동하게 부각시키고 있다. 그러나 「구운몽」은 주인공으로 하여금 여덟명의 여자들과 관계를 맺게 함으로써 민족적 성격과 미풍양속을 왜곡하고 향락적 기분을 고취하고 있을 뿐 아니라 현실 생활은 일장춘몽과 같은 허무한 것에 지나지 않는다는 불교사상을 설교한 심각한 사상적 약점을 발로시키고 있다.[11]

여기서의 평가를 살펴보면 꿈 형식의 전통은 우리의 문학 전통을 계승하였고, 작품의 구성이 복잡하고 입체적이며 우리말을 잘 활용한 점은 긍정적으로 보고 있다. 아울러 등장 인물들의 개성적인 성격에 대해서도 긍정하는 입장이다. 그러나 결정적으로 양소유의 여덟 여성과의 결연은 우리 민족의 성격과도 위배되며, 더 나아가 미풍양속을 왜곡한다고 보았다. 더불어 작품에서 향락적인 기분을 고조시키고 현실을 부정하게 하는 인생무상의 불교적인 사상이 큰 약점이라는 견해이다. 일부다처의 양소유 결연담이 주체문예이론에서 내세우는 고상한 도덕적인 품성[12], 미풍양속, 현실 긍정의 사상에 모두 위배되므로 문제가 있는 작품으로 평가하게 되는 것이다.

이러한 부정적인 평가 시각은 1982년에 출판된 ③에서는 더욱 강경해지

---

10) 원 텍스트의 착오인지 국내 출판과정의 오식인지 확인할 수 없다.
11) 사회과학원 문학연구소, 『조선문학사』 고대·중세편, 과학백과사전출판사, 1977(『조선문학통사』1, 이회문화사, 1996), 358쪽.
12) 리창유, 「우리식 문학건설에서 고전문학이 노는 중요역할」, 『조선고전문학연구』1, 문학예술종합출판사, 1993 참조.

고 있다. 여기서는 〈구운몽〉 자체에 대한 언급을 피하고 있다. 김만중이 진보적인 소설관으로 장편소설 〈사씨남정기〉와 〈구운몽〉을 썼다라고만 언급할 뿐이다. 그리고 작품의 이름을 지칭하지는 않았지만 부정적인 시각을 드러내면서 비판을 가하고 있다.

　　김만중은 재능 있는 작가로서 17세기 우리 나라 문학 발전에 적지 않은 경험을 남겨 놓았으나, 그의 작품들에는 이러저러한 부족한 점들이 남아 있다. 이러한 부족한 점들은 주로 양반 문인으로서의 그의 세계관상 제약성으로부터 온 것이다. 작가로서의 그의 세계관에서 가장 본질적인 제한성은 봉건 유교 도덕을 이상화하고 사람들을 봉건 유교 교리에 기초하여 평가하고 묘사한 것이다. 바로 이러한 데로부터 김만중은 자기 작품들에서 봉건 유교 교리대로 사고하고 행동하는 인간을 그 사회 계급적 처지에는 관계없이 이상적인 인간으로 내세웠던 것이다.[13]

　여기서는 작가인 김만중이 양반 문인이기 때문에 어쩔 수 없는 세계관적 한계를 가졌다는 입장이다. 그 결과 봉건 유교 도덕을 이상화하는 양상으로 작품이 구성되어 있다는 부정적인 평가를 내린다. 이 문학사는 김일성종합대학 조선어문학부에서 편찬한 것으로 되어 있는데, 당시 재직한 김춘택의 입장이 강하게 반영되었다고 볼 수 있다. 이 역시 주체사상이 문예 전반에 대해 강한 영향을 끼친 결과로서 주체문예이론에 입각하여 반봉건의 사상을 강조한 측면이 돋보인다.
　④에서도 역시 〈구운몽〉에 대해 창작 경위와 줄거리를 소개하는 정도로 단편적으로 언급하고 있다. 17세기 문학의 하위항목으로 '김만중의 소설 ≪사씨남정기≫와 ≪구운몽≫'을 표제어로 제시하였지만 전자에 대한 설명이 확대되어 있다. 그나마 ②나 ③에 비해서는 긍정적인 요소를 부각시키려는

---

13) 김일성종합대학 편, 『조선문학사』1, 김일성종합대학출판사, 1982(임헌영 해설, 도서출판 천지, 1995), 395~396쪽.

의도를 보이고 있다.

> 소설은 양소유와 팔선녀를 비롯하여 많은 인물들을 등장시키고 이야기
> 줄거리도 매우 복잡한 작품이지만 우리 말을 능숙하게 구사하여 인간성격
> 을 비교적 생동하게 부각시키고 있다.
> 소설은 주인공 양소유와 팔선녀의 관계, 그들의 전생과 이생의 생활을
> 통하여 인간개성과 사람들의 자유롭고 분방한 활동을 구속하고 억제하는
> 불교, 유교 등 종교의 교리에 불만을 표시하고 있다.
> 그러나 소설은 마지막에 현실세계의 생활은 일장춘몽과 같은 것이라고
> 함으로써 허무주의적 색채도 나타내고 있다.
> 소설은 주제사상적 내용에서 긍정적인 측면과 함께 본질적인 제한성을
> 가지고 있지만 정연하고 특색있는 구성조직, 예술적 묘사수법의 다양성과
> 풍부성으로 하여 이후시기 장편소설의 발전에 긍정적인 영향을 미쳤다.[14]

이 평가는 고전문학 부분을 전담한 정홍교의 견해라고 볼 수도 있겠지만
1977년에 사회과학원에서 출판한 ②의 견해를 대체로 수용하고 있다. ②의
집필은 김하명이 주도하였고, 정홍교는 그의 후학이므로 여기서는 그 견해
를 수용한 것으로 보인다. 그러나 여기서는 구체적인 소설 구성이나 우리말
언어 표현, 등장인물의 성격화 등의 형식적인 면에 대한 긍정적 평가에 더
하여 주제사상적인 측면에서 인간의 개성 해방의 의지를 보였다는 점과 불
교나 유교 교리를 비판했다는 점을 추가로 부각시키고 있다. 이러한 견해는
1959년에 발간된 ①의 평가를 수용한 면이라고 할 수 있다. 결국 1986년에
와서 출판된 ④에서는 형식적인 측면의 긍정적 평가를 내린 ②와 주제사상
적인 측면에서 긍정적인 평가를 내린 ①을 동시에 수용하는 입장을 취하고
있다. 이 시기에 오면 〈구운몽〉에 대한 평가가 다시 긍정성이 우세하게 되
는 변화를 감지할 수 있다.

이러한 긍정적인 시각은 같은 해에 출판되었고 본격적인 고전소설사로서

---

14) 정홍교·박종원, 『조선문학개관』1, 사회과학출판사, 1986(도서출판 진달래, 1988), 186~187쪽.

집대성이 된 ⑥에서는 구체적으로 드러나고 있다. 김춘택의 주도로 1982년에 출판된 ③에서 아예 작품의 이름조차도 언급하지 않았던 부정적인 시각이, 1986년 그의 박사학위논문에서는 장황하게 언급되고 있으며 그 평가도 다방면에 걸쳐 긍정성을 강조하면서 그 한계에 대해서도 조목조목 논의하고 있다. 특히 그 낭만적인 형상화 기법에 대해 긍정으로 돌아선 일면이 크게 부각된다.

　　이 소설은 경계에서 보는바와 같이 주인공 양소유를 비롯한 팔선녀들이 환상적인 신선세계에서 살기도 하고 다시 인간세계에서 인연을 맺어 서로 사랑하기도 하다가 또다시 이른바 극락세계에로 돌아가려고 하는 이야기를 엮어나간것으로 하여 그 무대가 립체적으로 복잡하게 펼쳐져있을뿐아니라 환상적인 이야기와 현실적인 인간생활에 대한 이야기가 서로 엉켜져있다.
　　더우기 주요등장인물들의 생활과 성격, 그들의 운명이 불교, 유교, 선도 등과 이러저러하게 련결되어 묘사되여있으므로 작가가 보여주려고한 작품의 세계는 결코 단순한것이 아니다.
　　이 작품의 내용을 정확히 리해하기 위해서는 작가가 어떠한 이야기형식을 통하여 주제사상과 인간성격을 밝히려고 하였는가를 찾아보아야 한다. (중략)
　　원래 전생, 현세, 래세가 서로 인과적으로 잇닿아져있다는 이른바 삼계의 ≪인과설≫은 불교, 유교, 선교 등과 이러저러하게 결부되여있는것인데 그 가운데서도 불교의 ≪륜생설≫과 가장 밀접하게 엉켜져있다. (중략) 보는바와 같이 이 ≪인과설≫은 사람들의 현실생활을 숙명론적으로 해석하면서 통치계급의 지배와 착취를 합리화하고있다.
　　지난 시기 봉건통치계급에 복무한 보수적이며 반동적인 문학이 이러한 ≪인과설≫을 적지 않게 리용한것도 엄연한 현실세계를 숙명적인것으로 그리면서 인민들의 반항의식을 무마하려고 한것과 결부되여있다.
　　그런데 전생, 현세, 래세에 대한 이야기형식은 지난 시기 진보적인 문학에서도 이러저러하게 리용[15]되였다.

---

15) 소설 ≪춘향전≫과 ≪심청전≫의 주인공들인 춘향과 심청의 출생담에 나오는 학을 탄

≪구운몽≫은 이러한 이야기형식을 비교적 잘 받아들여 이야기를 흥미 있게 엮어나간 대표적인 작품이다.16)

지금까지 주체문예이론에 위배되는 부정적인 작품으로 보았던 시각을 작품 형상화 측면에서부터 긍정으로 돌리려는 의도를 엿볼 수 있다. 불교적인 윤회관이 통치 계급의 지배와 착취를 합리화하는 기제로 사용되었지만 이러한 방식이 〈춘향전〉이나 〈심청전〉과 같은 진보적인 작품에서도 활용되어 왔다는 변론이다. 그리하여 그 이야기 구성 방식이 입체적이고 복잡하여 흥미로운 작품으로 평가할 수 있다는 논리이다. 작품에서의 환상적인 구조는 종교적 교리에 얽매인 것이 아니라 사랑하는 사람과의 주체적인 사랑을 이뤄가는 과정을 그리는 낭만주의적 지향으로 보는 입장이다.

이 같은 평가의 분위기는 1992년에 출간된 ⑤에서도 그대로 이어지는데, 그 긍정의 논조는 1959년에 출판된 ①을 그대로 수용하였고 비교적 장황하게 작품을 소개하고 분석하고 있다. 특히 여기서는 ⑥에서 구체적으로 언급한 낭만주의적 작품 형상화 방식을 긍정하면서 더 나아가 주제사상적인 측면에서의 긍정적 평가가 확대되고 있다.

결국 〈구운몽〉에 대한 북한의 학계의 시각은 주체문예이론이 횡행하기 이전인 1959년의 상황에서는 대체로 긍정적인 평가로, 주체문예이론이 공고화된 1977년과 1982년에는 부정적인 시각이 강해서 문학사에서 작품 명칭 자체가 누락되는 경우도 있었다. 그런데 1986년에 들어 그 평가는 다시 긍정으로 변화함을 읽을 수 있다. 이러한 추세는 이후 지속적으로 이어지는 실정이다.

선녀에 대한 꿈이야기도 이상과 같은 이야기형식과 일정하게 결부되어있는것이다(김춘택, 『조선고전소설사연구』, 김일성종합대학출판사, 1986, 260쪽).
16) 김춘택, 『소선고전소실사연구』, 김일성종합대학출판사, 1986, 259~260쪽.

3.2. 창작 의도 및 창작 시기에 대한 논의

〈구운몽〉의 창작 의도와 그 창작 시기에 대한 논의는 남한의 문학사에서
도 초창기 연구 주제로 부상하면서 많은 논의를 생산하였다. 북한의 문학계
에서는 이에 대한 논의들이 빈번하지는 않지만 김만중의 문학을 언급하는
자리에서는 대체로 빠지지 않으므로 소개하고자 한다.

북한 문학사에서 〈구운몽〉의 창작 동기에 대한 설명은 대체로 동일하다.
그 근거로 이규경의『오주연문장전산고』와 심재의『송천필담』을 공통으로
제시하고 있다. 이 근거는 남한의 학계에서 통설화된 것과 다르지 않다.

> 소설 《구운몽》의 창작동기에 대하여서는 《오주연문장전산고》와 《송
> 천필담》에 《세상에 전해오기를 서포 김만중이 류배살이를 할 때에 어머니
> 를 위안하기 위해 하루밤사이에 〈구운몽〉을 썼다.》는 기록과 《〈구운몽〉은
> 서포 김만중이 쓴것이다. 그 요지는 부귀공명을 일장춘몽과 같은것으로 본다
> 는것인데 어머니의 근심걱정을 덜어드리려는데 있었다.》는 기록도 있다.[17]

> 《구운몽》은 리규경의 《오주연문》에 쓰기를,
> 《항간에 널리 류행하는 소설로서 구운몽이 있는데 이는 서포 김만중이
> 지은 것으로 적지 않게 의의있는 내용을 가지고 있다. 세상에 전해오기를
> 이는 서포가 귀양살이할 때에 그 어머니의 근심을 덜기 위하여 하룻밤에
> 지었다고 한다.》
> 그러나 다른 이야기로는 김만중이 중국에 사신으로 들어갈 때 그 어머니
> 가 중국의 이야기책을 사가지고 오라고 부탁하였는데 이를 잊었다가 압록
> 강을 건너와서야 생각이 나서 가마 속에서 구운몽을 지었다고 하며 따라서
> 구운몽을 교중기(轎中記)라고도 불렀다는 것이다.
> 여하간 전해오는 이 이야기들은 모두 어머니에 대한 김만중의 효성과
> 관련되고 있는 점에서 공통적인 것이 있다. 그런데 구운몽에 대한 보다 구
> 체적인 설명을 준 것은 《송천만필》에 다음과 같이 씌여 있다.

---

17) 김춘택,『조선고전소설사연구』, 김일성종합대학출판사, 1986, 256쪽.

≪稗史有九雲夢者 卽西浦所作 大旨 以功名富貴 歸之於一場春夢 要以慰
釋大夫人憂思 其旨盛行閨閤間 蓋以釋迦寓言 而中楚辭遺意云≫(소설에 구
운몽이란 책이 있는데 이는 서포가 지은 것이다. 그 내용인즉 부귀공명도
결국 일장춘몽에 불과하다는 것인바 요컨대 이는 그의 어머니의 근심을 덜
고 위로하기 위한 것이다. 구운몽의 내용이 부녀들 사이에 널리 읽혀지고
있는 것은 그것이 불가의 이야기를 빌어온 가운데도 중국 굴원의 작품 정신
을 담고 있기 때문이다.)[18]

    서포가 그 어머니 해평윤씨를 위로하기 위해 작품을 지었다는 두 기록을
공통으로 인정하고 있으며, 그 발로를 효심으로 평가하고 있다. 이러한 어
머니에 대한 효심에서 창작이 이루어졌으므로 작품에 대한 평가도 긍정으
로 돌아서고 있는 것이다. 이러한 효심을 창작 동기로 보는 가운데 새로운
이야기도 제시되고 있는데 〈구운몽〉을 달리 〈교중기〉라고 부른다는 연원
에 대한 이야기가 그것이다. 서포가 중국으로 사신을 갈 때 이야기를 좋아
하는 어머니가 재미있는 이야기책을 구해오라고 부탁을 하였는데, 그 사실
을 잊고 돌아오다가 압록강을 건너서야 생각이 났다는 것이다. 이에 급한
마음에 가마에서 〈구운몽〉을 지었으므로 달리 〈교중기〉라고도 부른다는
것이다. 이에 대해서는 김하명이 이런 설이 있지만 김만중과 같은 효자가
어머니의 부탁을 잊을 수 있었겠느냐고 조목조목 반반하면서 항간의 설로
단정하고 있다.
    그리고 이 작품의 창작 시기에 대해서는 1977년의 문학사에서는 말년의
남해 유배지에서 지었다는 입장을 취하고 있다가 1986년 이후의 문학사에
서는 다른 견해를 드러내기도 한다.

    1689년 그는 숙종이 왕후 민비를 버리고 장씨를 왕후로 삼은데 대하여

---

18) 윤세평, 「서포 김만중에 대하여」, 『김만중 작품선집』, 국립문학예술서적출판사, 1958,
    8~9쪽.

상소한 것이 계기가 되어 다시 남해로 유배를 가게 되어 거기서 세상을 떠났다. 소설 「구운몽」, 「사씨남정기」 등은 모두 이 때 창작된 것으로 짐작된다.[19]

하루밤사이에 ≪구운몽≫을 썼다고 한 과장된 표현이 있기는 하나 김만중이 1687년 봄에 왕의 비위를 거슬러 평안도 선천에 류배갔다가 다음해에 풀려 돌아온 사실을 고려할 때 우에서 본 기록들은 그의 창작 동기를 리해하는데 일정한 타당성이 있다.[20]

이 작품이 평안도 선천에서의 첫 번째 정배살이때에 씌여졌는가 남해에서의 두 번째 정배살이때에 씌여졌는가 하는 문제와 ≪사씨남정기≫에 앞서 썼는가 그 뒤에 썼는가 하는것을 밝힐수 있는 근거자료들은 전해진것이 없다.[21]

1977년에 출판된 문학사에서는 1689년 남해로 유배를 갔다가 거기서 사망하게 되는데, 그 시기에 〈구운몽〉을 지었다는 입장이다. 그렇다면 1689년 이후에 창작이 되었다는 말이다. 이러한 견해는 1986년에 발간된 김춘택의 『조선고전소설사연구』에서는 1687년 평안도 선천으로 유배를 갔을 때 지어지지 않았을까하는 견해를 드러내고 있다. 그 구체적인 근거를 제시하지는 않았으므로, 1992년에 출간된 김하명의 『조선문학사』4에서는 두 견해에 대해 유보적인 입장을 취하고 있다. 입증할 근거 자료가 없다는 이유에서이다. 남한 학계에서도 창작 시기에 대한 논의가 북한과 크게 다르지 않았다. 그러다가 『서포연보』가 발견되면서 거기에 수록된 기록을 통해 선천 창작설이 명확하게 입증[22]되었다.

---

19) 사회과학원 문학연구소, 『조선문학사』 고대 · 중세편, 과학백과사전출판사, 1977(『조선문학통사』1, 이회문화사, 1996), 357쪽.
20) 김춘택, 『조선고전소설사연구』, 김일성종합대학출판사, 1986, 256쪽.
21) 김하명, 『조선문학사』4, 사회과학출판사, 1992, 307쪽.
22) 김병국 · 최재남 · 정운채 역주, 『서포연보』, 서울대출판부, 1992.

3.3. 낭만주의적 형상화 기법의 우수성

〈구운몽〉에 대한 북한 학계의 평가가 1986년에 접어들면서 긍정적인 측면으로 변화하였다는 사실을 앞서 논의하였다. 그런데 그 내부에서도 편차가 존재하여 1986년 김춘택의 『조선고전소설사연구』에서는 주제사상적인 측면보다는 그 낭만주의적 기법에 주목하여 우수성을 논의하고 있다. 당시까지 부정적인 시각 위주로 진행되던 작품에 대한 평가를 일거에 긍정으로 전환하기에는 무리가 있었던 것으로 보인다. 이에 그 주제사상적인 측면에 대해서는 다소 유보적인 입장을 취하면서 작품의 형상화 방식과 인물 창조, 구성 등에 대해 낭만주의적 수법의 특징으로 평가하고 있다.

> 주인공 양소유를 비롯한 팔선녀들이 환상적인 신선세계에서 살기도 하고 다시 인간세계에서 인연을 맺어 서로 사랑하기도 하다가 또다시 이른바 극락세계에로 돌아가려고 하는 이야기를 엮어나간것으로 하여 그 무대가 립체적으로 복잡하게 펼쳐져있을뿐아니라 환상적인 이야기와 현실적인 인간생활에 대한 이야기가 서로 엉켜져있다.
> 더우기 주요등장인물들의 생활과 성격, 그들의 운명이 불교, 유교, 선도 등과 이러저러하게 련결되어 묘사되여있으므로 작가가 보여주려고한 작품의 세계는 결코 단순한것이 아니다.
> 이 작품의 내용을 정확히 리해하기 위해서는 작가가 어떠한 이야기형식을 통하여 주제사상과 인간성격을 밝히려고 하였는가를 찾아보아야 한다.[23]

북한 문학사에서 작가 서포에 대한 공로를 평가할 때, 17세기 말에 와서 장편소설의 기틀을 마련했다는 점을 들고 있다. 그래서 〈사씨남정기〉와 〈구운몽〉의 문학사적 위상을 높이 평가하고 있는 것이다. 그 가운데서 〈사씨남정기〉는 사실주의적인 작품으로서 인민들이 직면한 현실 사회를 잘 담

---

23) 김춘택, 『조선고전소설사연구』, 김일성종합대학출판사, 1986, 259~260쪽.

고 있다고 극찬하고 있지만, 낭만주의적인 지향을 보이는 〈구운몽〉은 환상
성으로 말미암아 인민성을 확보하지 못했다는 평가가 우세하였다. 그런데
여기에 와서는 환상적인 신선세계와 현실적인 인간세계를 입체적이고 복잡
하게 구성하여 장편소설로서 성공하였다고 보는 입장이다. 그리고 이러한
이야기형식을 통해서 작가가 주제사상을 잘 구현하고 있고, 개성적인 인간
의 성격을 창조했다고 평가한다.

> 작가는 바로 이러한 환상적인 구성을 통하여 이른바 천상세계에서는 불
> 교의 교리에 항거하고 현실세계에서는 유교도덕규범을 거슬러서 행동하는
> 양소유의 반항정신을 보여주는 동시에 그와 팔선녀들사이의 관계를 통하여
> 그 어떤 구속에도 얽매이지 않는 사랑에 대한 지향을 보여준다.[24]

> 소설의 랑만주의적특성은 우선 인물들이 력사적시대의 산물인 동시에
> 작가의 환상적허구의 산물로서 사실주의적전형이 아니라 특이한 성격, 리
> 상적인 인물이라는데서 뚜렷이 표현되고있다.(중략)
> 인간으로 환생하는 양소유의 출현자체가 환상적이며 용모와 재능이 만
> 능한것으로 그려진것도 또한 현실에 대한 리상화이다.
> 소설의 랑만주의적특성은 객관적사실에 대한 현실그대로의 진실한 묘사
> 보다 작가의 주관이 전면에 나서면서 서정성이 매우 풍부한 작품의 양상에
> 서도 표현되고있다.(중략)
> 구상이 웅대하고 이야기는 작가의 주관에 의하여 거침없이 뻗어나가면
> 서 인간과 그 생활의 모든것이 주로 환상과 상징, 과장의 수법에 의하여
> 묘사되고있는것도 중요한 랑만주의적특성이다.(중략)
> 동시에 《구운몽》은 이러한 랑만주의적수법을 기본으로 하면서 거기에
> 사실주의적묘사수법을 조화롭게 결합시키고있다.
> 정경패와의 애정생활, 황후와의 갈등, 진채봉과의 리별장면 등이 그러하
> 다.[25]

24) 김춘택, 『조선고전소설사연구』, 김일성종합대학출판사, 1986, 262쪽.
25) 최언경, 「김만중작품집에 대하여」, 『김만중작품집』, 문예출판사, 1991, 9~10쪽.

작품의 낭만주의적 수법들에 대한 부정적인 시각은 1986년 김춘택에 의해 긍정의 요소로 전환되었는데, 그 주된 논리적 근거는 현실생활과 환상 요소를 교직하는 가운데 작품의 주제의식이 잘 부각된다는 것이다. 이러한 견해는 이후 북한의 출판계나 학계에서 〈구운몽〉을 출판할 때나 소개할 때 그대로 인용되고 있다. 더 나아가 작품에 구현된 낭만주의적 특징들을 찾아서 작품의 우수성을 입증하고자 하는 시도로까지 진행되고 있다. 그래서 객관적인 사실에 대한 진실한 묘사보다 작가의 주관을 전면에 드러내기 위한 서정성이 풍부한 작품화 과정에 낭만주의적 시각이 기여한다는 견해를 보인다. 아울러 웅대한 구상, 작가의 주관을 거침없이 표출하기 위한 환상과 상징, 과장의 수법까지도 긍정적인 요소로 보고 있다. 그리고 이 작품은 이러한 낭만주의적 수법을 기본으로 하면서 사실주의적 묘사를 조화롭게 결합시켰다고 평가하고 있다.

낭만주의적 수법에 대한 긍정적 시각이 확대되면서 작품에서 그러한 요소들을 세분화하여 찾고자하는 시각이 부각되었다. 우선 인물의 성격 창조에 대한 논의가 구체화되고 있다.

> 주인공 양소유는 이른바 전세에 있을 때에나 현세에서 살고있을때에나 결코 주어진 환경에 순응하는 인간이 아니다.
> 그는 부처를 믿으라고 강요하는 불도에 강한 반발심을 품고있을뿐아니라 고루하고 옹색한 유교도덕규범도 외면하면서 자기의 뜻대로 팔선녀들과 사랑하는 인간이다.
> 양소유의 이러한 성격에는 종교적인 편견과 봉건도덕의 구속에서 벗어나 자기의 개성적인 요구대로 사랑하려는 랑만적지향이 안받침되어 있는것이다.[26]

주인공 양소유를 주어진 환경에 순응하는 인간으로 보지 않고 주체성이

---

26) 김춘택, 『조선고전소설사연구』, 김일성종합대학출판사, 1986, 263쪽.

강한 존재로 보고 있다. 그 근거로 성진이 불도에 대해 강한 반발심을 품었고, 환생한 양소유도 고루하고 경직된 유교적 도덕규범을 외면하면서 자신의 주관대로 팔선녀와 사랑을 나눈 사실을 들고 있다. 그리고 양소유의 이러한 성격은 주체적이고 개성적인 사랑을 성취하려는 낭만적인 지향에서 비롯된다고 보고 있다.

> 소설은 또한 주인공 양소유를 비롯한 여러 인물들의 성격을 다면적으로 해명함으로써 장편소설형식의 제반 특성을 만족시키고있다.(중략) 그의 성격은 진실한 사랑을 성취하기 위한 투쟁, 중세기 금욕주의를 부정하는 자유분방한 생활, 나라를 외적의 침입으로부터 고수하기 위한 무훈속에서 다면적으로 그려졌다.(중략) 이러한 부차적인 이야기선들은 기본이야기선에 잘 맞물려있으므로 이야기를 분산시키지 않으면서도 주인공이외의 중요인물들의 성격을 다면적으로 그려내는데 효과적으로 이바지되고있다.[27]

아울러 양소유를 비롯한 주요 등장인물의 성격적 특징을 다면성으로 논의하고 있다. 양소유를 진실한 사랑을 성취하고자 하는 열정적인 남성으로, 유교 문화의 금욕주의를 부정하는 자유로운 영혼으로, 국가를 위해 충성을 다하는 장부의 모습 등으로 다면화하여 형상화한 점을 들고 있다. 또한 여타 중요 등장인물들의 성격도 다면적으로 설정되었지만 기본적인 스토리라인에서 벗어나지 않았다고 평가하고 있다.

그리고 작품의 낭만주의적 수법 특징의 하나로 이러한 주체적이고 다면적인 인물들이 작품에 배치되어 있으면서도 갈등이 크게 부각되지 않음도 거론하고 있다.

> 작품에 그려진 인물들 사이에서 빚어지는 갈등관계는 복잡하지 않으며 사건들과 이야기들도 비교적 단순하다. 작품에는 양소유와 란양공주를 비

---

27) 조선문학창작사 고전문학실, 『고전소설해제』1, 문예출판사, 1988, 61~62쪽.

롯한 일곱명의 녀인들 등 중요등장인물들과 함께 각이한 사회계층을 대표
하는 인물들이 수많이 등장하고있기는 하나 그들사이에 엉켜있는 중요한
갈등선은 주로 불교를 신봉하는 륙관대사와 그것을 거역해나서는 양소유
(성진)와의 관계, 권력을 휘두르면서 부마가 되라고 위협하는 황실과 양소
유와의 관계에서 빚어지는 갈등뿐이다.[28]

양소유가 다양한 계층의 여덟 여성과 결연을 맺고 가정을 꾸리는 과정이
주요 구조라고 보면 여성들 사이의 갈등이나 질투는 필수적으로 설정될 가
능성이 크다. 그러나 이 작품에서는 모든 여성들이 한 남성 양소유를 위해
협조하고 봉사하는 방식으로 이야기가 구성된 것이다. 작품에서 갈등의 요
인이라고 하면 성진과 육관대사의 갈등, 난양공주와 혼인을 주선하는 과정
에서 황제나 태후와의 갈등 정도로만 설정되어 있다는 사실을 언급하고 있
다. 〈구운몽〉의 구성상의 특징으로 무갈등을 내세우는 시각은 남한 학계에
서도 이미 있어왔다. 이러한 특징은 작품의 긴장도를 떨어뜨리는 부정적인
요인일 수도 있지만 작가 김만중이 남성의 이상으로 작품을 구성하는 과정
에서 어쩔 수 없는 결과로 나타난다는 입장이다.

〈구운몽〉에 대한 북한 학계의 시각 가운데서 시종일관 긍정의 시각을 보
인 요인은 작가 김만중의 소설관과 우리말에 대한 인식이었다.

> 소설은 언어구사의 측면에서도 우리 말의 풍부한 표현성을 잘 살려 초상
> 묘사, 심리묘사, 자연묘사 등 다양한 묘사를 잘함으로써 등장인물들의 성격
> 을 생동하게 그려내고있다.[29]

그래서 언어구사 측면에서 우리말의 풍부한 표현성을 잘 살리고 있다는
평을 덧붙이고 있다. 우리말을 통해 등장인물들의 초상묘사, 심리묘사를 충

---

28) 조선문학창작사 고전문학실, 『고전소설해제』1, 문예출판사, 1988, 62쪽.
29) 조선문학창작사 고전문학실, 『고전소설해제』1, 문예출판사, 1988, 63쪽.

실하게 하여 인물의 성격에 생동성을 부여한다는 평가이다. 이러한 평가는
작품의 우수성을 드러내기 위한 의도이지만 실제적으로 서포에 의해 창작
된 작품의 원본이 한문본이라고 할 때는 큰 의미를 부여할 수는 없을 듯하
다. 특히 북한에서 분석의 대상으로 삼은 작품은 대체로 쉬운 우리말로 윤
색과정을 거친 것이므로, 이 같은 평가는 큰 의미가 없어 보인다.

이러한 작품 구성에서의 낭만주의적 수법들을 통해 작품은 작가의 주제
의식을 잘 구현한다는 평가를 내리고 있다.

> 작품에서는 우선 이야기가 벌어지는 무대를 전세, 현세, 래세에 이르는
> 환상세계로 설정하고 당대봉건사회에서 이루지 못할 청춘남녀들의 자유로
> 운 사랑을 현실적으로 실현한것처럼 그리고 있다.[30]

〈구운몽〉에 드러나는 낭만주의적 구성과 수법들이 부정에서 긍정으로 돌
아서는 요인은 결국 폐쇄적인 봉건사회에서 자유로운 사랑을 실현해 나가
는 주제의식을 잘 구현하는 데 기여한 공로라고 볼 수 있다. 북한의 주체문
예이론에서 우리의 고전에 의미를 부여하는 지점은 우리 민족의 도덕성과
아름다운 남녀간의 사랑, 우리 국토에 대한 애정어린 관심과 묘사 등을 꼽
고 있으므로[31], 〈구운몽〉에서 구현된 애정지상의 주제를 부각시키는 장치
로 활용된 낭만주의적 수법은 인정받을 수 있는 것이다.

3.4. 반봉건 개성 해방을 표출한 주제사상적 특성

〈구운몽〉에 대한 북한 학계의 초창기 평가는 대단히 긍정성을 띠고 있다.
1950년대 말까지는 그 주제사상적 깊이와 예술적 상상력에 대해 극찬을 아

---

30) 조선문학창작사 고전문학실, 『고전소설해제』1, 문예출판사, 1988, 64쪽.
31) 리창유, 「우리 식 문학건설에서 고전문학이 노는 중요역할」, 『조선고전문학연구』1, 문학
    예술종합출판사, 1993 참조.

끼지 않았다.

  이제 김만중의 소설에 대하여 말한다면 《서포집》의 서문에서 김창집
은 다음과 같이 썼다.
  《공은 비록 작은 말단의 기예에 이르기까지 정통하여 흉중에서 로출되
는 감정이 류창하지 않음이 없다.…… 소설의 광대한 술법이 정묘하여 읽는
사람을 감동시키고도 남음이 있다.》
  이는 김만중의 창작적 특성의 일면을 밝힌 것으로서 김만중의 소설이
가지는 사상적 깊이와 그의 예술적 상상력은 동시대의 세계적 수준에서 평
가되여야 할 고전적 가치를 과시하고 있는 것이다.[32]

  이러한 학계의 분위기가 문학사에도 그대로 수용되어 1959년에 출판된
『조선문학통사』(상)에서는 '개성해방의 강렬한 지향[33]을 작품의 주제의식
으로 진단하고 크게 부각시키고 있다. 이러한 긍정적인 평가는 앞서 논의한
것처럼 1970년대와 80년대 초반에 출간된 문학사에서는 절대적인 부정 시
각으로 변화하고 있다. 주체문예이론에 충실하게 고전 작품들을 분석하고
평가한 결과라고 할 수 있다. 그리고 이런 부정적인 시각은 1986년 이후부
터 점점 긍정으로 변화하는데, 『조선고전소설사연구』에서는 작품의 형식적
인 측면인 낭만주의적 수법에 대한 평가가 긍정적으로 전환되는 모습을 보
인다. 그러나 주제사상적인 측면에 대해서는 아직까지 적극적인 자세를 취
하지 못하다가 1992년에 출간된 『조선소설사』4에서는 작품의 주제사상적
측면에 대해 긍정적인 평가 자세를 확립한다. 그 논조는 대체로 1959년 『조
선문학통사』(상)의 입장을 적극적으로 수용하고 있다.

---

32) 윤세평, 「서포 김만중에 대하여」, 『김만중 작품선집』, 국립문학예술서적출판사, 1958,
   8~9쪽.
33) 조선민주주의인민공화국 과학원 언어문학연구소 문학연구실 편, 『조선문학통사』(상), 과
   학원출판사, 1959(화다, 1989), 326~327쪽.

일부 사람들은 양소유의 립신출세와 팔랑자와의 사랑이야기는 곧 작가가 리상적인 봉건군주제를 생활적인 화폭으로 그린것으로, 일부다처제를 긍정하고 봉건사대부의 행복관을 반영한것으로 보면서 이 작품이 사상적면에서는 별로 가치가 없다고 주장하고있다. 그리고 이런 사람들은 양소유가 통치계급의 가장 높은 벼슬자리에까지 올라 온갖 부귀영화를 누리다가 스스로 그 모든것을 버리고 불도로 되돌아가는것은 사화당쟁이 매우 격렬하였던 17세기 봉건조선사회현실에 대한 작가 김만중의 불안과 위구심을 반영한 것으로, 불교에 대한 찬양이라기보다 량반귀족에게 ≪화를 피하고 복을 따르게 하려는≫ 일종의 수단에 지나지 않는것으로 분석하고있다.

그러나 이러한 분석평가는 장편소설 ≪구운몽≫을 력사주의적원칙과 현대성원칙에서 전면적으로 고찰한것으로는 되지 못한다.[34]

『조선문학사』4의 저자인 김하명은 지금까지의 문학사에서 〈구운몽〉의 사상적 측면을 부정한 시각에 대한 변론으로 작품의 주제사상에 대한 논의를 시작하고 있다. 작품에서 일부다처제를 긍정하고 봉건사대부들의 행복관을 그리고 있어서 사상적인 면에서 가치가 없다고 평가하는 기존의 논의 시각과 인생무상이라는 불교적 교리 구현을 주제로 보는 시각에 대해 반론을 제기하는데, 이러한 견해는 작품을 역사주의적 원칙과 현대성의 원칙에서 보지 못한 결과라고 보고 있다.

장편소설 ≪구운몽≫은 우선 봉건사회에서 씌여진 랑만주의적인 작품이라는것을 념두에 두어야 한다. ≪구운몽≫은 중세기 작품에서 흔히 볼 수 있는것두에 우의적인 성격이 강하며 전래하는 불교설화의 줄거리와 인물형상을 빌려서 거기에다 새 내용을 담았다는 사실에 류의해야 할것이다.(중략)

작품에는 17세기에 시작된 사회경제적변동의 본질이 아직 뚜렷이 드러나지 않았으며 초기 실학자로서의 작가 김만중이 또한 그 새것에 대한 명확한 표상을 가질수 없었던 력사적시대의 제한성이 반영되여있는것이다.

그리하여 장편소설 ≪구운몽≫은 그 인물관계에서나 사건발전에서 비정

---

34) 김하명, 『조선문학사』4, 사회과학출판사, 1992, 309~310쪽.

상적인 점들을 적지 않게 가지게 되었다. 가령 양소유가 란양공주를 비롯하여 2처 6첩의 8명의 녀성을 안해로 거느리고있으면서 그들사이에 아무런 모순이나 알륵관계가 없는것으로 되여있는데 이것은 팔선녀전설에 토대하여 그들의 결합이 선천적인 운명이라고 전제하고 이야기를 꾸민것과 관련된다고 보아진다.[35]

〈구운몽〉이 중세기 작품의 특징인 우의성이 강하고 불교 설화와 인물 형상을 차용하고 있지만 작품에는 새것을 담고 있다는 주장하고, 이 새것에 주목해야 한다는 입장을 보인다. 그 새것은 초기 실학자로서 김만중이 가진 역사적 제한성으로 명확하게 표상하지 못했다고 제한성을 덧붙이고 있다. 그 제한성의 내용은 일부다처의 인간 관계 속에서도 모순이나 갈등이 존재하지 않는다는 점으로 예를 들고 있다. 그런데 이러한 무갈등의 작품 구성은 '팔선녀전설'을 토대로 운명론을 기반으로 작품을 창작하는 과정에서 비롯된 것으로 보았다. 그러므로 이런 외피적인 결점으로 작품에서 말하고자 하는 새것에 대해 부정적인 입장을 취할 수 없다는 입장을 보인다.

≪구운몽≫에서 양소유와 팔랑자와의 인연관계를 단순히 작자가 봉건사회 량반가정의 일부다처제를 합리화하는것으로 해석하는것은 외면적현상에 현혹되여 그 본질을 꿰뚫어보지 못한 편견이라고 아니할수 없다.

다시말하여 이들의 인연관계에는 봉건도덕의 구속으로부터 해방되려는 지형이 반영되여있다.

양소유는 언뜻 보아 봉건사회 량반들의 온갖 부귀영화를 다 누리는 인물로 그려져있으며 그의 행동은 유교적 교리와 도덕에 배치되지 않는 것으로 합리화되여있다. 그러나 그의 형상에는 일관하여 봉건적구속으로부터 해방되려는 랑만적지향이 풍기고있다.(중략)

성진의 이 내면독백에는 불교적금욕주의에 대한 반발, 지상 세계에 대한 동경의 목소리가 울리고있다.

---

35) 김하명, 『조선문학사』4, 사회과학출판사, 1992, 310쪽.

그가 여덟명의 녀성과 인연을 맺는것은 물론 가부장적가족제도의 관례적인 풍습의 형식을 빌린것으로 보아야 할것이다. 그런데 이들이 마치 ≪하늘이 정해준 연분≫에 의하여 결합되는것처럼 되여있음에도 불구하고 실제에 있어서는 모두다 자기자신들의 의사에 의하여 행동하고있다.

양소유의 당돌한 말속에는 당시 량반사회의 유교도덕규범이나 관례를 무시하고 기어코 자신의 뜻에 맞고 마음에 드는 배우자를 택하겠다는 확고한 결심이 표명되여있다.

소설은 주인공 양소유가 8명의 녀성과 인연을 맺음에도 불구하고 녀성에 대하여 의리를 지키며 혼인을 한갖 개인의 명리나 향락을 위한 수단으로 삼고있지 않다는것을 보여주고있다.[36]

여기서 작가가 작품 속에 담고자 한 새것에 대해 구체적으로 논의하고 있는데, 주인공 양소유의 작품 속에서의 행동과 그것에서 발견할 수 있는 성격을 통해 제시하고 있다. 양소유는 봉건적 구속으로부터 벗어나려는 의지가 매우 강한 존재로 보고 있다. 그리고 성진 역시 불교적 금욕주의에 대한 반발과 지상 세계에 대한 동경이 강한 존재이고, 이를 행동으로 옮기는 성격으로 진단한다. 그리고 양소유와 여덟 여성과의 결연을 표면화된 것처럼 천정(天定)으로 보려는 시각은 잘못이고, 모두 자신들의 의지에 따른 행동이었음에 주목해야 한다고 주장한다. 그리고 양소유는 당시 유교규범에 대항하면서 자유연애 의지를 보였고, 결연을 맺은 여성들에 대해 의리를 지키며, 혼인을 개인적인 명리와 향락의 수단으로 삼지 않았다고 평가하고 있다.

이러한 논의는 양소유와 황제의 여동생인 난양공주의 결연이 늑혼(勒婚)의 성격을 띠면서 작품 속에서 첨예한 갈등의 요인이 될 수 있는데, 이를 정경패에 대한 의리와 부마로서 누리게 될 권력 등을 과감하게 버리겠다고 의지를 표명함으로써 이겨낸 사실을 가지고 설명하고 있다. 소설에서 이

---

36) 김하명, 『조선문학사』4, 사회과학출판사, 1992, 311~315쪽.

장면이 양소유의 성격적인 특징과 작품의 사상적 지향을 잘 보여주는 것으로 보고 있다.

그리하여 작품의 주제 사상적인 특성을 다음과 같이 정리하고 있다.

> ≪사씨남정기≫가 보다 사실주의적인데 비하여 ≪구운몽≫은 랑만주의적색채가 농후한 편이다. 작품에 등장하는 긍정인물들은 봉건사회의 량반사대부로서 시대의 선진적지향에 눈뜨기 시작한데 지나지 않은 작가의 세계관상 제한성을 반영하면서 이러저러하게 모순되는 행동을 하고있으나 중요한것은 그 모순속에 일관하고있는 개성해방의 지향이다. ≪구운몽≫이 력사적시련을 이겨내고 우리 인민들은 물론 일찍부터 세계인민들속에서 애독된 중요한 요인이 여기에 있다.[37]

작품의 낭만주의적 색채는 작가의 세계관 상의 제한성이라고 인정하고 그 가운데 눈여겨 보아야 할 것은 강렬한 개성해방의 지향이라는 것이다. 결국 〈구운몽〉의 주제는 남한에서 이야기하는 '인생무상'이 아니라 봉건사회에 대한 항거와 인간으로서의 개성 해방이라는 주장이다. 그리고 그 주장의 근거는 〈구운몽〉이 우리 민족들에게는 물론이고 중국이나 일본 등에 보급되어 애독되었다는 점을 들고 있다. 작품의 주제에 대한 논의는 결국 1959년의 『조선문학통사』(상)의 입장을 그대로 수용하고 있는 것이다.

이렇게 1990년대 들어 작품의 주제 사상에 대한 긍정의 평가가 이루어진 분위기는 개별 논문의 집필에도 그대로 반영되어 나타나고 있다.

> ≪구운몽≫은 주인공 양소유와 여덟 녀성의 관계를 중심으로 하여 이야기를 끌고나갔다.
> 이 작품에서는 종교적구속과 봉건유교도덕의 질곡에서 인간의 개성과 아름다운 리상이 말살되는 17세기 조선의 봉건적현실을 일정하게 부정하고있으며 당대인민들에게 중세기의 악몽에서 깨어날것을 호소하고있다.

---

37) 김하명, 『조선문학사』4, 사회과학출판사, 1992, 317쪽.

이 점에서 ≪구운몽≫은 반봉건적인 근대사상의 요소를 적지 않게 내포하고있다. 그러므로 이 고전소설은 인문주의사상이 구현된 세계적인 작품이라고 할수 있다.

또한 생활반영의 폭과 규모, 운명선의 심도, 복잡한 사건과 갈등, 철학적인 기본주제와 부주제 등의 측면에서 보아도 장편소설의 면모를 훌륭히 갖춘 세계적인 작품이다.[38]

〈구운몽〉의 우수성을 강조하는 이 논문에서는 전반적인 평가를 내리고 있는데, 그 주제 사상에 대해 반봉건의 근대사상의 요소를 많이 가지고 있어서 인문주의 사상이 구현된 세계적인 작품이라는 극한으로 전개되고 있다. 이 논의를 보면 북한에서의 〈구운몽〉에 대한 평가는 이제 완전히 긍정의 시각으로 확립되었다고 볼 수 있겠다.

3.5. 양반 문인으로서 작가의 제한성

1990년대에 들어 북한에서 〈구운몽〉을 바라보는 시각이 형식적인 측면이나 주제 사상적인 측면 모두 긍정으로 돌아섰다는 것을 확인하였다. 그렇지만 그 이전까지 철저하게 부정적인 시각으로 이야기하던 요소들을 모두 긍정으로 전환하기에는 무리가 있을 것이다. 이에 문학사나 작품을 소개하는 자리에서는 이 작품이 갖는 한계를 말미에 붙여 두고 있다.

그 한계성은 대체로 세 가지로 정리된다.

현실세계에서 보낸 자기의 생활을 한순간의 꿈이라고 보고 부정한 양소유의 견해에는 량반사대부들이 내세우는 부귀공명이란 허망하고 부질없는 것이라는 비판적인 태도가 반영되여있기는 하나 거기에는 또한 불교의 허

---

38) 윤기덕, 「고전장편소설 〈구운몽〉이 후기 중세창작에 준 영향」, 『조선고전문학연구』1, 문학예술출판사, 1993, 291쪽.

무적인 《무상관》이 안받침되여있다. 다시말하면 소설 《구운몽》은 불교의 금욕주의를 비판하면서도 주인공들이 인생의 말년에 가서는 인간생활을 《일장춘몽》으로 보면서 다시금 《극락세계》로 되돌아가게 함으로써 불교의 허황성에 대한 비판에서 불철저성을 발로시키고있다.[39]

작품의 주제 사상을 반봉건과 인간의 개성 해방, 종교적 교리에 대한 대항 의식 등으로 보았는데, 이들 주제 의식들 사이에 상호 충돌의 요소가 존재한다. 양반사대부들이 주장하는 봉건 체제에 충실한 삶이 모두 허망한 것이라고 비판을 하는데, 불교의 인생무상관이 대응 논리로 사용되는 것이다. 그래서 작품의 결말은 봉건주의적인 인간생활을 일장춘몽으로 보고 결국 불교에서 말하는 극락세계로 귀의하게 된다는 것으로 이루어져 있다. 이것은 불교의 허황성을 드러낸 것으로 작품 내에서 그 비판이 일관되지 못하고 불철저하다는 견해를 보이고 있다.

또 다른 한계는 봉건 귀족들의 삶을 이상화했다는 데서 찾고 있다.

> 작가는 양소유와 팔선녀후신들과의 사랑을 그 어떤 고루한 도덕규범에 얽매이지 않는 자연스러운 사랑으로 그리고있으나 그것을 계속 의롭고 건전한 사랑관계에로 전개시켜나가지 못하고있을뿐아니라 량반들의 축첩제도를 그대로 따르며 봉건귀족들의 향락적인 생활을 리상화하는 방향으로 끌고 나가고있다.[40]

양소유와 여덟 여인들의 사랑이 고루한 도덕규범에 얽매이지 않고 자유연애의 형상으로 전개되는 것은 우수한 점이라고 할 수 있지만 그들을 가정에 안주시키는 과정에서 그러한 근대적인 의식이 훼손되고 있다고 보는 입장이다. 여덟 여성들이 2처 6첩의 지위로 가정내에 안주하게 되는데, 이는 양반들의 축첩제도를 긍정하는 태도이며 봉건 귀족들의 향락적인 생활을

---

39) 조선문학창작사 고전문학실, 『고전소설해제』1, 문예출판사, 1988, 64쪽.
40) 조선문학창작사 고전문학실, 『고전소설해제』1, 문예출판사, 1988, 64쪽.

이상화하고 있어 문제가 크다는 것이다. 〈구운몽〉이 조선 후기 사대부 양반들의 이상을 그린 소설이라고 하여 남한 학계에서는 '이상소설'로 유형화하고 있다. 사대부 남성의 이상적인 가정생활로 일부다처제를 구현한 것은 북한 학계의 시각 뿐 아니라 남한의 시각도 대체로 부정적이다. 그러므로 이것은 작가 김만중의 태생적 한계라고 지적할 수 있겠다.

그 외에 작품에 설정된 주인공 인물들이 숙명론에 입각하여 사랑을 맺어가는 점 등을 한계로 들고 있다.

그 주인공들은 아직 숙명적인 ≪신의 의사≫, ≪하늘의 뜻≫의 지배로부터 완전히는 해방되여있지 못하다.

그 언어가 상당한 정도로 입말에 접근하였다고 하더라도 아직 인물들의 대화에서까지 그의 사회성분과 개성을 무시하는 어투들이 적지 않게 남아있다.

아직 인민들의 형상이 중요한 역할을 놀고있지 못하다.[41]

주제 사상적 특징을 등장인물들의 개성 해방으로 보고, 그 근거로 자기자신들의 자유 의지로 사랑을 성취해 나가는 점을 강조하였다. 그러나 실상 작품에서는 하늘의 뜻에 따라 결연을 맺게 된다는 숙명론적인 입장이 빈번하게 설정되어 있다. 이에 대한 문제 제기라고 할 수 있다. 그리고 작가가 우리말을 잘 구사하고 구어체 문장으로 작품을 서술하고는 있지만 등장인물들의 대화에서 사회적 계급의식이 드러나고 개성을 무시하는 어투가 다수 발견된다는 점을 한계로 지적한다. 그 결과 이 작품은 아직까지는 인민들의 형상을 그대로 모두 반영하지 못하였다는 결론을 내리고 있다. 이러한 시각은 작가 김만중이 삶을 영위하던 중세적 세계관을 완전하게 극복하지 못한 데서 기인한 것이라고 볼 수 있다. 그리고 이 점까지를 모두 극복하기에는 무리가 있다는 점도 인정해야 할 것이다.

---

41) 김하명, 『조선문학사』4, 사회과학출판사, 1992, 318쪽.

3.6. 조선 후기 창작에 많은 영향을 미친 작품

북한에서 〈구운몽〉을 바라보는 시각에서 자주 언급되는 내용이 이 작품
이 후대 작품들의 창작에 많은 영향을 미쳤다는 점이다. 이러한 영향력이
가능했던 이유를 다음과 같이 진단하고 있다.

> 고전소설 ≪구운몽≫이 후기문학에 커다란 영향을 줄수 있은것은 이 작
> 품이 17세기 인민들의 지향과 요구를 그 시대의 조건에서는 비교적 잘 반
> 영하고있는데 있다.
> ≪구운몽≫은 무엇보다도 개성해방의 리념과 평등의 리념-인도주의를
> 그 시대의 력사적조건에 맞게 제기함으로써 중세기적, 전제적억압을 반대
> 하는 선진적지향을 일정하게 반영하고있다.
> 이 소설은 도덕과 의리를 귀중히 여기는 우리 인민의 민족적감정에도
> 어느정도 맞는 작품이다.
> 고전소설 ≪구운몽≫은 생활반영의 폭이 넓고 규모도 크며 예술적형상
> 이 매우 생동하다.[42]

여기에서 작품이 17세기 인민들의 지향과 요구를 그 당시의 상황으로는
비교적 잘 반영하였기 때문이라고 보고 있다. 그 구체적인 내용은 개성 해
방 이념, 평등의 이념, 인도주의 등을 잘 제기하여 반봉건의 선진적인 지향
을 드러냄으로써 이후의 작품 창작에 많은 영향을 미쳤다고 보았다. 아울러
작품에서 구현된 형상이 도덕과 의리를 중시하는 우리의 민족적인 정서와
잘 맞기 때문에 수용이 활발했다고 보고 있다. 그리고 당시의 생활상을 반
영하는 폭이나 규모가 크고, 예술적 형상화가 생동적이어서 영향을 끼쳤다
는 것이다. 결국 이러한 요건들을 모두 갖춘 〈구운몽〉은 17세기의 대표적인
소설이 되기에 부족함이 없다는 극찬으로 이해된다.

---

42) 윤기덕, 「고전장편소설 〈구운몽〉이 후기 중세창작에 준 영향」, 『조선고전문학연구』1,
   문학예술출판사, 1993, 290쪽.

이 작품이 이후의 작품 창작에 영향을 미친 구체적인 현황은 몇 가지로 유형화 되어 있다고 보았다.

> 우선 많은 시[43]와 소설작품들에서 ≪구운몽≫의 주인공 또는 주요인물
> 들이 인용되고있다.(중략) 소설에서 주인공들의 행동묘사, 초상묘사, 심리
> 묘사 대신에 ≪구운몽≫의 적절한 장면들이 삽입되는 경우가 적지 않았다.
> 어느 한 등장인물이 미인이라는것을 강조하기 위하여 ≪구운몽≫의 녀주인
> 공에 비유하거나 중이 높은 도술을 가졌다는것을 표현하면서 ≪구운몽≫의
> 륙관대사를 끌어들이기[44]도 하였다.[45]

먼저 문학 작품에서 〈구운몽〉의 주인공과 주요인물들을 인용하거나 언급한다는 점이다. 아울러 이후의 소설에서 주인공들의 행동이나 심리를 묘사할 때 〈구운몽〉의 장면들을 적절하게 삽입하여 구성한다는 점도 들고 있다. 이것은 비교적 단순한 인용의 단계이지만 이러한 상황을 인식할 정도로 조선 후기 사회에서 〈구운몽〉의 독자는 확대되어 있었음을 입증한다고 하겠다. 두 번째 영향은 이야기의 구성 방식과 장면묘사에 대한 것으로 꼽고 있다.

> 당시 사람들은 ≪구운몽≫에 엮어진 이야기를 그 세부에 이르기까지 잘
> 알고있었으며 주인공을 비롯한 인물들에 대해서도 환히 꿰들고있었다. 그
> 렇기 때문에 사람들은 어떤 소설에서 주인공들의 형상과 ≪구운몽≫의 인
> 물 또는 이야기내용이 결합될 때에는 더욱 흥분하였으며 주인공의 운명선
> 을 따라가면서 몹시 슬퍼하기도 하고 기뻐하기도 하였다. ≪구운몽≫이 후
> 기소설창작에 큰 영향을 주게 된것도 결국은 이와 관련되여있는것이다.

---

43) 한산거사가 1844년에 당시 한양을 노래한 가사인 〈한양가〉에서 서울의 유명한 '륙쥬비
전'과 그곳에서 팔던 걸그림(횡축)이며 베개모의 그림에 〈구운몽〉의 인물들이 생동하게
그려져 있다고 소개하고, 이것은 고전소설 〈구운몽〉이 인민들의 생활 속에 깊숙이 침투
된 산 증거라고 보고 있다.
44) 〈흥보전〉, 〈심청전〉, 〈춘향전〉, 〈배비장전〉을 예로 들고 있다.
45) 윤기덕, 「고전장편소설 〈구운몽〉이 후기 중세창작에 준 영향」, 『조선고전문학연구』1,
문학예술출판사, 1993, 283~284쪽.

후기소설들에서는 《구운몽》의 특징적인 형상과 생활세부들을 그와 류사한 것으로 고쳐서 형상창조에 리용하는 경우가 많았다.[46]

〈구운몽〉은 17세기의 대표적인 장편소설로서 많은 화소들을 가지고 있기 때문에 이를 후기 작품들이 차용하여 작품을 구성하고, 주인공들의 일대기를 그대로 따르기도 했다는 것이다. 그리고 그 예로 〈춘향전〉에 서두부분에 춘향의 출생을 비는 기자정성 화소와 〈적성의전〉의 늑혼화소, 〈정수경전〉의 여자 자객 화소를 예를 들어 설명하고 있다.

세 번째 영향 관계는 이보다 좀 더 확대된 양상에 대한 설명으로, 모방의 단계까지를 이야기한다.

> 《구운몽》이 후기창작에 미친 영향은 이 소설의 이야기 혹은 인물관계를 따르거나 같은 주제와 내용으로 다른 형태의 작품을 창작[47]한데서도 나타나고 있다.(중략)
> 소설문학에서는 《구운몽》의 이야기줄거리를 리용하여 새 작품을 만든 례가 드물지 않다. 고전소설 《김진옥전》의 이야기줄거리와 인간관계는 《구운몽》의 첫부분과 거의 같다.(중략) 18~19세기에 창작된 작품으로 추측되는 소설 《김태자전》도 내용상 많은 면에서 《구운몽》과 류사하다.(중략) 고전소설 《옥루몽》역시 우수한 고전장편소설임에도 불구하고 전체적인 구성형태, 인물관계에서 《구운몽》을 모방하고 있다.(중략)
> 이로부터 회헌 리정작은 《이사재기문록》에 쓰기를 김춘택이 한문으로 번역한 《구운몽》과 《사씨남정기》를 읽은 어떤 사람이 《옥린몽》15권을 지었다고 하였다.[48]

46) 윤기덕, 「고전장편소설 〈구운몽〉이 후기 중세창작에 준 영향」, 『조선고전문학연구』1, 문학예술출판사, 1993, 286쪽.
47) 1727년 김춘택이 편찬한 시조집 『청구영언』에 실린 사설시조 〈천하명산…〉은 고전소설 〈구운몽〉의 내용을 그대로 시조로 옮긴 작품이다.
48) 윤기덕, 「고전장편소설 〈구운몽〉이 후기 중세창작에 준 영향」, 『조선고전문학연구』1, 문학예술출판사, 1993, 287~288쪽.

〈구운몽〉의 내용이나 작품의 한 부분을 그대로 가져가서 또 다른 소설을 창작하는 유형으로, 조선 후기 대중소설이 확대되면서 전 시대 작품을 모방하거나 짜깁기하는 사례들에 대한 지적으로 보인다. 특히 〈구운몽〉의 경우는 양소유와 여덟 여성들의 결연담이 각각 독자적인 완결성을 갖추고 있으므로 그 부분을 가져가서 약간의 윤색만 가하면 또 다른 소설로 만들어 낼 수 있었던 사정을 언급한 것으로 보인다. 그리고 〈옥루몽〉에 대해서도 작품은 훌륭하지만 〈구운몽〉의 모방작이라고 과감하게 지적하고 있다. 이는 남한 학계의 일부에서 〈구운몽〉의 아류작으로 〈옥루몽〉을 평가하는 시각과 동일하다. 그 다음에 서술된 〈옥린몽〉에 대한 언급은 이 논문을 쓴 학자의 착오로 보인다. 『이사재기문록』은 조언림의 문집이고, 〈옥린몽〉의 작가로 이정작을 언급하는 것이 올바르다.

〈구운몽〉의 영향은 국내에 한정되지 않고 국외에도 있었다는 논의를 장황하게 하고 있다.

> 고전소설 《구운몽》은 대외적으로도 알려진 작품이다. 이 소설은 17세기말에 우리 나라에서 한문으로 번역된후 중국과 일본에 소개되였다.[49]

이에 대해서는 먼저 〈구운몽〉이 국문원본이었다는 사실을 전제로 하고, 이것이 김춘택에 의해 한역된 후 중국와 일본에 전파되었다는 입장이다. 그리고 일본의 경우는 고미야 노야마 덴꼬가 19세기말에 창작한 일본소설 〈무겡〉을 〈구운몽〉의 모방작이라고 구체적인 예를 들어 설명한다. 논의에서 다소 억지스러운 면이 없지는 않지만 우리 문학이 세계적으로 전파되고 영향을 미쳤다는 사실에 대해 뿌듯해 하는 시각이 잘 드러나고 있다.

〈구운몽〉이 후대 문학에 영향을 미친 마지막 사례는 꿈을 기재로 한 유사

---

49) 윤기덕, 「고전장편소설 〈구운몽〉이 후기 중세창작에 준 영향」, 『조선고전문학연구』1, 문학예술출판사, 1993, 288쪽.

한 작품군을 형성하게 했다는 점을 들고 있다.

> 고전소설 ≪구운몽≫이 나온 이후 우리 나라에서는 ≪몽자류소설≫이라
> 는 하나의 창작계렬이 형성되고 ≪옥린몽≫, ≪옥련몽≫, ≪옥루몽≫등 소
> 설제목의 마감자가 꿈몽자로 된 소설군이 이루어졌다.[50]

〈구운몽〉의 필두로 '몽(夢)'자로 끝이 나는 작품들이 일군을 이루면서 형성되었다는 설명이다. 이는 소설의 구성에서 꿈의 기재를 활용한다는 공통성을 지닌 것으로, 이러한 시각은 남한 학계에서도 〈구운몽〉을 몽자류소설의 시작으로 보면서 이전에 있었던 몽유록소설과는 구별하는 시각과 동일하다고 하겠다.

이렇게 〈구운몽〉이 이후의 문학 작품 창작에 영향을 막대하게 끼쳤으므로 그 작품의 우수성은 자명하다는 결론이고, 또한 중국이나 일본 등에서도 그 모방이나 수용의 흔적을 찾을 수 있으므로 세계적인 작품으로 평가할 수 있다고 호평하고 있다.

4. 남한연구와의 비교

남한에서 〈구운몽〉에 대한 연구 논문 및 논저는 고전문학 분야에서 최다수를 점하고 있다. 북한의 연구가 단편적이고, 작품 자체에 대한 평가가 긍정과 부정, 다시 긍정으로 반복된 변화를 겪은 것과는 달리 남한의 연구는 다양한 방법론을 적용하여 각양각색의 시각들을 산출하고 있다. 북한 학계에서 고전문학을 논의하는 방법은 대체로 작품의 형상화 방식에서 인물의

---

50) 윤기덕, 「고전장편소설 〈구운몽〉이 후기 중세창작에 준 영향」, 『조선고전문학연구』1, 문학예술출판사, 1993, 291쪽.

성격, 묘사론, 작품 구성론 등을 언급하고, 주제 사상적 측면에서 주제적 특성들을 논의하고 있어, 단순하다고 볼 수 있다. 그러나 남한의 경우는 한 작품을 두고 다양한 연구방법론을 적용하고, 이에 대한 논박이 이루어지는 실정이므로 〈구운몽〉의 연구사를 정리하는 것이 쉬운 일이 아니다. 특히 200여 편에 달하는 현재까지의 연구에 대해 구체적으로 검토하는 일도 이 자리에서는 불가능하다. 이 글은 〈구운몽〉에 대한 북한의 시각을 정리하는 것에 목적이 있으므로 남한의 연구 경향도 북한의 시각과 관련성을 고려하면서 제시하고자 한다.[51]

〈구운몽〉에 대한 최초의 논문은 김태준의 「구운몽의 연구」로 보여진다. 그러나 1936년 두 편의 논문[52]이 나온 후, 해방 후에도 한동안 공백기가 지속되다가 1955년에 이르러서야 이가원의 「구운몽평고」[53]가 나왔다. 앞의 두 논문은 일제 강점기에 나왔고 이후 근 20년의 공백기가 있었으므로, 이 논문이 〈구운몽〉 연구의 출발점이 된다고 볼 수 있다. 이후 지금까지 전개되어 온 〈구운몽〉 연구는 그 연구 방법의 주된 흐름에 따라 몇 가지 유형으로 대별할 수 있다. 이를 정리하고자 한다.

4.1. 서지학적 연구

서지학적 연구에 대해 살펴보면 〈구운몽〉은 작가가 분명하게 전승되고 있는 작품이기 때문에 그 이본에 대한 연구가 주된 과제였다. 그 최초의 논의는 이가원의 「구운몽평고」(1955)에서 제기되었다. 〈구운몽〉의 이본 연

---

51) 남한의 연구사를 검토하면서 박병완, 「구운몽의 연구사적 성찰」, 『고전문학연구』 3집, 한국고전문학회, 1986 ; 김병국, 「구운몽 연구사」, 『한국고전문학의 비평적 이해』, 서울 대출판부, 1995을 많이 참고하였음을 밝힌다.
52) 김태준, 「구운몽의 연구」, 『조선학보』 10. 1936 ; 양백화, 「구운몽의 가치」, 『삼천리』 80호, 삼천리사, 1936.
53) 이가원, 「구운몽평고」, 『이가원 교주 구운몽』, 덕기출판사, 1955.

구는 원본의 추정 작업이 주된 관심거리가 되었다. 이후 이본에 대한 본격적인 탐구는 이명구[54]의 「구운몽고(其一)·(其二)」(1955)·(1958)에서 시도되었다. 필자는 이 논문에서 '서울대학교 중앙도서관본(필사본)'을 원본으로 추정하여 국문원본설을 제기하였는데, 그 후 대부분의 논저들이 이를 따랐다. 그러나 정규복[55]은 1961년 「구운몽의 이본고 : 그 원작의 표기문자 재고를 제기한다.」에서 한문원본설을 주장하였다. 그리하여 한문 노존본으로서 구운몽의 원작을 삼았다. 또한 설성경[56]도 1974년에 발표한 「구운몽의 구조적 연구(Ⅳ):표기문자론」에서 서포가 독자층의 확대를 위하여 한문·한글 표기의 양면 표기를 하였을 것이라고 추론하고 있다.

정규복은 원전에 대한 연구를 지속적으로 수행하여 가장 늦게 세상에 알려진 노존B본[57]을 가장 원전에 가까운 한문본으로 규정하였다. 그리고 〈구운몽〉 이본이 노존B본-노존A본-을사본-계해본의 전승 과정을 거쳤고,[58] 국문본 가운데 최고의 선본으로 평가받는 서울대소장본은 노존B본의 번역본[59]이라고 입증하였다.

남한 학계에서는 이렇게 원전텍스트에 대한 서지학적 연구가 활발하게 이루어졌지만 북한의 경우는 〈구운몽〉의 국문원본설이 공식적인 입장으로, 이에 대한 이견이 표면화되어 논의된 적은 없는 듯하다. 북한에서는 주로

---

54) 이명구, 「구운몽고」, 『성균학보』 2집, 성균관대학교, 1955 ; 이명구, 「구운몽평고」, 『성균학보』 3집, 성균관대학교, 1958.
55) 정규복, 「구운몽 이본고 : 그 원작의 표기문자재고를 제기한다.」, 『국어국문학』 23호, 국어국문학회, 1961.
56) 설성경, 「구운몽의 구조적 연구(Ⅳ) : 표기문자론」, 『원우논집』 2집, 연세대 대학원원우회, 1974.
57) 정규복교수는 한문원전설을 주장하면서 1725년에 발간된 목판본인 을사본과 이를 복각한 1803년의 계해본 등과 여러 필사본을 재구하여 노존본은 발표하였다. 그런데 강전섭교수의 소장본이 발견되자 이것이 노존본의 원본임을 인정하면서 재구한 본은 노존A본, 새롭게 발견된 본을 노존B본으로 명명하였다.
58) 정규복, 「구운몽 노존본의 이분화」, 『동방학지』 59집, 연세대 국학연구원, 1988.
59) 정규복, 「구운몽 서울대학본의 재고」, 『대동문화연구』 26집, 성균관대 대동문화연구원, 1991.

53장 장회체 형식의 〈구운몽〉을 연구와 분석의 대상으로 삼고 있다.

4.2. 주석적 연구

〈구운몽〉에 대한 주석 연구는 이가원이 주석한 『구운몽』이 1955년 간행
되면서 시작되었는데, 그 저본은 역주자가 소장한 가장사본(家藏寫本)[60]이
었다. 1955년에 정욱 역 『구운몽』이 출간되었고, 1964년에 박성의 주해 『구
운몽·사씨남정기』[61]가 나왔다. 여기서 〈구운몽〉의 저본은 고려대 도서관
에 소장된 경판본이었다. 1972년에는 정병욱·이승욱 교주 『구운몽 -附
The Cloud Dream of the Nine』이 나왔는데,[62] 이 교주본은 국문본 가운데
최선본이라고 할 수 있는 서울대 중앙도서관본을 저본으로 삼았다. 그리고
한문 계해본과 완역 영문본인 게일(J. S. Gale)의 The Cloud Dream of the
Nine(1922)을 함께 엮어 출판하였다. 이 교주본은 여러 주해 번역본 가운데
서 가장 뛰어난 업적[63]으로 평가받는다.

1975년에 전규태 역 『구운몽』이 출간되었고, 1984년 김병국의 『구운몽』
이 각각 간행되었다. 김병국은 이후 지속적으로 서울대본을 저본으로 이루
어졌던 정병욱·이승욱 교주본을 보완하여 2007년에는 『원본교주 구운몽』
과 『현대역 구운몽』을 각각 출판하였다가, 2009년에는 이를 합본한 『구운
몽』을 출판하였다.[64] 이 주해본이 현재까지 출판된 가장 최근의 연구성과
라고 할 수 있겠다. 앞서도 언급했듯이 국문원본 가운데서는 서울대본이
가장 선본이고, 이를 저본으로 정병욱·이승욱이 교주한 것이 가장 뛰어나
다는 평을 들었는데, 다시 이를 수정 보완한 김병국 교주본이 현재까지의

---

60) 이가원 교주, 『이가원 교주 구운몽』, 덕기출판사, 1955.
61) 박성의 주석, 『구운몽·사씨남정기』, 정음사, 1964.
62) 정병욱·이승욱 교주, 『구운몽』, 민중서관, 1972.
63) 김병국, 「구운몽 연구사」, 『한국고전문학의 비평적 이해』, 서울대출판부, 1995.
64) 김병국 교주역, 『구운몽』, 서울대출판문화원, 2009.

주석학 연구에서는 가장 완벽하다고 볼 수 있겠다.

북한에서의 〈구운몽〉의 번역 작업은 국문원작설의 입장이므로 별도로 이루어진 사실을 찾을 수 없다. 다만 1958년의 조선고전문학선집 출판 사업에 『김만중 작품선집』[65]이 포함되었는데 여기에는 〈윤씨행장〉과 〈사씨남정기〉와 함께 〈구운몽〉이 수록되어 있다. 그 저본이 무엇인지는 밝히지 않았고 신구현이 주석을 한 것으로 되어 있는데, 53장의 장회체 형식으로 체제를 구성하였다. 이후 1991년에 다시 조선고전문학선집 64집으로 『김만중작품집』[66]이 출간되었는데 역시 전 시기의 체제와 내용이 동일하다. 다만 림호권이 윤색을 한 것으로 명시되어 있고 각 장의 제목이 한문식 문장에서 순 우리말로 순화된 변화를 읽을 수 있다.

4.3. 작가에 대한 연구

작가에 대한 연구는, 정규복의 「김만중론」(1977)[67]과 김무조의 「서포소설연구」(1974)[68]에서 생애와 학문, 위인에 대해 자세히 논하고 있다. 황패강은 김만중의 유가적 사의식이 서포문학의 사상적 의미를 구명하는 데 중요한 계기가 된다고 전제하고, 김만중의 일생이 조선왕조의 집권 사대부가 걸어가는 영욕이 엇갈린 환로(宦路)의 전형적인 사례가 됨[69]을 밝혔다. 김병국과 최재남, 정운채가 함께 번역·주석한 「서포연보」(1992)[70]에서는 서포의 생애에 대한 사실적인 고증이 철저하게 이루어졌으며, 전기적 사실을 작품과 관련시켜 본격적으로 연구할 수 있는 탄탄한 기초를 제공하고 있다.

---

65) 윤세평·신구현 주석, 『김만중 작품선집』, 국립문학예술서적출판사, 1958.
66) 림호권 윤색, 『김만중 작품집』, 문예출판사, 1991.
67) 정규복, 『김만중론』, 형설출판사, 1977.
68) 김무조, 『서포소설연구-특히 그의 양면성을 중심으로』, 형설출판사, 1974.
69) 황패강, 「金萬重의 文學과 儒家的 士意識」, 김열규 외편, 『김만중연구』, 새문사, 1983.
70) 김병국·최재남·정운채 역주, 『서포연보』, 서울대출판부, 1992.

북한에서 작가 김만중에 대한 연구는 개별적인 논문으로는 찾을 수 없다. 그렇지만 앞서 언급한 두 권의 작품선집과 시대별로 발간된 각 문학사에서 김만중에 대한 작가론적 논의는 빠지 않았다. 특히 1970~80년대 주체문예 이론이 성행할 당시 〈구운몽〉은 그 낭만주의적 수법이 문제가 되어 문학사에서 배제되는 위기를 맞지만 〈사씨남정기〉의 작가 김만중은 지속적으로 문학사에서 주목을 받았고, 그의 국문주의 문학관과 소설에 대한 우호적 견해가 긍정적인 평가를 받고 있다.

4.4. 비교문학적 연구

〈구운몽〉에 대한 비교문학적 연구로는 이가원의 「구운몽평고」(1955)에서 구운몽의 소재적 원천을 중국과 국내의 자료를 통해 찾으려 하였고[71] 정규복의 「구운몽의 비교문학적 고찰」(1970)도 중국문학의 수용양상을 살폈다.[72] 이에 비해 성현경의 「구운몽과 옥련몽의 대비연구」(1969)[73] 및 「이조 몽자류 소설 연구」(1971)[74], 서대석의 「구운몽·군담소설·옥루몽의 상관관계」(1971)[75], 김일렬의 「구운몽과 운영전의 비교 연구」(1975)[76]는 국내작품끼리의 대비를 통하여 연구하는 방법을 택했다.

이러한 비교문학적 연구는 〈구운몽〉 후기 작품과의 영향관계로 이어지는데, 필자는 「고소설의 남녀결연서사 연구」(2004)[77]에서 〈구운몽〉의 여덟 가지 결연서사가 이후 조선 후기 소설에 크게 영향을 미친 것으로 보았다.

---

71) 이가원, 「구운몽평고」, 『이가원 교주 구운몽』, 덕기출판사, 1955.
72) 정규복, 「구운몽의 비교문학적 고찰」, 『고려대논문집』 16집, 고려대학교, 1970.
73) 성현경, 「구운몽과 옥련몽의 대비 연구」, 『월보』 49회, 우리문화연구회, 1969.
74) 성현경, 「이조 몽자류소설 연구 : 특히 구운몽과 옥루몽을 중심으로」, 『국어국문학』 54호, 국어국문학회, 1971.
75) 서대석, 「구운몽·군담소설·옥루몽의 상관관계」, 『어문학』 25집, 한국어문학회, 1971.
76) 김일렬, 「구운몽과 운영전의 대비연구」, 『어문논총』 9·10합병호, 경북대학교, 1975.
77) 김종군, 「고소설의 남녀결연서사 연구」, 건국대 박사논문, 2004.

특히 19세기 대중적인 영웅소설이나 가정소설에는 〈구운몽〉의 결연서사에서의 특징적인 화소가 그대로 수용되는 면모를 살폈다. 가령 양소유와 정경패의 결연담에 설정된 변복을 하여 음률로써 선을 보는 화소는 이후 〈김희경전〉이나 〈장국진전〉에는 그대로 수용되고 있으며, 〈임호은전〉 등에는 변복이라는 모티프를 취하는 형식으로 다소간의 변이를 겪으면서 수용되고 있다고 보았다. 그 결과 조선 후기 소설에서 〈구운몽〉의 자장은 막대하여, 여덟 가지 남녀결연 서사가 고소설의 각 유형 형성에도 큰 영향을 끼친 것으로 분석하였다.

북한에서는 굳이 비교문학이라는 용어를 사용하지 않지만 〈구운몽〉이 후기 작품들에 끼친 영향에 대해서는 여러 문학사에서도 언급하고 있으며, 앞선 3.6에서 정리한 것처럼 그 영향관계의 구체적인 양상들을 유형화하여 분석하기도 하였다. 물론 중국문학과의 비교는 북한의 학계에서는 인정하지 않는다.

4.5. 사상적 연구

〈구운몽〉에 대한 주제 사상적 연구는 많은 개별 논의를 양산하고 있다. 〈구운몽〉의 사상적 배경이 유·불·선 삼교라는 이른바 '삼교사상설'은 박성의의 「구운몽의 사상적 배경 연구」(1969)[78]에서 제기되었고, 정규복은 「구운몽의 근원사상고-「공」 사상을 중심으로-」(1967)에서 〈구운몽〉의 사상을 금강경의 「공」 사상을 중심으로 파악하였다. 여기서는 '삼교사상설'을 비판하고 '불교사상설'을 주장하였는데, 불교사상설을 다시 불교 사상 중 공(空) 사상으로 축소시켜 이를 적용한 새로운 주장이었다.[79] 이에 대해 김일렬은

---

78) 박성의, 「구운몽의 사상적 배경 연구」, 고려대 박사논문, 1969.
79) 정규복, 「구운몽의 근원사상고 : '공' 사상을 중심으로」, 『아세아연구』 28호, 고려대 아세아문제연구소, 1967.

「구운몽신고」(1981)에서 〈구운몽〉의 불교사상은 단지 유교사상을 비판하기 위해 수용된 것이라고 주장하였고[80], 조동일은 「구운몽과 금강경, 무엇이 문제인가?」(1983)에서 「공」 사상이 구운몽의 배경 사상은 될 수 있어도 그 주제는 될 수 없다고 반론하였다.[81] 장효현은 정규복의 공사상론을 수용하면서, 작가의 주제 구현 양상과 독자의 수용 양상을 이원적으로 해석하기도 하였다.[82]

1990년에 접어들면서 불교적 주제구현 방식에 대한 논의를 벗어나 유가 벌열층이었던 작가 김만중의 세계관의 표출로 작품을 해석하려는 시도가 나타난다. 특히 정출헌은 「구운몽의 작품 세계와 그 이념적 기반」(1993)에서 환몽구조가 양소유의 삶이나 성진의 삶 모두를 부정해야 될 것으로 보지 말 것을 일깨우는 장치로서, 양반 사대부였던 서포의 보수적 세계관이 반영된 것으로 보았다.[83]

북한 문학사에서 〈구운몽〉에 대한 논의의 중심은 바로 주제 사상부분으로 모아지고 있다. 앞서 3.4에서 고찰하였듯이 〈구운몽〉의 주제사상은 환상적이고 이상적인 낭만주의적 분위기가 주체문예이론에 위배되어 한동안 북한문학사에서 배제되기도 하였다. 그러나 주제사상의 논점을 반봉건과 개성의 해방 의도로 집중시키면서 새로운 긍정으로 이끌었다. 그러면서도 결말부분에서의 불교적 귀결과 여덟 여인을 가정에 안주시키는 과정에서 유교주의적 제도를 인정하는 태도는 양반 사대부인 작가의 세계관적 제한성으로 보고 있다.

---

80) 김일렬, 「구운몽신고」, 『한국고전산문연구』(장덕순선생화갑기념), 동화문화사, 1981.
81) 조동일, 「구운몽과 금강경 무엇이 문제인가?」, 『김만중 연구』, 새문사, 1983.
82) 장효현, 「구운몽의 주제와 그 수용사에 관한 연구」, 『김만중 문학 연구』, 국학자료원, 1993.
83) 정출헌, 「구운몽의 작품세계와 그 이념적 기반」, 『김만중 문학 연구』, 국학자료원, 1993.

4.6. 정신분석학적 연구

〈구운몽〉에 대한 정신분석학적 연구로는, 우리 고전 작품 연구사상 최초로 융의 분석심리학적 개념을 도입하여 새로운 방법론으로서 화제를 모은, 김병국의 「구운몽 연구-그 환상구조의 심리적 고찰」(1968)[84]을 들 수 있다. 이 논문은 해석과 판단의 적용이라는 새로운 연구 태도를 보임으로써 구운몽의 의미를 새로운 각도에서 이해하고자 시도한 것이었다. 이능우의 「구운몽분석」(1972)[85]도 구운몽의 작자와 그 모친과의 관계를 정신분석학적 관점에서 고찰하여 작품 속에 숨겨진 성적 상징물들을 분석한 것이었다. 이러한 정신분석학적 방법이나 신화문학적 방법이 고소설의 의미를 해석하고 그 기능을 이해하는 데 기여한 것은 사실이다. 그러나 김병국이 스스로 말하고 있는 것처럼 그의 심리분석학적 내지 신화론적 이해에 관한 당시의 지식은 매우 피상적이었기 때문에 구운몽의 해석과 판단에 있어서 서구의 이론을 직수입했다는 비판[86]을 받기도 했다.

북한의 문학에서는 주체문예이론에 입각하여 고전문학 작품들도 평가 분석하기 때문에 서구의 문예이론을 방법론으로 사용하여 작품을 분석한 사례를 찾을 수 없다.

4.7. 최근의 연구 동향

〈구운몽〉에 대한 연구 실적은 매우 방대하므로 구체적 양상을 충분히 언급하지 못한다. 이상의 대표적인 연구 경향 이외에도 다양한 연구 방법을 통한 실적물이 양산되었다. 그리고 최근에는 기존의 연구 방법론과는 판이

---

84) 김병국, 「구운몽연구 : 그 환상구조의 심리적 고찰」, 『국문학연구』 6집, 서울대 대학원 국문학연구회, 1968.
85) 이능우, 「구운몽 분석」, 『숙명여자대학교 논문집』 12집, 숙명여자대학교, 1973.
86) 정규복, 『구운몽연구』, 고려대출판부, 1974, 260~261쪽.

한 방식으로 연구가 진행되고 있어 흥미롭다. 특히 고전소설인 〈구운몽〉의 현대적 활용에 관련된 논문들로, 〈구운몽〉의 작품 구조를 사이버 공간과 같은 구조로 파악한 경우도 있으며, 문학치료 텍스트로서의 활용에 대한 논의, 현대적 소통에 대한 논의 등이 참신한 논의로 눈여겨 보인다.

전이경은 사이버 공간에서의 자아정체성과 윤리 문제를 꿈이라는 가상공간에서 환상 체험을 통해 자아를 탐색하는 〈구운몽〉의 구조와 연계하여 해결하고자 한다. 이 논문에서는 성진은 아바타인 양소유를 통해서 자아의 한계를 초월하여 다중적인 주체로서 자신을 자리매김한다고 보았고, 이러한 주체의 확장을 통해 결국 성진은 현실과 가상이 모두 깨달음을 위한 주체의 통합 과정임을 인식하게 된다고 보았다. 이렇듯 〈구운몽〉은 컴퓨터와 같은 물리적인 매개로서가 아니라 인간의 정신으로 구성되는 가상 체험, 가상 세계를 이야기하고 있는 작품으로 이해하고 있으며, 현실 세계와 가상 세계의 대립, 충돌과 욕망의 무한성 속에서 갈등하는 현대 네티즌들에게 자아에 관한 성진의 깨달음은 모순적인 상황을 해결할 수 있는 열쇠가 될 수 있을 것이라고 의미를 부여하고 있다.[87]

〈구운몽〉을 문학치료 프로그램 임상에 적용한 사례에 대한 논의도 새로운 시도라고 할 수 있다. 이강옥은 '구운몽과 불교 경전을 활용하는 우울증 치료 프로그램(DTKB Program)'을 적용한 결과를 연구논문으로 발표하였는데, 실제 임상이나 상담에서 효과를 논증하고 있다.[88]

근래에 와서 고전 텍스트의 현대역이나 다시쓰기에 대한 논의들이 학계의 주목을 받고 있는데 이와 관련하여 〈구운몽〉의 현대적 소통문제를 다룬 논문을 들 수 있다. 송성욱은 작품과의 현대적 소통을 위해서는 텍스트의 현대역이 전제되어야 한다고 하고 이 과정에서 복잡한 연구사적 맥락이 깔

---

87) 전이경, 「사이버 공간과 구운몽의 세계」, 『한국콘텐츠학회논문집』 11권 6호, 한국콘텐츠학회, 2011.
88) 이강옥, 「구운몽과 불교 경전을 활용하는 우울증 치료 프로그램 (DTKB Program) 상담 사례 연구」, 『문학치료연구』 18집, 한국문학치료학회, 2011.

려있는 주제나 의미를 전달하는 것이 우선적인 사안은 아니라고 보고 있다. 그리고 먼저 강조해야 할 것은 〈구운몽〉을 통해 파악할 수 있는 고전소설의 미학이며, 고전소설 전체에 걸쳐 있는 지형도라고 주장하고 있다.[89]

이처럼 〈구운몽〉은 환상적인 낭만주의적 수법으로 구성된 고전소설로서 현대인의 욕구에 맞도록 활용하기에 효용성이 큰 작품이라고 할 수 있다. 무엇보다 남한에서는 다양한 현대적 해석이 등장하는데, 북한에서는 전통적인 작품 분석 방법만으로 작품을 진단하는 것도 각각의 차이라 할 수 있다. 앞으로 남북 학계의 소통과 통합에 따른 입체적이고 유용한 연구 성과들의 축적과 발전을 희망해 본다.

5. 참고문헌

5.1. 북한 자료

김일성종합대학 편,『조선문학사』1, 김일성종합대학출판사, 1982(임헌영 해설, 도서출판 천지, 1995).

김춘택,「우리 나라 고전소설연구에서 나서는 몇가지 문제」,『조선고전문학연구』 1, 문학예술종합출판사, 1993.

김춘택,『조선고전소설사연구』, 김일성종합대학출판사, 1986.

김하명,『조선문학사』4, 사회과학출판사, 1992.

리창유,「우리 식 문학건설에서 고전문학이 노는 중요역할」,『조선고전문학연구』 1, 문학예술종합출판사, 1993.

림호권 윤색,『김만중작품집』, 문예출판사, 1991.

사회과학원 문학연구소,『조선문학사』고대・중세편, 과학백과사전출판사, 1977

---

89) 송성욱,「〈구운몽〉과의 현대적 소통 : 현대역 텍스트에 대한 분석을 중심으로」,『한국고전연구』23집, 한국고전연구학회, 2011.

(『조선문학통사』1, 이회문화사, 1996).

윤기덕, 「고전장편소설 ≪구운몽≫이 후기 중세창작에 준 영향」, 『조선고전문학
  연구』1, 문학예술출판사, 1993.

윤세평・신구현 주석, 『김만중 작품선집』, 국립문학예술서적출판사, 1958.

정홍교・박종원, 『조선문학개관』1, 사회과학출판사, 1986(도서출판 진달래, 1988).

조선문학창작사 고전문학실, 『고전소설해제』1, 문예출판사, 1988.

조선민주주의인민공화국 과학원 언어문학연구소 문학연구실 편, 『조선문학통사』
  (상), 과학원출판사, 1959(화다, 1989).

5.2. 남한 자료

김무조, 『서포소설연구-특히 그의 양면성을 중심으로』, 형설출판사, 1974.

김병국 교주・역, 『구운몽』, 서울대출판문화원, 2009.

김병국, 「구운몽 연구사」, 『한국고전문학의 비평적 이해』, 서울대출판부, 1995.

김병국, 「구운몽연구 : 그 환상구조의 심리적 고찰」, 『국문학연구』6집, 서울대
  대학원 국문학연구회, 1968.

김병국・최재남・정운채 역주, 『서포연보』, 서울대출판부, 1992.

김일렬, 「구운몽과 운영전의 대비연구」, 『어문논총』9・10합병호, 경북대학교,
  1975.

김일렬, 「구운몽신고」, 『한국고전산문연구』(장덕순선생화갑기념), 동화문화사, 1981.

김종군, 「고소설의 남녀결연서사 연구」, 건국대 박사논문, 2004.

김태준, 「구운몽의 연구」, 『조선학보』10. 1936.

박병완, 「구운몽의 연구사적 성찰」, 『고전문학연구』3집, 한국고전문학회, 1986.

박성의 주석, 『구운몽・사씨남정기』, 정음사, 1964.

박성의, 「구운몽의 사상적 배경 연구」, 고려대 박사논문, 1969.

서대석, 「구운몽・군담소설・옥루몽의 상관관계」, 『어문학』25집, 한국어문학회,
  1971.

설성경, 「구운몽의 구조적 연구(IV) : 표기문자론」, 『원우논집』2집, 연세대 대학
  원원우회, 1974.

성현경, 「구운몽과 옥련몽의 대비 연구」, 『월보』 49회, 우리문화연구회, 1969.

성현경, 「이조 몽자류소설 연구 : 특히 구운몽과 옥루몽을 중심으로」, 『국어국문학』 54호, 국어국문학회, 1971.

송성욱, 「〈구운몽〉과의 현대적 소통 : 현대역 텍스트에 대한 분석을 중심으로」, 『한국고전연구』 23집, 한국고전연구학회, 2011.

양백화, 「구운몽의 가치」, 『삼천리』 80호, 삼천리사, 1936.

이가원 교주, 『이가원 교주 구운몽』, 덕기출판사, 1955.

이가원, 「구운몽평고」, 『이가원 교주 구운몽』, 덕기출판사, 1955.

이강옥, 「구운몽과 불교 경전을 활용하는 우울증 치료 프로그램 (DTKB Program) 상담 사례 연구」, 『문학치료연구』 18집, 한국문학치료학회, 2011.

이능우, 「구운몽 분석」, 『숙명여자대학교 논문집』 12집, 숙명여지대학교, 1973.

이명구, 「구운몽고」, 『성균학보』 2집, 성균관대학교, 1955.

이명구, 「구운몽평고」, 『성균학보』 3집, 성균관대학교, 1958.

장효현, 「구운몽의 주제와 그 수용사에 관한 연구」, 『김만중 문학 연구』, 국학자료원, 1993.

전이경, 「사이버 공간과 구운몽의 세계」, 『한국콘텐츠학회논문집』 11권 6호, 한국콘텐츠학회, 2011.

정규복, 「구운몽 노존본의 이분화」, 『동방학지』 59집, 연세대 국학연구원, 1988.

정규복, 「구운몽 서울대학본의 재고」, 『대동문화연구』 26집, 성균관대 대동문화연구원, 1991.

정규복, 「구운몽 이본고 : 그 원작의 표기문자재고를 제기한다.」, 『국어국문학』 23호, 국어국문학회, 1961.

정규복, 「구운몽의 근원사상고 : '공' 사상을 중심으로」, 『아세아연구』 28호, 고려대 아세아문제연구소, 1967.

정규복, 「구운몽의 비교문학적 고찰」, 『고려대논문집』 16집, 고려대학교, 1970.

정규복, 『구운몽연구』, 고려대출판부, 1974.

정규복, 『구운몽원전의 연구』, 일지사, 1977.

정규복, 『김만중론』, 형설출판사, 1977.

정병욱 · 이승욱 교주, 『구운몽』, 민중서관, 1972.

정출헌, 「구운몽의 작품세계와 그 이념적 기반」, 『김만중 문학 연구』, 국학자료원,

1993.

조동일, 「구운몽과 금강경 무엇이 문제인가?」, 『김만중 연구』, 새문사, 1983.

황패강, 「金萬重의 文學과 儒家的 士意識」, 김열규 외편, 『김만중연구』, 새문사, 1983.

<김종군>

춘향전

고전문학을 바라보는 북한의 시각

春香傳

1. 서지 사항

〈춘향전〉은 설화, 판소리 등 구전문학 형태로 전승되다가 필사나 판본의 형태로 보급된 국문소설이다. 남한에서 〈열녀춘향수절가〉완판84장본은 선행 완판계 이본들의 내용을 수용하고 개작자의 창의성까지 곁들진 혼합본[1]으로 많은 연구자들의 연구 대상이 되어왔다.[2] 한동안 남한에서의 〈춘향전〉 연구는 완판84장본을 중심으로 이루어져 왔다가 1970년대 들어서 경판30장본, 경판35장본, 완판33장본, 〈남원고사〉 등의 이본이 소개되면서 〈춘향전〉 연구의 폭이 넓어진다. 북한의 문학연구에서는 주로 〈열녀춘향수절가〉를 가장 뛰어난 이본이라고 보고 있지만, 판본명은 명시하고 있지 않다.

---

1) 설성경, 『춘향전의 통시적 연구』, 서광학술자료사, 1994, 188~191쪽.
2) 김현룡, 「完板春香傳(84張本) 難解句 散考」, 『建國語文學』제11집, 건국어문학회, 1987 ; 이윤석, 「춘향전(완판 84장본) 주석의 몇 가지 문제에 대하여」, 『女性問題硏究』제16집, 대구효성카톨릭대학교 사회과학연구소, 1988 ; 성기련, 「완판 84 장본 〈열녀춘향수절가〉의 김세종제 〈춘향가〉 수용과 개작」, 『판소리연구』제11집, 판소리학회, 2000 ; 김종철, 「『춘향전』교육의 시각(1)」, 『고전문학과 교육』 제1집, 한국고전문학교육학회, 1999.

2. 작품개요

북한에서 1999년에 발간된 김춘택의 『조선고전소설사연구』에서는 〈춘향
전〉의 줄거리를 다음과 같이 소개하고 있다.

> 소설 ≪춘향전≫의 이야기줄거리의 기본내용은 다음과 같다.
> 오월단오날 오작교가 바라보이는 남원 광한루에서 처음 만난것이 인연
> 이 되여 퇴기 월매의 딸 성춘향은 남원부사의 아들 리몽룡과 백년가약을
> 맺는다. 그러나 남원부사가 내직으로 서울에 가게 되자 춘향은 이몽룡과
> 후날을 기약하고 리별한다. 얼마후 남원에 신과사도 변학도가 부임하게 되
> 자 수절하는 춘향이는 서글픔 속에서 기구한 운명을 겪게 된다. 포악하고
> 녀색을 즐기는 변학도가 수청을 강요하였으나 춘향은 절개를 지켜 항거한
> 다. 소설은 억울하게 옥에 갇혀 고생을 겪던 춘향이 암행어사가 되여 내려
> 온 리몽룡에 의해 구원된 다음 행복을 누리는것으로 끝난다.[3]

북한에서는 남원부사의 아들 이몽룡과 퇴기의 딸 춘향의 사랑을 주제로
한 〈춘향전〉을 "량반과 상민사이의 사회적불평등을 비판하고 남녀청년들이
재산과 신분에 관계없이 사랑할수 있다는것을 보여주는"[4] 작품이라고 평가
하고 있다.

3. 북한 연구사

〈춘향전〉에 대한 관심에서 알 수 있듯이 북한에서는 이 작품에 대한 방대
한 연구물들이 축적된 상태이다. 현재까지 남한에서 확인할 수 있는 〈춘향

---

3) 김춘택, 『조선고전소설사연구』, 김일성종합대학출판사, 1986, 297쪽.
4) 김춘택, 『조선고전소설사연구』, 김일성종합대학출판사, 1986, 297쪽.

148 ‖ 고전문학을 바라보는 북한의 시각

전〉에 대한 북한의 논의를 북한에서의 출간년도에 따라 소개하면 다음과
같다.

① 조선민주주의인민공화국과학원 언어문학연구소 문학연구실 편, 『조선문
   학통사』(상), 과학원출판사, 1959(화다, 1989).
② 사회과학원 문학연구소, 『조선문학사』 고대·중세편, 과학백과사전출판
   사, 1977(『조선문학통사』1, 이회문화사, 1996).
③ 김일성종합대학 편, 『조선문학사』1, 김일성종합대학출판사, 1982(임헌영
   해설, 도서출판 천지, 1989).
④ 정홍교·박종원, 『조선문학개관』1, 사회과학출판사, 1986(도서출판 진달
   래, 1988).
⑤ 김하명, 『조선문학사』5, 사회과학출판사, 1994.
⑥ 김춘택, 『조선고전소설사연구』, 김일성종합대학출판사, 1986.
⑦ 민족문화유산 편집부, 「〈백두산3대장군과 민족문화유산〉 절세의 위인의
   손길아래 창조된 민족가극 〈춘향전〉」, 『민족문화유산』, 2005년 2호.
⑧ 채명희, 「〈피바다〉식가극무용창작원칙을 구현한 민족가극 〈춘향전〉의 무
   용」, 『조선예술』, 2006년 6호.
⑨ 민족문화유산 편집부, 「〈백두산3대장군과 민족문화유산〉 예술영화 〈춘향
   전〉이 전하는 못잊을 사연」, 『민족문화유산』, 2007년 1호.

이상의 자료에서는 판소리계 작품의 장르 규정에 대한 논의, 이본에 대한
논의, 창작 시기에 대한 논의, 근원설화에 대한 논의, 주제사상적 의미에
대한 논의, 중세소설로서 지닌 한계점에 대한 논의 등을 확인할 수 있다.
이에 이 글에서는 북한의 문학연구에서 판소리계 작품이 어떤 장르로 귀속
되는지를 이해할 수 있는 논의들을 먼저 살피고, 〈춘향전〉의 개별 논의들을
중심으로 이본, 창작 시기, 주제사상, 인물, 서술기법, 현대적 재창조에 관해
서 북한의 관점을 소개하고자 한다.

3.1. 구전설화를 바탕으로 하는 조선 후기 국문 소설로서의 판소리계 작품

북한에서는 판소리 사설을 포함하여 판소리계 소설을 국문 소설로 간주하고 있다. 초반의 연구에서는 판소리 사설의 극적인 요소와 소설적인 면모를 들어 한 장르로 한정하기 어렵다고 밝히며 편의상 '소설'의 범주에 포함시켰다가, 후속 논의로 이어지면서 구전설화를 근원으로 두고 있는 조선후기의 국문 소설로 규정하였다. 이러한 연구사적 흐름을 알 수 있는 상세한 내용을 제시하면 다음과 같다.

판소리계 작품의 독특한 특성에 주목하는 연구 경향은 주체사상 이전의 연구들에서부터 발견된다. 판소리에 대한 논의가 상세하게 제시되어 있는 1959년에 출간된 『조선문학통사』(상)에서는 판소리에 대하여 다음과 같이 설명하고 있다.

> 둘째로는 보통 '판소리'라고 하는 특수한 예술형태의 대본으로서 창작된 일군의 작품들이 있다. 판소리는 고수(鼓手:장고를 치는 사람)가 반주하는 장고의 장단에 맞추어 한 사람의 광대가 명확한 슈제트(주제)를 가진 작품의 내용을 노래(창)와 설명(아니리)과 무용적 동작(발림)과 의례적 동작(느림새)으로써 전달한다. 그리하여 대개 등장인물의 배역이 각각 따로 있지 않고 단 한 사람이 도맡아 대개 인물간의 호상 관계, 환경 소개, 그 사건의 내용을 생활적 형식으로 재현하기 때문에 그가 수행하는 기능은 희곡과 유사하나 그 연출 형태의 특이성으로 말미암아 그 묘사 형태는 인물의 말만이 있는 희곡이 되지 않고 등장 인물의 말과 작가의 말이 배합된 서사적 형태의 문학으로 되었다.
>
> 그러나 판소리 대본은 무대에서 노래로 불려졌기 때문에 연극성이 풍부하여 문체상의 율조를 띠고 있다. 그리하여 학자들에 따라 이것을 혹은 '극적 서사 가요'라고 하며 혹은 '극가(劇歌)', '극시(劇詩)'라고도 부르고 있는 바, 일반 소설과는 다른 독특한 문체를 이룩하고 있다.[5]

판소리 사설을 특수한 예술형태의 대본으로 규정하며, 그 상연 특성을 설명한다. 이러한 특성으로 그 형태가 희곡, 소설과 유사하지만 차이를 보인다고 한다. 희곡과의 차이는 작가의 논평이 개입되어 있는 서술형식을, 소설과의 차이는 율조를 띠는 문체상의 특징에서 찾고 있다. 이에 판소리에 대한 장르적 규정은 어려운 문제라고 덧붙여 설명한다.

> 이러한 판소리 대본의 형식상 특성은 이것을 어느 하나의 장르에다 귀속시키기 어려운 조건으로 된다. 그러나 여기서는 문학으로서의 판소리 대본이 주로 서사적 묘사 형식에 의하여 생활을 재현하고 있으며, 문자로 고착된 판소리 대본들이 일반 소설과 마찬가지의 기능도 수행하였으며 우리 나라의 소설 발전에 적지 않은 기여를 하였다는 점에서 편의상 이 항목에서 취급하기로 한다.[6]

위와 같이 『조선문학통사』(상)에서는 판소리 대본이 주로 서사적인 묘사 방식으로 표현되어 있으며, 문자로 기록된 특성에 일반 소설과 같은 기능도 수행하였기 때문에 '소설' 영역에서 다룬다고 밝힌다.

이어 판소리계 작품들은 그 특성 상 창작 연대에 대한 정확한 규정이 어렵다고 말한다.

> 현전 문헌은 판소리의 발생 발전 과정을 정확히 밝히며 대개 작품들의 작자와 창작 연대를 고증할 수 있는 자료를 제공해 주지 않고 있다. 그런데 18세기 말에 이른바 '3명창'으로 불리우는 하헌담(河憲瞻), 최선달(崔先達), 권삼득(權三得) 등의 우수한 배우들이 전국적으로 알려졌고 19세기 초엽에는 송흥록(宋興錄), 모흥갑(牟興甲), 염계달(廉啓達), 고수관(高壽寬) 등등 8명창의 전성 시대를 현출한 것으로나, 또 19세기 초엽의 문헌들 - 신자하

---

5) 조선민주주의인민공화국과학원 언어문학연구소 문학연구실 편, 『조선문학통사』(상), 과학원출판사, 1959(화다, 1989), 361쪽.
6) 조선민주주의인민공화국과학원 언어문학연구소 문학연구실 편, 『조선문학통사』(상), 과학원출판사, 1959(화다, 1989), 361쪽.

(申紫霞) 등의 관극시(觀劇詩) 등에 판소리를 관람한 기록들을 남겨주고 있는 것으로 보아, 대체로 18세기 현전하는 판소리의 유명한 대표작들의 원형이 완성된 것으로 추정된다.[7]

이때까지만 하여도 판소리의 발생 배경에 대해서 명창들의 활동과 판소리의 향유에 관한 기록들로 고증하려했던 노력이 발견된다. 18세기 말과 19세기 초엽에 명창들이 현출된 정황이나 판소리를 관람한 기록들을 통해 판소리 대표작들의 원형이 18세기에 완성된 것으로 추정하고 있다. 편의상 소설의 범주에서 다루지만 판소리의 독특한 예술 형태를 인지하는 가운데, 그 발생 배경에 대해서도 판소리가 연행되었던 상황을 근거로 추론하고 있는 것이다.

이후 점차 북한에서는 판소리 사설을 '소설'로 간주하는 경향으로 굳어진다. 주체사상 정립 이후에 출간된 『조선문학사』(1977년)에서는 판소리를 중세의 소설 중의 독특한 형태라고 소개하고 있다.

> 이 시기의 소설 가운데는 판소리 대본으로 불린 독특한 형태의 작품들도 있다.
> 판소리 대본은 판소리 공연을 위하여 쓰여진 만큼 자체의 고유한 형태상 특성을 가지고 있으나 전반적으로 보면 서사적 묘사 방식에 의거하고 있고 소설적 체제를 갖추고 있다.[8]

독특한 형태의 소설로서 판소리 공연을 위한 대본은 전반적으로 소설적인 체제를 갖추었다며 이 책에서도 역시 소설 영역에서 판소리 사설을 다루고 있다.

---

7) 조선민주주의인민공화국과학원 언어문학연구소 문학연구실 편, 『조선문학통사』(상), 과학원출판사, 1959(화다, 1989), 362쪽.
8) 사회과학원 문학연구소, 『조선문학사』 고대 · 중세편, 과학백과사전출판사, 1977(『조선문학통사』1, 이회문화사, 1996), 434쪽.

판소리 대본들은 구전 설화에 토대하여 창작된 것도 있고 때로는 개별적 작가의 소설을 개작한 것도 있다. 판소리 대본들은 18세기 이후에 많이 창작되었는데 대표적인 작품은 「소리 열두 마당」과 「여섯 마당」 속에 들어가는 「춘향가」, 「심청가」, 「토끼타령」 등이다.

〈중략〉

「춘향전」, 「심청전」, 「흥보전」을 비롯하여 구전 설화에 토대한 국문 소설 작품들이 누구에 의하여 창작되었는지 알 수 없고 수많은 이본들을 남기고 있는 것은 이러한 사정과 관련되며 또 그것들이 서사문학적이면서도 구전 문학적인 성격을 농후하게 지니고 있는 것도 이런 사정과 관련된다.[9]

판소리가 구전 문학적인 성격이 짙다고 하면서 그것은 판소리 내용이 구전설화를 토대로 창작되었기 때문이라고 밝히며, 이 논의에서부터 판소리와 구전설화의 관계를 중요하게 다루기 시작한다. 덧붙여 구전설화가 바탕이 되었기 때문에 지니는 한계점에 대해서 말한다.

그러나 다른 한편 구전 설화에 토대한 국문 소설은 설화에 의거하면서도 그것을 소설의 형태상 특성에 맞게 충분히 다시 가공하지 못하고 설화적 구성 형식을 많이 답습하고 있어서 소설로서의 형상성이 부족하고 묘사가 치밀하지 못한 약점을 나타내었다.

구전 설화를 소설화한 작가는 대개 진보적인 지식 분자들과 광대들이었다. 그들이 인민들의 사회적 처지나 사상적 지향과 적지 않은 공통성을 가지고 있었던 것이 구전 설화를 토대로 소설을 쓰고 또 거기에 진보적인 사상 예술성을 부여할 수 있는 중요한 조건이 되었다. 그러나 그들이 노동 생활과 떨어져 있었고 상당한 정도의 유교 교육을 받으며 자라났던 것은 소설에 부정적인 영향을 미쳤다.

구전 설화에 토대한 국문 소설이 반봉건적 지향과 투쟁정신을 강하게 보여주지 못하고 봉건 유교 사상과 불교 사상 등을 이러저러하게 표현하였으며 언어 문체에서 인민들이 이해하기 힘든 한문 투나 고사를 적지 않게

---

9) 사회과학원 문학연구소, 『조선문학사』 고대 · 중세편, 과학백과사전출판사, 1977(『조선문학통사』1, 이회문화사, 1996), 434~436쪽.

쓰고 있는 것 등은 이런 사정과 관련되어 있다. 구전 설화에 토대한 국문 소설은 그것이 의거하고 있는 설화의 사상 예술적 높이, 창작자의 능력과 준비 정도 등에 따라 그 내용의 깊이와 형상 수준이 서로 다르며 이본들 사이에도 많은 차이가 있다.[10)]

설화적인 형식적 요소가 잔재되어 있고 완전한 소설의 면모를 갖추지 못한 것이라고 그 한계점을 설명한다. 그리고 판소리 사설의 작가들을 '구전설화를 소설화한 작가'라고 칭하면서, 진보적인 지식계층이나 광대와 같은 그들의 사회적 지위가 판소리 사설이 소설로 자리매김하는 일에 부정적인 영향을 미쳤다고 분석한다. 그들의 사회적 지위는 진보적인 예술성을 마련하는 중요한 요건이 되면서도, 노동 생활보다 유교 교육에 가까운 삶을 살았기 때문에 반봉건적인 지향과 투쟁정신을 강하게 보여주지 못한다고 말한다. 그리고 한문 투와 고사의 인용 등 판소리의 문체적 특징도 창작계층의 특성에서 연유되었다며 비판하였고, 작자 개개인의 수준에 따라 상이한 이본들이 창작되었다고 설명한다.

소설로서 한계점을 지니고 있는 판소리 사설의 장르 규정에 대한 논의는 후속 연구들로 이어지면서, 1980년대 이후의 연구들에서는 사설과 소설의 구분 없이 소설로 규정하는 논의와 소설로 간주하되 판소리 대본으로서의 정체성을 짚고 가는 논의 등 두 갈래의 경향이 발견된다. 물론 판소리계 작품들을 '구전설화를 바탕으로 하는 조선 후기 국문 소설'로 보는 견해는 일치하지만, 판소리계 작품들을 두고 전자는 여타 국문소설들과 구분 없이 언급하고 후자는 당시 출현한 국문소설 중 특수한 형태로 인정하고 있다는 점에서 차이가 있다. 전자는 소설연구자 김춘택의 견해가 그러하며, 후자로는 정홍교와 김하명의 주도로 이루어진다.

먼저 1982년에 출간된 김춘택의 『조선문학사』1에 제시된 내용을 살펴보

---

10) 사회과학원 문학연구소, 『조선문학사』 고대 · 중세편, 과학백과사전출판사, 1977(『조선문학통사』1, 이회문화사, 1996), 437쪽.

면 다음과 같다.

이 시기 국문 소설의 일반적 특성은 첫째로 구전 설화를 바탕으로 하면
서도 소설로 고착되던 이조 말기의 우리 나라 현실을 반영하고 있는 것이
다. 소설 「춘향전」은 오래전부터 전하는 설화를 연원으로 하고 있으며, 소
설 「심청전」도 이미 『삼국사기』의 「효녀 지은전」에 그 연원을 두고 있다.
또한 「토끼전」은 고구려 인민들 속에서 창조된 설화 「토끼와 거북이」에
그 연원을 두고 있다.

17~19세기 서민 계층의 작가들은 구전 설화들의 풍부한 사상적 지향과
인물 형상 그리고 사건 체계를 토대로 하면서도 결코 이러한 설화의 세계에
머물지 않았다. 작가들은 소설에 이조 말기의 사회 계급적 변동을 일정하게
반영하고 있으며, 이 시기 인민들의 봉건 사회 현실에 대한 비판적 기분과
당대 사회에서의 여러 계층들의 성격적 특성들을 예술적으로 보여주고 있다.

〈중략〉

구전 설화를 바탕으로 한 국문 소설의 특성은 둘째로 통치배들의 이해관
계와는 반대되는 인민적이며 진보적인 지향과 사상이 반영되어 있다는 것
이다. 「심청전」을 비롯한 구전 설화적 성격의 국문 소설들은 이 시기 다른
갈래의 작품들인 「사씨남정기」·「허생전」 등과는 달리 작가의 이름을 밝
히지 않고 있다. 그것은 바로 「심청전」·「춘향전」·「토끼전」·「흥보전」
등 국문 소설들을 쓴 작가들의 사회 계급적 처지와 그들이 지향하는 사상이
당시의 지배 계급과는 반대되기 때문이다.[11]

여기에서는 판소리에 대한 특별한 언급 없이 이 시기에 출현한 다른 국문
소설들과 함께 다루어지면서 '구전설화적 성격의 국문소설'이라고 구별해놓
고 있다. 각각의 작품들의 연원이 되는 설화들을 구체적으로 언급하기도
하였다.

앞의 논의들에서는 아직 벗어나지 못한 유교 교리적인 요인을 들어 한계

---

11) 김일성종합대학 편, 『조선문학사』1, 김일성종합대학출판사, 1982(임헌영 해설, 도서출판
천지, 1989), 327~328쪽.

점을 지적하며 그 이유를 창작층의 사회적 지위에 두고 있었다면, 이 논의에서는 작품들의 창작자들을 17~19세기 서민 계층이라고 밝히며 이조 말기의 사회 계급적 변화가 작품들에 반영되어 있다고 보고 있다. 작품들에 통치배들의 이해관계와는 반대되는 인민적이며 진보적인 지향과 사상이 반영되어 있다고 보면서, 작자층이 당시의 지배계급과는 반대되기 때문이라고 설명한다.

이어 김춘택의 또 다른 저서인 1999년에 발간된 『조선고전소설사연구』에서도 구전설화를 바탕으로 한 국문소설로서 판소리계 작품들을 소개하며 유사한 견해를 드러낸다.

> 18세기 이후 구전설화를 바탕으로 한 국문소설이 활발하게 창작된것은 다음으로 이 시기에 이르러 서민계층의 작가들이 문학창작에 적극적으로 참가한것과 결부되여있다.
>
> 서민계층의 작가들은 그 대부분이 평민신분에 속하였던 지식인들로서 직업상 량반관료들의 통치적요구에 응하기는 하였으나, 사회적처지로 보아 당대 인민들의 사회미학적견해에 훨씬 접근해 있었다.
>
> 따라서 그들은 반봉건적인 사회정치적견해를 가지고있는것은 물론 문학예술에 대해서도 인민적인 견해를 가지고있었다.
>
> 서민계층작가들의 사회미학적견해에서 특히 중요한것은 량반사대부들의 이른바 《전통문학》이 요구하는 고루한 문학형식에 구애됨이 없이 새로운 형식들을 탐구하는 진보적경향을 가지고있은것이다. 〈중략〉 그러한 변화에서 중요한 것은 바로 전래하는 설화들을 바탕으로 한 국문소설들인 《심청전》, 《춘향전》, 《홍보전》, 《토끼전》등이 창작된것이다.[12]

서민계층의 작가들에 의해서 반봉건적인 사회·정치적 견해와 인민예술로서의 미학이 담겨진 긍정적인 지점에 대해서 인정하는 경향이 짙어지면서도, 직업상 양반관료 계층의 통치적 요구에 응한 면모가 존재한다고 밝히

---

12) 김춘택, 『조선고전소설사연구』, 김일성종합대학출판사, 1986, 267~268쪽.

고 있다.

당시 출현한 국문소설 중 특수한 형태로 인정하고 있다는 보는 견해 중 정홍교의 논의를 먼저 살펴보면 다음과 같다. 정홍교의 주관으로 지필된 『조선문학개관』(1986년)에서는 판소리로 구연되던 판소리계 작품들을 소설사 발전에 중요한 역할을 한 국문소설로 보고 있다.

> 구전설화에 토대한 국문소설의 활발한 창작은 이 시기 소설문학을 새롭게 발전시키는데서 중요한 역할을 하였다.
> 구전설화에 토대한 국문소설은 창작과 전승의 과정이 매우 복잡한 것으로 하여 작가와 창작연대가 거의 다 밝혀져 있지 않다.
> 전해지고 있는 소설유산과 여러 문헌자료들에 기초하여 보면 18세기이후 구전설화에 토대한 국문소설의 활발한 창작은 대체로 서민문학의 발전과 밀접한 관련을 가지고 있으며 구전설화를 소설화한 작가는 대게 서민출신의 진보적인 문인들과 어릿광대들이었다.[13]

여전히 구전설화를 토대로 한 국문소설로 보는 견해는 지속되면서 그 창작계층에 대해서 서민 출신의 진보적 문인들과 어릿광대라고 설명한다. 그리고 판소리 대본으로서의 정체성도 언급하고 있다.

> 그것은 특히 18세기이후에 창작된 소설가운데 판소리 대본으로 불리운 독특한 형태의 작품들이 적지 않았던 사실을 통하여 알 수 있다.
> 판소리는 대체로 극적 내용을 가진 서사가로서 18세기경부터 광대들에 의하여 창작되고 연주되었다. 그런 것만큼 판소리 대본은 주로 구전설화에 토대하여 씌여졌고 그 내용에서는 천대받고 억압당하는 사람들의 생활감정이 짙게 표현되고 있었다. 판소리 대본은 노래로 불리워진 점에서 고유한 특성을 갖고 있었으나 극적내용의 서술방식은 서사적 묘사방식에 의거하였고 일정한 이야기 줄거리를 가진 소설적인 구성체계를 갖추고 있었다. 이러

---

13) 정홍교·박종원, 『조선문학개관』1, 사회과학출판사, 1986(도서출판 진달래, 1988), 221~222쪽.

한 의미에서 판소리 대본은 구전설화에 토대한 국문소설의 창작과 완성 과
정에 중요한 작용을 하였던 것이다.

이 시기에 창작된 구전설화를 토대로 한 국문소설의 우수한 작품들로는
〈춘향전〉, 〈심청전〉과 함께, 〈흥보전〉, 〈토끼전〉, 〈배비장전〉, 〈장화홍
련전〉, 〈콩쥐팥쥐전〉 등을 들 수 있다.[14]

판소리 사설은 극적 내용을 지닌 '서사가'라고 구별하고 있으며, 이 논의
에 와서 '구전설화→판소리사설→국문소설'로 이어지는 그 발전과정에 대한
규정이 구체적으로 거론된다. 판소리 사설이 지닌 극적인 요소와 소설적인
서술방식의 특성을 모두 인정하며 국문소설 발전에 중요한 역할을 한 독특
한 형태의 작품들로 인정하는 것이다.

이어 1994년에 출간된 김하명의 『조선문학사5』에서는 판소리에 대한 북
한의 특별한 시선을 포착할 수 있는 언급이 제시되어 있다.

> 이 시기에 와서 현실생활을 보다 폭 넓게 재현할 수 있는 극적서사가요
> 로서의 판소리가 전국적으로 널리 보급되였으며 ≪춘향전≫을 비롯한 12
> 마당이 완성되였다. 그러나 후기에 오면서 그 비과학적인 훈련방법에 의하
> 여 판소리가창에서 점차 탁성-쌕소리가 생기게 된것은 이 음악의 그후 발
> 전에 부정적영향을 주었다.[15]

여기에서는 18세기에 이르러 판소리가 널리 보급되었으며, 이 시기에 와
서 판소리 12마당이 완성되었다고 보고 있다. 이어 판소리 가창 방식에 대
한 북한의 비판적 관점이 드러나는 설명이 계속된다. 이 지점에서 판소리에
대한 북한의 연구 경향을 파악하는 일이 어려운 이유를 잘 드러난다.

판소리계 작품들은 북한의 연구자들에 의해 판소리 연행을 위한 대본으
로서, 구전설화를 근간으로 한 국문소설로서 여겨져 왔다. 판소리 대본으로

---

14) 정홍교·박종원, 『조선문학개관』1, 사회과학출판사, 1986(도서출판 진달래, 1988), 222쪽.
15) 김하명, 『조선문학사』5, 사회과학출판사, 1994, 17~18쪽.

서의 기능을 주목한 정도에 따라 판소리계 작품들은 18세기 국문소설과 더불어 다루어지거나, 18세기 국문소설의 특수한 형태로 그 독자성이 인정되기도 하였다. 그리고 창작층의 사회적 지위를 어떻게 한정하느냐에 따라 봉건적인 요소의 개입 여부를 달리 판단하기도 하였다. 대동소이한 견해의 차이들 가운데서 판소리계 작품들에 대한 공통적인 견해는 진보적인 계층에 의해 구전설화를 토대로 창작된 18세기 국문소설로 규정한다는 것이다.

3.2. 이본들 가운데 주목되는 〈열녀춘향수절가〉

북한에서는 〈춘향전〉을 인민들이 사랑하는 작품 중의 하나로 꼽고 있으며, 많은 이본들 가운데 〈열녀춘향수절가〉를 창작 시기도 앞서 있고 예술성도 뛰어난 작품으로 보고 있다. 〈춘향전〉 이본에 대한 북한의 논의들을 살펴보면서 그 개작 과정을 어떻게 인식하고 있는지 살펴보기로 하자.

대다수의 북한 논의에서는 〈춘향전〉은 이본이 많은 작품이며 그 현상은 인민들의 수용미학적 요구에 따른 것이라고 설명한다. 〈춘향전〉의 이본에 대한 소개는 대다수의 연구들에서 간략하게라도 언급되어 있다.

> 「춘향전」은 인민들에게 애독되면서 많은 이본을 낳았다. 출현하는 광대들에 의하여 즉흥적으로 윤색이 가해졌던 사실과, 또한 그 향수자로서 그 미학적 요구를 달리 하는 각이한 계층을 포괄하고 있었던 사정과 관련된다.
> 그리하여 그 이본들은 판소리 대본을 그대로 기록하여 그대로 상연되기도 하고 또 소설 작품으로서 읽히기도 한 전주 토판의 「열녀 춘향 수절가」와 「소 춘향가」 등이 있으며, 본래부터 소설적 구성으로 창작된 경판(京版) 본 「춘향전」이 있으며, 주로 양반 유학자들에게 읽힌 한문본 「수산 광한루기(水山廣寒樓記)」, 「한문 춘향전」 등이 있다.[16]

16) 조선민주주의인민공화국과학원 언어문학연구소 문학연구실 편, 『조선문학통사』(상), 과학원출판사, 1959(화다, 1989), 373쪽.

「춘향전」은 구전 설화에 토대하여 창작된 국문 소설로서 중세기 우리 나라 고전소설의 사상 예술적 높이를 말하여 주는 대표적인 작품이다. 이 작품은 18세기경 소설로 정착되었으며 전해지는 과정에 수많은 이본들을 내었다.

「춘향전」의 이본들로는 「열녀춘향수절가라」를 비롯하여 우리글로 된 「춘향전」과 한문으로 된 「춘향전」등 여러 가지가 있으며 판본도 매우 다양하다. 이것은 그만큼 이 작품이 봉건 시기에 인민들의 사랑 속에 널리 읽혔다는 것을 말하여 준다.[17]

소설 「춘향전」은 오래전부터 인민들 속에서 널리 알려진 작품이다. 이 소설은 「심청전」·「홍보전」 등 국문 소설과 함께 설화를 바탕으로 하여 창작되었다. 이 소설은 늦어도 18세기에는 널리 읽혀졌음을 알 수 있다. 소설 「춘향전」은 이야기책으로 읽혀지고 판소리 대본으로 이용되어 보급되는 과정에 많은 이본(異本)을 가지게 되었다.[18]

〈춘향전〉은 구전설화에 토대하여 창작된 국문소설로서 중세기 우리 나라 고전소설의 사상예술적 높이를 말하여 주는 대표적인 작품이다. 이 작품은 18세기경에 소설로 정착되었으며 전해지는 과정에 수많은 이본들을 내었다.

〈춘향전〉의 이본들로는 〈렬녀춘향수절가라〉를 비롯하여 우리 글로 된 〈춘향전〉과 한문으로 된 〈춘향전〉등 여러가지가 있다.[19]

이 소설은 그 원본이 창작된이후 이야기책으로 읽히워지기도 하고 판소리 대본으로 리용되여 널리 보급되는 과정에 여러가지 이본을 가지게 되었다.

현재까지 수사본과 판본으로 전하여오는 이본들가운데서 잘 알려진 이본은 ≪렬녀춘향수절가≫(전주토판), ≪춘향가≫(경판), ≪춘향가≫(판소리대본), ≪언문춘향가≫, ≪고본춘향가≫등이다.[20]

---

17) 사회과학원 문학연구소, 『조선문학사』 고대·중세편, 과학백과사전출판사, 1977(『조선문학통사』1, 이회문화사, 1996), 453쪽.
18) 김일성종합대학 편, 『조선문학사』1, 김일성종합대학출판사, 1982(임헌영 해설, 도서출판 천지, 1989), 336~337쪽.
19) 정홍교·박종원, 『조선문학개관』1, 사회과학출판사, 1986(도서출판 진달래, 1988), 228쪽.
20) 김춘택, 『조선고전소설사연구』, 김일성종합대학출판사, 1999, 296쪽.

많은 연구들에서 전주 토반의 〈열녀춘향수절가〉, 경판〈춘향가〉, 〈광한루기〉 등 다양한 이본 형태들을 소개하고 있다. 각 이본들에 대한 상세한 설명은 다음의 『조선문학사』(1994)에서 찾을 수 있다.

> 그런데 〈춘향가〉는 인민들의 각별한 사랑을 받은 관계로 다른 작품보다도 훨씬 더많은 이본을 낳게 되었다. 그것은 한편으로 출연하는 광대의 미학적리상과 창조적 재능에 따라 각이한 변종이 창작되였을뿐아니라 또 그것을 감상하는 각이한 계층들의 미학적요구를 반영하면서 이러저러하게 윤색이 가해지기도 한것과 관련되여있다. 지금 판본으로서는 전주토판으로 〈렬녀춘향주절가라〉와 〈별춘향전〉 등이 있고 경판본과 안성판본이 따로 있다. 전주토반이 판소리대본을 위주로 한것인데 대하여 경판본과 안성판본이 따로 있다. 전주토판이 판소리대본을 위주로 한 것인데 대하여 경판본과 안성판본은 소설본으로서 창작간행된 작품이며 사상예술적으로 전자보다 뒤떨어진다. 이밖에 세칭 〈고본춘향전〉(활판본)이 있고 윤달선이 극적묘사방식에 의하여 악부시형식으로 쓴 〈광한루악부〉가 있으며 〈수산광한루기〉, 〈한문춘향전〉 등 한문본이 있다. 신재효, 리선유 등의 〈춘향가〉 역시 판소리대본으로서 사본으로 전하며 자기의 고유한 특성을 가지고있다.[21]

여기에서는 이본들의 출처를 비교적 자세하게 소개하고 있을 뿐만 아니라 이본들에 대한 예술적인 평가도 비교하고 있다. 판소리 대본으로 창작된 이본들이 소설로 창작된 이본들에 비하여 사상예술적인 면모가 뛰어나다고 말한다. 게다가 악부시 형식이나 한문본에 대한 설명도 덧붙여 있으며, 신재효나 이선유와 같은 명창들의 이름도 언급되어 있다.

〈춘향전〉의 이본 창작은 개화기에서도 계속되었는데 북한에서도 이 점에 대해 놓치지 않고 소개한다.

---

21) 김하명, 『조선문학사』5, 사회과학출판사, 1994, 168쪽.

이 밖에 사본(寫本)으로서 「고본 춘향전」 이본이 있으며 19세기 말 계몽기 이후에 새로운 문체로 개작된 「언문 춘향전」, 「옥중화(獄中花)」 등이 있다.22)

그 가운데는 19세기말~20세기초에 새로운 문체로 개작된 〈언문춘향전〉, 〈옥중화〉 등의 이름으로 출판된 것도 있으며 그후로 〈춘향전〉은 창극, 연극 및 가극, 영화로 각색되어 보급되기도 하였다.23)

그리고 19세기말~20세기초에 리해조의 〈옥중화〉를 비롯하여 신소설문체로 개작된 〈특별무쌍춘향전〉, 〈광한루〉, 〈옥중절대가인〉, 〈오작교〉 등 수십종이 있다.24)

20세기초에 이르러 ≪옥중화≫와 같은 작품이 개별적인 작가에 의하여 씌여진것도 있다.25)

개화기에 신소설의 문체로 개작된 〈언문 춘향전〉과 〈옥중화〉 등이 있으며, 이후 〈특별무쌍춘향전〉, 〈광한루〉, 〈옥중절대가인〉, 〈오작교〉 등이 소설 형식으로 꾸준히 창작되어 왔으며, 창극, 연극, 가극, 영화 등 극 형식으로도 각색되어 보급되기도 하였다고 설명한다.

수많은 이본들 중 북한에서는 〈열녀춘향수절가〉를 대표적인 이본으로 꼽고 있었다.

이들 많은 이본 중에서 전주 토판 「열녀 춘향 수절가라」가 맨먼저 창작된 것으로 추정되며 그 이후에 개작 윤색된 이본들은 그 사상 예술성에 있어서 대체로 이 작품의 수준을 넘어 선 것이 없다.26)

---

22) 조선민주주의인민공화국과학원 언어문학연구소 문학연구실 편, 『조선문학통사』(상), 과학원출판사, 1959(화다, 1989), 373쪽.
23) 정홍교·박종원, 『조선문학개관』1, 사회과학출판사, 1986(도서출판 진달래, 1988), 228쪽.
24) 김하명, 『조선문학사』5, 사회과학출판사, 1994, 168쪽.
25) 김춘택, 『조선고전소설사연구』, 김일성종합대학출판사, 1999, 296쪽.

「열녀 춘향 수절가」(전주 토반)·「춘향가」(경판)·「춘향가」(판소리 대본)·「언문춘향가」·「고본 춘향가」 등이 대표적인 이본인데, 그중 「열녀 춘향 수절가」가 창작 연대도 오래며 사상 예술성도 비교적 높은 작품이다.27)

이상 여러가지 이본들가운데서 그 사상예술적수준과 언어문체에서 소설 《춘향전》의 진면모를 가장 잘 보여주는 작품은 《렬녀춘향수절가》이다.28)

대다수의 논의들이 〈열녀춘향수절가〉가 가장 먼저 창작되었고, 이본들 가운데 〈춘향전〉의 사상예술적 지향을 가장 잘 보여주는 작품으로 꼽고 있었다.

이들 많은 이본들중에서 전주토판 〈렬녀춘향수절가라〉가 그중 오래된 것으로 추정되며 사상예술적으로도 가장 우수한 편이다. 그후에 신소설문체로 개작된 작품중에는 춘향을 봉건사회의 렬녀형으로 외곡하기도 하고 그들의 련정관계를 일면적으로 과장하면서 통속소설화한것이 많다. 여기서는 주로 〈렬녀춘향수절가라〉를 기본으로 하여 분석하기로 한다.29)

논의들 중에서 특히 김하명의 『조선문학사』(1994)에서는 위와 같이 신소설의 문체로 개작된 작품들은 춘향을 봉건사회의 열녀형 인물로 왜곡하는 등 통속소설의 수준에 미친다고 평가하면서 논의의 주된 대상을 〈열녀춘향수절가〉로 삼는다고 명시하기도 하였다.

이처럼 북한에서는 〈춘향전〉을 가장 많은 사랑을 받는 작품 중의 하나라고 하며 널리 보급되어 많은 이본을 생산한 대표적 작품으로 인정한다. 그

26) 조선민주주의인민공화국과학원 언어문학연구소 문학연구실 편, 『조선문학통사』(상), 과학원출판사, 1959(화다, 1989), 373쪽.
27) 김일성종합대학 편, 『조선문학사』1, 김일성종합대학출판사, 1982(임헌영 해설, 도서출판 천지, 1989), 336~337쪽.
28) 김춘택, 『조선고전소설사연구』, 김일성종합대학출판사, 1986, 296쪽.
29) 김하명, 『조선문학사』5, 사회과학출판사, 1994, 168쪽.

리고 많은 이본들 가운데 〈열녀춘향수절가〉가 이른 시기에 창작되었으며, 〈춘향전〉의 사상예술적 지향을 가장 잘 표현하였다고 한다. 단 〈열녀춘향수절가〉의 완판 33장본과 완판84장본을 구분하는 명칭이 명시되어 있지 않아 그 구체적인 사항을 알기 어렵다.

3.3. 18세기 중엽에서부터 시작된 〈춘향전〉의 열풍

〈춘향전〉을 비롯한 대다수의 판소리계 작품들은 그 창작 시기를 뚜렷하게 고증해주는 자료가 충분하지 않은 실정이다. 북한에서는 18세기 후반에 이미 판소리로 공연되고 있었다는 점을 들어 〈춘향전〉의 창작 시기를 추정하고 있었다.

> 「춘향전」은 조선 인민에게 가장 널리 알려져 있으며, 사랑을 받는 작품의 하나다. 이도 역시 어느 시기까지에 판소리 대본으로서 완성되었는가를 확정하기는 곤란하다. 19세기 초엽의 문헌들(신자하의 관극시)에서 이 시기에 이미 춘향전을 판소리로 상연하여 관중들의 인기를 독점하고 있었다는 기록으로 보아, 그 서사화는 19세기 이후의 일이라고 하더라도 판소리로써의 공연은 적어도 18세기 말엽에는 있었던 것으로 추정된다. [30]

1959년에 발간된 『조선문학통사』에서는 19세기 문헌들에 판소리로 상연되는 〈춘향전〉이 관중들의 인기를 독점하고 있었다는 기록이 있다며, 〈춘향전〉은 이미 18세기 말엽부터 소리로써의 공연이 19세기 이후부터 소설로써의 향유가 진행되었다고 보고 있다.

〈춘향전〉도 구전설화에 토대한 다른 소설작품들이 대부분 그러한바와

---

30) 조선민주주의인민공화국과학원 언어문학연구소 문학연구실 편, 『조선문학통사』(상), 과학원출판사, 1959(화다, 1989), 372쪽.

같이 그 작자와 창작년대를 정확히는 알수 없다. 문헌자료들에 의하면 〈춘향전〉은 이미 18세기 판소리로 형성되여 불리워졌다.

송만재가 1754년에 지은 〈관우희〉에서 〈춘향전〉을 비롯한 판소리 12마당에 대하여 노래하였다는것은 앞에서 언급한바 있다. 만화당 류진한 (1712~1791)은 1753년에 호남지방을 두루 돌아다닐 때 남원에도 가보고 광대들이 〈춘향전〉을 공연하는것을 보고 돌아와서 이듬해 1754년에 7언 2백구로 된 〈춘향가〉를 지었다. 이 〈춘향가〉의 내용은 지금 전하는 작품과 일정한 차이가 있으나 어쨌든 18세기 전반기에 이미 〈춘향전〉이 상당히 보급되여있었던것은 틀림없다. 그것은 점차 예술적으로 완성되였으며 19세기초엽에 와서 가장 인기있는 작품의 하나로 되였다.[31]

1994년에 출간된 『조선문학사』에서는 1754년에 창작된 송만재의 〈관우희〉, 류진한의 〈춘향가〉 등을 보더라도 〈춘향전〉은 18세기 전반기에 이미 상당히 보급되어 있었으며, 19세기 초에 와서는 가장 인기 있는 작품으로 자리 잡았다고 설명한다.

〈열녀춘향수절가〉의 창작 시기에 대한 논의도 있다. 김춘택의 『조선고전소설사연구』(1999)에서는 여러 증거들을 통해 그 창작 시기를 추론하고 있다.

이 《렬녀춘향수절가》에는 1785년 출판된 《대전통편》에 대한 이야기가 나오고 또한 오작교밑에서 빨래하는 녀인들의 모습을 그리는 대목에 17세기후반기 작가인 김만중의 소설 《구운몽》에 등장하는 양소유와 팔선녀들에 대한 이야기가 나오는것 등으로 미루어보아 이 이본은 18세기후반기에 씌여졌다는것을 알수 있다.

이런 의미에서 소설《춘향전》은 18세기 《렬녀춘향수절가》와 같은 원전적의의를 가지고있는 이본의 창작과정을 통하여 더욱 다음어지고 완성되여갔다고 볼수 있다.

소설《춘향전》의 창작년대와 작가에 대하여서는 이 시기 다른 국문소설들의 경우와 마찬가지로 구체적인 력사기록이 전해오지 않는 조건에서

---

31) 김하명, 『조선문학사』5, 사회과학출판사, 1994, 167쪽.

정확히 확정하기는 어렵다.

　그러나 이 소설이 우리말과 글자로 씌여졌다는것과 18세기에 많이 공연
된 판소리대본으로 리용되였다는것 그리고 18세기후반기에 ≪렬녀춘향수
절가≫와 같은 비교적 사상예술성이 높은 이본을 낳게 하였다는 사실 등으
로 보아 소설≪춘향전≫이 처음으로 창작된것은 늦어도 18세기 중엽이라
고 추정할수 있다.[32]

　작품에서 언급되고 있는 『대전통편』과 〈구운몽〉을 들어 〈열녀춘향수절
가〉는 적어도 18세기 후반에 창작되었을 것이라고 주장한다. 그와 더불어
한글로 기록되었다는 점, 18세기 판소리 공연이 성행하던 때에 그 대본으로
이용되었다는 점, 비교적 사상예술적으로 높은 수준인 〈열녀춘향수절가〉가
18세기 후반에 창작된 점으로 미루어 볼 때 〈춘향전〉의 창작 시기는 18세기
중엽이라고 추정하고 있다.

　〈춘향전〉을 거론하는 18세기의 자료들과 〈춘향전〉 내에 언급된 여타 작
품들의 창작시기를 고려하면 〈춘향전〉은 18세기 중엽에 창작되어 판소리의
대본으로 이용되었고, 18세기 말에서 19세기 초에 가장 있기 있던 작품으로
성행되었다는 보는 것이 북한 문학연구에서의 공통된 의견이다.

3.4. 근원설화에 대한 여러 가지 설

　북한에서는 〈춘향전〉을 구전설화를 토대로 창작된 국문소설로 보고 있
다. 〈춘향전〉 창작에 영향을 미친 구전설화에 대한 논의를 살펴보면 다음과
같다.

　1994년 발간된 『조선문학사』에는 〈춘향전〉의 근원설화에 대한 여러 견
해들을 소개하고 있다.

---

32) 김춘택, 『조선고전소설사연구』, 김일성종합대학출판사, 1986, 296쪽.

어떤 설화에 토대하였는가에 대하여는 여러가지 설이 전하고 있다. 철종 (1850~1863년 재위)때 사람인 리삼현은 〈이관잡지〉에서 〈창부 춘향가는 또한 근거한바가 있는데 혹은 말하기를 벽오리공 시발의 선조때 일이라고 한다.〉라고 하고 계속해서 〈리판서 규방은 그의 후손인데 자기 집 가승에 또한 그러한 이야기가 있다고 한다.〉고 쓰고 있다.

또한 〈계서야담〉에서는 남원사람인 옥계 로진이 선천부사로 있는 당숙에게 갔다가 퇴기의 딸인 동기와 인연을 맺고 헤여졌는데 로진이 판서어사가 되여 그 녀자를 만나 데리고 가서 해로하였다는 이야기를 어느 문인이 소설화한것이라고 하였다. 또 일부 연구가들은 박문수, 성세창 기타의 행장과 관련된 설화가 근원으로 되였다고 하며 심지어 〈도미전〉, 〈지리산가〉 등 〈삼국사기〉 렬전에 있는 렬녀들의 설화가 그 근원이라고 말하고있는 사람도 있다.[33]

『이관잡지』와 『계서야담』 등에서 〈춘향전〉이 실제 사건이 소설화된 것이라 밝히고 있다고 설명하기도 하고, 열녀들의 설화가 그 근원이라는 주장도 있다고 한다. 이어 『계서잡록』의 박문수 이야기를 자세히 소개한다.

그 중에서 〈계서잡록〉에 전하는 박문수의 이야기는 그 줄거리가 〈춘향전〉에 상당히 근사한점이 있으나 역시 인물들의관계가 많이 다르다.

여기서 박문수가 소년시절에 진주 외가에 가있을때에 기생과 장래를 서로 맹세하고 후에 암행어사가 되여 걸인행색으로 찾아가며 병사의 생일잔치에 참석하여 시비하는것은 〈춘향전〉에 류사하나 그 기생은 이미 옛정을 배반하고 거지행색의 그를 거들떠보려고도 않고 랭대가 그지없다. 오히려 그 어머니는 동정을 표시하며 밥이라도 먹고가라고 하며 딸더러도 들어가서 한번 만나기라도 하라고 권하며 또 박문수가 소년시절의 실없는 장난으로 한번 가까이하였던 물긷는 비자는 그를 만나자 극진히 대하며 기약없는 사람을 위하여 옷까지 장만하고 기다렸다는것을 보여준다.

〈춘향전〉의 작자는 이 일화에서 일정하게 소재를 취할수 있었겠으나 그것을 원형대로가 아니라 자기의 사상주제적과업에 맞게 예술적재구성을 가

---

33) 김하명, 『조선문학사』5, 사회과학출판사, 1994, 168쪽.

하였다는것은 의심할바 없다.[34]

그 줄거리는 〈춘향전〉과 유사하나, 박문수와 장래를 약속한 기생이 배반을 하고 냉대하였고 오히려 그녀의 어머니와 몸종이 신의를 지켰다는 지점 등의 인물 관계가 그 차이를 보인다고 설명한다. 덧붙여 이 일화를 원형대로 소설화한 것이 아니라 작자의 사상에 따라 재구성하였기 때문에 이러한 차이를 보인다고 밝히고 있다.

이 논의에서는 춘향전의 근원설화에 대한 또 다른 견해를 소개하기도 한다.

> 조재삼(순조때사람)의 〈송남잡지〉에서는 〈춘향전〉의 창작경위에 대하여 다음과 같이 설명하고있다.
> 〈춘향 타영은 호남지방의 민간설화에 전하기를 남원부사 자제 리도령이 동기 춘향이를 사랑하였는데 춘향이 리도령을 생각고 수절하였으므로 신관 사또 탁종립이 죽이니 호사자가 이를 슬피 여겨 그 사적을 엮어서 타령으로 만들어 춘향의 원혼을 위로하고 그 절개를 표창하였다고 한다.〉
> 이러한 사실들에 근거하여 볼 때 〈춘향전〉은 처음에 일정한 설화적소재를 가지고 길지 않은 작품이 창작되고 그후 점차 새로운 현실적자료들을 첨가하여 예술적으로 더욱 완성한것이라고 생각된다.[35]

순조 때의 조재삼이 저술한 『송남잡지』에서 〈춘향전〉의 창작경위를 알 수 있다며, 그 내용을 인용하였다. 여기에서 소개한 〈춘향전〉의 토대가 된 민간설화는 신관 사또에 의해 춘향이가 죽게 되는 결말이다. 이를 두고 설화적 소재에 현실적 자료들을 첨가하여 소설화하였다고 설명한다.

1986년에 출간된 『조선고전소설사연구』에서는 〈춘향전〉의 설화적 연원에 대해 다음과 같이 설명한다.

---

34) 김하명, 『조선문학사』5, 사회과학출판사, 1994, 168쪽.
35) 김하명, 『조선문학사』5, 사회과학출판사, 1994, 168~169쪽.

소설 ≪춘향전≫의 이야기줄거리에서 특징적인것은 무엇보다도 이 작품들이 이야기를 엮어나가는데서 오래전부터 인민들속에서 창조전승되던 설화 특히 춘향과 관련된 설화들을 소재로 받아들인것이다.

이 소설의 소재로 된 설화로서는 박석티설화, 남원 춘향설화, 성천춘향설화 등이 전해오는데 이 설화적연원에 대해서는 소설로서의 ≪춘향전≫의 소재연구에서뿐아니라 판소리대본으로서의 ≪춘향전≫의 소재연구에서도 다같이 론의되여왔다. 이에 대해서는 최영년의 ≪해동죽지≫에서 판소리대본인 ≪춘향전≫의 연원에 대하여 해석하면서 세상에 춘향과 리몽룡의 사랑에 대한 이야기가 전해온다고 쓴 사실 하나만 가지고도 잘 알수 있다.[36]

〈춘향전〉의 소재로 된 설화로 박석티설화, 남원춘향설화, 성천춘향설화 등이 있으며, 『해동죽지』에 춘향과 이도령의 사랑이야기가 전해 내려왔다는 언급이 있다고 밝힌다. 그리고 아래와 같이 〈견우와 직녀〉 전설이 이 소설에 미친 영향에 대해서도 설명한다.

그러나 이것은 이 소설이 이야기를 엮어나가는데서 다만 춘향설화들만을 그 소재로 받아들였다는것을 의미하지 않는다.

이 소설은 그 내용에서 보는바와 같이 춘향설화이외에 기타 전설들도 그 소재로 받아들였다. 고구려인민들속에서 창조전승되여온 ≪견우와 직녀≫ 전설이 그 대표적실례이다.

≪렬녀춘향수절가≫의 앞부분에서는 리몽룡이 오월단오날 광한루를 찾는 대목에서 ≪오작교 분명하면 견우직녀 어데 있나…≫라는 작가의 지문을 적은 다음 리몽룡이 ≪하늘에서 내려온 직녀는 누구인가≫, ≪오늘 나는 견우라≫와 같은 글귀로써 즉흥시를 짓는 장면을 묘사하고있다.

그리고 춘향이 옥중에서 장탄가를 부르는 대목에서는 ≪견우직녀성은 칠석상봉하올적에 은하수 매꼈으되 실기한 일(약속한 시간을 어기는 일)이 없었건만 우리 랑군 계신곳에 무삼 일이 매켰난지 소식조차 못들난고≫와 같은 표현이 나온다.

---

36) 김춘택, 『조선고전소설사연구』, 김일성종합대학출판사, 1986, 297~298쪽.

이것은 소설 ≪춘향전≫이 주제를 탐구하고 이야기를 엮어나가는데서 전래하는 춘향에 대한 설화들뿐아니라 기타 다른 설화인 ≪견우와 직녀≫ 전설도 중요한 소재로써 받아들였다는것을 뚜렷이 보여준다.[37]

〈열녀춘향수절가〉에서는 춘향과 몽룡이 만나는 장면, 춘향이가 옥에 갇힌 장면 등, 〈견우와 직녀〉를 인용한 표현들이 언급되고 있는 장면들을 열거하면서 이 전설이 〈춘향전〉의 중요한 소재로 쓰였다고 말한다.

> ≪춘향전≫의 소재로 인입된 ≪견우와 직녀≫전설과 관련하여 주목되는 것은 이 소설의 작가가 은하수를 사이에 두고 견우와 직녀가 매해 칠석에 기이하게 만나는 이 전설의 이야기형식을 적절하게 받아들여 작품의 이야기줄거리를 ≪기연기봉≫의 형식으로 짜나간 점이다.
> 예술적구성형식으로서의 ≪기연기봉≫의 이야기줄거리는 ≪견우와 직녀≫전설에서 보는것처럼 원래 먼 옛날부터 인민들속에서 창조전승된 구전설화에 그 연원을 두고있다.
> 〈중략〉
> 우리 나라 고전소설은 그 발생초기부터 이러한 구전설화에 관심을 돌려 그것을 작품의 이야기줄거리를 짜는데 효과적으로 받아들이려고 하였다.
> 15세기 소설 ≪리생과 최랑의 사랑≫, 17세기 소설 ≪영영전≫과 ≪동선의 노래≫에 나오는 견우직녀에 대한 이야기도 작품의 한 생활세부를 부각시키기 위하여 인입된것이 아니라 중요하게는 작품의 이야기줄거리를 전개시키려는 구성상 요구로부터 인입된것이다.
> 소설≪춘향전≫은 바로 선행 소설들의 이상과 같은 이야기줄거리조직의 경험을 이어받아 작품의 구성을 짜나갔다.[38]

그뿐 아니라 은하수를 사이에 두고 견우와 직녀가 만나는 기연기봉(奇緣奇逢)의 형식 또한 〈춘향전〉에 영향을 주었다고 주장한다. 오래전부터 인

---

37) 김춘택, 『조선고전소설사연구』, 김일성종합대학출판사, 1986, 298~299쪽.
38) 김춘택, 『조선고전소설사연구』, 김일성종합대학출판사, 1986, 299쪽.

민들에 의해 창조된 구전설화에 연원을 두고 있는 기연기봉의 형식은 〈춘향전〉 이전의 선행 작품에서부터 〈이생규장전〉, 〈영영전〉 등 여러 소설에서 작품 전개에 중요한 요소로 기능을 해왔다고 덧붙여 설명한다.

이처럼 북한에서는 〈춘향전〉의 근원설화에 대하여 직접적으로 관련이 있는 설화 작품은 물론, 애정전기소설에 영향을 준 〈견우와 직녀〉 전설 역시 함께 다루고 있었다. 기연기봉의 형식을 활용한 소설 창작 원리가 선행 작품들에 이어 〈춘향전〉에까지 이어지고 있다고 보는 것이다.

3.5. 낭만적인 청춘남녀의 사랑 속에 담겨진 반봉건적 사상

북한에서는 〈춘향전〉의 주제의식을 청춘남녀의 이상적인 사랑과 더불어 봉건체제에 대한 치열한 저항정신으로 보고 있다. 이에 대한 논의들을 자세히 소개하면 다음과 같다.

1959년에 출간된 『조선문학통사』에서는 〈춘향전〉에 신분적 구속에 저항하는 남녀 간의 사랑이 제시되어 있다고 설명한다.

> 「춘향전」은 봉건적인 신분적 구속을 반대하는 남녀간의 새로운 사랑의 윤리를 제시하고 이조 봉건 사회 양반 관료배들의 포학성, 봉건 통치 제도의 반인민성을 폭로하면서 아울러 양반 관료들을 반대하는 인민들의 기분과 동향도 전달하고 있다.[39]

춘향과 이몽룡의 사랑이 저항의식이 담긴 새로운 애정 윤리를 제시하고 있다고 보며, 봉건통치제도의 포악과 반인민성을 폭로하는 기능을 한다고 분석한다.

---

39) 조선민주주의인민공화국과학원 언어문학연구소 문학연구실 편, 『조선문학통사』(상), 과학원출판사, 1959(화다, 1989), 374쪽.

이러한 관점은 춘향의 태도를 설명하는 부분에서 부각되기도 한다.

　　이몽룡에 대한 춘향의 태도의 기초에는 세속에 물들지 않은 성실하고
깨끗한 사랑이 안받침되어 있다. 그는 참된 사랑을 쥐하여는 목숨까지도
바치려고 한다. 작자는 수청 들라는 변학도의 분부를 용감하게 거역하는
춘향의 형상에서 불합리한 신분제도에 대한 항거 정신과 자기 소신을 끝까
지 관철하려는 개성의 옹호에 대한 사상을 보여 준다.[40]

　이몽룡에 대한 춘향의 사랑에는 세속에 물들지 않은 순수함과 불합리한
신분제도에 대한 항거 정신이 반영되어 있다고 보는 것이다.
　〈춘향전〉의 중의적 주제의식에 대한 논의는 주체사상 성립 이후에도 지
속된다.

　　작품은 여주인공 춘향과 남주인공 이몽룡 사이의 사랑선에서 벌어지는
다양한 인간관계를 통하여 이조 봉건사회의 부패상을 폭로하고 있다.
　　〈중략〉
　　춘향이 만약 변학도의 수청에 응한다면 그는 '안락'을 누릴 수도 있었다.
그러나 그는 한번 마음을 굽힐 수 없었으며 자기의 신념을 저버릴 수 없었
다. 작품의 창조자들은 춘향의 높은 정신세계를 강조하기 위하여 그가 모진
형벌 속에서도 끄떡함이 없이 끝까지 봉건 통치 배들에게 항거함으로써 끝
내 몽룡에 의하여 구원되고 행복을 누리게 되는 것으로 사건을 꾸몄다. 이
것은 춘향의 성격에 재물이나 권력보다도 진리와 도덕을 더 존중히 여기는
우리 인민의 전통적 미풍이 체현되어있으며 봉건적 신분 차별 제도를 반대
하고 봉건적 압제를 반대하는 당시 인민들의 반봉건적 감정과 기분이 반영
되어 있다는 것을 말해 준다.
　　〈중략〉
　　작품에 흐르고 있는 봉건 통치 배들에 대한 이러한 증오와 반항의 감정

40) 조선민주주의인민공화국과학원 언어문학연구소 문학연구실 편, 『조선문학통사』(상), 과
　　학원출판사, 1959(화다, 1989), 375쪽.

은 이본에 따라서 다르게 표현되고 있는데 어떤 이본에서는 사람들이 변학
도를 처단하고자 하며 농부들이 변학도의 죄행을 폭로하고 그를 단죄하는
사발통문까지 돌리는 모습을 그리고 있다.[41]

춘향과 이몽룡의 사랑에 얽힌 다양한 인간관계를 통해서 조선 사회의 부
패상을 폭로하고 있다고 본다. 재물과 권력 보다 진리와 도덕을 중시하는
춘향의 태도에서 저항정신이 드러난다고 설명한다. 그리고 이본에 따라 주
변인물들이 저항적 태도가 강조되기도 하는데, 이는 작품에 흐르고 있는
봉건사회 지배계층에 대한 증오와 반항의 감정을 드러낸 것이기도 하다.
　1994년에 발간된 『조선문학사』에서는 춘향의 정절이나 사랑에만 주목하
여 작품을 평가하는 태도에 대해서 비판하기도 하였다.

　　〈교방예보〉는 〈리랑을 위한 수절〉이라고 하면서 〈이에서 정렬을 본받
　　으라〉고 하였으며 윤달선의 〈광한루악부〉의 서문에서 옥전산인은 〈나라
　　의 풍속이 색을 좋아하면서 음탕하지 않은것〉으로 평가하였다. 그후 부르
　　죠아문예학자들도 흔히 〈염정소설〉이라는 항목에서 그 경개를 피상적으로
　　소개하고있거나 통속적인 련애소설로 해석하고있다.
　　그러나 〈춘향전〉이 그렇듯 널리 인민들의 사랑을 받았으며 또 받고있는
　　것은 그것이 단순히 춘향과 리몽룡간의 열렬한 사랑을 묘사했기때문도 아
　　니며 리몽룡에 대한 춘향과 리몽룡간의 열렬한 사랑을 묘사했기때문도 아
　　니며 리몽룡에 대한 춘향의 수절에서 표현된 녀성의 정렬의 모범때문만도
　　아니다. 물론 이 작품에서 두 주인공의 사랑은 중요한 의의를 가지며 그것
　　은 춘향의 순결한 정렬과 관련되는 것은 사실이다. 그러나 이 작품의 주제
　　나 사상적내용을 이에 국한 시키는것은 〈춘향전〉이 가지는 거대한 인식교
　　양적의의를 감소시키고 외곡하는 결과를 가져오지 않을수 없다.[42]

41) 사회과학원 문학연구소, 『조선문학사』 고대·중세편, 과학백과사전출판사, 1977(『조선
　　문학통사』1, 이회문화사, 1996), 453~455쪽.
42) 김하명, 『조선문학사』5, 사회과학출판사, 1994, 170쪽.

춘향의 정절과 사랑에만 초점을 맞춘 평가는 〈춘향전〉이 널리 인민들의 사랑을 받은 까닭을 설명해주지 못하고 인식 교양적 의의를 왜곡시키는 해석이라고 주장한다.

더불어 남한에서의 해석도 〈춘향전〉의 주제의식을 왜곡시키고 있다고 주장하기도 한다.

> 그러나 오늘 남조선의 반동부르죠아문예학은 춘향에 대한 리몽룡의 사랑을 변학도와 다름없는 〈색마적인 희롱〉으로, 반대로 리몽룡에 대한 춘향을 〈지배계급인 량반에 대한 맹종〉으로, 봉건사회에서 철칙으로 되여있던 〈량반과 서민간의 주종관계〉로 묘사하고있다. 이자들은 이렇게 함으로써 조선문학의 전통은 〈무저항주의〉라는 황당한 리론을 조작하고있다. 그러나 이것은 작품의 형상 자체에 의하여 여지없이 론박되고마는 전혀 무근거한 비방중상에 불과하다.[43]

남조선의 문학예술은 이몽룡의 사랑을 색마적인 희롱으로, 춘향의 의지를 양반에 대한 맹종으로 그리며 두 사람의 관계를 양반과 서민의 주종관계로 묘사하고 있다고 비판한다. 즉 남조선에서의 연구방향이 '무저항주의'라는 조선문학 전통에 위배되는 황당한 이론을 조작하는데 이른 것으로 작품의 현상을 제대로 이해하지 못한 결과라고 비판한 것이다. 근거가 없는 비방중상에 불과하다고 비판한다.

이렇게 〈춘향전〉에 대한 왜곡된 해석들을 비판하면서 김일성의 평가를 인용하여 〈춘향전〉의 의의를 다시 한 번 강조한다.

> 위대한 수령 김일성동지께서는 다음과 같이 교시하였다.
> 〈〈춘향전〉에 대하여 말한다면 이 작품은 량반의 아들이 신분적으로 천한 사람의 딸과 련애를 하는것을 주제로 하고있습니다. 이것은 봉건사회에

---

43) 김하명, 『조선문학사』5, 사회과학출판사, 1994, 173쪽.

서 잘사는 사람들과 어렵게 사는 사람들사이, 량반과 상민사이의 사회적불평등을 비판하고 남녀청년들이 재산과 신분에 관계없이 서로 사랑할수 있고 같이 살수 있다는것을 보여준것으로서 그 당시에는 진보적인 작품이였다고 말할수 있습니다.〉(김일성저작집〉24권, 340페지)

친애하는 지도자 김정일 동지께서는 다음과 같이 지적하시였다.

〈고전소설 〈춘향전〉에서는 사람을 빈부귀천에 따라 갈라놓고 신분이 다른 사람과는 사랑할수도 결혼할수도 없게 하였던 봉건적 신분제도를 비판한것이 기본핵입니다.〉

량반신분의 청년남자가 천인신분의 처녀와 맺은 순결한 사랑의 이야기를 통하여 봉건사회의 신분적불평등을 반대하는 시대의 요구와 인민의 지향을 형상적으로 밝혀낸 여기에 〈춘향전〉의 주제사상적 내용이 가지는 거대한 사회적의의가 있으며 사랑의 주제해명에서 〈춘향전〉이 독창적으로 개척한 새로운 경지가 있는것이다.[44]

신분이 다른 두 남녀의 사랑은 봉건적 신분제도에 대한 비판의식이며, 이것이 〈춘향전〉의 기본 핵심이라는 김일성의 교시를 들어 작품에 반영된 저항정신을 강조하고 있다. 작품에 반영된 저항정신은 시대의 요구, 인민의 지향을 반영하는 거대한 사회적 의의가 있으며, 이는 〈춘향전〉이 개척한 독창적인 경지라고 평가한다.

1986년에 출간된 『조선고전소설사연구』에서도 이러한 견해가 지속된다.

소설은 무엇보다도 리조말기의 현실을 배경으로 하여 애정륜리적 문제를 사회적불평등에 대한 당대 인민들의 비판과 결부시켜 형상함으로써 이 시기의 애정륜리적주제의 소설에서 비판적 경향을 강화하였다.[45]

여기에서는 〈춘향전〉을 동시대에 출현한 애정윤리 주제를 담고 있는 소설에서 비판적 경향이 강화된 작품으로 보고 있다.

---

44) 김하명, 『조선문학사』5, 사회과학출판사, 1994, 170~171쪽.
45) 김춘택, 『조선고전소설사연구』, 김일성종합대학출판사, 1986, 308쪽.

소설이 밝히려고 한 이러한 진보적인 사상은 결코 도식화된 사건이나 틀에 박힌 인간성격을 통해서는 보여줄수 없다.

〈중략〉

이러한 심각한 사회적 문제와 련결되여있는 지향과 비판정신은 봉건적인 《남존녀비》사상을 표방하는 반동적인 문학은 두말할것도 없고 남녀간의 사랑을 단순한 유흥과 향락으로 보는 비속화된 보수적인 문학에서는 제기될수도 없는것이다.[46]

〈춘향전〉에 반영된 저항정신은 도식화된 사건이나 틀에 박힌 인간 성격을 통해서는 보여줄 수 없으며, 반동적이거나 비속화된 보수적인 문학에서 제기될 수 없는 진보적인 주제의식이라고 주장한다.

이상으로 살펴본 바와 같이 〈춘향전〉의 주제의식에 대한 북한의 관점은 청춘남녀의 사랑을 통해 그려진 봉건사회에 대한 비판의식으로 통일되고 있다. 그러니까 단순한 사랑 이야기가 아니라 당대의 인민들의 분노가 반영된 저항의식이 담겨져 있기 때문에 뜨거운 사랑을 받았다고 보는 것이다.

3.6. 반봉건적 사상 지향의 한계점

〈춘향전〉에 등장하는 인물들은 각기 다른 모습으로 이 작품의 주제의식인 반봉건적 사상을 형상화하고 있으며, 그 문체적 기법에서도 발전된 지점을 보여준다고 강조한다. 이에 대해서 북한의 연구들은 상세한 설명을 통해 그 의의를 강조하면서도 한계점에 대해서도 지적하고 있다.

먼저 1959년에 발간된 『조선문학통사』(상)에서는 〈춘향전〉은 이전의 어느 작품에서도 볼 수 없는 다채로운 인물 형상을 담고 있다면서 그 기법에 대해서 논의하였다.

---

46) 김춘택, 『조선고전소설사연구』, 김일성종합대학출판사, 1986, 304쪽.

작자는 이 두 주인공들에게 새로운 시대 정신을 체현시켰다. 그들은 처음부터 낡은 관습을 묵수하는 보수적인 사람들로서가 아니라 변학도 류의 낡은 인물들에게 대립되는 새 형의 인물로서 등장한다.

〈중략〉

「춘향전」 이전의 어느 작품도 이렇게 각계 각층 인물의 형상들을 다채로운 화폭으로 보여 주지 못하였다.

이들은 모두 자기 성격의 논리에 의하여 자기류로 이야기하고 행동하는 바, 인물들의 개성화와 세부 묘사의 진실성 증대, 희화에서의 언문일치의 거대한 전진 등은 이 작품의 사실주의를 가일층 발전시킨 요인들이다.

이리하여 「춘향전」은 종래의 구 소설의 주요한 약점의 하나였던 개념적인 서술을 현저히 극복하고 그 인물들이 속하는 계급의 본질적 특성들을 구체화하고 개성화하면서 경이할 만한 사실주의의 발전을 가져왔다.[47]

개성적 인물 형상이나 진실한 인물 묘사, 언문일치적인 문체에서 사실주의를 충족하고 있으며, 이전 소설의 약점을 극복한 발전된 지점을 보여준다고 말한다. 그리고 상세한 인물 분석을 통해 이 작품이 지향하는 반봉건적 사상이 부각된다고 설명한다.

그러나 다음과 같이 그 한계점에 대해서 지적하기도 한다.

그러나 작품에서는 아직 봉건 관료 제도에 대한 전면적 부정의 입장에까지 이르지 못하였고, 다만 보다 어질고 착한 통치자에 의한 교체에서 제기된 문제의 해결 방도를 찾고 있을 뿐이다.[48]

어사가 된 이몽룡의 구원으로 사건이 해결되는 서사적 전개는 아직 봉건 관료제도에 대해서 전면적으로 부정하는 입장에 이르지 못하고 근원적인

---

47) 조선민주주의인민공화국과학원 언어문학연구소 문학연구실 편, 『조선문학통사』(상), 과학원출판사, 1959(화다, 1989), 374~379쪽.
48) 조선민주주의인민공화국과학원 언어문학연구소 문학연구실 편, 『조선문학통사』(상), 과학원출판사, 1959(화다, 1989), 377쪽.

해결 방도를 찾지 못한 지점이라고 지적한다.

주체사상 확립 이후의 연구에서도 사실주의적 묘사 방식과 인물의 개성화에 대한 평가가 계속된다. 그러나 그 한계점에 대한 비판은 더욱 상세하게 제시된다.

1977년에 출간된 『조선문학사』에서는 〈춘향전〉은 본질적인 한계점을 가지고 있다고 주장한다.

> 「춘향전」은 일련의 본질적인 제한성을 가지고 있다.
> 「춘향전」이 제기하고 있는 주제 사상과 여기에 묘사된 모든 사건들은 봉건 사회의 현실을 이해하며 당시 양반 통치 배들의 부패상과 인민들의 상적 동황을 인식하는 데는 도움을 주지만 우리 시대 인민들의 생활 감정과는 너무나도 먼 거리에 있다. 봉건사회의 현실을 배경으로 삼고 봉건사회의 현실을 반영한 작품이 결코 우리 시대에 와서까지 그 무슨 진보적 의의를 가진다고 볼 수는 없는 것이다.
> 또 이 소설에 그려진 춘향과 몽룡의 사랑놀이 장면 묘사에서의 자연주의적 요소, 민족적 감정에 거슬리는 변학도의 기생점고 장면의 묘사, 애젊은 이몽룡이 양반이노라고 늙은 월매에게 반말질하는 것 등은 오늘의 청소년들과 근로자들의 공산주의 교양에 해로운 작용을 할 수 있다.[49]

〈춘향전〉에 반영된 과거의 사회적 문제가 현대를 살아가는 인민들의 생활 감정과 먼 거리에 있기 때문에 현시대에 진보적 의의를 부여한다고 보기 어렵다는 것이다. 그리고 작품의 곳곳에 묘사된 장면들은 오늘날의 청소년들과 근로자들의 공산주의 교양에 해로운 작용을 할 수 있다며 그 문제를 지적한다.

이어 각 인물의 형상에서도 한계점을 지적한다.

---

49) 사회과학원 문학연구소, 『조선문학사』 고대 · 중세편, 과학백과사전출판사, 1977(『조선문학통사』1, 이회문화사, 1996), 458~459쪽.

작품에서 춘향의 성격 자체도 봉건적 울타리를 넘어서고 있지 못하다. 춘향이 남편에 대한 절개를 지키는 것은 우리 인민의 아름다운 정신세계의 표현이기는 하지만 다른 한편 그것은 춘향 자신이 변학도의 수청을 거부하면서 "충불사이군이요, 열불경이부절을 본받고자 하옵난디"라고 말하고 있는 바와 같이 아내는 무조건 남편을 따라야 하고 여자는 두 남편을 섬기어서는 안된다는 봉건적 교리와 결합되어 있다. 춘향은 존비귀천을 원수라고 부르짖고 봉건적 신분 차별 제도에 불만을 품고 항거하면서도 이몽룡이 서울에 갈 때 자기는 그의 정실부인이 아니라 다음 부인이 되어도 무방하다고 스스로 말한다.

이것은 춘향의 형상이 그 진보성에도 불구하고 봉건 유교 사상의 제약을 받고 있으며 작가가 봉건적 신분제도를 완전히 부정하지는 못하였다는 것을 의미한다.[50]

춘향이가 주장하는 유교적 정절의식이나, 신분차별제도에 항거하면서도 이몽룡의 첩이 되도 무방하다는 춘향의 태도에서 봉건제도를 완전히 부정하고 있지 못한 작가의 의식이 나타난다고 비판한다.

작가가 넘을 수 없었던 사상적 제한성은 춘향과 변학도의 충돌과 대답에 기초하여 얽혀진 사건이 암행어사로 내려온 이몽룡에 의하여 해결되며 암행어사가 인민의 원망을 풀어 주는 것으로 처리한 데서 두드러지게 나타나고 있다. 이몽룡은 결국 왕의 '선정'의 대변자가 되고 말았다.

작가는 바로 변학도와 같은 악질 관료는 증오하고 반대하고 있지만 이몽룡과 같은 '어진' 관료는 찬양하고 있으며 '어진' 관료의 '선정'으로써 인민의 행복을 성취할 수 있다고 인정한 것이다. 이런 데로부터 작품의 첫머리에서와 같이 왕의 '선정'을 찬양하고 현실을 '태평 세월'로 미화 분식하는 표현도 튀어 나왔다.

소설에서 기생들이 다투어 변학도의 수청을 들게 한 것도 진실성이 없고 민족적 감정에 맞지 않는 묘사이다.[51]

---

50) 사회과학원 문학연구소, 『조선문학사』 고대 · 중세편, 과학백과사전출판사, 1977(『조선문학통사』1, 이회문화사, 1996), 459쪽.

그리고 작품 곳곳에서 작가의 사상적 제한성이 드러난다고 밝힌다. 결국 어진 관료의 선정으로 인민의 행복이 성취되는 이야기 구조나, 작품 첫머리에 제시된 태평성대에 대한 미화 역시 왕의 선정에 대한 찬양을 의미한다는 것이다. 게다가 기생들이 다투어 변학도의 수청을 들겠다고 나서는 장면도 민족적 감정에 어긋나는 것이라고 논의하고 있다.

『조선문학사』(1977)에서는 〈춘향전〉의 예술적 묘사가 지닌 한계점에 대해서도 지적한다.

> 「춘향전」은 예술적 형식에 있어서도 일련의 제한성을 가지고 있다.
> 소설은 전반적으로 보아 예술적 묘사가 부족하고 이야기식 서술이 적지 않은 비중을 차지하고 있다. 그리고 정황에 맞지 않게 꽃, 기물, 고사 등 장황하게 열거하거나 같은 정황을 묘사하면서 때로는 3월이라고 쓰고 때로는 5월이라고 씀으로써 사실주의적 진실성을 약화시키고 있다.
> 작품은 언어 묘사에서도 한문 투를 적지 않게 쓰고 있다.
> 이것은 이 소설이 주제 사상적 내용에 있어서나 예술적 형식에 있어서 당시로서는 상당한 높이에 이르고 있음에도 불구하고 아직 중세 소설의 틀에서 벗어나지 못하였다는 것을 말해 준다.[52]

정황에 맞지 않은 장황한 묘사와 사실주의적 진실성을 떨어뜨리는 어긋난 표현들, 그리고 적지 않은 한문투 문체에서 아직 중세 소설의 한계를 벗어나고 있지 못한다고 주장한다.

위와 같은 〈춘향전〉이 극복하지 못한 한계점에 대한 견해는 김춘택의 『조선문학사』(1982)와 정홍교이 주필한 『조선문학개관』(1986)에서도 유사하게 나타나는 것이기도 하다.

---

51) 사회과학원 문학연구소, 『조선문학사』 고대 · 중세편, 과학백과사전출판사, 1977(『조선문학통사』1, 이회문화사, 1996), 459쪽.
52) 사회과학원 문학연구소, 『조선문학사』 고대 · 중세편, 과학백과사전출판사, 1977(『조선문학통사』1, 이회문화사, 1996), 459~460쪽.

다음은 김하명의 『조선문학사』(1994)에서 비판한 〈춘향전〉의 한계이다.

　　〈춘향전〉에는 사실주의소설로서의 약점도 없지 않다. 우선 〈춘향전〉에
서는 부분적으로 그 전후관계에서 생활적타당성이 부족한 사건진행이나 정
황의 설정이 있다. 례컨대 작품의 앞머리에서 리몽룡이 방자를 데리고 광한
루에 소풍하러 나가는 계절을 〈놀기좋은 삼춘〉으로 설정하였으나 같은 날
춘향이 그네뛰러 나가는 계절적계기를 주기 위해서는 〈이때 삼월이라 일렀
으되 오월단오일이었다. 천중지 가절이라〉고 하여 5월 단오날로 바꾸어 놓
고있다. 작품에서는 이와 같이 일단 이야기한것을 뒤에 가서 부정한것이
몇군데 있다.
　　다음으로 이 작품에도 판소리작품의 문체상 특성에 따라 그 언어에서
묘사대상의 본질적특성과는 관계없는 상투적인 한문성구를 많이 쓰거나 초
상묘사에서 어느한 측면을 강조함으로써 그의 구체적인 개성과 미묘한 심
리적음영의 전달에 일정한 제한을 가져온 점이 남아있다. 또한 구성조직에
있어서 서두에서 〈숙종대왕 직위초에 성덕이 넓으시사 성자 성손은 계계승
승하사 금고옥촉은 요순시절〉 운운하고 마치도 태평세대이기나 한것처럼
서술한것이라든다, 끝머리에서 리몽룡이 백년동락하였다는 이야기 등은 종
래의소설의 옛 투를 답습한것이며 작품의 사상주제적과업에 비추어 불필요
하거나 또는 사상적내용에 배반되는것이기도 하다. 그러나 이러한 제한성
은 이를테면 선행소설이 가지고있던 제한성을 극복하지 못한 잔재로서 이
작품평가에서 주되는 표징으로 될수 없다.[53]

　김하명 역시 선행 연구들과 동일한 장면을 들어 사실주의 소설로서 〈춘
향전〉이 지니는 한계점을 지적하고 있다.
　1986년에 발간된 『조선고전소설사연구』에서도 〈춘향전〉은 중세소설의
한계를 벗어나고 있지 못한다고 비판한다.

　그것은 무엇보다도 춘향의 성격과 행동에 ≪맹종맹동≫하는 봉건적인

53) 김하명, 『조선문학사』5, 사회과학출판사, 1994, 181쪽.

낡은 생활관점과 인습을 계속 침식시킨것이다.

〈중략〉

소설 ≪춘향전≫의 허두에서 찾아보는 주인공에 대한 비현실적이며 과
장된 출생담이든가, 작품의 결말에 나오는 전기식후일담과 같은 낡은 투가
아직도 남아있는 기본요인은 바로 이 작품의 창작가가 춘향을 봉건도덕에
의하여 ≪리상화≫하려는 견지에서 작품의 구성을 짠데로부터 온것이다.

주인공 춘향이 신분적으로는 천한 몸인데도 불구하고 그러한 사회적처지
에 있는 인간으로서의 성격적특성을 생활적으로 보다 뚜렷하게 밝히지 못하
고있는것도 이 소설의 작가가 봉건적인 ≪부도≫와 결부된 ≪일편단심≫의
각도에서 녀성의 성격을 ≪리상화≫한데로부터 온것이다.

이 소설에서 방자의 입을 통하여 춘향이 ≪녀공재질≫이 있다고만 표현
했을뿐 구체적인 생활을 통하여 그의 부지런한 성격을 보여주지 못한데로
부터 춘향의 성격이 량반의 아들인 리몽룡의 성격과 별로 다른것이 없는것
으로 묘사된것도 이상과 같은 제한성과 결부되여있다.[54]

선행 연구들과 유사한 논의가 펼쳐지는 것은 『조선고전소설사연구』에서
도 마찬가지이다. 춘향의 면모가 봉건적인 관점에서의 이상화에서 기인된
형상이라고 분석한다. 그리고 양반인 이도령과 성격적 차이를 보이지 않는
점은 천한 사회적 처지를 보다 생활적으로 뚜렷하게 밝히지 못한 기법 상의
한계라고 주장하기도 한다.

이처럼 북한에서는 〈춘향전〉을 당대의 진보적인 저항의식을 담은 뛰어난
작품으로 평가하면서 동시에 그 한계점에 대해서도 뚜렷하게 밝히고 있다.
즉, 문제의식에 대한 근본적인 해결책을 마련하지 못하는 지점이나, 인물이
나 정황 묘사, 혹은 한문투의 문체에서 발견된 사실주의 소설로서의 약점
등을 들어 중세소설의 한계를 벗어나지 못한다고 다수의 논의에서 그 공통
된 견해를 드러내고 있는 것이다.

---

54) 김춘택, 『조선고전소설사연구』, 김일성종합대학출판사, 1986, 308쪽.

3.7. 가창과 영화로 이어지는 〈춘향전〉

현재 남한에서 확인할 수 있는 〈춘향전〉에 대한 북한의 개별 논의는 가극과 영화로 재창작된 〈춘향전〉에 대해서 소개하고 있는 『민족문화유산』과 『조선예술』에 실린 내용들에서 찾을 수 있다. 이 글들에서 〈춘향전〉의 재창작 과정에 반영된 북한의 관점을 발견할 수 있다.

민족가극 〈춘향전〉에 대한 북한의 논의를 살펴보면 다음과 같다. 『민족문화유산』 2005년 2호에서는 그 재창작 작업의 어려움이 있었다고 말한다.

> 민족가극창조사업은 처음부터 순탄하게만 진행된것이 아니였다.
> 가극창조초기 일군들과 창작가들은 작품을 계급적견지에서 옳게 분석하지 못한데로부터 가극의 사상적대를 빈부귀천에 대한것으로 세우지 못하였으며 춘향이 베를 짜는 장면을 일부로 설정하여 놓고 마치 그가 로동으로 어렵게 살았다는것을 보여주기까지 하였다. 또한 노래창조에서도 우리 인민의 민족적정서에 맞게 유순하고 밝게 우리 식으로 되지 못하고 오르내림이 심한 노래들, 가사와 음조에서 고티가 나는 노래들이 적지 않았으며 재미있고 인상에 남을만한 노래들이 별로 없었다.
> 작품이 안고있는 결함을 놓고 일군들과 창작가들은 어떻게 하면 좋을지 갈피를 잡지 못하고있었다.[55]

이전의 가극에서는 춘향이가 베를 짜는 장면을 삽입하여 그녀가 노동으로 어렵게 살았다는 사항을 추가하기도 하였는데, 이는 작품에 대한 왜곡된 분석이었다고 설명한다. 그리고 가극에 활용된 노래의 가사와 음조 역시 유순하고 밝은 민족적 정서에 맞지 않았다고 말한다.

이에 대한 고민은 1988년 8월 28일 김정일의 방문으로 해결되었다고 밝히고 있다.

---

55) 민족문화유산 편집부, 「〈백두산3대장군과 민족문화유산〉 절세의 위인의 손길아래 창조된 민족가극 〈춘향전〉」, 『민족문화유산』, 2005년 2호.

바로 이러한 때인 주체77(1988)년 8월 28일 경애하는 장군님께서는 몸소 창조현장에 나오시여 가극창조사업을 지도하여주시였다.

　　이날 경애하는 장군님께서는 가극을 주의깊게 보시고나서 작품이 사상적대를 바로 세우지 못한데 대하여 지적하시면서 민족가극 ≪춘향전≫의 기본사상은 춘향이 일을 하고 어렵게 살았다는것을 보여주는데 있는것이 아니라 당시 신분적으로 천한 기생의 딸과 량반의 자식이 같이 살수 없다는 봉건적신분제도의 반동성을 보여주는데 있다고 가르쳐주시였다.

　　계속하시여 그이께서는 심중하신 어조로 일군들과 창작가들에게 가극이 전반적으로 잘 되지 못하였다고 하시면서 가극이 안고있는 주요결함은 노래가 좋지 못한것이라고 지적하시였다. 그러시면서 가극창조에서 성공의 열쇠는 노래를 잘 짓는가, 못 짓는가 하는데 달려있다고 하시면서 민족가극 ≪춘향전≫에 나오는 노래들을 현상모집하는 방법으로 많은 작곡가들이 작곡하게 하고 그 가운데서 우수한 작품들을 선정하여야 한다고 하시며 그 해결방도까지 가르쳐주시였다.[56]

　춘향이가 어렵게 살았다는 장면 묘사는 이 작품의 주제사상을 드러내는데에 적절하지 않다는 지적이 있었다는 것을 통하여 〈춘향전〉의 기본 사상이 봉건적신분제도에 대한 반발임을 다시 강조하고 있다. 더불어 가극 창조에서의 노래가 큰 비중을 차지하며, 이에 대한 해결 방안으로 공모를 통해 우수한 작품을 선정하는 방법을 제시하였다고 밝히고 있다.

　여기에서는 또 다시 김정일의 방문이 있었다고 말한다.

　　가극창조사업이 본격적인 단계에 들어서고있던 주체77(1988)년 10월 28일 경애하는 장군님께서는 만수대예술극장에 나오시여 또다시 작품을 보아주시는 최상의 영광을 안겨주시였다.

　　이날 경애하는 장군님께서는 일군들과 창작가들에게 사람을 신분에 따라 갈라놓고 차별하는것을 비판하는것이 ≪춘향전≫의 핵이라고, 바로 이

---

56) 민족문화유산 편집부, 「〈백두산3대장군과 민족문화유산〉 절세의 위인의 손길아래 창조된 민족가극 〈춘향전〉」, 『민족문화유산』, 2005년 2호.

러한 긍정적인 내용을 담고있기때문에 오늘에 와서도 그 작품을 가극으로 창조하는것이라고, ≪춘향전≫이 순수 사랑문제만 보여주는것이라면 가극으로 창조할 필요가 없다고 하시면서 작품의 종자와 가극창조의 중요성에 대하여 지적하여주시였다.57)

두 번째 방문에서는 봉건적 신분질서에 대한 비판의식이 〈춘향전〉의 핵심이라고 다시 강조하며 다음과 같은 지도가 있었다고 말한다.

경애하는 장군님께서는 민족고전작품을 각색하는데서 인물들의 성격을 민족적이며 계급적인 바탕에 철저히 기초하여 규정할데 대해서도 구체적으로 가르쳐주시였다.
그이께서는 창작가들이 월매를 단순히 봉건사회의 천한 인간으로만 생각하고 괴벽한 인물로 형상하다보니 그가 부르는 노래도 다 된소리가 되여 현대적미감에 맞지 않게 복고주의적인 냄새가 난다고 하시면서 월매의 성격을 괴벽한 인물로 형상하면 그가 관중의 사랑과 동정을 받을수 없다고 말씀하시였다.
계속하시여 경애하는 장군님께서는 방자와 향단의 성격도 가극의 특성에 맞게 잘 살리지 못하였다고 하시였다. 그러시면서 그들은 다 근로하는 계급의 출신인것만큼 그들을 술이나 마시고 춤이나 추는 저속한 인물로 형상하지 말아야 한다고 하시면서 방자는 관중에게 웃음을 주는 락천적이고 소박한 인물로, 향단이는 마음씨 곱고 인정많은 인물로 형상할데 대하여 가르쳐주시였다.58)

월매와 방자, 향단 등의 보조적인 인물의 형상화에 대한 구체적인 가르침이 있었다고 밝히고 있다. 이러한 가르침의 방향을 보면 월매는 괴벽한 인물이 아닌 관중의 사랑과 동정을 받을 수 있는 인물로, 방자와 향단이도

---

57) 민족문화유산 편집부, 「〈백두산3대장군과 민족문화유산〉 절세의 위인의 손길아래 창조된 민족가극 〈춘향전〉」, 『민족문화유산』, 2005년 2호.
58) 민족문화유산 편집부, 「〈백두산3대장군과 민족문화유산〉 절세의 위인의 손길아래 창조된 민족가극 〈춘향전〉」, 『민족문화유산』, 2005년 2호.

저속한 인물이 아닌 낙천적이고 인정많은 인물로 형상화 하라는 쪽이다. 이렇게 인물형상을 바꾸려는 취지는 모두 〈춘향전〉의 핵심이 봉건적 신분질서에 대한 비판의식에 있다고 보는 관점에 따른 것이다.

> 주체적립장과 력사주의적원칙에서 모든 문제를 보고 대하시는 경애하는 장군님의 귀중한 가르치심을 받아안은 순간 일군들과 창작가들은 비로소 자신들이 민족적이며 계급적인 견지에서 원작의 인물들을 바로 보지 못하였다는 심한 자책감에 머리를 들수가 없었다.[59]

김정일의 가르침에서 주체적 입장과 역사주의적 원칙을 읽을 수 있었다며, 민족적이며 계급적인 견지에서 작품을 바라보는 자세가 필요하다고 역설하고 있었다. 현대적으로 재창작 할 때에 북한에서 중시하고 있는 지점들이 파악되는 지점이라고 할 수 있다.

이어 2006년『조선예술』에서는 민족가극 〈춘향전〉의 무용 안무가 〈피바다〉식 가극무용창작원칙을 구현했다고 소개하는 글이 실린 바 있다.

> 민족가극 《춘향전》의 제2장 4경에 펼쳐지는 《사랑가》장면의 무용이 그 대표적실례로 된다.
> 위대한 장군님께서는 주체77(1988)년 12월 19일 민족가극 《춘향전》을 보아주시고 《사랑가》장면에 나오는 무용은 작품의 내용과 밀착된 률동적인 무용이라고 말씀하시였다.
> 이 장면의 무용은 화창한 봄날에 광한루에서 처음으로 만난 춘향과 리몽룡이 백년가약을 맺고 사랑의 감정을 정답게 주고받는 생활을 아름다운 률동화폭으로 펼쳐보이고있다.
> 《사랑가》장면의 무용은 민족가극 《춘향전》에서 사랑문제를 통하여 봉건적신분제도의 반동성을 보여주어야 하는 작품의 주제사상해명에서 중

---

59) 민족문화유산 편집부, 「〈백두산3대장군과 민족문화유산〉 절세의 위인의 손길아래 창조된 민족가극 〈춘향전〉」, 『민족문화유산』, 2005년 2호.

요한 구성부분으로 된다.

이 장면무용은 춘향과 리몽룡의 열렬한 사랑에 대한 이야기와 밀착되여 생활을 진실하고 생동하게 보여줌으로써 극세계를 서정적으로 더욱 폭넓게 부각시키고있다.

작품에서는 주인공들의 사랑의 감정을 아름다운 률동적화폭으로 펼쳐보였다가 리별장면으로 극적대조를 줌으로써 극의 흐름에 심각한 변화와 굴곡을 조성하면서 모순으로 가득찬 봉건적신분제도의 불합리성과 반동성을 신랄하게 비판하고있다.[60]

〈사랑가〉 장면의 안무가 사랑 문제를 통하여 봉건적 신분제도의 반동성을 보여주어야 하는 이 작품의 주제사상 해명에 중요한 부분이라고 설명한다. 이 율동적인 화폭은 이별 장면과 극적인 대조를 이룸으로써 작품에서 드러낸 당시 사회의 모순에 대한 비판의식을 강조하기도 한다고 보고 있다. 작품의 내용과 밀착된 율동이라고 평가한 장군의 견해도 함께 제시하기도 하였다.

그리고 작품의 안무에서 주인공의 내면세계에 대한 묘사가 새롭게 이루어졌다고 밝히고 있다.

우선 주인공의 내면세계를 그리는 묘사방식이 새롭게 되여있다.

민족가극 《춘향전》은 우리 시대에 창조된 《피바다》식가극의 하나로서 이 작품의 무용도 역시 주인공의 내면세계를 그리는데 형상적초점을 두고있다.

다른 모든 《피바다》식가극에서와 마찬가지로 민족가극에서도 주인공의 내면세계를 어떻게 그리는가에 따라 작품의 사상예술성이 좌우되며 주인공의 내면세계를 그리는데 무용이 어떻게 복무하는가에 따라 형상수단의 가치가 규정되게 된다.[61]

---

60) 채명희, 「〈피바다〉식가극무용창작원칙을 구현한 민족가극 〈춘향전〉의 무용」, 『조선예술』, 2006년 6호.
61) 채명희, 「〈피바다〉식가극무용창작원칙을 구현한 민족가극 〈춘향전〉의 무용」, 『조선예술』,

주인공의 내면세계를 보여주는 안무 구성 방식은 〈피바다〉식 가극무용창작원칙이라고 하며, 주인공의 내면세계를 어떻게 그려내느냐에 따라 작품의 사상예술성이 좌우된다고 보고 있다.

주인공의 내면세계를 그려내는 데에 주목하는 〈피바다〉식 원칙은 고수하되, 새로움도 첨가되었다고 말하기도 한다.

> 혁명가극들인 ≪피바다≫와 ≪꽃파는 처녀≫, ≪당의 참된 딸≫에서는 주인공의 내면세계를 환상이나 꿈장면으로 펼쳐보이였다.
> 그러나 민족가극 ≪춘향전≫에서 무용은 주인공의 내면세계를 환상이나 꿈이 아니라 현실에서 벌어지는 생활적이야기를 타고 펼쳐보이고있다.

혁명가극 〈피바다〉, 〈꽃 파는 처녀〉, 〈당의 참된 딸〉에서 활용된 환상이나 꿈 장면 대신 현실 생활적 이야기를 보여주는 새로운 안무 구성 방식을 소개하였다.

그리고 이어 주인공의 내면세계를 묘사한 안무 구성에 대해 자세히 제시하였다.

> ≪사랑가≫장면의 무용은 주인공들이 부르는 노래와 방창, 관현악반주와 꽃정들의 춤이 한데 어울려 아름다운 화폭을 이룬다.
> 꽃정들이 둘러싼 원안에서 춘향과 리몽룡이 노래를 부르기도 하고 반원으로 둘러앉은 꽃정들이 가벼운 수건을 우로 우아하게 뿌리는 속에서 춤을 추면서 아름다운 생활을 펼쳐보인다.
> 이 장면에서는 춘향과 리몽룡이가 사랑의 백년가약을 맺고 한없는 행복속에 꽃밭을 거닐며 숨기도 하고 찾기도 하면서 즐기는 생활을 꽃정들의 발랄한 률동과 조형적인 춤구도를 통하여 생동하게 보여주고있다.
> 특히 사랑에 한껏 취한 춘향이 저도 모르게 풀밭에 흘리고간 쓸치마를 리몽룡이 찾아들고와서 춘향의 머리에 다시 씌워주는 장면형상은 이 무용의

2006년 6호.

절정을 이루면서 주인공들의 내면세계를 집중적으로 잘 보여주고있다.[62]

주인공의 내면세계를 잘 드러내는 장면으로 춘향과 이몽룡의 백년가약 장면을 들어 그 율동과 구도를 자세히 설명하였다. 이 글을 통해 북한의 민족가극 안무 창작이 어떠한 원칙에 의해 이루어지는지 파악할 수 있다.

이후 2007년『민족문화유산』에서는 북한의 예술영화〈춘향전〉에 대한 자세한 정보가 담긴 글이 실려 있다.

> 창조와 건설의 영재이시며 문학예술의 거장이신 위대한 령도자 김정일동 지께서는 일찌기 주체62(1973)년 4월 불후의 고전적로작 ≪영화예술론≫ 을 발표하시여 주체적영화예술이 나아갈 길을 환히 밝혀주시면서 력사고전 물영화창작에서 나서는 근본원칙과 방도들을 명확히 제시하여주시였다.
> 위대한 령도자 김정일동지께서는 다음과 같이 지적하시였다.
> ≪민족생활은 어디까지나 사람들에게 민족적자부심과 긍지를 돋구어주 고 사회주의적애국주의사상을 불러일으키는데 이바지할수 있게 그려야 한 다. 민족적관습이 진하게 배여있는 지난날의 생활을 그리는 경우에는 력사 주의적원칙과 현대성의 원칙을 지키는것이 중요하다.≫ (≪김정일선집≫ 3권, 79페지)
> 경애하는 장군님의 이 말씀은 민족의 유구한 력사와 찬란한 문화전통, 우수한 미풍량속을 보여주는 우리 식의 특색있는 력사고전물영화들을 훌륭 하게 창작완성할수 있게 하는 확고한 지도적지침으로 되였다.[63]

이 글에서는 역사고전물의 영화 창작은 사회주의적 애국사상과 더불어 역사주의적 원칙과 현대성의 원칙을 고수해야 한다는 그들의 견해가 먼저 소개되었다. 이러한 창작 원칙은 1973년에 발표된 ≪영화예술론≫에서 밝

---

62) 채명희, 「〈피바다〉식가극무용창작원칙을 구현한 민족가극〈춘향전〉의 무용」, 『조선예술』, 2006년 6호.
63) 민족문화유산 편집부, 「〈백두산3대장군과 민족문화유산〉예술영화〈춘향전〉이 전하는 못잊을 사연」, 『민족문화유산』, 2007년 1호.

힌 주체적 영화예술이 지향해야 하는 바에 부합하는 것이었다.

이 글에서는 초기 영화〈춘향전〉이 지닌 한계점을 언급하기도 한다.

처음 창작가, 배우들은 민족고전작품을 취급한 영화를 창작한다고 하여
영화창작에서 력사주의적원칙과 현대성의 원칙을 옳게 살리지 못한 심각한
부족점들을 발로시켰다. 초기 작업필림에서는 춘향을 곱게만 그리고 당시
생활을 지나치게 화려하게만 보여주었으며 당대의 시대상과 부패무능한 봉
건관료배의 전형인 변학도의 추악상을 실감있게 보여주지 못하였다. 그러
다보니 영화전반이 주로 주인공 춘향의 인상에만 매달리고 불평등한 봉건
적신분제도의 반인민성을 폭로하는 작품의 전반내용을 뚜렷하게 살려내지
못하였다.[64]

초기〈춘향전〉은 춘향이를 곱게만 형상화하고, 당시의 생활을 화려하게
만 보여주어 당대의 부패한 사회상을 실감나게 보여주지 못한 문제점을 지
니고 있었다고 평한다.

이러한 실태를 깊이 헤아리신 경애하는 장군님께서는 일군들과 창작가
들에게 예술영화 ≪춘향전≫의 기본사상은 춘향과 리도령의 사랑을 통하여
반인민적인 봉건적신분제도를 비판하는데 있다고 하시면서 예술영화의 특
성에 맞게 사랑선을 기본으로 끌고가면서 당대의 시대상과 봉건통치배들의
추악한 모습을 옳게 살릴데 대하여 가르쳐주시였다. 그러시면서 당대의 시
대상을 진실하게 반영하자면 주인공 춘향을 그저 옷이나 깨끗이 입히고 화
려하게만 그릴것이 아니라 근로하는 녀성의 모습을 보여주며 마음이 곱고
례절이 밝은 인물로 그려야 한다고 깨우쳐주시였다. 또한 봉건사회에서의
신분적차이를 보여주기 위하여 춘향과 리도령의 생활상대조를 명백히 주어
생활을 깊이있게 파고들데 대하여서도 가르쳐주시였다.[65]

64) 민족문화유산 편집부, 「〈백두산3대장군과 민족문화유산〉 예술영화〈춘향전〉이 전하는
    못잊을 사연」, 『민족문화유산』, 2007년 1호.
65) 민족문화유산 편집부, 「〈백두산3대장군과 민족문화유산〉 예술영화〈춘향전〉이 전하는
    못잊을 사연」, 『민족문화유산』, 2007년 1호.

이 문제에 대해서 춘향을 근로하는 예절이 밝은 여성으로 그려야 하고, 이도령의 생활과 대조되는 춘향의 생활을 보여주어야 한다는 김정일의 가르침이 있었다고 밝힌다. 이는 주체사상 이후에 발표된 북한 연구들에서 밝히는 〈춘향전〉의 한계점에 대한 대안이라고도 할 수 있다. 그 논의들에서 춘향이의 사치스러운 생활 방식이나 화려함을 작품의 비판의식 발현에 저해요인으로 들고 있기 때문이다. 영화로 재창작하는 과정에서 이 지점을 변형시켜 고전소설 〈춘향전〉이 지닌 한계점을 메우고자 하는 그들의 관점을 발견할 수 있는 것이다.

이어 각 인물에 대한 형상화 방식을 언급하기도 하였다.

> 경애하는 장군님께서는 리몽룡이 거지차림으로 월매앞에 나타났을 때 월매가 사위인 리몽룡을 천대하며 넉두리를 하는 장면을 실감있게 그려야 당대의 봉건적신분관계의 모순을 잘 보여줄수 있겠는데 이런 대목을 잘 형상하지 못하고 놓치다보니 신분상차이를 타파하려는 작품의 기본사상을 똑똑히 살리지 못하였다고 지적하시면서 그 수정방도들을 하나하나 가르쳐주시였다. 뿐만아니라 이 작품에서는 사랑에 대한 이야기가 기본이기때문에 사랑이 지내 헐하게 맺어지고 리별도 너무 헐하게 하는것으로 그려서는 안되며 변학도의 추악상을 리몽룡과의 대조속에서 실감있게 보여줄데 대해서와 당대의 시대상을 보여준다고 하면서 리몽룡을 시대의 선각자처럼 그려서는 안된다고 하나하나 일깨워주시였다.[66]

봉건사회에 대한 비판의식을 강조하기 위해 사위 앞에서 넋두리 하는 월매의 모습이 실감나게 그려져야 하고, 춘향과 몽룡의 결연과 이별이 극적으로 묘사되어야 한다는 김정일의 지도 사항을 설명하였다. 더불어 이몽룡을 시대의 선각자로 그려서는 안 된다고 하였는데, 이러한 관점 역시 이몽룡을 왕의 대변자라고 해석했던 북한의 문학연구 관점과 관련된 사항이라고 할

---

66) 민족문화유산 편집부, 「〈백두산3대장군과 민족문화유산〉 예술영화 〈춘향전〉이 전하는 못잊을 사연」, 『민족문화유산』, 2007년 1호.

수 있다.

이러한 노력으로 예술영화 〈춘향전〉은 1979년에 발표되었고, 큰 사랑을
받았다고 한다.

> 문학예술의 거장이신 경애하는 장군님의 세심한 지도와 크나큰 은정속
> 에 주체68(1979)년에 예술영화 《춘향전》은 력사주의적원칙과 현대성의
> 원칙이 구현된 우수한 작품으로 손색없이 창작완성되어 우리 인민들의 사
> 랑을 받게 되였다.
> 경애하는 장군님께서는 나라의 전반사업을 돌보시는 그 바쁘신 속에서
> 도 영화예술부문에 대한 정력적인 령도로 지난 40여년간 예술영화 《춘향
> 전》 뿐만아니라 력사고전물영화들인 예술영화 《홍길동》, 《온달전》,
> 《가야금에 깃든 사연》, 《보심록》, 《하랑과 진장군》, 《청자의 넋》,
> 《피묻은 략패》 등 수많은 작품들의 창작사업을 세심히 지도하여주시여
> 영화들이 애국주의교양에 이바지하게 하시였다.[67]

북한의 영화 사업은 발전하여 〈춘향전〉 뿐만 아니라, 〈홍길동〉, 〈온달전〉,
〈가야금에 깃든 사연〉, 〈보심록〉, 〈하랑과 진장군〉, 〈청자의 넋〉, 〈피 묻은
약패〉 등 수 많은 역사고전물 영화들이 창작되었다고 소개하기도 하였다.

이상의 글들을 통해 북한에서의 〈춘향전〉에 대한 현대적 재창조가 어떠
한 방식으로 이루어져 왔는지 이해할 수 있었다. 현대적 재창조 과정에서
〈춘향전〉 원전에 대한 변용은 앞에 제시한 북한 연구들이 지적하고 있는
〈춘향전〉의 한계점을 극복하는 방안이 시도된 것으로 이해된다. 결국 가극
과 영화에 대한 자료들은 〈춘향전〉에 대한 북한의 문학사관을 이해할 수
있는 근거를 제공해주고 있었다.

---

67) 민족문화유산 편집부, 「〈백두산3대장군과 민족문화유산〉 예술영화 〈춘향전〉이 전하는
   못잊을 사연」, 『민족문화유산』, 2007년 1호.

4. 남한 연구와의 비교

〈춘향전〉에 대한 북한 학계의 관심은 판소리계 작품의 장르 규정, 수많은 이본, 창작 시기, 근원설화, 반봉건을 지향하는 주제사상적 의미, 중세소설로서의 한계점에 대한 논의로 확인할 수 있었다. 남한 역시 〈춘향전〉에 대한 연구가 방대하게 축적되어 있는 바, 〈춘향전〉에 대한 남한의 관심과 사랑을 잘 알 수 있다. 이 장에서는 〈춘향전〉에 대한 북한의 연구 경향에 대응되는 남한 연구들을 추려서 소개하고자 한다. 판소리계 작품을 바라보는 남한 문학계의 관점과 더불어, 이본에 관한 논의, 근원설화에 관한 논의, 주제에 관한 논의, 인물에 대한 논의 등을 중심으로 살펴보겠다.[68]

4.1. 다른 영역에서 다루어지는 '판소리' 연구와 '판소리계 작품' 연구

남한에서는 판소리를 현대까지도 향유되고 있는 대표적인 민족 예술로 인정되고 있으며, 그에 따라 연구 성과도 풍부하게 축적되었다. 북한과 달리, 판소리의 음악적 요소와 연희적 요소도 중요하게 다루어져 왔으며[69], 판소리의 장단·곡조와 사설의 결합 양상을 고찰하는 연구도 지속적으로 이루어졌다.[70] 그리고 남한에서는 사승관계를 통해 전승되는 특징을 염두에 둔 명창과 유파에 대한 연구도 심화된 단계에 이르렀다.[71]

---

[68] 〈춘향전〉의 창작 시기에 대한 남한의 논의는 서술의 편의상 4.1.과 4.2.에서 판소리와 이본에 대한 연구들을 살펴보는 과정에서 함께 소개하였다.

[69] 정병욱, 『한국의 판소리』, 집문당, 1981 ; 전통예술원 편, 『판소리 음악의 연구』, 민속원, 2001 ; 김혜정, 『판소리음악론』, 민속원, 2009 ; 임명진 외, 『판소리 공연예술적 특성』, 민속원, 2004.

[70] 이보형, 「판소리 사설의 극적 상황에 따른 장단조의 구성」, 『예술원논문집』제14집, 한국예술원, 1975.

[71] 최동현, 『판소리명창과 고수 연구』, 신아출판사, 1997 ; 최동현 외, 『판소리 동편제 연구』, 태학사, 1998 ; 최혜진, 『판소리의 전승과 연행자』, 역락, 2003 ; 강예원, 『판소리 작곡가 연구』, 지식산업사, 2005 ; 유영대, 『동편제 명창 박봉술의 예술세계』, 민속원, 2009 ;

남한 연구자들은 판소리계 작품에 대해서 작품 자체의 분석과 현장론적 연구가 병행되어야 한다고 주장하여 왔다.[72] 서대석은 그 이유에 대해서 "구연은 구연자와 청중의 성격, 요구 및 분위기에 따라서 달라질 수 있다는 것은 구비문학의 보편적 원리"[73]이기 때문이라고 주장하기도 하였다. 그리고 판소리에 대해 심도 있는 연구 성과를 이룩한 백대웅은 다음과 같은 이유를 들어 그 음악적 요소를 중심으로 판소리 연구의 중요성을 주장하기도 하였다.

> 판소리의 포괄적 예술 세계는 여러 분야에서 두루 조명해야 하겠지만, 그 예술적(미학적) 가치의 핵심 부분은 음악적 관점에서 규명되어야 한다. 왜냐하면 판소리는 다음과 같은 일반적 특징을 갖고 있기 때문이다.
>   ① 소리판에서 이루어지는 시간 예술이다. 상황성과 현장성에 따라 변할 수 있다는 것을 의미한다.
>   ② 광대는 소리(창), 아니리(말), 발림(몸짓)을 하고, 고수는 음악의 흐름을 장단(리듬 패턴)으로 통제한다.
>   ③ 판을 짠 사람에 따라 새롭게 연출되는 재창조(각색)의 과정을 거친다. 이는 유파를 형성하는 원인이다.
>   ④ 성음(음색), 길(음계), 장단(리듬)의 틀(질서)안에서 이루어지는 예술 행위이다. 이는 음악의 작곡과정과 같다.
>   ⑤ 고수와 청중의 참여(추임새)가 있다.
>   이처럼 판소리의 예술성 평가는 소리판에서 벌이는 음악역량에 달려있다고 할 만큼 음악적 수련이 요구된다.[74]

이처럼 '판소리'와 '판소리계 작품'에 대한 연구 방향은 구별되야 한다는

신은주,『판소리 중고제 심정순가의 소리』, 민속원, 2009 ; 판소리학회 지음,『판소리명창론』, 박이정, 2010.
72) 서대석,『한국 무가의 연구』, 문학사상사, 1980 ; 조동일,『한국소설의 이론』, 지식산업사, 1977.
73) 서대석,『판소리의 세계』, 문학과지성사, 2000, 122쪽.
74) 백대웅,『다시 보는 판소리』, 어울림, 1996 참고.

관점이 적용되어 남한에서는 판소리 구연에 대한 논의와 판소리 사설, 소설 등 판소리계 작품에 대한 논의가 구별되어 다루어졌다. 판소리 상연에 대한 개별 논의를 발견하기 어려웠던 북한 문학연구계와 대비되는 특성이라 할 수 있다.

판소리의 발생과 발전에 대한 남한의 문학 연구들의 주장들도 대동소이하다. 조선 후기의 사회적 변화와 함께 부흥된 서민문학으로 17세기 말에 형성되었다[75]고 보기도 하였지만, 대체로 18세기 초엽으로 보는 견해가 유력하다.[76] 그리고 남한에서도 역시 판소리의 근원이 구비설화에 있다고 보고 있는데, 초기의 판소리 형태는 설화적 골격에 소리꾼이 약간의 윤색을 가한 사설이었을 것이라고 추측하기도 하였다.[77]

판소리의 기원에 대해서 남한에서는 다양한 주장들이 발표되어 왔다. 음악적인 측면이나 연행 방식의 특성, 혹은 사설 내용적 측면의 유사성을 근거로 크게 설화기원설, 서사무가기원설, 판놀음기원설, 중국영향기원설 등이 거론되었다.

특히 북한에서는 무가에 기원을 두고 판소리가 발생되었다는 견해를 발견하기 어렵다. 판소리와 무가의 공연 형태가 유사성을 지니고 있으며, 무가의 공연자와 판소리의 공연자의 뿌리가 밀접한 관련을 맺고 있다. 그리고 송흥록, 송광록, 송우룡, 송만갑, 송기덕 4대에 이르는 송씨 명창 계보나, 3대에 걸쳐 명창을 배출한 보성 정씨 가문 등 판소리의 전승이 가계를 중심으로도 이루어져 왔다는 점도 세습무가와의 공통점이다. 남한에서는 이러한 근거를 들어 판소리가 서사무가에 기원을 두고 있다는 주장이 펼쳐지기도 하였다.[78]

---

75) 김동욱, 「판소리사 연구의 제문제」, 『판소리의 이해』, 창작과 비평사, 1978, 76쪽 ; 김흥규, 「판소리의 사회적 성격과 그 변모」, 『세계의 문학』제10호, 1978, 75~77쪽.
76) 정병욱, 『한국의 판소리』, 집문당, 1981, 87쪽.
77) 최래옥, 「관탈민녀형 설화 연구」, 『한국고전산문연구』, 동화문화사, 1981, 91~112쪽.
78) 자세한 내용은 서대석, 「판소리의 기원」, 『판소리의 세계』, 문학과지성사, 2000에서 확인할 수 있다.

판소리의 발생 시기와 기원에 대해서는 남한과 북한이 큰 차이를 보이고 있지 않지만, 남한의 개별 연구들에 의해서 세분화되어 다루어져 왔다는 점은 사실이다. 작품 자체에 대한 연구에 치중된 북한의 연구 경향은 『조선문학사』(1994)에 언급된 바와 같이 판소리의 음악성에 대한 북한의 비판적 관점이 반영된 양상이라 판단된다. 주로 소설 영역에서 판소리계 작품들을 다루는 북한의 연구 경향에 맞추어, 여기에서는 비교될 만한 견해가 제시된 남한 연구들을 중심으로 소개하는 것이 합리적이라고 본다.

4.2. 100여종에 이르는 〈춘향전〉의 이본

남한에서 현재까지 알려진 춘향전의 이본은 100여종이다.[79] 이에 따라 남한에서는 이본을 정리하고 관계를 밝히는 이본 연구가 활발히 진행되었다.

대다수의 남한 연구들에서 밝힌 〈춘향전〉의 이본들이 출현한 시기는 다음과 같다. 18세기 중반 〈만화본 춘향가〉, 18세기 후반 〈경판35장본〉, 〈완판별춘향전〉, 19세기 전~중반 〈광한루악부〉, 〈남원고사〉, 〈경판30장본〉, 19세기 후반 〈경판25장본〉, 〈광한루기〉, 〈경판25장본〉, 〈안성판20장본〉, 19세기 후반에서 20세기 초반 〈완판 열녀춘향수절가〉 등으로 정리될 수 있다. 전반적으로 18세기 중반에서 20세기 초반에 이르기까지 〈춘향전〉의 이본 생산은 지속적으로 이루어졌으며, 현대에 와서도 계속되고 있다.

남한에서는 완판84장본〈열녀춘향수절가〉이 주된 연구 대상이 되어왔다. 완판84장본은 김삼불이 소장한 판본으로 판각년도는 1910년 전후로 알려져 있다. 남한 문학계가 이 판본에 주목한 이유에 대해서 이윤석[80]은 근대에 재창작된 이해조의 『옥중화』와 최남선의 『고본춘향본』의 영향으로 보

---

79) 김진세 편, 『한국고전소설작품론』, 집문당, 1990, 496쪽.
80) 이윤석, 「문학연구자들의 〈춘향전〉 간행 -1950년대까지-」, 『열상고전연구』제30집, 열상고전연구회, 2009.

고 있다. 『옥중화』는 완판84장본을 저본으로 하고 있다는 출처가 확실했지만, 『고본춘향본』은 그렇지 않아 많은 연구자들이 완판84장본에 주목하였다는 것이다. 이후 최남선의 『고본춘향본』은 서울의 세책(貰冊)을 저본으로 하고 있다고 밝혀졌다.

이후 다양한 이본들이 세상에 알려지기 시작하면서, 완판84장본에 치중된 〈춘향전〉 연구 경향에 대해서 비판의 목소리가 나오게 되었다. 1979년에 발표된 『춘향전비교연구』에서는 『남원고사』를 비롯한 새로운 춘향전을 소개하고, 완판 84장본 중심의 연구 경향을 비판하였다.[81]

한편 남한에서는 이본들간의 관계와 그 비교를 논의한 연구들도 발표되었다. 〈춘향전〉 이본들의 계통을 밝힌 논의로 설성경의 연구가 대표적이다. 설성경은 신화적 원형성, 관기제도와 열녀기생, 암행어사제도, 과거제도, 춘향굿과의 관계 등을 바탕으로 남원고사계, 별춘향전계, 옥중화계로 나누었다. 그리고 새로운 계통으로 〈춘향전〉의 기본 구조를 유지하면서도 분량이 확대되고 한국적 감흥을 살린 『남원고사』의 가치를 강조하기도 하였다.[82]

이본에 따라 〈춘향전〉의 주제의식이 변형되는 지점을 발견한 연구도 있었다. 신동흔은 완판30장본, 완판33장본, 신재효본, 완판84장본, 신학균본, 박순호 99장본, 장자백본을 중심으로 주제의식의 변모과정을 고찰하였다. 완판30장본, 완판33장본은 봉건질서에 저항하는 민중의 모습, 신재효본과 완판84장본은 춘향을 봉건적인 이념에 부합하는 열녀로 변신시켰다고 주장하였다.[83]

이 외에도 남한에서는 〈춘향전〉의 이본들에 대한 개별 연구가 상당수 축적되었는데, 내용적인 측면, 기원적인 측면, 문체적인 측면, 인물에 대한 분석 등의 남한 연구는 〈춘향전〉 전반에 대한 논의 보다 이본에 대한 개별적

---

81) 김동욱 · 설성경 · 김태준, 『춘향전비교연구』, 삼영사, 1979.
82) 설성경, 「춘향전 계통의 연구」, 연세대학교 박사학위논문, 1980.
83) 신동흔, 「춘향전 주제의식의 역사적 변모 양상」, 『판소리연구』제8집, 판소리학회, 1997.

논의가 일반화된 실정이다.

4.3. 〈춘향전〉의 근원이 되는 설화와 〈춘향전〉에서 파생된 설화

북한 문학사에서는 〈춘향전〉의 근원설화에 대하여 직접적으로 관련이 있는 설화 작품을 소개하면서 동시에 여러 문헌들의 기록을 들어 〈춘향전〉의 내용이 실제 사실을 토대로 창작되었다고 보기도 하였다. 남한에서도 역시 〈춘향전〉의 기원을 설화에서 찾거나, 실재했던 인물에서 찾기도 하였다.

〈춘향전〉의 근원설화에 대한 연구는 김동욱에 의해서 적극적으로 개진되었다. 김동욱은 그의 연구에서 〈춘향전〉 형성의 소재가 되는 근원설화와 〈춘향전〉 성립에 관한 민간설화를 총칭한 발생설화를 구분하였다.[84] 종전까지 알려진 열녀설화, 암행어사설화, 伸冤설화, 염정설화를 근원설화에 포함하고, 열녀설화에 지리산녀 · 도미처 설화, 암행어사설화에 김우항 설화, 박문수 설화, 성이성 설화, 伸冤설화에 남원민속 설화, 박색터 설화, 아랑설화, 염정설화에 성세창 설화, 고기생 설화가 있는데, 이러한 설화들이 광대의 입을 타령으로 변모된 것이라고 보았다. 그리고 어떤 설화는 〈춘향전〉 생성 후에 파생되기도 하였다고 주장하였다. 이어 김동욱은 판소리의 형성과 발전에 대하여, 위 작품들 간의 상관성을 통해 근원설화→판소리→소설이라는 구도를 도출하였다.[85] 이러한 견해는 김기동, 신기형, 이재수 등에게 별 이견 없이 수용되고 심화되었다.

설성경은 〈춘향전〉이 춘향굿 단계→춘향소리굿 단계→춘향소리 단계로 발전하였다며, 살풀이 기원설을 지지하였다. 그 전승의 모태는 근원설화가 존재하며, 살풀이굿과 관련된 광한전 설화에 칠석설화, 열녀설화가 가미되었다고 보았다.

---

84) 김동욱, 『춘향전연구』, 연세대출판부, 1965, 34쪽.
85) 김동욱, 『한국가요의 연구』, 을진문화사, 1961, 357쪽.

최래옥[86])은 〈춘향전〉의 구조가 관탈민녀형 설화와 관련된다고 보았다. 도미 설화, 아랑 설화, 도화녀 설화, 산방덕 설화 등 관탈민녀형 민중설화의 보편적 토대 위에 〈춘향전〉이 형성되었다고 주장하였다. 기본 발상은 관탈민녀형 설화이지만 설화들과 결말이 다른 이유에 대해서, 일반적인 관탈민녀형 설화와 달리 이도령의 신분이 높았기 때문에 행복한 결말을 이루게 된 것이라고 설명하기도 하였다.

남한에서도 〈춘향전〉의 인물들에 대한 실존설이 거론된 바 있다. 이가원은 남원의 부사성공안의선정비(府使成公安義善政碑)와 영용당일고(英蓉堂口稿) 및 〈계서의 년보〉, 〈용성지(龍城誌)〉 등을 근거로 춘향과 이몽룡이 실존인물이라고 주장하였다.[87] 북한과 달리 남한에서의 춘향 실존설은 증거자료의 부족으로 설득력을 인정받고 있지 못한 편이다.

4.4. 청춘남녀의 사랑과 사회적 억압에 대한 저항

북한에서는 청춘남녀의 사랑으로 그려진 봉건 사회에 대한 저항의지가 작품에 반영된 주제의식으로 보고 있었다. 남한 역시 남녀 간의 사랑과 사회적 억압에 대한 저항이 이 작품의 핵심이라고 본다. 남한 연구자들은 천기(賤妓)가 양반 청년과의 사랑을 인연으로 하여 양반으로 격상된 이야기[88]라고 보기도 하고, 기존 사회제도에 대한 저항을 나타낸 이야기[89]로 평가하기도 하였다. 기생 취급을 당하지 않으려는 춘향의 의지와 춘향을 기생 취급하려는 당대의 갈등을 그려낸 작품으로 보는 주장도 있었다.[90]

북한의 관점과 비교될 만한 〈춘향전〉의 주제의식에 대한 논의로 조동일

---

86) 최래옥, 「관탈민녀형 설화 연구」, 『한국고전산문연구』, 동화문화사, 1981, 104쪽.
87) 이가원, 「춘향은 실존인물일 수도 있다」, 『한문학연구』, 집문당, 1969, 301쪽.
88) 황패강, 『조선왕조소설연구』, 단국대출판사, 1978, 206~210쪽.
89) 성현경, 『고전소설 연구의 방향』, 새문사, 1985, 323쪽.
90) 박일용, 『조선시대 애정소설』, 집문당, 1993, 224쪽.

의 주장을 들 수 있다. 조동일[91]은 열녀의 교훈과 인간적 해방으로 표면적 주제와 이면적 주제를 구분하여 〈춘향전〉을 설명하였는데, 이는 많은 남한 연구자들에 의해 수용된 관점이라 할 수 있다.

이본이 많은 작품의 특성 상 이본에 따른 개별적인 주제는 조금씩 달라진다고 주장하는 연구자들도 있었다. 서대석은 추상화된 문제의식은 공통적이어도, 이본에 따라 전승과정에서 그 구체적인 표현 및 비중은 각기 달라지는데 그것이 각 이본의 특징이 된다고 주장한 바 있다.[92] 설성경 역시 보편적 주제는 사랑과 열, 신분상승의 욕구, 불의에 거역한 탈계층 의식이며, 개별적 주제는 이본에 따라 다르게 나타난다고 하였다.[93]

4.5. 이중적 성격의 춘향과 성숙 과정을 보여주는 이몽룡

북한의 문학연구에서는 춘향이가 신관사또에 강하게 거부하면서도 이몽룡의 첩이 되기를 마다하지 않는 면모나 결국 또 다른 지배계층에 의해 구원되는 형상이 〈춘향전〉이 지니는 근원적 한계라고 평한 바 있다. 남한에서도 그 지점에 대하여 지적하는 연구들이 발표된 바 있다. 춘향의 항거의 대상이 변사또에 한정되어 있으며, 어사가 된 이도령에 의하여 또다시 정절의 시험대에 오르게 되는 장면에 대해서 "결국 현실과 타협하고 마는 결과"[94]에 이른 것이라고 평가하거나, "당대의 현실로 보아서 춘향의 의지는 비극적으로 결말을 맺어 '죽음'으로 끝을 맺을 수 밖에" 없었을 것이고, "그렇게 되었을 때 〈춘향전〉이 환기라는 '문제제기'와 극적감동은 훨씬 강화될 것"[95]이라고 주장한 연구자도 있었다. 이 작품의 결말이 춘향의 항거 의지

---

91) 조동일, 「〈춘향전〉 주제의 새로운 고찰」, 『우리 문학과의 만남』, 홍익사, 1978, 201쪽.
92) 서대석, 『한국 무가의 연구』, 문학사상사, 1980, 122쪽.
93) 설성경, 『춘향전의 통시적 연구』, 서광학술자료사, 1994, 265쪽.
94) 김동욱, 『증보 춘향전 연구』, 연세대출판부, 1976, 42쪽.

를 감소시킨다는 북한의 관점과 유사하다.

남한에서는 춘향의 성격이 지닌 이중성에 대해 보다 유연한 관점을 제시하는 연구들이 발표되기도 하였다. 인간 보편의 심리가 반영된 특성이라고 보는 견해들이 다수 발표된 바 있다.[96] 김일열[97]은 "신분과 의식, 신분과 생활을 달리 할 수 있는 양면적인 인물이야말로 신분 변동이 활발한 시대에서나 나타날 수 있는 특수한 유형의 인물이다. 춘향은 성격특성에 있어서도 양면성을 지니고 있다. 형식, 체면, 도덕 같은 데 구애받지 않는 발랄하고 적극적이고, 또한 음란하기까지 한 성격을 지니고 있는가 하면 품위와 교양을 중시하고 자기 희생을 감내하는 온유하고 신중하고 헌신적인 성격을 지니고 있다. 전자가 주로 근대지향적 의지와 관련된다면 후자는 주로 중세적 미덕을 보여준다고 할 수 있다."라고 춘향이의 이중성 논리를 설명하기도 하였다.

북한에서는 대다수의 연구들이 공통된 텍스트를 주된 대상으로 삼고 있어, 이본마다 달리 형상된 춘향의 신분에 대해서 거론하고 있지 않다. 이와는 달리 남한에서는 춘향의 열의식에 대한 정당한 평가를 위하여 그녀의 신분에 대해서 특별한 관심을 보이기도 하였다. 이본 별로 그녀의 신분은 조금씩 차이를 보이는데, 초기 이본들 〈만화본〉, 〈별춘향전〉, 〈경판35장본〉에서는 기생으로 설정되다가, 후대의 〈남원고사〉, 〈경판 30장본〉에서는 양인으로, 〈신재효본〉, 〈완판84장본〉에서는 양인이면서 양반서녀로 신분이 변모되고 있는 점을 밝힌 연구도 발표된 바 있다.[98]

---

95) 박일용, 『조선시대의 애정소설』, 집문당, 1993, 275쪽.
96) 김대행, 「인간의 두 얼굴과 문학적 흥미 -춘향의 이중성에 관한 판소리적 해명-」, 『시가시학연구』, 이대출판부, 1991 ; 김병국, 「문학적 관습에서 본 춘향전의 인물고」, 『춘향전의 종합적 고찰』, 아세아문화사, 1991 ; 김홍규, 「춘향, 천의 얼굴」, 『춘향전의 종합적 고찰』, 아세아문화사, 1991 ; 설중환, 「춘향전의 인물구조와 사회적 성격, 『춘향전의 종합적 고찰』, 아세아문화사, 1991.
97) 김일렬, 『고전소설신론』, 개문사, 1994, 344쪽.
98) 정하영, 「춘향전 개작에 있어서 신분문제 -춘향의 신분이동을 중심으로-」, 『한국언어문학』제17 · 18집, 한국언어문학회, 1993, 684~691쪽.

남한에서는 〈춘향전〉의 인물연구가 활발히 진행되어 왔는데, 한 연구자[99]는 이 분야의 연구가 두 양상으로 이루어져 왔다고 정리한다. 어떤 성격의 존재인가에 대한 연구, 또 하나는 이야기 전개에 어떤 기능을 하는가에 대한 연구이다. 춘향이를 어떤 성격의 존재인가를 파악하는 연구[100]는 이미 많은 연구자들에 의해 진행되어 왔으며, 그 주변인물들이 이야기 전개에 어떤 기능을 하는지에 대한 연구[101] 또한 발표된 바 있다.

　　이몽룡 인물에 대한 남한 연구는 춘향에 비하여 그 수가 적지만 이는 이몽룡에 대한 연구가 미진한 것이 아니라, 춘향을 논하면서 이몽룡도 함께 언급된 경우가 다반사였기 때문에 나타난 현상이다. 이를테면, 초기 〈만화본 춘향가〉에서는 풍류남아의 인물로 제시되었다[102]는 주장도 있으며, 전반부에서는 미숙한 양반자제, 후반부 성숙한 사대부가 되는 사회적 지위 변화에 따른 성격 변화를 보여주는 인물이라고 밝힌 견해도 있었다.[103] 때때로 죽기를 각오한 춘향에게서 자기에 대한 애정적 집념 확인[104]하는 인물

---

99) 한규섭, 「춘향전 인물의 기능과 성격 연구 -병오판 33장본〈열녀춘향슈절가〉를 중심으로-」, 『어문논집』제12집, 청주대학교, 1996, 176쪽.
100) 김우종, 「항거없는 성춘향」, 『현대문학』 30, 현대문학사, 1957 ; 이상택, 「춘향전 연구 -춘향의 성격분석을 중심으로-」, 서울대학교 석사학위논문, 1966 ; 설중환, 「춘향전의 인물구조와 사회성격」, 『문리대논문집』 5, 고려대학교, 1987 ; 유정상, 「춘향전에 나타난 인물비교 연구」, 인하대학교 교육대학원 석사학위논문, 1990 ; 서남춘, 「춘향의 인간상 -춘향전의 고전성은 춘향의 지성에 있다-」, 『국어국문학』제77집, 국어국문학회, 1978 ; 김대행, 「인간의 두 얼굴과 문학적 흥미 -춘향의 이중성에 관한 판소리적 해명-」, 『시가시학연구』, 이대출판부, 1991 ; 장덕순, 「작중 인물을 통해 본 춘향전」, 『진단학보』 23, 진단학회, 1962 ; 김병국, 「문학적 관습에서 본 춘향전의 인물고」, 『고전문학연구별집』 1, 한국고전문학연구회, 1976 ; 오세영, 「춘향의 성격 변화」, 『국어국문학』 70, 국어국문학회, 1976 ; 서은아, 「정신분석학적 접근을 통한 춘향의 성격 연구」, 서울여자대학교 석사학위논문, 1996 ; 김종군, 「춘향의 다면성동인과 자아성숙의 기제」, 『문학치료연구』 제5집, 문학치료학회, 2006 ; 정충권, 「옥중 춘향의 내면」, 『판소리연구』 27, 판소리학회, 2009.
101) 박종섭, 「춘향전 방자의 성격 연구」, 계명대 대학원 석사학위논문, 1987.
　　정하영, 「월매의 성격과 기능」, 『한국 고전소설 연구의 방향』, 새문사, 1985.
102) 김석배, 「만화본 춘향가 연구」, 『문학과 언어연구』제12집, 문학과언어연구회, 1991, 180쪽.
103) 한규섭, 「춘향전 인물의 기능과 성격 연구 -병오판 33장본〈열녀춘향슈절가〉를 중심으로-」, 『어문논집』, 제12집, 1996.

로 이몽룡이 논의되기도 하였으며, 〈남원고사〉에서의 이몽룡을 난폭하고 성급하게 행동하는 남근기 성향의 인물로 보는 주장[105]도 있었다.

이처럼 남한과 북한의 문학연구는 〈춘향전〉에 대해서 같은 길을 가기도 하고, 다른 길을 가기도 하는 등 그 연구 방향이 교차와 평행을 반복하였다. 이상으로 살펴본 바에 의하면 크게 상이한 지점은 발견되지 않았으며, 그 견해 상의 차이 역시 절충 가능한 면이 보이거나 다양한 관점으로 수용될 만한 정도였다. 남한과 북한에서 발표된 〈춘향전〉에 대한 방대한 양의 연구성과는 민족적 정서와 의식이 반영된 〈춘향전〉에 대한 남한과 북한의 관심과 사랑을 보여주며, 이로써 이 작품이 지닌 고전소설로서의 의의는 부정할 수 없는 사실임을 확인할 수 있었다.

5. 참고문헌

5.1. 북한 자료

김일성종합대학 편, 『조선문학사』1, 김일성종합대학출판사, 1982(임헌영 해설, 도서출판 천지, 1989).
김춘택, 『조선고전소설사연구』, 김일성종합대학출판사, 1986.
김하명, 『조선문학사』5, 사회과학출판사, 1994.
민족문화유산 편집부, 「〈백두산3대장군과 민족문화유산〉 예술영화 〈춘향전〉이 전하는 못잊을 사연」, 『민족문화유산』, 2007년 1호.
민족문화유산 편집부, 「〈백두산3대장군과 민족문화유산〉 절세의 위인의 손길아

---

104) 정상진, 「춘향전」의 문학교육적 전제와 내용」, 『교육논집』제3호, 2001, 41~65쪽.
105) 유선무, 「古小說의 人物 行動에 관한 分析的 研究(Ⅱ)」, 『建國語文學』제11집, 건국어문학회, 1987.

래 창조된 민족가극 〈춘향전〉」, 『민족문화유산』, 2005년 2호.

사회과학원 문학연구소, 『조선문학사』 고대·중세편, 과학백과사전출판사, 1977
    (『조선문학통사』1, 이회문화사, 1996).

정홍교·박종원, 『조선문학개관』1, 사회과학출판사, 1986(도서출판 진달래, 1988).

조선민주주의인민공화국과학원 언어문학연구소 문학연구실 편, 『조선문학통사』
    (상), 과학원출판사, 1959(화다, 1989).

채명희, 「〈피바다〉식가극무용창작원칙을 구현한 민족가극 〈춘향전〉의 무용」, 『조
    선예술』, 2006년 6호.

5.2. 남한 자료

강예원, 『판소리 작곡가 연구』, 지식산업사, 2005.

김대행, 「인간의 두 얼굴과 문학적 흥미 -춘향의 이중성에 관한 판소리적 해명-」,
    『시가시학연구』, 이대출판부, 1991.

김동욱, 『증보 춘향전 연구』, 연세대출판부, 1976.

김동욱, 『춘향전연구』, 연세대출판부, 1965.

김동욱, 『판소리의 이해』, 창작과 비평사, 1978.

김동욱, 『한국가요의 연구』, 을진문화사, 1961.

김동욱·설성경·김태준, 『춘향전비교연구』, 삼영사, 1979.

김병국 외, 『춘향전의 종합적 고찰』, 아세아문화사, 1991.

김병국, 「문학적 관습에서 본 춘향전의 인물고」, 『고전문학연구별집』 1, 한국고전
    문학연구회, 1976.

김석배, 「만화본 춘향가 연구」, 『문학과 언어연구』제12집, 문학과언어연구회, 1991.

김우종, 「항거없는 성춘향」, 『현대문학』제30집, 현대문학사, 1957.

김일열, 『고전소설신론』, 개문사, 1994.

김종군, 「춘향의 다면성동인과 자아성숙의 기제」, 『문학치료연구』제5집, 한국문
    학치료학회, 2006.

김종철, 「〈춘향전〉교육의 시각(1)」, 『고전문학과 교육』제1집, 한국고전문학교육
    학회, 1999.

김진세 편,『한국고전소설작품론』, 집문당, 1990.

김현룡,「完板春香傳(84張本) 難解句 散考」,『建國語文學』제11집, 1987.

김혜정,『판소리음악론』, 민속원, 2009.

김흥규,「판소리의 사회적 성격과 그 변모」,『세계의 문학』제10호, 1978.

박일용,『조선시대의 애정소설』, 집문당, 1993.

박종섭,「춘향전 방자의 성격 연구」, 계명대 대학원 석사학위논문, 1987.

백대웅,『다시 보는 판소리』, 어울림, 1996.

서남춘,「춘향의 인간상 -춘향전의 고전성은 춘향의 지성에 있다-」,『국어국문학』
　　　 제77집, 국어국문학회, 1978.

서대석,『판소리의 세계』, 문학과지성사, 2000.

서대석,『한국 무가의 연구』, 문학사상사, 1980.

서은아,「정신분석학적 접근을 통한 춘향의 성격 연구」, 서울여자대학교 석사학위
　　　 논문, 1996.

설성경,「춘향전 계통의 연구」, 연세대학교 박사학위논문, 1980.

설성경,『춘향전의 통시적 연구』, 서광학술자료사, 1994.

설중환,「춘향전의 인물구조와 사회성격」,『문리대논문집』제5집, 고려대학교, 1987.

성기련,「완판 84 장본〈열녀춘향수절가〉의 김세종제〈춘향가〉 수용과 개작」,『판
　　　 소리연구』제11집, 2000.

성현경,『고전소설 연구의 방향』, 새문사, 1985.

신동흔,「춘향전 주제의식의 역사적 변모 양상」,『판소리연구』제8집, 한국판소리
　　　 학회, 1997.

신은주,『판소리 중고제 심정순가의 소리』, 민속원, 2009.

오세영,「춘향의 성격 변화」,『국어국문학』제70집, 국어국문학회, 1976.

유선무,「古小說의 人物 行動에 관한 分析的 硏究(Ⅱ)」,『건국어문학』제11집,
　　　 건국대학교, 1985.

유영대,『동편제 명창 박봉술의 예술세계』, 민속원, 2009.

유정상,「춘향전에 나타난 인물비교 연구」, 인하대학교 교육대학원 석사학위논문,
　　　 1990.

이가원,『한문학연구』, 집문당, 1969.

이보형,「판소리 사설의 극적 상황에 따른 장단조의 구성」,『예술원논문집』제14집,

　　　　한국예술원, 1975.

이상택, 「춘향전 연구 -춘향의 성격분석을 중심으로-」, 서울대학교 석사학위논
　　　　문, 1966.

이윤석, 「「춘향전」(완판 84장본) 주석의 몇 가지 문제에 대하여」, 『女性問題硏究』
　　　　제16집, 대구효성카톨릭대학교 사회과학연구소, 1988.

이윤석, 「문학연구자들의 〈춘향전〉 간행 -1950년대까지-」, 『열상고전연구』제30
　　　　집, 열상고전연구회, 2009.

임명진 외, 『판소리 공연예술적 특성』, 민속원, 2004.

장덕순, 「작중 인물을 통해 본 춘향전」, 『진단학보』 제23집, 진단학회, 1962.

전통예술원 편, 『판소리 음악의 연구』, 민속원, 2001.

정병욱, 『한국의 판소리』, 집문당, 1981.

정상진, 「〈춘향전〉의 문학교육적 전제와 내용」, 『교육논집』제3호, 2001.

정충권, 「옥중 춘향의 내면」, 『판소리연구』 제27집, 판소리학회, 2009.

정하영, 「춘향전 개작에 있어서 신분문제 -춘향의 신분이동을 중심으로-」, 『한국
　　　　언어문학』제17·18집, 한국언어문학회, 1993.

정하영, 『한국 고전소설 연구의 방향』, 새문사, 1985.

조동일, 『우리 문학과의 만남』, 홍익사, 1978.

조동일, 『한국소설의 이론』, 지식산업사, 1977.

최동현 외, 『판소리 동편제 연구』, 태학사, 1998.

최동현, 『판소리명창과 고수 연구』, 신아출판사, 1997.

최혜진, 『판소리의 전승과 연행자』, 역락, 2003.

판소리학회 지음, 『판소리명창론』, 박이정, 2010.

한규섭, 「춘향전 인물의 기능과 성격 연구 -병오판 33장본〈열녀춘향슈절가〉를
　　　　중심으로-」, 『어문논집』제12집, 청주대학교, 1996.

황패강, 『조선왕조소설연구』, 단국대출판사, 1978.

〈박재인〉

심청전

고전문학을 바라보는 북한의 시각

沈淸傳

1. 서지 사항

〈심청전〉은 판소리 열두 마당 중의 하나인 〈심청가〉가 소설로 정착된 판소리계 소설로 판각본, 필사본, 활판본 등의 여러 판본이 있다. 10여 종이 넘는 목판본이 있으며, 필사본도 50여 종이나 되는 등 80종이 넘는 방대한 분량의 소설로 알려져 있다.[1] 판소리를 정리한 판본은 '한남본계열', '송동본계열', '완판본계열'로 나뉜다. 목판본은 경판계는 24장본과 26장 본 두 종류로 문장체 소설에 가깝다. 반면 완판계는 판소리의 영향을 받은 완판계이다.[2] 경판본이 선행본이라는 주장도 있지만 작품의 완성도면에서는 완판본이 뛰어나다는 평가를 받고 있다.

---

1) 유영대, 『심청전 연구』, 문학아카데미, 1991, 11쪽.
2) 판각본에는 경판본, 안성판본, 완판본이 있다. 경판본에는 '24장본 2종(한남서림본, 대영박물관 소장본)', '26장본'(대영박물관 소장본), '20장본 1종'(송동신간본), 안성판은 '21장본'(이태극 소장), 완판본은 '71장본 6종'(완산개간, 완서계신판, 다가서관본 등)이 있다. 필사본으로는 '심청젼', '심청녹', '심청가' 등으로 된 10여 종의 필사본, 판소리사설 채록본으로 '신재효본', '아날치본', '김연수본' 등이 있다. 이 외에 '잡극심청왕후전'으로 여규형 작, 한문본이 있다. 활자본으로는 〈강상련(江上蓮)〉(이해조 작, 신구서림), 〈증상연정 심청전〉(홍순모 작, 광동서국), 〈도상 심청전〉(강은형 작, 대성서림), 〈만고효녀 심청전〉(강하형 작, 태화서관)을 비롯하여 이 밖에도 십 여종이 있다.

북한에서는 〈심청전〉의 여러 판본 중에서 전주토판본을 가장 앞선 판본으로 본다.3) 이 외에도 신재효, 리선유 등의 판소리 대본과 신소설 문체로 개작한 활판본 〈강상련〉, 리규형의 〈심청왕후전〉 등의 이본이 있다고 한다.4)

2. 작품개요

〈심청전〉의 작품개요는 북한에서 고전소설 작품에 대한 해제를 기록한 『고전소설해제』(2)에 수록된 〈심청전〉의 줄거리에서 두음법칙과 띄어쓰기만 바꾸어 아래에 정리하기로 한다.5)

소설은 황해 황주 도화동을 기본무대로 하고 있다. 심청이 눈이 먼 아버지 심학규와 어머니 곽씨부인의 외동딸로 태어났다. 그런데 곽씨부인은 딸을 낳고 그만 불행하게도 세상을 떠났다. 그후 심봉사는 세상을 원망하면서 어린 아기를 안고 이집 저집 돌아다니며 동냥젖을 먹인다. 도화동마을사람들은 심봉사를 불쌍히 여겨 지성껏 도와준다.

---

3) 북한에서는 전주토판본이 가장 앞선 판본이라는 견해에 대해서는 별다른 논의없이 인정하고 있다. 〈심청전〉의 판본과 관련하여서는 사회과학원 문학연구소, 『조선문학사(고대·중세편)』, 과학백과사전출판사, 1977 ; 김하명, 『조선문학사』5, 과학백과사전종합출판사, 1994 ; 정홍교·박종원, 『조선문학개관』Ⅰ, 사회과학출판사, 1986(도서출판 인동, 1988) ; 조선문학창작사 고전문학실, 『고전소설해제』(2), 문예출판사, 1991 ; 김춘택, 『조선고전소설사연구』, 김일성종합대학출판사, 1986 ; 김일성종합대학 편, 『조선문학사』Ⅰ, 김일성종합대학출판사, 1982(임헌영 해설, 도서출판 천지, 1995) 등에서 일치된 견해를 보이며, 판본에 대한 논란은 없다.
4) 『문학예술사전(중)』, 과학백과사전종합출판사, 1991, 353쪽 : "소설은 전하여지는 과정에 윤색가공되어 많은 이본을 내였다. 대표적인것은 전주토판 ≪심청전≫이며 이 밖에 신재효, 리선유 등의 판소리대본이 사본으로 전해지고있다. 또한 19세기말~20세기초에 신소설문체로 개작한 활판본 ≪강상련≫, 리규형의 ≪심청왕후전≫이 있다."
5) 조선문학창작사 고전문학실, 『고전소설해제』(2), 문예출판사, 1991, 222-224쪽.

어느덧 세월이 흘러 심청의 나이 열한 살 된다. 눈먼 아버지의 고생을 가슴 저리게 느끼며 자란 심청은 이제는 아버지를 집에 있게 하고 자신이 밥을 빌어 아버지를 봉양한다. 이무렵 이웃마을 무릉촌에 사는 장승상부인은 용모가 아름다운 효녀 심청의 소문을 듣고 그를 불러 한번 만나본다. 부인은 심청이 마음에 들어 자기 수양딸로 삼아 시중들게 하려고 한다. 그러나 심청은 장승상부인의 청을 고맙게 여기면서도 눈먼 아버지를 홀로 남겨둘 수 없다고 거절한다.

그날 추운 방에서 배고픔을 찾으며 언제나 딸이 올까 하고 기다리던 심봉사는 심청을 찾아 떠났다가 그만 개천물에 빠져 죽을 고생을 한다. 심봉사는 지나가던 몽운사의 화주승에의하여 구원된다. 중은 심봉사를 건져 놓고는 "우리 절 부처님이 영험이 많으셔서 빌어 아니되는 일 없고 구하면 응하시나니 부처님전 공양미 삼백석을 시주로 올리고 지성으로 빌으시면 생전에 눈을 떠서 천지만물 좋은 구경 완인되오리다"라고 한다. 심봉사는 눈을 뜬다는 그 말에 앞뒤도 분간하지 못하고 '심학규 공양미 삼백석'을 절에 올리겠노라고 권선문에 적어 넣는다.

집에 돌아온 심봉사는 딸자식의 품을 팔아 겨우 살아가는 형편에서 쌀 삼백석이 어디 있어 절간에 시주하겠는가 한탄하며 못할 일을 하겠다고 한 그 죄가 더 크다고 하면서 자신을 끝없이 원망한다. 한편 심청은 아버지의 괴로운 심정을 알고 공양미 삼백석으로 아버지의 눈을 띄울 수만 있다면 그 어떤 일도 마다하지 않을 결심을 품는다. 그러던 어느 날 심청은 귀덕어머니를 통하여 남경장사 배군들이 바다 제물로 바칠 열다섯 살 나는 처녀를 사려고 돌아다닌다는 것을 알게 된다. 아버지의 눈만 띄울 수 있다면 모든 것을 다할 각오가 되어 있는 심청은 배군들을 찾아가서 공양미 삼백석에 자기의 몸을 팔고 절간에 쌀을 실어 보낸 다음 아버지에게는 장승상부인의 수양딸이 되기로 하고 공양미 삼백석을 시주하였다고 속인다. 그런 다음 홀로 남아 고생스럽게 살아갈 아버지를 생각하며 밤새워 옷이며 버섯을 지어놓는다.

새날이 밝자 배군들이 심청을 데리러 온다. 온 마을에 공양미 삼백 석에 심청이 바다 제물로 팔려간다는 소문이 퍼진다. 언제나 심청에게 관심을 가지고 있던 장승상부인이 이 소식을 듣고 쌀 삼백석을 줄 터이니 이제라도 배군을 불러 '약속'을 파하라고 한다. 그러나 심청은 사양한다. 심청은 자기를 극진히 생각하고 돌보아주는 장승상부인과 눈물로 이별하고 자기를 붙잡고 통곡하는 아버지를 동리사람들에게 떠맡기고는 배군을 따라 떠나간다. 배군들을 림당수에 이르러 제를 지내고 심청으로 하여금 바다에 발리 몸을 던지라고 재촉한다.

이때에 하늘의 "옥황상제께옵서 사해용왕에게 분부하되 '…임당수바다 중에 출천대효 심청이가 물에 떨어질 터이니 그대 등은 등대하여 수정궁에 영접하고 다시 령을 기다려 도로 출송인간 하되 만일 시각 어기다가는 사해수궁 제신들이 죄를 면치 못하리라'는 분부"가 내린다. 그리하여 심청은 용궁에서 귀빈으로 환대를 받으며 죽은 어머니와도 만나다.

옥황상제의 명에 따라 심청은 인간 세상에 다시 나오게 된다. 심청은 용궁선녀들의 배웅을 받으면서 용궁을 떠난다. 그때에 남경에 장사하러갔던 배군들이 큰 이익을 보고 즐거운 마음으로 돌아오다가 임당수에 이르러 꽃 한 송이가 물위에 떠오르는 것을 발견하고 그 꽃을 고이 건져가지고 임금에게 바친다. 임금은 그 꽃송이를 귀히 여겨 놋 쟁반에 놓고 살펴보려는데 순간 꽃은 간데 온데 없이 사라지고 아름다운 한 여인이 나타난다.

임금은 그를 왕후로 삼는다. 왕후가 된 심청은 세상에 부러울 것이 없게 되었으나 눈먼 아버지의 생각에 무시로 비감에 잠긴다. 임금이 그 사연을 알고 심청이 원하는대로 맹인잔치를 얼어 전국의 맹인들이 서울로 오게 한다. 이때 심봉사는 몽운사 부처 때문에 딸 잃고 쌀 잃고 눈도 뜨지 못한 채 불우한 나날을 보내다가 한마을에 사는 뺑덕어미를 처로 삼고 같이 살게 된다. 뺑덕어미는 심봉사를 생각하고 돌아온 것이 아니라 심봉사에게 일시 먹을 것이 있는 것을 알고 발을 들여놓은 터라 먹을 것이 다 떨어지면 도망

갈 생각만 한다.

얼마 지나 심봉사는 돈도 떨어지고 양식도 떨어지고 하여 빌어먹을 처지에 놓이게 된다. 그러나 심봉사는 자기 마을에 있기 부끄러워 뺑덕어미와 같이 다른 고장에 가 살 생각에서 마을을 떠나려고 한다. 때마침 관가에서는 서울에서 맹인잔치가 열렸다는 것을 알린다. 심봉사는 뺑덕어미와 같이 서울로 떠났으나 뺑덕어미는 중도에서 도망치고 심봉사는 갖은 고생을 다 겪으며 간신히 서울에 이른다. 어느덧 맹인잔치는 마지막 판이 되었다. 심청왕후는 날마다 소경의 거주성명을 받아보았으나 찾는 아버지만은 보이지 않아 괴로워한다. 마지막 날에야 심청은 말석에서 아버지를 발견하게 된다. 이렇게 되어 심청은 아버지를 만나게 되고 심봉사는 딸을 만난 기쁨으로 눈을 뜬다. 작품의 이야기는 왕후가 된 심청이 아버지를 모시고 부귀영화를 누리는 것으로 끝난다.

3. 북한 연구사

북한 학계의 〈심청전〉에 대한 논의를 검토하기 위해 참고한 문헌은 다음과 같다. 이 작품에 대한 개별적인 학술논문은 찾을 수 없고, 모든 문학사에서 비중 있게 다루고 있다.

① 사회과학원 문학연구소, 『조선문학사』 고대·중세편, 과학백과사전출판사, 1977(『조선문학통사』1, 이회문화사, 1996).

② 김일성종합대학 편, 『조선문학사Ⅰ』, 김일성종합대학출판사, 1982(임헌영 해설, 도서출판 천지, 1995.

③ 정홍교·박종원, 『조선문학개관』Ⅰ, 사회과학출판사, 1986(도서출판 인동, 1988).

④ 김춘택, 『조선고전소설사연구』, 김일성종합대학출판사, 1986.

⑤ 김하명, 『조선문학사』 5, 과학백과사전종합출판사, 1994.

⑥ 조선문학창작사 고전문학실, 『고전소설해제(2)』, 문예출판사, 1991.

⑦ 김정일, 「주체문학론, 1992년 1월 20일」, 『김정일선집』(12), 조선로동당출판사, 1997.

이외 논의의 필요에 의해 『노동신문』 등의 실린 기사들을 참고하고자 한다. 그 목록은 참고문헌에서 따로 밝힌다.

3.1. 〈심청전〉의 소설사적 의미

〈심청전〉은 구전설화를 바탕으로 하여 창작된 소설로, 심청이가 심봉사의 눈을 뜨게 하려고 남경 상인에게 몸을 팔고 임당수에 빠졌다가 다시 살아오는 이야기를 통하여 심청의 효성을 보여 주는 동시에, 심청과 같은 미천한 인간들의 어려운 생활 처지와 그들의 도덕적 풍모, 행복에 대한 희망을 반영한 작품으로 평가한다. 〈심청전〉은 연꽃에서 살아오는 이야기를 비롯하여 몇 가지 한계에도 불구하고 인민들의 의식을 반영한 국문소설 발전의 중요한 작품으로 평가한다. 이런 이유로 최고지도자에 의해서 널리 소개해야 할 작품으로 평가를 받았다.[6]

북한문학사에서 〈심청전〉은 "18세기경에 창작되어 18세기말과 19세기

---

6) 김정일, 「주체문학론, 1992년 1월 20일」, 『김정일선집(12)』, 조선로동당출판사, 1997, 391-392쪽 : "실학파작가뿐아니라 최치원, 리규보, 김시습, 정철, 허균, 김만중을 비롯하여 고대와 중세, 근대와 현대의 이름있는 작가, 예술인들과 그들의 우수한 작품과 ≪춘향전≫, ≪흥부전≫, ≪심청전≫ 같이 작가의 이름이 알려지지 않은 작품도 많이 찾아내여 여러가지 형식과 방법으로 널리 소개하여야 한다. 특히 19세기에 창작되였으나 인멸되여 전해지지 않고있는 많은 작품을 적극 찾아내야 한다. 우리 나라에 이름있는 작가나 작곡가, 화가도 있고 인류문화의 보물고에 기여한 명작도 있다는것을 세상사람들이 알게 하여야 한다. 그래야 자라나는 새 세대들에게 민족적 긍지와 자부심을 안겨줄수 있고 민족문학예술유산을 귀중히 여기고 옳게 계승발전시킬수 있다."

초에는 널리 읽혀진 작품7)으로 '인민들의 창조적 지혜'와 생활 감정을 진실하게 반영한 '중세 문학사상 가장 빛나는 자리의 하나'를 차지한 작품,8) 이 시기에 창작된 소설 중에서는 봉건사회의 현실을 생동하게 묘사하고 비극적 정황을 연이어 제시하면서 주인공의 운명을 파고 든 예술적 수준이 비교적 높은 작품9), 〈춘향전〉과 함께 가장 널리 알려진 작품,10) 몇 가지 제한이 있기는 하지만 '17세기 이후 고전 소설의 발전에서 의의'를 가진 작품,11) 〈춘향전〉과 함께 구전설화에 토대한 국문소설 가운데서 제일 널리 알려진 대표적인 작품,12) 〈춘향전〉과 함께 그 '특출한 사상예술적 성과로 하여 문학사상 중요한 의의를 가진 귀중한 소설유산'으로 평가한다.13)

〈심청전〉에 대한 평가는 북한문학사에서 공통적으로 나타난다. 〈심청

---

7) 김춘택, 『조선고전소설사연구』, 김일성종합대학출판사, 1986, 309쪽 "소설 ≪심청전≫의 창작년대는 지금까지 구체적으로 밝혀지지 못함. 그러나 이 작품에 김만중이 쓴 장편소설 ≪구운몽≫의 주인공 성진이와 팔선녀에 대한 이야기가 구체적으로 나오는 사실과 시인 조수삼(1972~1849)이 ≪기이편≫에서 ≪이야기책을 읽어주는 늙은이가 책없이 입으로 국문패설을 읽는다. 〈숙향전〉, 〈소대성전〉, 〈심청전〉… 등의 전기와 같은것들이였다.≫라고 써놓은 사실로 보아 이 소설은 18세기경에 창작되여 18세기말과 19세기초에는 널리 읽혀졌다고 볼수 있다."

8) 사회과학원 문학연구소, 『조선문학사』 고대·중세편, 과학백과사전출판사, 1977(『조선문학통사』1, 이회문화사, 1996), 397쪽 "이 시기에 창작된 구전 설화에 토대한 국문 소설 가운데서 「춘향전」과 쌍벽을 이루는 것은 「심청전」이다."

9) 조선문학창작사 고전문학실, 『고전소설해제』(2), 문예출판사, 1991, 227쪽 "≪심청전≫은 이 시기 소설들가운데서 예술적수준이 비교적 높은 계렬에 속한다. 특히 당대봉건사회의 현실을 생동하게 묘사하고 이야기 줄거리의 발전과정에 맞게 비극적정황을 련이어 제시하면서 주인공의 운명을 깊이 파고듦으로써 독자들을 작품의 세계에 끌어들이고 주제사상을 명백히 밝히고 있다."

10) 정홍교·박종원, 『조선문학개관』Ⅰ, 사회과학출판사, 1986(도서출판 인동, 1988), 248쪽 "소설 ≪심청전≫은 ≪춘향전≫과 함께 구전설화에 토대한 국문소설 가운데서 제일 널리 알려진 대표적인 작품이다."

11) 김일성종합대학 편, 『조선문학사』Ⅰ, 김일성종합대학출판사, 1982(임헌영 해설, 도서출판 천지, 1995), 331쪽.

12) 김춘택, 『조선고전소설사연구』, 김일성종합대학출판사, 1986, 313쪽 "소설 ≪심청전≫은 이상과 같은 제한성에도 불구하고 작품이 밝히려고 한 당대 인민들의 도덕품성의 아름다움과 행복에 대한 지향의 예술적탐구에 있어서 이 시기 우리 나라 국문소설이 도달한 높은 발전수준을 보여준 작품의 하나이다."

13) 정홍교·박종원, 『조선문학개관』1, 사회과학출판사, 1986(도서출판 인동, 1988), 231-233쪽.

전〉에 대한 긍정적인 평가는 다음 몇 가지로 나뉜다.

첫째, 북한 문학사에서 〈심청전〉은 봉건사회의 분해가 촉진되고 자본주의적 관계가 발생하고 발전하던 시기의 문학으로 규정한다.[14] 〈심청전〉은 무엇보다 인민들과 부유한 계층의 대조적인 성격형상을 통하여 당대 봉건사회의 불합리한 현실을 폭로 한 작품이라는 것이다.[15] 둘째, 인민들의 아름답고 고상한 성품을 반영하였다는 점이다. 〈심청전〉은 이조 말기 인민들의 고통스러운 생활을 보여주는 작품으로 평가한다. 천한 신분의 인간들의 생활, 특히 심 봉사의 가정 생활에 대한 구체적인 묘사를 통하여 이조 말기 인민들의 고통스러운 생활을 보여준다는 것이다.[16] 셋째, 〈심청전〉은 우리 말을 가지고 인간 묘사를 비롯하여 지문과 대화 등에 사용함으로써 우리나라 소설 발전에 기여하였다는 것이다.[17]

이러한 시대적 의미에도 불구하고 〈심청전〉은 시대적인 제약으로 근본적인 몇 가지 한계를 가지고 있다고 받고 있다. 〈심청전〉의 한계는 '무조건적인 효도의 강요', '계급적 의식의 약화', '환상적 계기의 과도한 도입으로 인한 사실주의적 진실성의 약화', '중세기적 낡은 틀을 비교적 많이 가지고 있

---

14) 사회과학원 문학연구소, 『조선문학사』 고대·중세편, 과학백과사전출판사, 1977(『조선문학통사』1, 이회문화사, 1996), 389쪽 "18세기로부터 19세기 중엽까지의 약 1세기 반에 걸치는 동안의 문학은 중세 말기의 문학, 봉건사회의 분해가 촉진되고 그 태내에서 자본주의적 관계가 발생 발전하던 시기의 문학으로 특징지어진다."

15) 조선문학창작사 고전문학실, 『고전소설해제(2)』, 문예출판사, 1991, 229쪽 "이 소설은 언어문체와 사건의 전개방식, 해결 등에 있어서 18세기에 창작된 구전설화에 토대한 국문소설치고는 근대적요소가 적고 중세기적인 낡은 틀을 비교적 많이 가지고있는편이다. ≪심청전≫은 이와 같은 본질적제한성을 가지고있으나 봉건시기 인민들의 아름다운 정신도덕적풍모와 인정세태, 행복한 생활에 대한 동경 등을 민족적특색이 진하게 보여주고 인민들과 부유한 계층의 대조적인 성격형상을 통하여 당대 봉건사회의 불합리한 현실을 폭로한것으로서 문학사상 중요한 위치를 차지하고있다."

16) 김일성종합대학 편, 『조선문학사』Ⅰ, 김일성종합대학출판사, 1982(임헌영 해설, 도서출판 천지, 1995), 330쪽.

17) 김일성종합대학 편, 『조선문학사』Ⅰ, 김일성종합대학출판사, 1982(임헌영 해설, 도서출판 천지, 1995), 331쪽 "소설은 성격 묘사를 비교적 세련된 우리 말을 가지고 하고 있으며, 작가의 지문과 대화도 회화어에 접근하고 있다. 소설은 인간 묘사에서 이러한 성과를 이룩함으로써 이조 말기 우리 나라 소설의 발전에 일정한 기여를 하였다."

다'는 것을 지적한다.[18]

〈심청전〉은 본질적 제한이 있음에도 불구하고 '봉건시기 인민들의 아름다운 정신 도덕적 풍모와 인정세태, 행복한 생활에 대한 동경' 등의 민족적 특색이 진하게 보여주고 가난한 인민들과 부유한 계층의 대조적인 성격 형상을 통하여 당대 봉건사회의 불합리한 현실을 폭로한 문학사상 중요한 위치를 차지하는 작품으로 평가한다.[19]

〈심청전〉에 대한 긍정적인 평가에도 불구하고 단행 논문이나 개별 연구는 크게 진척되지 않았다. 이는 고전소설 〈춘향전〉과 비교할 때 두드러진 특징이기도 하다. 〈심청전〉은 〈춘향전〉과 함께 당시대의 대표적인 작품, 문학적 성과로 평가한다. 그러나 〈심청전〉은 예술적 높이에 있어서는 〈춘향전〉보다는 상대적으로 낮게 평가한다. 그것은 무엇보다 환상성 때문이다. 〈춘향전〉은 중세소설에 흔히 보이는 '비과학적 환상'이 없으며, '환상적 계기'에 의해 사건이 연결되지도 않고, '객관적이며 사실적인 묘사'가 중심인 작품이다.[20] 반면 〈심청전〉은 인민들의 정서가 반영된 구전설화를 바탕으

___

18) 사회과학원 문학연구소, 『조선문학사』 고대·중세편, 과학백과사전출판사, 1977(『조선문학통사』1, 이회문화사, 1996), 452쪽 "작품에서는 효성문제를 중요하게 취급하고는 있으나 그것의 계급적내용을 밝히지 못하고 자식은 부모에게 무조건 효도를 지켜야 한다는 립장에서 형상을 창조하고있다. 특히 작품에서는 불교의 기만성과 중놈들의 략탈행위, 장사군들의 비인간성 등을 비판하면서도 여러개소들에서 불교의 ≪령험≫을 보여주거나 심청에 대한 장사군들의 ≪동정≫을 묘사함으로써 소설의 계급적성격을 약화시키였다. 소설은 또한 환상적계기들의 지나친 도입으로 생활묘사의 사실주의적진실성을 약화시킨 약점도 가지고있다. 이 소설은 언어문체나 사건의 전개방식과 해결 등에 있어서 구전설화에 토대한 국문소설치고는 근대적요소가 적고 중세기적 낡은 틀을 비교적 많이 가지고 있는 편이다."
19) 사회과학원 문학연구소, 『조선문학사』 고대·중세편, 과학백과사전출판사, 1977(『조선문학통사』1, 이회문화사, 1996), 452쪽.
20) 정홍교·박종원, 『조선문학개관』I, 사회과학출판사, 1986(도서출판 인동, 1988), 247-248쪽 "소설 ≪춘향전≫은 그 예술적형상수준에 있어서도 당시로서는 상당한 높이에 이르고 있다. 무엇보다도 이 소설에는 중세소설에서 흔히 보게 되는 비과학적인 환상이 없으며 환상적계기에 의하여 사건이 조성되거나 해결되는것이 아니라 현실에서 보게 되는 그대로의 객관적이며 사실적인 묘사가 위주로 되고있다."

로 창작된 소설로 인민들의 처참한 생활과 고상한 감성을 그렸지만 부처의
'영험'을 표현하거나 '연꽃'에서 살아오는 '환상'성은 소설의 한계로 지적하였
다. 〈심청전〉은 〈춘향전〉에 비해서 낭만적인 장면에 비하면 낭만주의적 성
격이 강하다는 것이다.[21]

리얼리즘을 지향하는 북한문학에서 〈심청전〉의 환상적인 요소는 리얼리
즘과는 거리가 있는 것이기도 하다. 〈심청전〉의 환상성에 대해서는 김일성
이 '인민의 염원'으로 규정한 바도 있다. 북한의 자료에 의하면 〈심청전〉은
광복이후 북한에서 창작된 최초의 연극 작품이었다.[22] 당시 〈심청전〉을 지
도하기 위하여 국립극장에 왔던 김일성이 "배우들의 연기는 다 좋으나 꿈으

---

21) 김하명, 『조선문학사』5, 과학백과사전종합출판사, 1994, 149쪽 "작품은 설화의 환상적장면
들도 실재감을 주도록 구체적인 생활적계기를 가지고 묘사하였으며 이로써 사실주의적성
격을 강화하였으나 ≪춘향전≫이나 기타 작품들에 비하면 랑만주의적성격이 강하다. 그것
은 한편으로는 이 작품이 보다 고대적기원을 가진 설화에 기초하고있는것과 관련되며
다른 한편으로는 당대사회의 부정면을 폭로하기보다 주인공 심청의 긍정적인 성격적특성
을 구현하려는 그 주제사상적과업과 당시 인민들의 지향과 념원을 직접적으로 반영하고있
는 갈등해결의 특이성과 관련된다. 다시말하면 당시 봉건사회에서 심청부녀와 같은 가난
한 사람들이 행복하게 될수 있는 현실적토대가 없었기 때문에 설화의 룡궁장면과 심청이
왕후로 되는 이야기를 도입하여 그 지향의 예술적으로 구현한 것이다."
22) 1950년대까지만 해도 〈심청전〉은 출판이나 연극을 통해 공연되었던 주요 레파토리의
하나였다. 「로동신문」의 기록에 의하면 〈심청전〉은 1954년부터 1964년까지 출판, 무용
극, 창극 등으로 국내외에서 공연되었다는 기록이 있다. 「로동신문」에 실린 〈심청전〉
관련 기사를 살펴보면 다음과 같다. "고전 소설 심청전 출판"(1954년 9월 6일), "조선
인민의 아름다운 감정 세계를 말하여 주는 훌륭한 민족 예술 - 무용극 '심청전'에 대한
체코슬로바키야 인형극단 단장의 감상담"(1955년 6월 8일), "무용극 심청전을 공연 - 국
립 예술 극장에서"(1955년 5월 18일), "우리 창극에 대한 중국 인민의 사랑, 종국 공연을
마친 국립 민족예술 극장 예술인들의 좌담회에서-동방의 아름다운 꽃, 춘향과 심청에
대한 사랑은 조선 인민에 대한 사랑"(1957년 1월 16일), "국립예술극장 공연 - 무용극
≪심청전≫(1957년 4월 18일)", "〈세계청년 학생 축전에서〉 천재적 재능을 소유한 인민의
예술 - 모쓰크바에서 창극 심청전을 절찬"(1957년 8월 7일, "중국에서 〈심청전〉 공
연"(1957년 11월 17), "인도네시아에서 〈심청 전〉을 번역 출판"(1962년 9월 12일), "사실
주의의 불후의 명작- 〈춘향전〉, 〈심청전〉, 〈홍보전〉 등을 중심으로"(1964년 2월 19일)
등이 있다. 그러나 1960년대를 지나면서 북한 문헌에서 〈심청전〉에 대한 기록을 찾기는
어려워진다. 〈심청전〉은 다시 조선민족제일주의가 확장되던 1994년 국립민족예술단에
서 민족가극으로 재창조하여 무대에 올린다.

로 처리한 장면은 아주 잘 못 되었다"고 하면서 "민족고전을 이렇게 개작하여서는 안된다"고 교시하였다고 한다. 당초 이 장면은 꿈을 꾸는 것으로 처리하였다고 한다.[23]

작품에 대한 해석의 절대적 권위가 내려진 상황에서 최고지도자의 논의를 반복하는 것 이외의 새롭거나 다양한 논의가 이어지는 것은 여러 기록에 근거하여 사실상 불가능하다. 이러한 이유로 문학사적으로는 의미있는 작품이라는 결론을 내리면서도 개별 연구는 크게 활성화 되지 않았다.[24]

3.2. 〈심청전〉의 기원설화

〈심청전〉의 창작연대가 언제인지 정확히 밝힐 수는 없지만 여러 기록에 근거하여 18세기에 창작된 것으로 본다.[25] 송만재의 『관우희』의 기록이나 조수삼의 『추재집』, 『기이』 등에서 〈심청전〉을 읽었다는 기록 등을 근거로

---

23) 「연극 ≪심청전≫에 깃든 위대한 령도」, 『조선예술』(2009년 6호) "연출가는 연극 ≪심청전≫을 유물론적으로 새롭게 해석해야 한다고 하며 자기 딴의 ≪꿈≫장면을 형상하였다. 심청이 공양미 300석에 몸을 팔아 배군들에게 끌리워 집을 떠나기까지는 지난날에 하던 대로 하고 그 이후는 ≪꿈≫으로 형상하였다. 즉 심청이가 래일 아침 끌리워가게 될 것을 생각하면서 홀로 남을 눈 못 보는 아버지를 위하여 옷도 마련하고 음식도 차려놓고 하다가 고단하여 쪽잠에 든다. 그 잠속에서 심청이 꿈을 꾼다. 그 꿈이 즉 룡궁장면과 그 이후의 생활들로 펼쳐진다. 닭이 울면서 심청은 꿈을 깬다. 배군들이 달려들고 심청은 눈먼 아버지를 두고 림당수로 끌려간다. 여기서 연극은 비극적으로 끝나며 막이 내린다."
24) 북한에서 발간하는 『조선어문』이나 『김일성대학교 학보』, 『민족문화유산』 등에서도 〈심청전〉과 관련한 논문을 찾아보기 힘들다. 〈심청전〉에 대해 언급한 문학사로는 사회과학원 문학연구소, 『조선문학사』 고대 · 중세편, 과학백과사전출판사, 1977(『조선문학통사』 1, 이회문화사, 1996) ; 정홍교 · 박종원, 『조선문학개관』I , 사회과학출판사, 1986(도서출판 인동, 1988) ; 김춘택, 『조선고전소설사연구』, 김일성종합대학출판사, 1986 ; 조선문학창작사 고전문학실, 『고전소설해제』(2), 문예출판사, 1991 ; 김하명, 『조선문학사』5, 과학백과사전종합출판사, 1994 등이 있다.
25) 조선문학창작사 고전문학실, 『고전소설해제』(2), 문예출판사, 1991, 221쪽 "≪심청전≫은 ≪춘향전≫ 등과 함께 우리 인민들에게 널리 알려져있는 고전소설의 하나이다. 작가와 창작년대를 정확히 고증할 기록은 없으나 ≪심청전≫은 판소리 다섯마당에 속하는 작품의 하나로서 18세기에 창작된 것으로 보고 있다."

18세기에 창작되어서 19세기에 오면서 널리 보급되었다고 본다.[26] 〈심청전〉은 구전설화를 바탕으로 하면서 판소리 대본으로 불린 작품[27], 구전설화를 바탕으로 한 작품으로 평가한다. 〈심청전〉은 『삼국사기』의 〈효녀 지은전〉에 연원을 둔 작품,[28] 〈심청전〉의 기원과 관련하여서는 〈심청전〉은 부모에 대한 여성의 효성을 보여준 '효녀지은' 설화를 소재로 하여 중들의 우선을 폭로한 설화, 앞 못보는 사람이 눈을 뜨고 행복을 누린 설화를 받아들여 창작되었다는 것이다.[29] 구전설화를 바탕으로 한 국문소설은 소설문학을 새롭게 발전시키는 중요한 역할을 하였다.[30]

그러나 〈심청전〉의 기원설화는 단순히 〈심청전〉의 기원일 뿐이며 실제

---

26) 김하명, 『조선문학사』5, 과학백과사전종합출판사, 1994, 145쪽 "≪심청전≫의 창작년대와 작자를 정확히 고증하기는 어렵다. 지금 문헌상으로 18세기 송만재의 ≪관우희(광대놀이를 보고)≫에 판소리로 공연된 사실의 기록과 18세기말로부터 19세기초엽에 걸쳐 활동한 조수삼(1762~1849)의 ≪추재집≫, ≪기이≫에서 전기수가 다른 소설작품들과 함께 ≪심청전≫을 읽었다고 한 기록들로 보아 18세기에 이미 인민들속에 보급되었던 것으로 보인다. 이보다 후기의 문헌자료로서는 리유원(1814~1849)의 관극시와 리건창(1852~1898)의 ≪명미당집≫에 있는 기록들을 들수 있다. 이것은 ≪심청전≫이 18세기에 창작되어 19세기에 오면서 더욱 널리 보급되었다는 것을 말해준다."

27) 사회과학원 문학연구소, 『조선문학사』 고대·중세편, 과학백과사전출판사, 1977(『조선문학통사』1, 이회문화사, 1996), 434쪽 : "이 시기 소설 가운데는 판소리 대본으로 불린 독특한 형태의 작품들도 있다. 판소리 대본은 판소리 공연을 위하여 쓰여진 만큼 자체의 고유한 형태상 특성을 가지고 있으나 전반적으로 보면 서사적 묘사 방식에 의거하고 있고 소설적 체제를 갖추고 있다. 판소리 대본들은 구전 설화에 토대하여 창작된 것도 있고 때로는 개별적 작가의 소설을 개작한 것도 있다. 판소리 대본들은 18세기 이후에 많이 창작되었는데 대표적인 작품은 「소리 열두 마당」과 「여섯 마당」 속에 들어가는 「춘향가」, 「심청가」, 「토끼타령」 등이다."

28) 김일성종합대학 편, 『조선문학사』Ⅰ, 김일성종합대학출판사, 1982(임헌영 해설, 도서출판 천지, 1995), 327쪽 "소설 「춘향전」은 오래전부터 전하는 설화를 연원으로 하고 있으며, 소설 「심청전」도 이미 『삼국사기』의 「효녀 지은전」에 그 연원을 두고 있다."

29) 김춘택, 『조선고전소설사연구』, 김일성종합대학출판사, 1986, 309쪽 "이 소설은 작품의 이야기줄거리의 구성으로 보나 등장인물의 형상체계로 보나 오랜 옛날부터 인민들속에서 전해오는 구전설화 ≪효녀지은≫전과 같은 부모에 대한 녀성들의 효성을 보여준 설화를…기본으로 하면서 여기에 중들의 위선성을 폭로한 설화, 앞못보는 사람이 눈을 뜨고 행복을 행복을 누린 설화 등을 받아들여창작된것이라고 볼수 있다."

30) 정홍교·박종원, 『조선문학개관』Ⅰ, 사회과학출판사, 1986(도서출판 인동, 1988), 236쪽.

로는 인민들의 생활이 반영되면서 예술적으로 재구성한 작품으로 평가한다.[31] 또 한편으로 〈심청전〉이 불교설화를 기본 바탕으로 발전한 작품이라고 평가하기도 한다.[32] 이러한 근거는 연구자들이 '〈심청전〉의 토대로 『삼국사기』의 「효녀지은」을 비롯한 일련의 불교 '영험담'을 들고 있지만 어느 것도 내용이 완전히 일치하는 것은 없다는 것이다. 설화는 작품의 기원일 뿐이며, 설화에 '인민들의 생활 논리'와 '인민들의 지향에 부합되게 예술적으로 재구성하였다는 것이다.[33] 고정옥은 소설의 판소리화가 판소리의 발전 과정에서 후기에 속한다고 보았다. 그리고 그 과정 역시 일방적으로 소설을 판소리로 각색하기보다는 소설과 판소리의 부단한 교호 작용 속에서 양자를 해명해야 한다고 보았다.[34]

〈심청전〉은 구전설화에서 소설로 정착하는 과정에서 이러한 인민적인 지

---

31) 『문학예술사전(중)』, 과학백과사전종합출판사, 1991, 353쪽 "≪심청전≫은 인민들속에 전해지는 부모에 대한 녀성들의 효성을 보여준 설화들에 기초하여 처음에 판소리대본으로 창작되었다가 읽혀지는 과정에 소설로 발전한 작품이다."

32) 조선문학창작사 고전문학실, 『고전소설해제』(2), 문예출판사, 1991, 221-222쪽 "≪심청전≫의 토대로 된 설화로서는 ≪삼국사기≫의 ≪효녀지은전≫과 일련의 불교령험담 등이 전해왔다. 작품은 이러한 전래설화에 기초하면서 18세기의 현실에 토대하여 새로 이야기를 꾸민 것으로 추측된다."

33) 김하명, 『조선문학사』5, 과학백과사전종합출판사, 1994, 145-147쪽 "일찍부터 연구자들은 ≪심청전≫의 토대로 된 설화로서 ≪삼국사기≫의 ≪효녀지은≫을 비롯하여 일련의 불교 ≪령험담≫을 들고 있다. 그러나 그 어느 하나도 그 내용이 완전히 일치하는 것은 없다.…≪심청전≫에는 남경상인들이 항로의 안전을 빌기 위하여 제물로서 처녀를 사는 것이라든가 해중에 몸을 던진 심청의 환생, 딸을 만나 기쁨으로 심봉사의 눈이 열리는 등 한상적계기들이 많이 남아있다. 이는 이 작품의 토대로 된 설화의 고대적기원을 말해주는것이며 당시 인민들의 행복에 대한 념원을 형상적으로 반영한 것이다. 그러나 작품은 전래하는 구전설화에 토대하면서 당대 현실사회의 생생한 생활자료들을 가지고 생활의 론리와 인민들의 지향에 부합되게 예술적으로 재구성하였다."

34) 고정옥, 『조선구전문학연구』, 과학원출판사, 1962, 275쪽 "일반적으로 소설의 판소리화는 판소리의 발전 과정에서 후기에 속하며, 소설을 판소리로 각색한다기보다 소설과 판소리의 부단한 교호 작용 속에서 량자의 관계는 해명되여야 한다. 많은 소설들은 그와는 반대로 판소리가 정착되는 것을 계기로 이루어진 것이기 때문이다. 일반적으로 판소리는 널리 알려진 민간설화를 토대로 하고 있으며, 설화에서 직접 완성된 판소리가 단번에 창작된 것이 아니라, 그 창조 작업은 처음 설화의 슈제트의 중요한 마디들을 노래로 부르는 데서부터 시작되었다."

향이나 묘사가 잘 나타나 있다고 보았다. 특히 심청이에 대한 형상미는 무엇보다 '인민적 성격을 풍부하게 그렸다'는 것이다. 심청이는 가난한 장님의 딸로 태어나 7일 만에 어머니를 잃은 불행한 소녀로서 눈먼 아버지의 손에 가난하고 외롭게 자랐으나 순진하고 강직하며 근면한 성품을 간직하였다. '고상한 희생정신', '성실성 및 근면성과 낙관주의'는 '심청의 형상적 특질'이라는 것이다.[35]

그러니까 〈심청전〉은 본래의 설화의 소재들이 봉건말기 조선사회 현실을 배경으로 하여 심청일가를 중심으로 한 가난한 인민들의 운명을 구체적으로 보여주었다는 것이다. 당시 사람들에게 있어서 심청의 형상은 먼 과거의 인물이 아니라 자기 시대의 자기 자신과 아주 친근한 보통 인물로 느껴지게 그려졌다는 것이다.[36]

3.3. 〈심청전〉의 주제의식

〈심청전〉은 18세기 중엽이후 사회상을 반영한 작품으로 평가된다. 자본주의가 생겨나던 시기 인민들의 모습을 잘 형상하였다는 것이다. 〈심청전〉은 인민들은 "아무리 천대와 가난 속에 부대껴도 그들의 정신세계와 도덕적 풍모는 아름답고 고상하다는 것을 보여 주며 이것이 또한 이 소설이 제기하고 있는 가장 중요한 문제성의 하나"로 규정한다.[37]

〈심청전〉에서 도화동 사람들이 심청 일가가 겪는 고통을 자기 자신들의 고통으로 여기며 심청을 도와주는 일이라면 서로 발 벗고 나서는 것은 심청 일가와 자신들의 생활 처지, 사상 감정의 공통성이 있기 때문이라고 보고

---

35) 김하명, 『조선문학사』5, 과학백과사전종합출판사, 1994, 146쪽.
36) 김하명, 『조선문학사』5, 과학백과사전종합출판사, 1994, 148쪽.
37) 사회과학원 문학연구소, 『조선문학사』 고대·중세편, 과학백과사전출판사, 1977(『조선문학통사』1, 이회문화사, 1996), 461쪽 ; 정홍교·박종원, 『조선문학개관』1, 사회과학출판사, 1986(도서출판 인동, 1988), 231쪽.

이러한 동정과 도움은 민중들의 윤리의식이 잘 표현되었다는 것이다.[38] 〈심청전〉이 지난 날 인민들 속에서 많이 읽힌 것도 바로 〈심청전〉이 봉건시기 "인민들의 피눈물나는 생활처지와 아름다운 정신도덕적풍모, 행복한 생활에 대한 지향이 그들을 공감시켰기 때문"이라고 설명한다.[39]

〈심청전〉에서는 인물들의 선악대립 구도를 통해 주제의식을 드러내었다는 것이다. 인민들은 가난하지만 '아름답고 정신 도덕적 풍모를 갖추고', '진리와 도덕을 존중하게 생각하면서 서로 화목하게 살아 온 전통적인 미풍을 지키며 살아'가는 인물들이다.[40] 이런 심청의 모습을 통해서 인민들은 "심청일가의 가난에서 자기들의 처지를 보았으며 심청가의 갸륵한 마음씨에서 자기들의 정신세계와 인민적 윤리 도덕을 발견하였다"는 것이다.[41]

인민들과 대립적인 인물들은 몽운사 화주승, 남경 장사꾼, 뺑덕어미로 이들은 부정적인 인물로 규정된다. 몽운사 화주승이 심봉사에게 공양미 3백석을 요구하는 것은 "종교의 탈을 쓰고 인민들의 계급의식을 마비시키고 그들의 재산을 약탈해 가는 중놈들의 죄행을 예술적으로 보여준 것"으로 규정하며, 남경 장사꾼들과 뺑덕어미에 대해서는 "자본주의적 관계의 발생 발전이 지성인들의 이기주의와 사기 협잡을 조장시키고 그들을 돈과 재물만 아는 인간 쓰레기로 불구화하던 당대 현실의 한 측면을 보여준 것"으로 규정한다.[42] 뺑덕어미는 '봉건사회 붕괴기'에 출현하는 '패악스럽고 나태한 여성의

---

38) 정홍교·박종원, 『조선문학개관』1, 사회과학출판사, 1986(도서출판 인동, 1988), 232쪽.
39) 사회과학원 문학연구소, 『조선문학사』 고대·중세편, 과학백과사전출판사, 1977(『조선문학통사』1, 이회문화사, 1996), 450쪽.
40) 사회과학원 문학연구소, 『조선문학사』 고대·중세편, 과학백과사전출판사, 1977(『조선문학통사』1, 이회문화사, 1996), 461쪽 "심청이네의 처지에 대한 이러한 묘사는 부지런하게 일하지만 언제나 도탄속에 헤매지 않으면 안되었던 당시 인민들의 비참한 생활 처지가 반영되어 있다. 특히 작품에서는 인민들의 아름다운 정신 도덕적 풍모를 강조하는데 깊은 관심을 돌렸다. 진리와 도덕을 존중히 여기고 서로 화목하게 살아온 것은 우리 인민의 전통적인 미풍이다."
41) 사회과학원 문학연구소, 『조선문학사』 고대·중세편, 과학백과사전출판사, 1977(『조선문학통사』1, 이회문화사, 1996), 461쪽.
42) 사회과학원 문학연구소, 『조선문학사』 고대·중세편, 과학백과사전출판사, 1977(『조선

전형'으로 그려졌다는 것이다.[43]

이러한 사회적 인식과 사회적 불합리에 대한 비판은 심청을 죽음의 길로 끌어 가는 남경장사꾼들을 향하여 심봉사가 "쌀도 싫고 돈도 싫고 눈뜨기 내 다 싫다.…너희놈들 나 죽여라. 평생에 맺힌 마음 죽기가 원이로다. … 무지한 강도놈들아"라고 절통하게 부르짖는데서 잘 표현되었다는 것이다.[44] 〈심청전〉에서는 이러한 인간 관계를 통하여 이조 말기 통치배들에 대한 비판을 하고 있는 것이다.[45]

3.4. 〈심청전〉의 낭만주의와 사실주의

〈심청전〉은 작품의 세부 묘사에서는 사회현실을 현실적으로 그려냈지만 전반적인 색조는 낭만주의적 지향이 강한 작품으로 평가받고 있다. 〈심청전〉의 전반적인 색조가 낭만주의를 지향하게 된 것은 당대의 봉건사회에서 심청과 같은 불행한 인민들이 구원될 수 있는 현실적 가능성이 없었기 때문이라는 것이다.[46]

문학통사』1, 이회문화사, 1996), 450쪽.

43) 김하명, 『조선문학사』5, 과학백과사전종합출판사, 1994, 148쪽 "뺑덕어미의 형상은 봉건사회 붕괴기에 출현하는 그런 패악스럽고 라태한 녀성의 전형이다. 뺑덕어미는 가사 ≪초당음답가≫의 한편인 ≪용부가≫에 나오는 용부(게으른 아낙네)들, 김삿갓이 풍자적으로 노래한 타부(게으른 아낙네)들의 형상과 마찬가지로 상품화폐경제가 점차 장성하던 당시 봉건말기의 사회현상을 반영한 것이다. 그는 모든 도덕적규범을 무시하고 다만 개인적리해관계에 따라 방종하게 행동한다."

44) 정홍교·박종원, 『조선문학개관』1, 사회과학출판사, 1986(도서출판 인동, 1988), 232쪽.

45) 김일성종합대학 편, 『조선문학사』I, 김일성종합대학출판사, 1982(임헌영 해설, 도서출판 천지, 1995), 328쪽 "소설 「심청전」에서는 주인공 심청의 기구한 운명과 심청·배 주인·중과의 인간 관계를 통하여 탐욕스럽고도 자인한 배 주인과 같은 지배 계급에 대한 인민들의 증오를 보여주며, 위선과 기만으로 가득 찬 불교 승려들의 비행을 폭로 비판하고 있다."

46) 김하명, 『조선문학사』5, 과학백과사전종합출판사, 1994, 147쪽 "당대 봉건사회에서 심청과 같은 불행한 인민들이 구원될 수 있는 현실적가능성이 없었기 때문에 ≪심청전≫은 작품의 주제사상적과제로 말미암아 그 전반색조로 볼 때 랑만주의적지향이 강한 작품

그러나 〈심청전〉은 낭만주의적으로만 그려진 것은 아니다. 심청의 형상을 창조하는 과정에서 사실주의적 묘사 수법과 낭만주의적 묘사 수법을 서로 배합하여 쓰고 있다는 것이다. 사실주의적 묘사 수법은 주로 작품의 전반부에서 낭만주의적 묘사 수법은 주로 작품의 후반부에 잘 나타나고 있다는 것이다. 작품의 앞부분에서는 진실하고도 구체적인 사실주의적 화폭으로 현실을 그려내고, 뒷부분에서 심청의 운명에 대한 낭만주의적 화폭의 진실성이 확보되었다고 평가한다. 이렇게 사실주의와 낭만주의가 결합하면서 당대 현실을 생동하게 그려낼 수 있었다는 것이다.[47]

〈심청전〉의 가장 큰 장점은 당대 인민들의 비참한 현실을 사실적으로 표현하였다는 것이며, 가장 큰 한계는 비현실적인 환상적인 요소가 많다는 것이다. 북한에서는 〈심청전〉에 대한 긍정적인 평가를 내리면서 이를 사실주의와 낭만주의가 결합한 작품으로 평가한다.[48]

〈심청전〉의 사실주의적 형상수법은 주로 작품의 전반부에 심청 가족에 대한 묘사 등을 통하여 보여준다고 설명한다. 전반부에서 심청이 앞 못 보는 아버지를 보살피는 장면, 깊은 개울에 빠졌던 심 봉사가 불교의 '권선장'에 공양미 3백 석을 바치겠다고 써 놓는 장면, 심청이 남경 배 주인에게 몸을 파는 장면, 심청과 아버지와의 비극적인 이별 등의 장면에서 "인간에 대한 묘사를 사실 그대로 구체적이고도 진실하게 하려는 사실주의적 경향

으로 되었다. 그러나 작품은 많은 세태적인 세부묘사로써 사건의 현실성, 실재성에 대한 인상을 강화하고있으며 당대시기 사회현실을 사실적화폭속에 재현한 장면이 적지않다."

47) 김하명, 『조선문학사』5, 과학백과사전종합출판사, 1994, 149쪽 "작품은 사실주의와 랑만주의의 결합에 의하여 당대현실의 생동한 화폭속에 인민들의 랑만적지향과 념원을 구현할수 있었다."

48) 사회과학원 문학연구소, 『조선문학사』 고대·중세편, 과학백과사전출판사, 1977(『조선문학통사』1, 이회문화사, 1996), 437쪽 "형상 창조 방법에서 보면 「춘향전」, 「배비장전」과 같이 현실을 사실주의적으로 진실하게 묘사한 작품이 있는가 하면 「장화홍련전」, 「심청전」, 「흥보전」과 같이 현실적인 것과 환상적인 것을 뒤섞어 가면서 주제 사상적 과제를 실현한 작품도 있으며 「토끼전」, 「장끼전」과 같이 의인화의 수법을 이용하였거나 「콩쥐팥쥐」와 동화적 성격을 다분히 가진 작품도 있다."

을 잘 보여주고 있다"는 것이다.[49]

예를 들어 심청의 부지런하고 착한 성품에 대해 "심청이 그날부터 밥을 빌러 나설적에 원산에 해비치고 앞마을 연기나니 가련하다. 심청이가 헌 베중의 옷다님 매고 깃만 남은 헌저고리 자락없는 청목회양 불상없이 숙여 쓰고 뒤축없는 헌 짚신에 버선없이 발을 벗고 헌 바가지 손에 들고 건너마을 바라보니 천사조비 끊어지고 반경인종 바이없다"라고 묘사한 장면이 사실주의적인 묘사라는 것이다.[50], '심청이 팔려간 후에 심봉사가 재취한 뺑덕어미 때문에 가산을 탕진하고 또 다시 가난 속에 빠지게 되는 것 역시 생활의 진실을 반영한 것'이다.[51]

심청이네 처지에 대한 이러한 묘사에는 부지런하게 일하지만 언제나 도탄 속에 헤매지 않으면 안 되었던 당시 인민들의 비참한 생활처지가 반영되어 있다는 것이다. 특히 작품에서는 인민들의 아름다운 정신도덕적 풍모를 강조하는데 깊은 관심을 돌렸다고 평가한다.[52] 작품에서는 인물들 사이의 첨예한 충돌과 대립을 묘사하고 있지는 않으나 '가난한 사람들이 겪는 불행을 눈물겹게 보여주고 있다'는 것이다.[53]

낭만주의적 묘사방식은 〈심청전〉의 후반부에 주로 나타난다. 후반부의 낭만주의는 전반부의 사실주의적 요소와 밀접하게 연결되면서 작품의 의의를 살렸다는 것이다. 즉 전반부에서 심청 일가의 생활의 고통과 심청의 착하고 아름다운 정신 도덕적 품성이 뒷받침되면서 심청이의 '환상적인 행복'이 있을 수 있다는 것이다.[54] 즉 〈심청전〉에서 심청이가 아버지의 눈을 뜨

49) 김일성종합대학 편, 『조선문학사』 I , 김일성종합대학출판사, 1982(임헌영 해설, 도서출판 천지, 1995), 330쪽.
50) 김춘택, 『조선고전소설사연구』, 김일성종합대학출판사, 1986, 310쪽.
51) 김하명, 『조선문학사』5, 과학백과사전종합출판사, 1994, 148쪽.
52) 사회과학원 문학연구소, 『조선문학사』 고대·중세편, 과학백과사전출판사, 1977(『조선문학통사』1, 이회문화사, 1996), 449쪽.
53) 조선문학창작사 고전문학실, 『고전소설해제』(2), 문예출판사, 1991, 224쪽.
54) 김일성종합대학 편, 『조선문학사』 I , 김일성종합대학출판사, 1982(임헌영 해설, 도서출판 천지, 1995), 331쪽.

게 하려고 남경상인에게 몸을 팔고 물에 빠졌다가 다시 살아 돌아오는 이야기를 통하여 '심청의 효성'이 얼마나 큰 것인가를 보여주는 동시에 심청과 같은 비천한 인간들의 암담한 생활처지와 그들의 행복에 대한 희망을 반영할 수 있었다는 것이다.[55]

〈심청전〉은 임당수에 빠져 죽었던 심청이 용궁을 거쳐 연꽃 속에 다시 살아나와 왕비가 되고, 딸을 잃고 야속한 세상을 눈물 속에 보내던 심봉사가 살아 있는 딸과 상봉하게 되는 꿈같은 순간에 눈을 뜨는 것으로 끝난다. '이것은 물론 비과학적이며 현실에서 있을 수 없는 환상적인 장면'이지만 여기에는 눈먼 아버지를 위해 꽃다운 청춘을 바친 심청의 아름다운 인정과 효성에 대한 "웅심깊은 동정과 함께 눈물없이 행복하게 살아보려는 민중적 지향이 반영"되어 있다는 것이다.[56]

〈심청전〉의 의미는 이러한 환상적 수법을 사용하는 데 한계가 있는 것이 아니라, 인민의 정서가 반영된 것으로 본다. 즉 〈심청전〉은 당대 민중들의 순진하고 소박한 생활감정과 그들이 염원하는 아름다운 생활에 대한 지향을 '동화적 수법'을 능숙하게 적용하여 예술적으로 형상함으로써 특히 비극적인 상황을 연이어 제시하면서도 주제사상을 명백히 밝히고 독자들의 작품세계에로 이끌어 갈 수 있었고, 심청이 민족생활에서 지울 수 없는 효성의 상징으로 사랑을 받도록 하였다는 것이다.[57]

3.5. 〈심청전〉의 한계

〈심청전〉이 역사적으로 인민들의 생활을 반영하였지만 시대적인 한계, 작가의 인식적인 한계로 몇 가지 한계를 지닌 작품으로 규정된다. 북한 문

---

55) 김춘택, 『조선고전소설사연구』, 김일성종합대학출판사, 1986, 309쪽
56) 정홍교·박종원, 『조선문학개관』1, 사회과학출판사, 1986(도서출판 인동, 1988), 232쪽.
57) 정홍교·박종원, 『조선문학개관』1, 사회과학출판사, 1986(도서출판 인동, 1988), 232-233쪽.

학사에서는 〈심청전〉의 한계를 다음 몇 가지로 규정한다.

첫째, 설화적 구성 형식을 답습하고 소설로서 형상성의 부족과 묘사가 치밀하지 못한 것이다.[58] 과학적이지 못한 장면이 많다고 지적한다. 심청이가 연꽃에서 살아오거나 심봉사가 눈을 뜨는 것은 북한에서 〈심청전〉의 현대화 과정에서도 문제가 되었다. 해방직후 〈연극〉을 만들 때는 심청이 바다에 빠졌다가 용궁에서 죽은 어머니를 만나고 다시 세상에 나오는 장면이나 심청과 아버지와 상봉하는 장면에서 눈을 뜨는 것도 미신적이라고 하여 다르게 처리하였다고 한다. 이러한 현대화에 대해서 김일성은 인민의 정서가 반영된 것으로 평가하면서 민족문화 유산을 현대화 하면서 이런 현상을 없애도록 하였다는 것이다.[59]

둘째, 진보적 성향의 한계이다. 구전설화를 바탕으로 한 소설은 사회적 처지나 지향에서는 진보적인 성격을 보였지만 노동생활과는 일정한 거리가

---

58) 사회과학원 문학연구소, 『조선문학사』 고대・중세편, 과학백과사전출판사, 1977(『조선문학통사』1, 이회문화사, 1996), 436쪽 "그러나 다른 한편 구전설화에 토대한 국문 소설은 설화에 의거하면서도 그것을 소설의 형태상 특성에 맞게 충분히 다시 가공하지 못하고 설화적 구성 형식을 많이 답습하고 있어서 소설로서의 형상성이 부족하고 묘사가 치밀하지 못한 약점을 나타내었다.", 조선문학창작사 고전문학실, 『고전소설해제』(2), 문예출판사, 1991, 229쪽 "이 소설은 언어문체와 사건의 전개방식, 해결 등에 있어서 18세기에 창작된 구전설화에 토대한 국문소설치고는 근대적요소가 적고 중세기적인 낡은 틀을 비교적 많이 가지고 있는 편이다."

59) 김정일, 「민족문화유산을 옳은 관점과 립장을 가지고 바로 평가 처리할데 대하여- 조선로동당 중앙위원회 선전선동부 일군들과 한 담화, 1970년 3월 4일」, 『김정일선집(2)』, 조선로동당출판사, 1993, 59쪽 "민족고전작품을 현시대의 요구와 마감에 맞게 재현한다고 하여 그 작품이 창작된 사회력사적환경을 무시하고 덮어놓고 현대화하여서는 안됩니다. 해방직후에 창작가들은 연극≪심청전≫을 만들면서 심청이 아버지의 눈을 띄워주기 위해 공양미300섬에 팔려 림당수의 깊은 바다에 빠졌으나 죽지 않고 룡궁에 들어가 사랑하는 어머니를 만나고 다시 세상에 나오는 장면을 비과학적인 허황한 이야기라고 하면서 빼버렸으며 심청과 아버지가 상봉하는 장면에서 심봉사가 눈을 뜨는것도 미신적이라고 하여 다르게 처리하였습니다. 위대한 수령님께서는 그때 이 연극을 보시고 우리 인민들에게 널리 알려진 민족고전작품을 원작과 다르게 만들어놓는 현상을 없앨데 대하여 가르치시였습니다. 오늘 우리 인민들속에 룡궁이나 룡왕이 작품에 나온다고 하여 그대로 믿을 사람은 없을것입니다."

있었고, 유교 교육을 받음으로써 소설에 부정적인 영향을 미쳤고, 이로 인해 봉건유교사상과 인어와 문체에서 한문투나 고사를 사용하게 되었다는 것이다.[60] 작품은 또한 "봉건량반관료의 처인 장승상부인을 인정이 있고 덕이 높은 인물로 형상"한 것도 문제로 지적한다.[61]

셋째, 종교적이고 미신적인 측면이다. 이 소설은 또한 심청의 지향과 운명을 환상적으로 보여주면서 그러한 환상에 불교적인 색채를 끌어들인 제한성을 가지고 있다는 것이다. 〈심청전〉의 후반부에 나오는 환상적인 화폭은 그것이 당대 인민들의 지향과 결부되어 있어서 작품의 주제를 살리는 역할을 하였지만 환상적 묘사와는 관계도 없는 불교의 '인과설'이나 '윤생설' 등을 끌어들임으로써 '작품 전반의 예술적 형상의 진실성에 손상을 주고 있다'는 것이다. 구체적으로는 '곽씨부인이 불공을 드리고 심청이를 낳았다는 이야기', '용궁장면에 나오는 불교적인 허황한 이야기' 등은 이른바 '불교의 영험'을 내세운 비예술적인 환상담에 불과하다는 것이다.[62] 〈심청전〉은 공양미 3백 석에 대한 대목을 통하여 불교의 허황성을 비판하였지만 '곽씨 부인이 불공을 드려서 심청이 태어났다'는 대목 등을 통하여 불교에서의 이른바 '영험'을 내세웠다는 것이다.[63]

소설에서는 또한 적지 않게 미신적인 장면도 있다고 지적한다. 미신적인

60) 사회과학원 문학연구소, 『조선문학사』 고대·중세편, 과학백과사전출판사, 1977(『조선문학통사』1, 이회문화사, 1996), 436쪽 "구전 설화를 소설화한 작가는 대개 진보적 지식분자들과 광대들이었다. 그들이 인민들의 사회적 처지나 사상적 지향과 적지 않은 공통성을 가지고 있던 것이 구전 설화를 토대로 소설을 쓰고 또 거기에 진보적인 사상 예술성을 부여할 수 있는 중요한 조건이 되었다. 그러나 그들이 노동 생활과 떨어져 있었고 상당한 정도의 유교 교육을 받으며 자라났던 것은 소설에 부정적 영향을 미쳤다. 구전 설화에 토대한 국문 소설이 반봉건적 지향과 투쟁 정신을 강하게 보여주지 못하고 봉건 유교 사상과 불교 사상 등을 이러저러하게 표현하였으며 언어 문체에서 인민들이 이해하기 힘든 한문 투나 고사를 적지 않게 쓰고 있는 것은 이런 사정과 관련되어 있다."
61) 조선문학창작사 고전문학실, 『고전소설해제』(2), 문예출판사, 1991, 228-229쪽.
62) 김춘택, 『조선고전소설사연구』, 김일성종합대학출판사, 1986, 313쪽
63) 김일성종합대학 편, 『조선문학사』Ⅰ, 김일성종합대학출판사, 1982(임헌영 해설, 도서출판 천지, 1995), 331쪽.

장면의 예로는 산천에 제사를 지내고 심청을 낳는 것, 꿈풀이로 행복과 불행을 점치는 것, 심청의 얼굴을 그린 족자의 변화를 보고 운명을 예언하는 것, 남경 장사 군들이 '항로의 안전을 위하여 처녀를 재물로 바치고 제를 지내는 것' 등이 종교적이며 미신적인 장면으로 지적한다.[64]

한편 심봉사의 개안 장면에 대해서는 비현실적으로 표현되었지만 부처의 '자비'에 의해서 눈을 뜨는 것이 아니라 '심청을 보려는 염원의 달성으로 심청의 지극한 효성의 응보'로 보았다.[65]

넷째, 심청의 효성을 맹목적으로 그림으로써 이상화하였다는 것이다. 심청의 아버지에 대한 효성문제에서 그것을 봉건유교적인 효도와 결부시켰다는 것이다. 아버지의 눈을 뜨게 하려고 임당수에 몸을 던지는 심청의 극진한 효성에는 당대 조선인민들의 아름다운 도덕품성이 집약적으로 반영된 것이다. 그런데 소설에서는 심청의 이러한 인민적인 효성과 미풍양속만을 보여준 것은 아니다. "소설의 작가는 심청의 효성을 강조하는데서 간혹 그를 《녀중군자》로 찬양함으로써 그의 형상에 구현된 인민적인 성격에 손상을 끼치는 경우도 있다"는 것이다.[66] 그 결과 작품에서는 효성문제를 계급적 관점에서 밝히지 못하고, 자식은 부모에게 무조건 효도를 지켜야 한다는 입장에서 형상을 창조하였다는 것이다.[67]

〈심청전〉은 환상적인 요소, 비과학적인 요소가 있음에도 불구하고 긍정적인 평가를 받는 것은 〈심청전〉에 대한 김일성의 해석이 있었기 때문이다. 김일성은 현대적으로 각색된 〈심청전〉을 보면서 환상적인 요소에 대해 새

---

64) 조선문학창작사 고전문학실,『고전소설해제』(2), 문예출판사, 1991, 229쪽 "작품에서는 산천에 제를 지내고 심청을 낳는 것, 꿈풀이로 행복과 불행을 점치는 것, 심청의 얼굴을 그린 족자의 변화를 보고 그의 운명을 예언하는 것, 남경장사군들이 항로의 안전을 위하여 처녀를 재물로 바치고 제를 지내는 것 등 종교적이며 미신적인 형상들이 적지 않게 묘사되어있다."

65) 김하명,『조선문학사』5, 과학백과사전종합출판사, 1994, 149쪽.

66) 김춘택,『조선고전소설사연구』, 김일성종합대학출판사, 1986, 313쪽.

67) 조선문학창작사 고전문학실,『고전소설해제』(2), 문예출판사, 1991, 228-229쪽.

롭게 해석하였다. 즉 심봉사의 형상은 '당시 인민들의 암담한 처지'를 상상적으로 보여주려는 것이며, 심청이 왕비가 되고, 심봉사가 눈을 뜨게 한 것은 당시 인민들의 한결같은 희망을 보여주는 동시에 작가가 그런 희망찬 사회가 오리라는 신념을 표현한 것이라고 하였다는 것이다. 심청이 용궁을 거쳐 연꽃 곳에서 다시 살아온 것은 당시 사회역사적인 제한성으로 인한 문제였다고 가르쳐 주었다는 것이다.[68]

김일성은 "물론 물에 빠진 심청이 죽지 않고 룡궁에 들어갔다가 다시 살아나와 왕비가 되는 것이라든지 심봉사가 갑자기 눈을 뜬 것은 모두 비과학적이며 허황한 일"이라고 하면서 "그렇다고 하여 그런 장면을 덮어놓고 고치는 것은 민족문화유산을 계승하는데서 하나의 좌경적 편향이라고 교시"하였다는 것이다. 〈심청전〉은 "우리 인민들 속에 널리 알려진 전설이야기라고, 거기에는 당대사회 인민들의 지향과 염원이 반영되어 있있다"고 하면서 "이런 것을 고려하지 않고 작품을 개작하면 인민들이 이 연극을 보고 좋아하지 않을 것이라"고 하였다는 것이다. 이어 "당대 사회에서 소경이 눈을 뜨거나 심청이 같은 천한 신분의 처녀가 왕비로 될 수는 도저히 없다. 그러나 인민들은 그런 념원과 희망을 버리지 않았다고, 인민들은 그런 세상이 올것을 바랐으며 또 그런 세상이 꼭 와야 한다고 생각하고 있었다, 인민들은 그 어떤 역경과 불행속에서도 죽지 않았으며 희망과 투쟁을 버리지 않았다고 하시면서 ≪심청전≫에는 바로 인민의 그런 희망과 의지가 반영되어 있다"고 교시하였다는 것이다.[69]

---

68) 사회과학원 문학연구소, 『조선문학사』 고대·중세편, 과학백과사전출판사, 1977(『조선문학통사』1, 이회문화사, 1996), 448쪽 "위대한 수령 김일성동지께서는 ≪심청전≫을 현대적으로 각색한 연극을 보시고 이 소설의 작가는 당시 인민들의 암담한 처지를 눈먼 심봉사의 형상을 통하여 상상적으로 보여주려고 하였으며 심청이 왕비가 되고 심봉사가 눈을 뜨게 한것은 당시 인민들의 한결 같은 희망을 보여준 동시에 반드시 그러한 희망찬 사회가 오리라는 작가자신의 신념을 표현한것이라고 하시면서 죽었던 심청이를 룡궁을 거쳐 련꽃속에서 다시 살아나오게 한것은 당시 사회력사적제한성에 기인된것이라고 가르치시였다."

69) 「연극 ≪심청전≫에 깃든 위대한 령도」, 『조선예술』, 2009년 6호.

4. 남한 연구와의 비교

〈심청전〉은 판소리 열두 마당의 하나인 〈심청가〉가 소설로 정착된 판소리계 소설로 독자들에게 널리 읽혀진 작품이다. 오랜 기간 동안 민중들 사이에서 전해오면서 많은 이본이 형성되었고, 현대에 와서도 창극, 연극, 영화, 오페라 등으로 재창조 되었으며, 외국어로 번역되어 소개되기도 하였다. 남한에서의 〈심청전〉 연구는 근원 설화에 대한 연구, 판소리창을 비롯하여 소설의 이본에 대한 계통연구, 주제에 대한 연구 등으로 전개되어 왔다.

4.1. 〈심청전〉의 근원설화 연구

〈심청전〉의 근원설화에 대한 연구는 남북한 학자들의 주된 연구 과제의 하나였다. 특히 남북한의 연구를 비교할 때 북한에서는 〈심청전〉의 근원설화에 대한 논의는 단순한 반면 남한에서는 다양하게 진행된 차이를 주의깊게 볼 필요가 있다. 북한에서는 〈심청전〉이 구전문학적 성격을 가진 작품으로 설화를 바탕으로 인민들의 이야기가 반영된 작품으로 평가한다.[70]

반면 남한에서는 〈심청전〉을 '설화소설'로 불릴 만큼 여러 설화의 다양한 복합체로 보고 관련 설화에 대한 다양한 논의가 진행되었다. 남한에서의 〈심청전〉 기원 설화에 대한 연구는 국내의 설화뿐만 아니라 외국의 설화도 다루는 등 다채로운 방향에서 이루어져 왔다. 〈심청전〉과 관련하여 기원으로 논의되는 설화로는 인도의 〈전동자(專童子)설화〉·〈묘법동자(妙法童子) 설화〉, 일본의 〈소야희 小夜姬〉, 『삼국사기』·『삼국유사』의 〈효녀 지

---

70) 사회과학원 문학연구소, 『조선문학사』 고대·중세편, 과학백과사전출판사, 1977(『조선문학통사』1, 이회문화사, 1996), 397쪽 "소설 「춘향전」, 「심청전」, 「흥보전」 등 구전문학적 성격을 가진 작품들은 구전문학과 서사문학의 끊임없는 상호작용 속에 생겨난 것으로서 그때 인민들의 창조적 지혜와 생활 감정을 봉건시대의 어느 작품에서보다도 진실하게 반영한 것으로 하여 중세 문학 사상 가장 빛나는 자리의 하나를 차지하고 있다.

은(知恩)설화), 『삼국유사』의 〈거타지(居陀知)설화〉, 〈맹인 득안 설화〉, 〈인신공희 설화〉, 전남 곡성 성덕산의 〈관음사 연기 설화〉 등이 있다.

〈심청전〉의 근원설화에 대한 연구는 단일설화로부터 발전하였다는 설과 여러 설화가 복합적으로 작용하였다는 설로 나누어진다. 김태준은 인도의 〈專童子 · 法妙童子 傳說〉, 일본의 〈小夜嬉〉 및 우리나라의 〈효녀지은 설화〉와 전남 곡성 성덕산의 〈관음사 연기 설화〉를 심청전의 근원 설화로 보았다.[71] 그 후 김동욱은 〈심청전〉을 개안 설화(開眼說話)와 처녀생지(處女生贄) 설화의 결합으로 보았다.[72] 장덕순은 인신공희 설화(人身犧牲說話)와 효행 설화가 〈심청전〉의 주된 근원 설화이고, 태몽설화(胎夢說話), 용궁설화(龍宮說話), 맹인득명 설화(盲人得明說話) 설화는 부수적인 설화라고 부석하였다.[73] 김태곤은 〈바리공주〉를 비롯한 오구굿계 황천무가(黃泉巫歌)를 〈심청전〉의 근원 설화로 보았다.[74] 신동익은 여기에 강릉단오제와 동해안 풍어제에서 부르는 〈심청굿 무가〉를 〈심청전〉의 근원 설화라고 하였다.[75] 사재동은 불전(佛典)에 있는 〈효자불공구친 설화(孝子佛供救親說話)〉를 〈심청전〉의 핵심적 근원 설화라고 하였다.[76] 근원설화에 대한 연구는 이외에도 김동욱, 김태곤, 신동일 등의 연구자에 이르러 크게 확대된다.

〈심청전〉의 근원설화와 관련된 연구는 초기 단일설화 기원설에서 최근에는 복합설화 기원설로 확대되는 경향을 보인다. 최운식은 〈심청전〉이 어느 한 설화를 근원으로 형성된 것이 아니고, 작품의 각 단락이 설화를 배경으로 형성되었다고 보았으며,[77] 정하영은 〈심청전〉이 다양한 설화의 영향으로 이루어졌다고 보았다. 즉 〈심청전〉은 '출생담'으로부터 '인신매매', '변신', '환

---

71) 김태준, 『조선소설사』, 학예사, 1939, 145-150쪽.
72) 김동욱, 『한국가요의 연구』, 을유문화사, 1961, 381쪽.
73) 장덕순, 『국문학 통론』, 신구문화사, 1972, 235-250쪽.
74) 김태곤, 『황천무가 연구』, 창우사, 1966, 154-155쪽.
75) 신동익, 「심청전의 설화적 고찰」, 『논문집』 7, 육군사관학교, 1969.
76) 사재동, 「심청전 연구 서설」, 『한국고전소설』, 계명대학 출판부, 1974.
77) 최운식, 『심청전 연구』, 집문당, 1982, 125-170쪽.

생' 등의 17개 화소로 이루어져 있다고 보았다.[78] 한편 〈심청전〉 연구가 설화에 대한 연구로 집중되는 것에 대해 반론을 펴기도 하였다. 황패강은 근원설화에 집착하면서 작품을 근원설화의 집합체로 이해하려는 태도가 일반화되었다고 비판하면서 소재적 차원을 넘어서는 연구의 필요성을 제기하기도 하였다.[79]

4.2. 〈심청전〉의 판본과 계열에 대한 연구

남한에서 활발한 연구 분야의 하나가 〈심청전〉의 판본과 계열에 대한 연구라 할 수 있다. 〈심청전〉은 목판본, 구활자본, 필사본을 통틀어 이본의 수효가 80종이 넘으며, 이본에 대한 쟁점도 분명하다. 또한 〈심청전〉은 민중들이 판소리로 자주 듣고 소설로 읽힌 대표적인 작품으로 민중적 기반 위에 성장한 작품이다. 판소리와 소설은 대강의 줄거리는 비슷하지만 문체나 연관성에서 친연성이 없는 별개의 작품으로 존재한다. 즉 〈심청전〉이라는 동일한 이름 아래 문체와 주제, 이념적 지향 등은 상이한 별개의 작품이라 할 수 있다.[80] 이처럼 다양한 이본이 존재하면서 이본 사이의 계통과 선후문제에 대한 연구도 활발하게 전개되었다.

판소리 이본에 대한 연구는 초기 개괄적인 해제로부터 시작하여 계통별 비교 연구, 선후본에 대한 비교연구, 영향관계에 대한 연구 등으로 이어졌다. 〈심청전〉의 여러 이본 가운데서 판소리계통의 판본과 소설계통의 판본, 그리고 필사본계의 판본과 활자본계의 판본 등의 계통별 판본에 대해 분석하고 비교한다. 계통별 연구를 통해서 계통의 선후관계와 영향관계에 대한 연구로 확대되었다.

---

78) 정하영, 「심청전의 제재적 근원에 관한 연구」, 서울대학교 박사학위 논문, 1983.
79) 황패강, 「심청전의 구조」, 『한국학보』7, 일조각, 1977.
80) 유영대, 『심청전 연구』, 문학아카데미, 1991, 12쪽.

〈심청전〉 이본에 대한 연구는 김태준으로부터 시작되었다. 김태준은 『조선소설사』에서 〈심청전〉의 판본에 대해 언급한 이래로 주요 학자들을 통해서 다양한 판본이 발굴되고, 연구되었다.[81] 〈심청전〉의 이본에 대해 가장 폭넓게 연구한 이는 최운식으로 『심청전연구』에서 목판본 11종, 안성판본 1종, 필사본 10종, 활자본 11종 등 32종의 이본을 서지와 실증의 문헌학적 방법을 적용하여 서지 및 특색과 계열을 살피고 선후관계를 고찰하였으며, 배경설화의 유형과 전승양상을 살피고, 심청전의 형성과정을 고찰, 소설이 판소리에 선행함을 밝혔다.[82]

반면 북한에서는 판본에 대한 연구는 한산한 편이다. 사회과학원 문학연구소에서 발간한 『조선문학사(고대 · 중세편)』(과학백과사전출판사, 1977)에서 〈심청전〉의 이본 중에서 "대표적인 것으로는 ≪심청가≫, ≪심청왕후전≫, ≪강상련≫ 등이 있다. 그것들 가운데서 비교적 우수하고 또 가장 이른 시기에 창작된 것으로 짐작되는 것은 전주토판본으로 알려진 ≪심청전≫이며 ≪심청왕후전≫, ≪강상련≫ 등은 근세에 와서 만들어졌다"고 밝힌 이후 모든 문학사에서 이 견해를 따르고 있다.[83] 북한에서 판본에 대한 연구와

---

81) 김태준, 『조선소설사』, 학예사, 1939.
82) 최운식, 『심청전 연구』, 집문당, 1982.
83) 사회과학원 문학연구소, 『조선문학사』 고대 · 중세편, 과학백과사전출판사, 1977(『조선문학통사』1, 이회문화사, 1996), 448쪽 "≪심청전≫은 인민들속에 전하는 부모에 대한 녀성들의 효성을 보여준 서로하들에 기초하여 18세기경에 소설로 자리잡힌 작품이다. ≪심청전≫ 역시 전해지는 과정에서 여러 사람에 의하여 윤색가공되어 많은 이본들이 내였는데 대표적인것으로는 ≪심청가≫, ≪심청왕후전≫, ≪강상련≫ 등이 있다. 그것들가운데서 비교적 우수하고 또 가장 이른시기에 창작된 것으로 짐작되는것은 전주토판본으로 알려진 ≪심청전≫이며 ≪심청왕후전≫, ≪강상련≫ 등은 근세에 와서 만들어졌다." ; 김하명, 『조선문학사』5, 과학백과사전종합출판사, 1994, 145쪽 "≪심청전≫도 그 전승과정에서 향수자들의 미학적요구의 변천에 수용하여 적지 않은 이본을 낳았다. 그중 판본으로서 전주토판 ≪심청전≫이 전하며 신재효, 리선유 등의 판소리대본에 사본으로 전해오고 있다. 그리고 19세기말~20세기초에 신소설문체로 개작한 리해조의 ≪강상련≫, 려규형의 ≪심청왕후전≫ 등의 활판본이 있다." ; 정홍교 · 박종원, 『조선문학개관』 I, 사회과학출판사, 1986(도서출판 인동, 1988), 248쪽 "≪심청전≫은 부모에 대한 녀성들의 효성을 보여준 설화들에 기초하여 18세기경에 소설로 자리잡힌 작품이다. ≪심청전≫ 역시 전해

계열에 대한 연구는 인민의 창작물이라는 상징적인 의미 이외에는 비중이 높지 않기 때문이다.

구전문학이 인민들의 창작물로서 인민들의 생활과 정서가 반영되었다고 본다. 구전문학은 인민문학이기 때문에 현실을 잘 반영하고, 인민적이며 진보적인 사상을 반영할 수 있었다고 보기 때문이다.[84] 다만 남한 학계의 연구가 보다 다양한 측면에서 다양한 방식으로 진행된 데 비하여 북한의 연구는 작품 자체의 내용 연구에 한정되는 경향이 있다. 북한에서는 〈심청전〉의 창작 시기 즉 조선 후기의 소설문학의 특징을 '서민 계층의 진보적인 작가들에 의하여 인민문학, 특히 설화에 관심을 가지고 그것에 기초하여 소설 작품을 창작하였다는 것'으로 본다. 구전설화에 바탕으로 창작된 대표적인 국문소설로 〈춘향전〉·〈심청전〉·〈흥보전〉 등을 들고 있다.[85]

지는 과정에서 여러 사람에 의하여 윤색가공되어 많은 이본들이 내였는데 대표적인것으로는 ≪심청가≫, ≪심청왕후전≫, ≪강상련≫ 등이 있다. 그것을 가운데 비교적 우수하고 또 가장 이른시기에 창작된 것으로 짐작되는것은 전주토판본으로 알려진 ≪심청전≫이며 ≪심청왕후전≫, ≪강상련≫ 등은 근세에 와서 만들어졌다." ; 조선문학창작사 고전문학실, 『고전소설해제』(2), 문예출판사, 1991, 221쪽 "≪심청전≫은 판본으로서 전주토판 ≪심청전≫이 있고 사본으로서 신재효, 리선유 등의 판소리대본이 전해지고 있다. 그리고 19세기말~20세기초에 신소설문체로 개작한 활판인쇄본과 ≪강상련≫, ≪심청왕후전≫(리규형)등이 있고 현대에 와서도 여러차례나 새롭게 윤색되었다."

84) 민족문학사연구소 지음, 『북한의 우리문학사 인식』, 창작과비평사, 1991, 243쪽 "북한의 문학사에서 구전문학이 중요시되고 있는 것은 위에서도 살펴보았지만 그것은 인민성의 문제가 문학사 서술의 중요한 미학원리가 되고 있기 때문이었다. 소설사 기술에서도 이 점은 역시 마찬가지이다. 구전설화를 바탕으로 한 국문소설이 맨 먼저 서술되고 중요하게 다뤄지는 것은 이러한 소설들이 우리나라 현실을 잘 반영하고 있고, 통치배들의 이해관계와는 반대되는 인민적이며 진보적인 사상을 반영하고 있는 까닭이다. 판소리계소설이 우리나라 소설사에서 중요하게 평가되고 있는 것은 남한과 북한에 공통된 것이나 그것을 강조하는 시간은 다르다. 남한학계에서는 근원설화가 판소리단계를 거쳐 소설로 정착된 것으로 이해하는 데 비해 주체사상 이후에 나온 문학사에서는 판소리계단계를 인정하지 않고 판소리계 소설들을 인민설화에 바탕한 소설로 이해한다."

85) 설성경·유영대, 『북한의 고전문학』, 고려원, 1990, 236-237쪽.

4.3. 〈심청전〉의 주제

〈심청전〉의 주제에 관한 연구 역시 여러 연구자들이 주목하는 분야이다.
〈심청전〉의 주제가 효라는 점에 대해서 대부분의 남북한 학자들이 견해를
같이한다. 그러나 심청이의 효가 단순하게 부모에 대한 효성으로 그치느냐
에 대해서는 다양한 견해를 제시한다.

남한에서는 "'이 작품(심청전)은 李朝的 성격인 '忠'·'孝'·'烈'에서 '孝'를
내세운 勸善懲惡의 儒敎的 교훈을 주제로 하였다'라고 결론 내린 장덕순의
견해가 통념화"되었다.[86] 그러나 효의 성격에 대한 다양한 의견이 제시되었
다. 즉 심청의 효행을 '유교적인 효'로 보는 견해와 '불교적인 효'로 보는 견
해, '무속·유교·불교의 습합으로 이루어진 속신적인 효'로 보는 견해가 제
기되었다. 성현경은 심청의 효는 어느 한편의 사상이나 입장을 대변하는
것이 아니라 인간의 밑바닥에 깔려있는 갸륵한 마음씨로 보았다.[87]

북한에서도 〈심청전〉의 주제가 효라고 본다.[88] 〈심청전〉은 "≪천출대효≫
로 묘사된 주인공 심청의 모든 사고와 행동은 오직 눈먼 아버지에 대한 효성으
로 일관되여있다"[89]는 것이다. 그러나 심청의 효는 단순하게 '심청'이라는

---

86) 유영대, 『심청전 연구』, 문학아카데미, 1991, 19쪽.
87) 성현경, 「심청은 효녀인가」, 장덕순 외, 『한국문학사의 쟁점』, 집문당, 1986.
88) 정홍교·박종원, 『조선문학개관』1, 사회과학출판사, 1986(도서출판 인동, 1988), 231-232
쪽 "세상에 태어나서 7일만에 어머니를 잃은 심청은 벌써 열한살때부터 아버지의 봉양을
위해 밥빌러 다니고 삯일도 가리지 않는다. 그리고 봉운사의 화주승이 공양미 300석을
내면 아버지가 눈을 뜰수 있다는 말을 했을 대에는 서슴없이 죽음을 각오하고 가지 몸을
판다. 심지어 임당수에 몸을 던져 죽는 순간에도 그는 자기의 죽음보다 홀로 남아 고생할
눈먼 아버지를 생각하여 눈물을 흘리며 죽었다가 환생하여 왕비가 된 다음에도 아버지의
생사를 알지 못해 눈물속에 모대기며 맹인잔치를 베푸는 것이다. 실로 심청은 부모에
대한 사랑이 더없이 지극한 효성의 화신이다. 지난날 심청을 효녀의 대명사로 써온 것은
바로 그의 이러한 성격적 특성과 관련되어 있다."
89) 사회과학원 문학연구소, 『조선문학사』 고대·중세편, 과학백과사전출판사, 1977(『조선문
학통사』1, 이회문화사, 1996), 449쪽 김일성종합대학 편, 『조선문학사』Ⅰ, 김일성종합대
학출판사, 1982(임헌영 해설, 도서출판 천지, 1995), 329쪽 "심청의 성격에서 기본적인
특성은 첫째로 앞 못 보는 아버지에 대한 지극한 효성이다." ; 조선문학창작사 고전문학실,
『고전소설해제』(2), 문예출판사, 1991, 225쪽 "≪심청전≫은 심청과 마을사람들의 형상을

개인의 효에 국한되지 않는다. 심청의 효는 개인적 차원의 효가 아니라 '인민들의 아름다운 정신도덕적 풍모'의 발현으로서, 사회적 차원으로 해석된다.[90] 〈심청전〉은 효성스러운 심청의 성격을 통하여 '기막힌 생활' 속에서도 인민들이 아름다운 정신 도덕적 풍모를 간직하고 있다는 것을 보여주었다는 것이다. 심청은 곧 개인으로서 심청이 아니라 인민들의 아름다운 정서를 간직한 인민의 딸, 효녀를 대표하는 상징성을 강조한다.[91]

남한에서는 〈심청전〉의 사회적 의미에 대한 연구는 한산한 편이다. 조동일은 〈심청전〉의 주제를 이면적 주제와 표면적 주제로 나누어 보았다. 표면적 주제는 현실적인 고난을 효라는 유교 윤리에 입각해 해결하고 하는 것이며, 이면적 주제는 유교윤리에서 벗어나 현실을 있는 그대로 인식하는 것을 보았다. 〈심청전〉의 표면적 주제는 보수적 관념론이라고 할 수 있으며, 이면적 주제는 진보적 현실주의로 보았다.[92] 인권환은 '효'는 외피에 입혀진 부수적인 것이며, 비극의 정화와 종교적 구원으로 이해해야 한다고 하였다.[93] 설중환은 심봉사가 눈을 뜨게 된 것을 무의식적 상태에 있는 인간의 의식이 각성하게 된 것이락 보았다. 이런 관점에서 〈심청전〉이 생성된 조선 후기의 근대의식의 성장과 〈심청전〉의 주제인 인간의식의 각성이 동일한

통하여 모진 가난과 천대속에서도 서로 돕고 의리를 귀중히 여기며 언제나 화목하게 살아온 우리 인민의 아름다운 정신도덕적풍모를 보여준다. 눈먼 아버지를 위해 효성을 다한 심청은 지난날 우리 인민들에게 ≪효성≫의 대명사로 전해왔다. 작품에서 ≪출천대효≫로 그려진 주인공 심청의 모든 사고와 행동은 오직 눈먼 아버지에 대한 효성으로 일관되어있다."

90) 김하명, 『조선문학사』5, 과학백과사전종합출판사, 1994, 145쪽 "≪심청전≫은 장님아버지의 눈을 뜨게 하기 위하여 자기의 목숨까지도 버린 효성이 지극한 심청의 파란많은 생애를 통하여 가난하고 불행한 환경에서도 깨끗이 간직하여온 조선인민의 고상한 도덕적품성과 높은 인도주의정신을 보여주고 있다."

91) 조선문학창작사 고전문학실, 『고전소설해제』(2), 문예출판사, 1991, 226쪽 "심청은 이처럼 아버지를 위해 모든 것을 다하는 효녀의 전형으로 형상되었다. 이런 관계로 지난날 우리 인민은 부모를 위하는 딸이 정성이 지극한것을 보면 ≪심청≫이라고 불러왔다."

92) 조동일, 「심청전에 나타난 비장과 골계」, 『계명논총』7, 계명대학교, 1971.

93) 인권환, 「정화의 구원의 비가」, 『심청전의 연구와 그 문제점』『한국학보』9, 일조각, 1977.

맥락으로 이해되어야 한다고 보았다.[94]

〈심청전〉의 주제와 사회의 연관에 대해서는 상대적으로 북한의 연구가 활발한 편이다. 북한문학사에서 〈심청전〉이 높게 평가되는 부분도 주제의식이다. 〈심청전〉의 주제의식에서 두드러진 점은 시대상을 잘 반영하였다는 것이다.

〈심청전〉이 시대상을 반영할 수 있었던 것은 구전설화를 바탕으로 창작되었다는 것과 밀접한 연관을 갖는다.[95] 북한 문학사에서는 구전설화를 바탕으로 한 국문소설의 작가는 인민으로 규정한다. 〈심청전〉이 창작된 시기는 소설발전에서 중요한 의미를 갖는데, 인민들 사이에서 구술로 전해오던 설화가 소설로 정착되면서 인민들 사이에서 소설문학의 새로운 발전을 촉진한 작품들이 나왔다는 것이다. 구전설화는 바로 인민에 의하여 창작되고 인민의 생활과 지향을 담은 구전설화를 토대로 하여 창작되었기 때문에 사상예술적 높이를 보장받을 수 있었다는 것이다.[96] 이들 작품에는 '통치배들의 이해 관계'와 반대는 '인민적이며 진보적인 지향과 사상이 반영되어 있다'는 것이다. 작가의 이름을 밝히지 않은 것도 국문소설을 쓴 작가들이 당시 지배계급과 반대되는 지향과 사상이 있었기 때문이라는 것이다.[97] 이처럼 인민들의 정서와 지향이 반영된 구전설화를 바탕으로 한 작품이기 때문에 〈심청전〉은 봉건 말기의 부패한 현실을 폭로하면서 당대 인민들의 정신 도덕적 풍모를 보여줄 수 있었다는 것이다.[98]

---

94) 설중환, 「심청전 재고」, 『국어국문학』85, 국어국문학회, 1981.
95) 정홍교·박종원, 『조선문학개관』Ⅰ, 사회과학출판사, 1986(도서출판 인동, 1988), 237쪽 "이 시기에 창작된 구전설화를 토대로 한 국문소설의 우수한 작품들로는 ≪춘향전≫, ≪심청전≫과 함께 ≪흥보전≫, ≪배비장전≫, ≪장화홍련전≫, ≪콩쥐팥쥐≫ 등을 들수 있다."
96) 사회과학원 문학연구소, 『조선문학사』 고대·중세편, 과학백과사전출판사, 1977(『조선문학통사』1, 이회문화사, 1996), 422쪽.
97) 김일성종합대학 편, 『조선문학사』Ⅰ, 김일성종합대학출판사, 1982(임헌영 해설, 도서출판 천지, 1995), 328쪽 "구전 설화를 바탕으로 한 국문 소설들의 특성은 둘째로 통치배들의 이해 관계와는 반대되는 인민적이며 진보적인 지향과 사상이 반영되어 있다는 것이다."

당시의 시대적인 상황은 시대를 살아가는 인물들을 통해 특성이 드러나는데, 〈심청전〉이 당시의 인물들을 통해서 인민들의 정서와 착취계급의 인간성을 잘 드러냈다는 것이다.[99] 〈심청전〉의 인물은 선인과 악인, 지배계급과 피지배계급이 분명하게 드러난다. 심봉사와 심청은 가난한 인민들의 처지를 구현한 인물로 본다. 남한에서 심청에 대해서는 '아버지에 대한 효성이 지극'하고, '약속을 소중히 여기는 유교적 사고방식을 가진 인물'로 평가하는 것과 달리 북한에서는 착취당하는 인민을 대표하는 인물로 형상한 것은 큰 차이가 있다. 〈심청전〉에서는 심봉사의 가계에 대해서는 지체 높은 양반의 후손이라고 하였으나 전반적인 형상으로 판단하건데, 심봉사를 비롯하여 심청과 심청의 어머니인 곽씨부인, 마을 사람들은 가난한 인민들의 처지를 반영한다는 것이다.[100]

〈심청전〉에서는 가난한 인민들의 처지를 반영하면서도 이들의 정신도덕적 고상함을 보여주었다고 평가한다. 봉건적 착취와 억압 밑에서 비참하게 살아가는 피압박 피착취 근로 인민의 생활과 이들의 아름다운 마음씨, 지향의식을 보여주었다는 것이다.[101] 반면 "심봉사한테서 공양미 300석을 앗아

---

98) 사회과학원 문학연구소, 『조선문학사』 고대 · 중세편, 과학백과사전출판사, 1977(『조선문학통사』1, 이회문화사, 1996), 437쪽 "「춘향전」, 「심청전」과 같이 봉건 말기의 부패한 현실을 폭로하면서 당대 인민들의 아름다운 정신 도덕적 풍모를 보여준 소설들도 있다."

99) 사회과학원 문학연구소, 『조선문학사』 고대 · 중세편, 과학백과사전출판사, 1977(『조선문학통사』1, 이회문화사, 1996), 462쪽 "작가는 작품에서 심청, 심봉사, 도화동 사람등의 형상을 통하여 인민 적인 윤리와 아름다운 정신세계를 강조하는 한편 심봉사한테서 공양미 3백석을 앗아내는 중놈들의 약탈 행위와 기만성, 사리사욕을 위하여 가난한 사람들의 목숨까지 빼앗아 가는 남경 장사꾼들의 탐욕성과 비인간성에 대한 비판을 가하고 있으며 남의 등을 치고 간을 빼먹는 뺑덕어미와 같은 패덕한에 대한 증오를 표시하고 있다."

100) 사회과학원 문학연구소, 『조선문학사』 고대 · 중세편, 과학백과사전출판사, 1977(『조선문학통사』1, 이회문화사, 1996), 460쪽.

101) 사회과학원 문학연구소, 『조선문학사』 고대 · 중세편, 과학백과사전출판사, 1977(『조선문학통사』1, 이회문화사, 1996), 436쪽 "이런 작품들에는 봉건적 착취와 억압 밑에서 비참하게 살아가는 피압박 피착취 근로 인민의 생활 형편, 지배계급에 대한 증오와 반항 정신, 어려운 생활 속에서도 언제나 부지런하게 일하면서 정의를 사랑하고 진리를 귀중히 여기며 이웃 사이에 화목하게 살아가는 아름다운 마음씨, 행복한 생활을 성취하

내는 중놈들의 약탈행위와 기만성, 사리사욕을 위하여 가난한 사람들의 목숨까지 빼앗아 가는 남경 장사꾼들의 탐욕성과 비인간성에 비판을 가하고 있으며 남의 등을 치고 간을 빼먹는 뺑덕어미와 같은 패덕한에 대"해서는 증오를 표시하고 있다고 보았다.[102] 이처럼 〈심청전〉은 인민들의 생활과 지향을 반영함으로써 인민들의 공감을 불러일으킬 수 있었다는 것이다.[103]

긍정적인 인민들의 성격은 부정적인 인물인 '몽운사의 중'과 '남경 배 주인' 등의 성격과 대조되면서 구체적으로 묘사되었다고 평가한다. 〈심청전〉에서 몽운사 화주승은 앞 못 보는 심 봉사를 진실로 구원하려는 것이 아니라, 불교에서의 이른바 부처의 '영험'의 힘을 악용하여 심 봉사와 같은 미천한 인민들을 착취하는 위선적인 존재인데, 소설은 이런 위선을 구체적으로 묘사하였다는 것이다. 〈심청전〉에서는 바로 이러한 불교 승려들 때문에 심학규가 눈을 뜨지 못했을 뿐만 아니라 사랑하는 딸을 잃게 되고, 생활고가 세월을 따라 더욱 심해진다는 것을 강조한다는 것이다.

남경상인들은 사리사욕을 채우기 위해서는 다른 사람의 목숨도 서슴없이 빼앗는 '잔인하고 탐욕스러운 착취자'로서 뱃길의 '안전'을 위하여 심청과 같은 젊은 여인을 바닷물에 돌멩이마냥 던지는 '잔인한 인간'이라는 것을 드러냈다는 것이다.[104] 당대의 사회적 불합리에 대한 비판은 "심청을 죽음의 길로 끌어

려는 강력한 지향 등이 봉건 시기의 어느 작품들에서보다도 힘있게 반영되어 있으며 그 내용들이 예술적으로 재미있게 꾸며지고 있다."

102) 정홍교·박종원, 『조선문학개관』1, 사회과학출판사, 1986(도서출판 인동, 1988), 232쪽.

103) 사회과학원 문학연구소, 『조선문학사』 고대·중세편, 과학백과사전출판사, 1977(『조선문학통사』1, 이회문화사, 1996), 435-436쪽 "구전 설화에 토대 하여 창작된 국문 소설은 바로 인민들의 생활과 지향을 반영한 것으로 하여 그들의 공감을 불러 일으켰다. 인민들은 이런 소설의 내용을 다시 이야기로 전하면서 거기에 자기들의 생활 감정과 염원을 더 진하게 반영해 나갔다. 이와 함께 진보적 경향을 가진 개별적 작가들이 이미 창작되어 전하는 이런 소설들을 더 가공하고 개작하는 경우도 적지 않았다. 구전설화에 토대한 국문 소설들은 그만큼 구전화과정, 서사화과정을 복잡하게 거치면서 사상 예술성을 풍부히 하여 왔다."

104) 김일성종합대학 편, 『조선문학사』Ⅰ, 김일성종합대학출판사, 1982(임헌영 해설, 도서출판 천지, 1995), 330쪽.

가는 남경장사꾼들을 향하여 심봉사가 '쌀도 싫고 돈도 싫고 눈뜨기 내 다 싫다.…너희놈들 나 죽여라. 평생에 맺힌 마음 죽기가 원이로다. … 무지한 강도놈들아'라고 절통하게 부르짖는데서 잘 나타"났다고 보고 있다.[105]

〈심청전〉의 인물에 대한 묘사에 차이를 보이는 것은 장승상 부인이다. 장승상 부인은 심청에게 쌀 삼백 석을 기꺼이 내주려 할 만큼 심청을 아끼는 마음이 크고, 인정이 많은 인물로 그려져 있다. 그러나 "봉건량반관료의 처인 장승상부인을 인정이 있고 덕이 높은 인물로 형상" 한 것은 〈심청전〉의 한계로 지적한다.[106]

5. 참고문헌

5.1. 북한 자료

「로동신문」, "고전 소설 심청전 출판", 1954년 9월 6일.

「로동신문」, "조선 인민의 아름다운 감정 세계를 말하여 주는 훌륭한 민족 예술 – 무용극 '심청전'에 대한 체코슬로바키야 인형극단 단장의 감상담", 1955년 6월 8일.

「로동신문」, "〈세계청년 학생 축전에서〉천재적 재능을 소유한 인민의 예술 – 모쓰크바에서 창극 심청전을 절찬", 1957년 8월 7일.

「로동신문」, "국립예술극장 공연 – 무용극 ≪심청전≫", 1957년 4월 18일.

「로동신문」, "무용극 심청전을 공연 –국립 예술 극장에서", 1955년 5월 18일.

「로동신문」, "사실주의의 불후의 명작–〈춘향전〉, 〈심청전〉, 〈홍보전〉 등을 중심으로", 1964년 2월 19일.

「로동신문」, "우리 창극에 대한 중국 인민의 사랑, 종국 공연을 마친 국립 민족예술 극장 예술인들의 좌담회에서–동방의 아름다운 꽃, 춘황과 심청에 대한

---

105) 정홍교 · 박종원, 『조선문학개관』1, 사회과학출판사, 1986(도서출판 인동, 1988), 232쪽.
106) 조선문학창작사 고전문학실, 『고전소설해제』(2), 문예출판사, 1991, 228-229쪽.

사랑은 조선 인민에 대한 사랑", 1957년 1월 16일.

「로동신문」, "인도네시아에서 〈심청 전〉을 번역 출판", 1962년 9월 12일.

「로동신문」, "중국에서 〈심청전〉 공연", 1957년 11월 17일.

「연극 ≪심청전≫에 깃든 위대한 령도」『조선예술』, 2009년 6호.

『문학예술사전(중)』, 과학백과사전종합출판사, 1991.

고정옥, 『조선구전문학연구』, 과학원출판사, 1962.

김일성종합대학 편, 『조선문학사 I 』, 김일성종합대학출판사, 1982(임헌영 해설,
　　　도서출판 천지, 1995.

김정일, 「민족문화유산을 옳은 관점과 립장을 가지고 바로 평가 처리할데 대하여-
　　　조선로동당 중앙위원회 선전선동부 일군들과 한 담화, 1970년 3월 4일」,
　　　『김정일선집(2)』, 조선로동당출판사, 1993.

김정일, 「주체문학론, 1992년 1월 20일」, 『김정일선집(12)』, 조선로동당출판사, 1997.

김춘택, 『조선고전소설사연구』, 김일성종합대학출판사, 1986.

김하명, 『조선문학사』 5, 과학백과사전종합출판사, 1994.

민족문학사연구소 지음, 『북한의 우리문학사 인식』, 창작과비평사, 1991.

사회과학원 문학연구소, 『조선문학사』 고대·중세편, 과학백과사전출판사, 1977
　　　(『조선문학통사』1, 이회문화사, 1996).

정홍교·박종원, 『조선문학개관』 I , 사회과학출판사, 1986(도서출판 인동, 1988).

조선문학창작사 고전문학실, 『고전소설해제(2)』, 문예출판사, 1991.

5.2. 남한 자료

강봉근, 「심청전 연구」, 전북대학교 석사학위논문, 1983.

김동욱, 『한국가요의 연구』, 을유문화사, 1961.

김영수, 『필사본 심청전 연구』, 민속원, 2001.

김지영, 「동해안 서사무가 심청굿 연구」, 서울대학교 석사학위논문, 1989.

김태곤, 『황천무가 연구』, 창우사, 1966.

김태준, 『조선소설사』, 학예사, 1939.

민족문학사연구소 지음, 『북한의 우리문학사 인식』, 창작과비평사, 1991.

박병동, 「심청전의 제의적 성격」, 충남대학교 석사학위논문, 1985.

사재동, 「심청전 연구 서설」, 『한국고전소설』, 계명대학 출판부, 1974.

서종문, 『판소리 사설 연구』, 형설출판사, 1984.

설성경·유영대, 『북한의 고전문학』, 고려원, 1990.

설중환, 「심청전 재고」, 『국어국문학』85, 국어국문학회, 1981.

성현경, 「심청은 효녀인가」, 장덕순 외, 『한국문학사의 쟁점』, 집문당, 1986.

손경락, 「심청전 연구」, 고려대학교 석사학위논문, 1967.

신동익, 「무가 심청전」, 『한국 민속학』 4, 민속학회, 1971.

신동익, 「심청전 형성에 관한 연구」, 『논문집』 8, 육군사관학교, 1970.

신동익, 「심청전의 설화적 고찰」, 『논문집』 7, 육군사관학교, 1969.

신동일, 「심청전 연구」, 서울대학교 석사학위논문, 1969.

양동대, 「필사본 심청전 이보고」, 고려대학교 석사학위논문, 1982.

유영대, 『심청전 연구』, 문학아카데미, 1991.

윤환출, 「심청전의 이본연구」, 연세대학교 석사학위논문, 1991.

이경복, 「심청가·심청전·심청굿의 차이점 고찰」, 『새국어교육』 18-21, 한국 국어교육학회, 1974.

이명재, 「심청전의 효에 대한 연구」, 영남대학교 석사학위논문, 1982.

이상삼, 「심청가 비교 연구」, 동국대학교 석사학위논문, 1994.

이상준, 「심청전의 근원 설화 재고」, 연세대학교 석사학위논문, 1983.

이순혜, 「심청굿 연행에 따른 사설의 구성과 변이양상」, 부산대학교 석사학위논문, 1997.

이영수, 「심청전의 설화화와 그 전승 양상에 관한 연구」, 인하대학교 박사학위논문, 2001.

이은관, 「심청전의 구조분석」, 충남대학교 석사학위논문, 1985.

이헌홍, 「판소리의 전승구조 연구」, 부산대학교 석사학위논문, 1981.

인권환, 「정화의 구원의 비가」『심청전의 연구와 그 문제점』『한국학보』9, 일조각, 1977.

임태수, 「심청전의 연구사적 고찰」, 충북대학교 석사학위논문, 1993.

장덕순, 『국문학 통론』, 신구문화사, 1972.

장석규, 「심청전의 서사구조 연구」, 경북대학교 박사학위논문, 1994.

장석규, 『심청전의 구조와 의미』, 박이정, 1998.

정하영, 「속죄의식의 문학적 전개: 심청전을 중심으로」, 서울대학교 석사학위논문, 1975.

정하영, 「심청전의 제재적 근원에 관한 연구」, 서울대학교 박사학위논문, 1983.

조동일, 「심청전에 나타난 비장과 골계」, 『계명논총』7, 계명대학교, 1971.

최동현 유영대 편, 『심청전 연구』, 태학사, 1999.

최문화, 「방각본 심청전 연구」, 고려대학교 석사학위논문, 1976.

최성규, 「심청전 근원설화의 원형적 연구」, 중앙대학교 석사학위논문, 1984.

최운식, 「'심청 전설'과 '심청전'의 관계」, 『고소설의 사적 전개와 문학적 지향』, 보고사, 2000.

최운식, 「백령도 지역의 '심청 전설' 연구」, 『한국민속학보』 7, 한국민속학회, 1996.

최운식, 「심청전」의 배경이 된 곳」, 『반교어문학』 11, 반교어문학회, 2000.

최운식, 「심청전의 구조와 의미」, 『고전작가 작품의 이해』, 박이정, 1998.

최운식, 『심청전 연구』, 집문당, 1982.

최정선, 「판소리 '심청가' 연구」, 원광대학교 석사학위논문, 1984.

홍성호, 「강전섭본 심청전의 서사구조와 주제」, 고려대학교 석사학위논문, 2001.

황패강, 「심청전의 구조」, 『한국학보』7, 일조각, 1977.

<전영선>

배비장전

고전문학을 바라보는 북한의 시각

裵裨將傳

1. 서지 사항

〈배비장전〉은 〈오유란전〉, 〈삼선기〉 등과 함께 19세기 이후 창작된 것으로 추정되는 대표적인 남성훼절소설이다. 남성훼절소설은 여색에 초연하다고 자부하던 양반을 훼절시킴으로써 호색성을 폭로하는 것이 기본 구조인데, 이러한 작품군은 유사한 인물 구성과 화소, 전개 방식을 가졌지만 세태의 반영이나 풍자의 정도, 구조적 특징, 형성 과정, 작가와 독자 등에 있어서는 다른 양상을 나타내고 있다.

남한과 북한의 연구사에서는 〈배비장전〉이 설화를 근간으로 창작되었다가 판소리 사설을 거쳐 소설로 정착되었다고 보는 견해에 동의하고 있다. 판소리 〈배비장타령〉이 구비전승의 차원을 벗어나 19세기 전반에 소설 작품으로 정착되었다고 보는 것이다. 여기서 『태평한화골계전』의 〈발치설화〉와 『동야휘담』에 수록된 〈미궤설화〉는 〈배비장전〉의 형성에 영향을 미친 대표적인 근원설화로 추정되고 있다.[1] 작품의 이본으로는 신재효의 「오섬

---

1) 김동욱, 『한국가요의 연구』, 을유문화사, 1961, 382~395쪽.
   이 외에도 장덕순은 『실사총담』의 「풍류진중일어사」가 〈배비장전〉을 형성하는 중요한

가」, 국제문화관본(김삼불 교주본), 신구서림본(세창서관본) 등이 있다.[2]

2. 작품개요

대표적인 북한문학사의 하나인 『조선고전소설사연구』에 실려 있는 〈배비장전〉의 줄거리를 그대로 소개하면 다음과 같다.[3]

소설 〈배비장전〉은 배비장, 정비장, 제주목사, 애랑 등의 형상을 통하여 나라를 발전시킬 생각대신에 무위도식하며 안일한 생활로 세월을 보낸 리조말기 봉건관료들의 부패성과 추잡성을 풍자하고 있다.

리조초에 김경이 제주목사가 되어 그곳으로 가게 되었는데 그때 그는 서강에 사는 배선달을 례방 비장으로 데리고 간다.

배비장이 제주도로 떠날 때 그의 안해는 남편이 ≪색향≫인 제주도에 건너가 주색에 빠져 돌아오지 못하지나 않을가 하여 걱정하다 못해 만류한다.

그러자 배비장은 ≪대장부 뜻을 한번 세운 후에 어찌 요망한 여자에게 신세를 망치리까.≫라고 거드름을 피우며 목사를 따라나섰다.

제주땅에 건너가자 배비장은 괴이한 일을 목견한다.

신구사도의 교체에 따라서 구관사도의 비장이던 정비장이 제주 기녀인 애랑과 리별하게 되었는데 그 광경을 보게 된 것이다.

수청 기생 애랑과 여러해동안 사귀여오던 정비장은 리별을 앞두고 교태를

  역할을 담당한 구체적인 근원설화하고 파악하였다.(장덕순, 『한국설화문학연구』, 서울대 출판부, 1970, 209~215쪽.) 이석래는 『실사총담』, 『기문』, 『동야휘집』 등에서 보이는 설화의 파편들이 〈배비장전〉의 주요 구성요소로 기여하고 있다고 논의하였다.(이석래, 「고대소설에 미친 야담의 영향」, 『성곡논총』 3, 1972, 302~309쪽.

2) 박진태, 「배비장전 연구」, 『대구어문논총』 1, 대구어문학회, 1983.
3) 김춘택, 『조선고전소설사연구』, 김일성종합대학출판사, 1986, 478~479쪽.

부리며 서러워하는 그 녀인에게 재물은 물론 입고있던 관복까지 빼앗긴다.

이 광경을 보고 비웃던 배지장은 ≪경향을 삼십년간 편답하면서 절대가인과 경국미색을 두름으로 보았거만 왼편 눈이라도 꿈적하였으면 인사가 아니다.≫라고 하면서 자기의 행실을 뽐낸다.

소설의 다음부분은 얼마 안되어 주인공 배비장이 애랑이에게 매혹되어 량반의 ≪체면≫도 ≪구대 정남≫의 행실도 다 줴버리고 갖은 추태를 다 부리다가 서울로 쫓겨가는 과정을 보여준다.

어느 날 제주목사의 한라산 산놀이가 시작되었다. 수포동 록림에서 선녀와 같이 아름다운 한 녀인을 만난 배비장은 그 녀인에게 매혹되어 끝내 그 녀인의 집으로 찾아간다.

녀인은 바로 애랑이었는데 이미 방자와 모든 계책을 다 꾸며놓고있는 터이므로 배비장을 달갑게 받아들인 대신 별의별 모욕을 다 주었다.

이미 녀인에게 혹한 배비장은 앞뒤일을 상고할 여유도 없이 개가죽 두루마기에 노벙가지를 쓰고 그의 집 담구멍으로 기여들어갔다. 배비장이 녀인의 방에 들어가 자리를 같이하고 있을 때 본남편으로 가장한 방자가 뛰여들었다. 그 바람에 배비장은 몸을 피하려고 처음에는 자루속으로 들어가고 다음에는 피나무궤속에 뛰여들었다.

그리하여 사람들은 마침내 그 궤짝을 만경창파에 처넣는다고 하면서 짊어지고가서 실상은 제주 관가의 동헌 마당에 내려놓는다. 물소리도 내고 궤틈으로 물도 퍼붓다가 궤문을 열어놓자 배비장은 눈을 감은채 헤염치다가 동헌 대청에 머리를 부딪친다. 눈을 뜨고 사방을 살펴보니 그의 앞에는 제주목사며 륙방 관속, 군노들과 기녀들이 모여둘어 한바탕 웃고있었다는 것이다.

소설은 마지막부분에서 서울로 가던 배비장이 그를 만류하려고 이미 배 안에서 기다리던 애랑이를 만나 또다시 그 녀인의 집에 돌아와 쾌락을 누리다가 정의현감의 칙지를 받으며 후에는 이조판서까지 되어 부귀영화를 누리었다는 것으로 끝난다.

3. 북한 연구사

〈배비장전〉에 대한 연구가 나타나고 있는 북한의 문학사 및 개별 논문의
목록을 정리하면 다음과 같다.

① 조선민주주의인민공화국 과학원 언어문학연구소 문학연구실 편, 『조선문
　학통사』(상), 과학원출판사, 1959(화다, 1989).

② 사회과학원 문학연구소, 『조선문학사』 고대·중세편, 과학백과사전출판
　사, 1977(『조선문학통사』1, 이회문화사, 1996).

③ 김춘택, 『조선고전소설사연구』, 김일성종합대학출판사, 1986.

④ 김하명, 『조선문학사』 6, 과학백과사전종합출판사, 1999.

⑤ 「고전소설 배비장전」, 『천리마』, 2006년 11호.

오랫동안 북한문학사에서는 〈배비장전〉이 중요한 작품으로 논의되어 왔
다. 1959년 처음 발간된 북한문학사에서는 〈배비장전〉의 내용과 의의가 간
략히 소개되어 있지만, 후대로 갈수록 〈배비장전〉은 북한문학사에서 점차
비중 있게 다루어지는 연구동향이 나타난다. 지금부터 북한의 문학사와 개
별 논문에서 〈배비장전〉을 어떻게 논의하여 왔는지 살펴보기로 하겠다.

3.1. 19세기 대표 소설로서 〈배비장전〉이 갖는 의의

북한문학사에서는 〈배비장전〉을 19세기의 대표적 소설로 보면서, 근대소
설로의 발전에 큰 공헌을 한 작품으로 평가하고 있다. 우선 1959년 발간된

북한문학사에서 〈배비장전〉의 의의에 대해 논의한 부분을 소개하면 다음과 같다.

> (19세기) 이 시기 대표적 소설은 「숙영 낭자전」, 「채봉 감별곡」, 「배비장전」, 「옥단춘」, 「옥낭자전」 등을 들 수 있으나 모두가 그 작가를 밝힐 수 없는 무명씨의 작품으로 전한다.
>
> 이와 함께 중국의 무대와 고사를 빌린 작품, 또는 중국 작품의 번역 및 번안물들이 적지 않게 유행하였는바, 양산백전, 백학선전, 소운전, 기타가 이에 속한다.
>
> 그러나 이러한 부류의 작품들은 독자들의 소설에 대한 수요가 증대되어 감에 따라 엽기적인 면을 노리어 출현한 데 불과하다.
>
> 따라서 이 시기의 시대적 성격을 반영하고 있는 것은 「채봉 감별곡」이나 「배비장전」 등 전자의 작품들로서 이제 이 작품들을 중심적으로 보기로 한다.
>
> 대체로 이 작품들이 아직도 중세기적 테두리 안에서 남녀간의 기연(奇緣)과 염정(艶情)을 보여 주고 있으나, 그런 가운데서도 개성의 성격들을 창조하는 데 중점을 두었다는 것은 역시 이 시기 작품들이 사실주의적 창작 방법으로 인도되고 있는 것을 실증하고 있다.[4]

1959년에 발간된 북한문학사에서는 19세기의 대표적인 소설로 〈숙영낭자전〉, 〈채봉감별곡〉, 〈배비장전〉, 〈옥단춘〉, 〈옥낭자전〉 등이 있다고 소개하면서, 이 중 이 시기의 시대적 성격을 반영하고 있는 작품으로 〈채봉감별곡〉과 〈배비장전〉을 꼽고 있다. 그것은 이러한 작품들이 사실주의적 창작 방법을 통해 개성적인 인물의 성격을 창조해 내었기 때문이다.

1959년에 발간된 북한문학사에는 〈숙영 낭자전〉보다 한층 풍자적인 형상을 보여주는 것은 〈배비장전〉이라고 하면서, 이 작품에 대해 다음과 같이 논의하였다.

---

4) 조선민주주의인민공화국 과학원 언어문학연구소 문학연구실 편, 『조선문학통사』(상), 과학원출판사, 1959(화다, 1989), 419-420쪽.

이 작품은 서울 서강에 사는 배선달이 제주 목사의 비장으로 부임할 때, 자기 가속에게도 색에 빠지지 않는다는 약속을 하였고 또 제주도에 가서는 교체하는 정무장이란 비장이 그곳 기생 애랑에게 혹하여 추태를 부린 것을 목도하고 자기는 색을 더욱 멀리 할 것을 결심하여 색계에 들어 서는 영웅 호걸이 없다는 방자와 내기까지 걸었다.

그리하여 배비장은 수노를 불러 만일 기생을 자기 눈 앞에 얼신이라도 시킨다면 엄벌을 주겠다고 호령을 하였다.

그러나 목사의 한라산 산놀이에 배행하였다가 수포동 녹림 속에서 목욕 하는 한 여인(애랑)을 바라보고는 '구대 정남(九代貞男)' 간데 없고 도리어 음남(淫男)이 되어 가진 추태를 연출하게 된다.

물론 배비장은 목사와 애랑 등의 계략에 빠진 것이 사실이나, 배비장의 형상은 세태를 풍자하는 하나의 찌쁘타이프로서 훌륭히 살아있다.

그리하여 「배비장전」은 소설 뿐 아니라 판소리 「배비장 타령」으로도 널리 보급되었다.[5]

위의 인용문을 보면, 특히 배비장의 형상은 '세태를 풍자하는 하나의 찌쁘 [타이프]'로서 훌륭히 살아있다고 평가하면서, 〈배비장전〉에서 사실주의적 창작 방법이 돋보이고 있다는 것이 주된 논지이다. 북한의 문학사에서는 기본적으로 〈배비장전〉의 작가가 사실주의적 창작 기법을 통해 이전에는 볼 수 없던 개성적인 인물 형상을 창출해 내어, 근대 소설로의 발전에 이바 지를 했다고 여기고 있다. 이러한 새로운 인물 형상을 통해 〈배비장전〉만의 특징적인 풍자성도 발휘된다고 할 수 있다.

1977년에 발간된 북한문학사에서는 〈홍보전〉이나 〈토끼전〉과 달라지는 〈배비장전〉만의 풍자성에 대해 다음과 같이 논하고 있다.

구전 설화에 토대한 국문 소설들 가운데서 봉건사회의 부패한 현실을 폭로한 작품으로는 이밖에도 「배비장전」과 같이 19세기를 사회적 배경으

---

5) 조선민주주의인민공화국 과학원 언어문학연구소 문학연구실 편, 『조선문학통사』(상), 과 학원출판사, 1959(화다, 1989), 420쪽.

로 하여 봉건 말기 양반 관료들의 부패한 이면 생활과 추악한 정신세계를
풍자 조소한 작품도 있다.
　「배비장전」은 「홍보전」이나 「토끼전」과는 달리 갈등을 지배계급과 피지
배계급 사이의 갈등으로 설정하지 않고 주로 윤리 도덕적 측면에서 봉건
통치배들 사이의 관계를 통하여 봉건 말기의 부패한 현실을 폭로하고 있다.[6]

　위의 인용문에서는 구전 설화에 토대한 국문 소설인 〈홍보전〉과 〈토끼
전〉도 봉건사회의 불합리한 현실과 봉건 통치배들의 죄악성을 폭로하고 있
지만, 〈배비장전〉은 〈홍보전〉, 〈토끼전〉과는 달리 지배계급과 피지배계급
간의 갈등이 아니라 통치배들 사이의 관계를 통해 봉건 말기의 부패한 현실
을 폭로하는 것이 특징이라고 설명한다. 예컨대, 〈홍보전〉 같은 경우 홍보와
놀보의 대립은 명백히 긍정적 인물과 부정적 인물간의 대립인데, 〈배비장
전〉에서는 부정적 인물들 간의 대립에서 갈등이 발생한다는 것이다. 이렇
게 부정적 인물들 간의 대립이기 때문에, 〈배비장전〉의 풍자성은 다른 작품
의 풍자성과는 다른 특징을 지니게 된다고 볼 수 있다. 더구나 서로 갈등하
고 대립하는 부정적 인물들의 형상이 이전의 다른 소설 속 부정적 인물들의
형상과는 달리 보다 사실적이고 생동감 있기 때문에 〈배비장전〉만의 풍자
성이 더욱 두드러진다고 볼 수 있다.
　이처럼 〈배비장전〉은 풍자성이 강한 작품이다 보니 특히 연암 박지원의
소설과 자주 비교가 된다. 특히 같은 양반이지만 〈배비장전〉에서의 양반의
형상은 연암 소설 속 양반의 형상과는 어떻게 다른지가 주로 논의되었다.
　다음은 1986년에 발간된 북한문학사에서 〈배비장전〉과 연암의 소설을
비교하여 논의한 것이다.

　소설 〈배비장전〉은 18~19세기 전반기 우리 나라 국문소설들가운데서도

---

6) 사회과학원 문학연구소, 『조선문학사』 고대 · 중세편, 과학백과사전출판사, 1977(『조선
　문학통사』1, 이회문화사, 1996), 444쪽.

근대적 요소가 비교적 뚜렷한 작품의 하나이다.

이 소설의 주인공 배비장과 제주 기생 애랑의 형상이 바로 작품의 이러한 특징을 잘 보여준다.

배비장의 형상은 박지원은 〈량반전〉, 〈범의 꾸중〉에 나오는 량반들과 소설 〈춘향전〉의 변학도의 형상 등과 함께 량반이라는 점에서는 별로 다른 것이 없으나 그 성격적 특성에서는 구별되는 점을 보여주고 있다.

배비장은 인제 와서는 보통 사람들 앞에서도 량반이라는 그 〈위세〉와 〈위풍〉이 통하지 않는 인물로 전락되었다.

이에 대해서는 배비장이 비장의 벼슬을 내놓고 서울로 돌아가려고 바다가에 나갔을 때 해녀와 주고받은 말을 통하여 잘 알 수 있다.

배비장이 점잖을 빼면서 〈이 사람, 량반이 말을 물으면 어찌하여 대답이 없소?〉라고 하자 해녀는 〈무슨 말이랍나, 량반, 량반 무슨 량반이야. 행검이 좋아야 량반이지, 진정 량반이면 남녀유별 례의 렴치도 모르고 남의 녀인네 발가벗고 일하는데 와서 말이 무슨 말이여 싸라기 밥 먹고 병풍뒤에서 낮잠자다 왔습나? 초면에 반말이 무슨 반말이야. 참 듣기 싫군, 어서 가소. … 요새 새력이 빨리줄 같은 배비장도 궤중 원귀될뻔한 일 못들었슈나?〉라고 쏘아 붙인다.

보는바와 같이 소설은 해녀와 같은 당대 최하층의 인간들이 배비장을 대하는 언행을 통하여 인제 와서는 량반의 〈위세〉란 보잘것 없는 것이며, 사람들은 량반들의 속박에서 벗어나 살것을 원한다는 시대적감정을 보여주고 있다.

그러므로 소설에서는 배비장이 량반의 〈위세〉와 체면을 유지하려고 애를 쓰면 쓸 수록 그 더러운 정체가 명백히 드러나고 있다.

배비장은 처음에는 량반의 〈청렴〉, 〈결백〉함을 뽐내면서 〈지금이후로 기생년들을 내 눈앞에 얼씬이라도 하게 되면 엄곤 태거하리라,〉라고 호통을 치였으나 한나산놀이때에 애랑이를 한번 만나본 이후로는 개가죽두루마기에 노벙거지를 쓰고 서래도 그 녀인을 만나보려고 한다. 그리고 애랑의 남편으로 가장한 방자가 들어오자 그래도 량반의 체면만은 잃지 않겠다는 속심으로 자루속에 들어가 둥덩둥덩 거문고 소리까지 낸다.

배비장의 형상에서 보는 이러한 풍자적인 성격은 결코 그의 개성적인 기질로부터 오는것이라고만 해석할 수 없다.

배비장의 이러한 형상의 바탕에는 량반의 〈권세〉와 〈권위〉를 더는 인정하지 않으려는 당대 인민들의 근대적지향과 결부된 비판정신이 깔려져 있다.[7]

위의 인용문에서는 배비장의 형상이 박지원의 〈양반전〉, 〈호질〉에 나오는 양반들이나, 〈춘향전〉의 변학도의 형상과 양반이라는 점에서는 별로 다를 것이 없으나 그 성격적 특성에서는 구별되는 점을 보여준다고 논하고 있다. 배비장은 보통 사람들 앞에서도 양반이라는 위세와 위풍이 통하지 않는 인물로 전락되었다는 것이 주된 논지이다. 배비장은 공개적으로 망신을 당하게 되면서, 후에 해녀와 뱃사공과 같은 하층민에게 조차 조소를 당하는 인물로 그려지고 있다는 것을 특징으로 꼽고 있다. 특히 위의 인용문에서는 배비장과 해녀의 대화를 자세히 소개하면서, 양반의 위세란 보잘것없는 것이며, 사람들이 양반들의 속박에서 벗어나길 원한다는 시대적 감정을 보여준다고 해석하고 있다. 그러니까 배비장의 형상은 개성적인 인물의 성격적 기질로부터만 오는 것이 아니라, 당시 양반의 권세와 권위를 더 이상 인정하지 않으려는 인민들의 근대적 지향과 비판정신에 의해서도 형상화 될 수 있었다고 논의하는 것이다.

다음의 인용문에서는 〈배비장전〉에서 창출해낸 배비장이라는 새로운 인물 형상에 대해 보다 자세히 소개하고 있다.

배비장의 이러한 형상은 또한 썩을대로 썩은 봉건사회말기의 량반들의 부화타락성과 그들의 시정인적인 성격을 그대로 드러내놓은 것이다.

소설에서 보는 것처럼 배비장의 성격에서 특징적인 것은 선행시기 량반들인 북곽선생, 변학도, 정선군 량반 등에 비하여 훨씬 더 시정인적인 성격이 강한 것이다. 같은 량반이면서도 박지원의 〈범의 꾸중〉에 나오는 북곽선생은 구태의연하게 계속 낡은 유교적교리를 방패로 하여 점잖음을 뽐내면서 보다 교묘하게 은밀히 행동한다. 변학도 역시 〈문필도 유여하고 인물

7) 김춘택, 『조선고전소설사연구』, 김일성종합대학출판사, 1986, 479-480쪽.

풍채 활달하고 풍류속에 달통〉한 신관사또로서 춘향의 수청을 강요한다.
그러나 배비장의 경우에는 그 언행이 더 노골적이며 향락적이다. 그는
애랑이를 유흥대상으로 하기 위해서는 때로는 방자에게 갖은 모욕도 당하
고 필요하면 알몸뚱이로 피나무궤속에 뛰어들어가기도 한다.[8]

위의 인용문에서는 배비장이 〈호질〉의 북곽선생이나 〈춘향전〉의 변학도
에 비해 훨씬 더 노골적이며 향락적인 모습을 지닌 것이 특징이라고 설명하
고 있다. 다른 소설 속에 묘사된 어느 양반의 형상보다도 가장 시정인적인
성격이 강하게 나타난다는 것이다. 예를 들어 연암의 〈호질〉에 나오는 북곽
선생은 낡은 유교교리를 방패로 하여 점잖은 척 하면서 보다 교묘하고 은밀
하게 행동하는 인물이라면 〈배비장전〉의 배비장은 애랑을 얻기 위해 대놓
고 향락적으로 행동하는 인물이라고 보고 있다.

이렇게 배비장이 이전에는 볼 수 없었던 새로운 인물 형상이라고 보는
맥락에서 1999년에 발간된 북한문학사에서는 〈배비장전〉의 의의를 다음과
같이 정리하고 있다.

소설은 거대한 사회정치적 의의를 가지는 위선자 배비장의 형상을 창조
하면서 시종 신랄한 풍자적폭로의 지향으로 일관시켰다. 배비장의 형상은
우리 문학의 새로운 형상이다. 박연암도 〈량반전〉을 비롯한 여러 단편소설
들에서 당대 량반사대부들의 무위무능성, 그들의 언행의 불일치에 반영된
위선성을 폭로풍자하였지만 〈배비장전〉에서와 같이 직접 벼슬살이하고 있
는 량반관료를 무대의 중심에 세워놓고 정면으로 풍자조소한 작품은 드물
다. 작가는 이 형상을 통하여 당시 봉건제도의 반인민성을 예리하게 비판하
고 있다. 작품은 배비장의 추악한 행위가 당대 봉건사회에서 보편적 현상이
며 심지어 그 제도를 대변하는 인물인 제주목사에 의하여 그러한 비도덕적
행위가 조장되고 있으며 표창까지 되고있다는 것을 보여주고 있다.

작품에서는 거의 동일한 형의 두사람의 량반을 보여주고 있다. 즉 구관

8) 김춘택, 『조선고전소설사연구』, 김일성종합대학출판사, 1986, 480쪽.

의 비장인 정무장과 신관의 비장인 배비장이 모두 애랑에게 혹하여 량반의 〈체면〉을 손상시키는 행위를 한다. 이러한 같은 행위의 반복에 의하여 봉건도덕이라고 하는 것이 그들의 말과 같이 견실한 것이 아니며 그 파멸은 피할 수 없는 력사적 운명이라는 것을 강조하였다.[9]

위의 인용문에서는 〈배비장전〉에는 이전까지 볼 수 없었던 새로운 인물 형상이 나타난다고 논하고 있다. 연암의 〈양반전〉도 양반의 무능함과 위선성을 풍자적으로 폭로하고는 있지만 〈배비장전〉에서와 같이 직접 벼슬자리를 하고 있는 양반관료를 무대의 중심에 세워놓고 정면으로 풍자조소한 작품은 드물다고 보았다. 연암 소설 속 양반은 허울뿐인 양반이지 정작 벼슬하나 없이 가난하게 사는 인물이었다면, 〈배비장전〉 속 양반은 실제 현직관료이면서 피지배계급을 착취할 수 있는 위치에 있는 인물이라는 것이다. 그렇게 지배계급의 위치에 있는 양반임에도 불구하고 철저한 풍자와 조롱의 대상이 된다는 점에서 〈배비장전〉의 의의를 찾고 있다. 또한 위의 인용문에서는 〈배비장전〉에는 거의 동일한 유형의 두 양반, 즉 정무장과 배비장을 등장시켜서 반복적으로 애랑에 의해 양반의 체면을 손상시키는 행위를 보여준다고 하였다. 이렇게 같은 행위의 반복을 통해 봉건사회의 파멸은 피할 수 없는 것이라는 것을 역설적으로 보여준다는 것이다.

이처럼 북한의 문학사에서는 〈배비장전〉이 이전에는 볼 수 없었던 새로운 인물을 형상화한 특성을 갖고 있음을 강조하면서 이 작품을 중요하게 평가하고 있다. 19세기의 대표적 소설인 〈배비장전〉은 이전까지 볼 수 없었던 새로운 인물의 형상을 보여줌으로 인해 사실주의풍자소설의 발전을 일으키는데 큰 공헌을 하였다고 보는 것이다.

소설 〈배비장전〉의 풍자적특성은 다음으로, 그 사실주의적인 진실감이다. 우리 나라 고전소설은 이미 오래전부터 통쾌한 풍자적인 웃음을 자아내

---

9) 김하명, 『조선문학사』 6, 과학백과사전종합출판사, 1999, 34-35쪽.

면서 사람들에게 계급사회의 각이한 부정적 현상의 본질을 파악케 하는 사실주의적인 풍자적 형상을 적지 않게 창조하였다.

소설 〈춘향전〉의 변학도의 형상, 〈범의 꾸중〉, 〈량반전〉의 량반들의 풍자적형상 등이 그러한 것처럼 소설 〈배비장전〉의 배비장의 형상은 진실한 풍자란 언제나 사실주의적이며 객관적인것이라는 것을 보여주고 있다.

배비장의 형상이 자아내는 웃음은 결코 주관적인 웃음, 다시말하여 그 어떤 흥미나 쾌락만을 일으키려는 취미본위적인 웃음이 아니다.

배비장의 형상이 그렇듯 통쾌한 웃음을 자아내는 것은 그것이 어디까지나 현실생활에 대한 객관적인 사실주의적묘사정신과 결부되어있기 때문이다.[10]

위의 인용문에는 〈배비장전〉이 갖고 있는 풍자성이 의미있는 이유는, 그것이 사실주의적이며 객관적이기 때문이라고 설명하고 있다. 배비장의 형상이 자아내는 웃음은 주관적인 웃음, 또는 흥미나 쾌락만을 일으키려는 웃음이 아니라 현실생활에 대한 객관적인 사실주의적 묘사정신과 결부되어 있기 때문에 가치가 있다는 것이다. 이렇게 북한문학사에서는 〈배비장전〉의 풍자적 성격은 사실주의적인 인물의 형상을 통해 더욱 강화되고 있으며, 바로 그러한 점으로 인해 다른 소설의 풍자적 성격과도 차이가 난다는 것에 주목하고 있다.

북한문학사에서는 19세기의 다른 풍자 소설들과 비슷한 맥락을 지니고 있으면서도 중요한 차이를 갖고 있는 〈배비장전〉의 의의를 최종적으로는 '근대 소설로의 발전'과 연관시키고 있다.

주제 사상적 내용과 성격 형상, 언어 문체 등에 있어서 구전 설화에 토대한 국문 소설의 어느 작품보다도 근대적 요소를 풍부하게 가지고 있어서 봉건 말기의 소설 발전에 이바지 하였다.[11]

10) 김춘택, 『조선고전소설사연구』, 김일성종합대학출판사, 1986, 482-483쪽.
11) 사회과학원 문학연구소, 『조선문학사』 고대·중세편, 과학백과사전출판사, 1977(『조선문학통사』1, 이회문화사, 1996), 446쪽.

위의 인용문은 1977년에 발간된 북한문학사에 실려 있는 내용이다. 〈배비장전〉은 구전 설화에 토대한 어떤 국문 소설 작품보다도 근대적 요소를 풍부하게 가지고 있다고 평하고 있다.

다른 북한문학사에서도 이와 비슷한 평가를 하고 있다.

> 소설 〈배비장전〉은 그 소재상에서 보면 〈리충푼전〉이나 〈옹고집전〉의 경우와 마찬가지로 그 어떤 예리한 사회정치생활이 아니라 주로 세태적인 생활속에서 웃음을 자아내고 있다. 이 소설은 배비장과 기생인 애랑의 성격을 주로 세태적인 생활의 흐름속에서 보여주기는 하나 착취계급의 정신도덕공허성과 부패성을 비교적 예리하게 들추어내고 까밝히는 사실주의정신에 있어서나 봉건사회말기의 어지러워진 현실을 통쾌하게 조소하는 풍자적 비판정신에 있어서 이 시기 사실주의풍자소설의 발전모습을 잘 보여주는 작품의 하나이라고 볼 수 있다.[12]

1986년에 발간된 북한문학사에도 〈배비장전〉을 당시 사실주의 풍자소설의 발전모습을 잘 보여주는 작품이라고 평가한다. 착취계급의 부패성을 예리하게 들추어내고 있으며, 봉건사회말기의 어지러워진 현실을 통쾌하게 조소하는 풍자적 비판정신이 잘 나타나는 작품이라는 것이다.

1999년에 발간된 북한문학사에서도 위의 문학사들과 비슷한 맥락에서 〈배비장전〉의 의의를 찾고 있다.

> 소설 〈배비장전〉은 그 제재의 현실성과 봉건정치제도에 대한 예리한 비판의 힘에 있어서 그 형상의 생동성과 언어의 통속화에 있어서 그후에 오는 신소설에 직접 련결되며 이로써 우리나라 사실주의발전에서 적지 않은 의의를 가진다.[13]

---

12) 김춘택, 『조선고전소설사연구』, 김일성종합대학출판사, 1986, 480쪽.
13) 김하명, 『조선문학사』 6, 과학백과사전종합출판사, 1999, 38쪽.

1999년에 발간된 북한문학사에서는 〈배비장전〉이 그 후의 신소설로의 발전에 영향을 주었다고 평한다. 그 제재의 현실성과 봉건정치제도에 대한 예리한 비판의 힘이 우리나라 사실주의 발전에서 적지 않은 공헌을 했다는 것이다.

> 주인공 배비장이 애랑과 행복한 가정을 이루고 부귀영화를 누리게 하는 것으로 끝맺는것과 같은 부족점들이 있으나 ≪배비장전≫은 중세고전소설로부터 근대적인 소설에로의 발전을 촉진하는데 적극 이바지하였다.[14]

『천리마』에 실린 글에서도 〈배비장전〉은 중세고전소설로부터 근대적인 소설에로의 발전을 촉진하는데 적극 이바지한 작품이라고 평가되고 있다.

이 외에도 1999년에 발간된 북한문학사에서는 〈배비장전〉이 갖는 또 다른 의의를 다음과 같이 설명한다.

> 소설 〈배비장전〉은 제주도를 배경으로 사건이 전개되고 있다. 작품은 배비장과 그곳 태생들인 애랑이, 방자, 해녀, 뱃사공 등과의 관계에서 제주도의 색다른 자연풍토와 생활풍습을 보여주고 있다. 우리 문학사에서 김정의 〈제주풍토기〉(16세기)를 비롯하여 제주도인민들의 생활을 보여준 작품들이 없지 않으나 소설작품으로서는 〈배비장전〉이 처음이라고 할 수 있다.[15]

위의 인용문에서는 소설작품으로서 제주도인민들의 생활을 보여준 작품은 〈배비장전〉이 처음이라고 논하고 있다. 이전에도 제주도인민들의 생활을 보여준 작품들이 있기는 하지만, 〈배비장전〉은 보다 본격적으로 제주도의 색다른 자연풍토와 생활풍습을 보여주는 작품이라고 평가하고 있다.

정리하면 북한문학사에서 주로 논의하고 있는 〈배비장전〉의 의의는 크게

---

14) 「고전소설 배비장전」, 『천리마』, 2006년 11호.
15) 김하명, 『조선문학사』 6, 과학백과사전종합출판사, 1999, 34쪽.

두 가지이다. 첫째, 〈배비장전〉은 근대 소설로 이행하는데 큰 역할을 한 작품이다. 19세기의 대표 소설 〈배비장전〉은 이전까지 볼 수 없었던 새로운 인물의 형상을 창출함으로써 사실주의풍자소설의 발전을 일으키는데 큰 공헌을 하였으며, 이는 나아가 근대 소설로 이행하는데 지대한 역할을 했다고 평가하고 있다. 둘째, 〈배비장전〉은 본격적으로 제주도의 특색을 구체적으로 보여준 첫 소설 작품이다. 배비장과 애랑, 방자, 해녀, 뱃사공 등의 인물들을 통해 제주도의 색다른 자연풍토와 생활풍습을 보여주는 작품이라는 것이다.

3.2. 〈배비장전〉의 주제와 창작 기법에 대한 논의

북한문학사에서는 〈배비장전〉이 중세고전소설로부터 근대적인 소설로의 발전을 촉진하는데 크게 이바지한 작품이라고 평가하고 있다. 거기서 바로 〈배비장전〉이 갖는 중요한 의의가 있는 것인데, 이렇게 〈배비장전〉을 높이 평가하는 데에는 〈배비장전〉의 주제 및 창작기법이 중요하게 작용하고 있다. 이전의 다른 작품들과는 달라지는 〈배비장전〉의 작품 형상화 방식이 〈배비장전〉의 주제를 효과적으로 드러낸다고 보는 것이다. 이번 절에서는 보다 구체적으로 북한문학사에서 〈배비장전〉의 주제와 창작 기법에 대해 어떻게 논의하였는지를 살펴보도록 하겠다.

다음은 1977년에 발행된 북한문학사에 실린 내용이다

> 이 작품에 등장하는 배비장, 정무장, 제주 목사 김경 등은 봉건 관료이며 애랑, 방자 등은 그들에게 복종하고 그들의 부패타락한 생활을 충족시켜 주는 인간이다. 따라서 여기에는 그 어떤 긍정적 인물도 없다. 물론 배비장 등이 서울에서 제주도로 오는 뱃길에서 만나는 뱃사공이 등장하기는 하나 사공이 작품의 주제 사상 해명에서 이렇다 할 역할을 하고 있는 것은 없다.

작품은 바로 봉건 관료들과 그 시중꾼들 사이에서 벌어지는 상호관계를 풍자적으로 엮어 나가면서 주제를 해명하고 있다.[16]

위의 인용문에서는 어떠한 긍정적 인물도 나타나지 않는다는 것이 〈배비장전〉의 특징이라고 지적하고 있다. 봉건 관료들과 그 시중꾼들 사이에서 벌어지는 상호관계를 풍자적으로 엮어 나가면서 주제를 해명하는 것이 〈배비장전〉의 특징이라는 것이다. 북한문학사에서는 〈배비장전〉이 부정적 인물들 간의 대립을 통해 더욱 효과적으로 작품의 주제를 전달할 수 있다고 본다. 그러니까 작가가 작품을 창작하면서 긍정적 인물과 부정적 인물간의 대립 구도가 아닌, 부정적 인물들끼리의 대립 구도를 설정한 것도 중요한 창작 기법이라고 할 수 있는 것이다.

이제 보다 구체적으로 〈배비장전〉에서 특징적으로 나타나는 창작기법에 대한 논의를 소개해 보겠다. 1977년에 발행된 북한문학사에서는 〈배비장전〉의 창작기법에 대해 다음과 같이 높이 평가하고 있다.

작가는 형상 창조에서 묘사 표현 수법들과 언어 문체도 상당한 정도로 능숙하게 활용하였다.

외형적인 '위엄'과 정신세계의 공허성, 추악성 사이의 불일치, 언어와 행동의 불일치 등을 통한 풍자적 수법의 재치 있는 적용, 당시 사람들이 흔히 쓴 보통 말들을 그대로 쓰면서 작품을 재미있게 엮어 나간 것은 이 소설의 중요한 긍정적 요소의 하나이다.

특히 작가는 망신을 당한 배비장이 차마 제주도에서는 얼굴을 들고 다닐 수 없다고 생각하고 다시 서울로 올라가기 위해 배편을 이용하려고 하는 장면의 묘사에서 다양한 말을 적절히 써서 인물들 사이의 관계와 심리적 세계를 생동하게 보여 주고 양반인 배비장에게 '하게'를 쓰는 사공의 말을 통하여 다시 한 번 양반에게 타격을 가하였다.[17]

16) 사회과학원 문학연구소, 『조선문학사』 고대 · 중세편, 과학백과사전출판사, 1977(『조선문학통사』1, 이회문화사, 1996), 444-445쪽.
17) 사회과학원 문학연구소, 『조선문학사』 고대 · 중세편, 과학백과사전출판사, 1977(『조선

위의 인용문에서는 〈배비장전〉의 작가가 당시 사람들이 흔히 쓰던 보통 말들을 그대로 사용하면서 새로운 인물 형상 창조를 할 수 있었다고 평가한 다. 특히 배비장이 다시 서울로 올라가기 위해 배편을 이용하려고 하는 장면의 묘사에서 다양한 말을 적절히 사용함으로 인해 인물들 간의 관계와 심리를 생동감있게 보여줄 수 있었다고 논의하고 있다. 〈배비장전〉에 나타나는 인물 묘사 표현 수법이나 언어 문체가 아주 적절히 사용되어 작품의 주제를 효과적으로 드러내고 있다고 평가하는 것이다.

이처럼 〈배비장전〉은 적절한 인물 묘사 표현과 언어를 통해 위세를 부리던 양반이 망신을 당하는 모습을 생생히 전달해 준다는 점에서 높은 평가를 받고 있다.

1986년에 발행된 북한문학사에도 이와 관련하여 〈배비장전〉에 대해 다음과 같이 논하고 있다.

> 이러한 각도에서 볼 때 이 소설의 마지막부분에 나오는 해녀와 배사공의 형상은 중요한 의의를 가진다.
> 비장의 벼슬을 그만두고 서울로 돌아가려던 배비장이 바다가 해녀로부터 〈량반, 량반 무슨 량반이야?〉라는 호된 욕을 보게 된 장면은 이미 이야기하였으므로 여기에서는 배비장과 배사공사이의 대화장면을 보기로 한다.
>
> 〈이 배가 어데로 가는 배여?〉
> 〈물로 가는 배여〉
> 원래 비장이 사공더러 위대하기는 초라하고 해라하자니 제 모양 보고 받을는지 몰라 어중벙벙이 말을 내놓다가 사공의 대답이 한층 더 올라가는 것을 보고 한숨을 휘 쉬며 〈허! 내가 춘몽을 못깨고 또 실수를 하였구나〉
>
> 보는 바와 같이 소설은 해녀와 같은 당대 최하층의 인간들이 배비장을 대하는 언행을 통하여 인제 와서는 량반의 〈위세〉란 보잘 것 없는 것이며,

---

문학통사』1, 이회문화사, 1996), 445-446쪽.

사람들은 량반들의 속박에서 벗어나 살것을 원한다는 시대적 감정을 보여주고 있다. 그러므로 소설에서는 배비장이 량반의 〈위세〉와 체면을 유지하려고 애를 쓰면 쓸수록 그 더러운 정체가 더욱 명백히 드러나고 있다. 배비장의 형상에서 보는 이러한 풍자적인 성격은 결코 그의 개성적인 기질로부터 오는것이라.)만 해석할 수 없다. 배비장의 이러한 형상의 바탕에는 량반의 〈권세〉와 〈권위〉를 더는 인정하지 않으려는 당대 인민들의 근대적 지향과 결부된 비판정신이 깔려져 있다.[18]

위의 인용문에서는 특히 배비장과 뱃사공 사이의 대화 장면을 예로 들면서, 〈배비장전〉은 당대 사회의 최하층의 인간들을 등장시켜 그들의 입을 통해 양반을 면전에서 조소하고 있다고 하였다. 그리고 이러한 인물에 대한 묘사는 '사실주의적인 진실감'을 갖고 있기 때문에 중요한 의의를 가지게 되는 것이다.

위와 같은 문학사에서 〈배비장전〉에 나타나는 사실주의적 묘사 기법에 대해 보다 자세히 논한 부분을 소개하면 다음과 같다.

배비장의 형상이 그렇듯 통쾌한 웃음을 자아내는 것은 그것이 어디까지나 현실생활에 대한 객관적인 사실주의적묘사정신과 결부되여있기 때문이다.
〈구대정남〉으로 뽐내던 배비장이 개가죽두루마기에 노벙거지를 쓰고 남의 집 울타리구멍으로 들어가는 모습, 알몽둥이 되어 동헌 앞마당에서 허우적거리며 헤엄치는 모습 등의 풍자적 형상은 세상에 이런 추악한 인간도 있는가 하는 충격과 분노를 일으킬 정도로 통쾌한 웃음을 자아낸다.
작가가 이러한 풍자적 형상을 창조할 수 있는 것은 위선을 부리며 호언장담을 하던 배비장의 생활과 그의 추태 사이의 불일치에 대한 비교적 진실하고 날카로운 사실주의적인 관찰을 하였기 때문이다.
배비장은 처음으로 제주도에 건너가 애랑과 리별하는 정무장의 해괴망칙한 꼴을 보고 〈리친척, 원부모 천리 밖에 내려와서 천기에게 매혹하여 저다지 체면을 손상하니 하인 소시 안 되었다.〉라고 비웃으면서 자기의

18) 김춘택, 『조선고전소설사연구』, 김일성종합대학출판사, 1986(한국문화사, 1999), 482쪽.

〈결백청렴〉을 자랑한다. 작가는 바로 이렇게 거드름을 피우던 배비장이 얼마후에는 정무장 못지 않게 추태를 부리는 풍자적장면을 보여줌으로써 그의 추악한 성격의 내막을 여지없이 발가놓고 있다.

이것은 이 소설의 풍자적웃음이 량반의 위선과 그 본질적인 내막을 드러내는데서 중요한 작용을 하고 있다는 것을 보여준다.[19)]

위의 인용문에서는 구대정남이라고 자처하던 배비장이 애랑에게 반해 온갖 추태를 부리게 되는 장면을 자세히 묘사하면서, 작가가 이렇게 풍자적 형상을 창조할 수 있는 것은 진실하고 날카로운 사실주의적 관찰을 하였기 때문에 가능한 것이라고 논한다. 배비장이 개가죽 두루마기에 노벙거지를 쓰고 남의 집 울타리구멍을 들어가는 모습이나, 알몸이 되어 동헌 앞마당에서 허우적거리는 모습 등 배비장에 대한 풍자적 형상은 현실생활에 대한 객관적인 사실주의적 묘사라는 것이다. 또한 이러한 사실주의적 묘사에 의해서 풍자적인 웃음이 발생하게 되고, 이러한 풍자적 웃음은 이 작품의 핵심적 주제인 양반의 위선과 본질을 드러내는데 중요한 역할을 하고 있다고 본다.

1999년에 발간된 북한문학사에서도 작품 속에서 배비장이 망신당하는 장면 묘사의 탁월함을 논하고 있다.

배비장은 방자와 약속한 처음에는 마음을 단단히 먹고 수노 불러 〈네 만일 지금 이후로 기생년들을 내 눈앞에 얼씬이라도 하게 되면 엄곤 태거하리라.〉고 엄명을 내렸다. 그러나 그는 한나산놀이에서 애랑을 한번 멀리 본 이후로는 정신이 뒤집혀 정체를 드러내기 시작한다.

작품에서는 그가 량반의 체면을 유지하려고 애를 쓰면 쓸수록 그 정체가 더욱 남김없이 드러나고 있다. 그는 애랑의 남편으로 가장한 방자의 거짓 목소리에 당황망조하여 자루에 들어가서 둥덩둥덩 거문고소리를 내며 피나 무궤에 들어 업귀신행세도 한다.

---

19) 김춘택, 『조선고전소설사연구』, 김일성종합대학출판사, 1986(한국문화사, 1999), 483쪽.

작품은 목사를 비롯하여 륙방관속들과 하인들이 주시하는 속에 배비장이 바다인줄만 알고 알몸으로 궤속에서 나와 눈을 감은 채 허우적허우적 헤여오다 동헌 대청기둥에 머리를 부딪치고 눈을 끄는 장면에서 절정에 오르고 있다. 작자는 아주 능숙하게 배비장 따위의 량반들에게 고유한 성격적 특성을 부어하고 그의 일거일동의 구체적인 행동을 동하여 ㄱ 정제가 선명하게 드러나도록 형상화하고 있으며 그의 말 한마디, 몸짓 하나에서도 풍자적 웃음을 자아내고 이로써 멸시의 감정을 강화하고 있다.[20]

위의 인용문에서는 배비장이 방자와 애랑의 계략에 넘어가 본격적으로 망신을 당하게 되는 장면을 자세히 묘사하면서 배비장이 목사를 비롯하여 육방관속들과 하인들이 주시하는 가운데 바다인줄 알고 알몸으로 궤에서 나와 허우적거리다 대청 기둥에 머리를 부딪치는 장면을 작품의 절정으로 보고 있다. 작가가 아주 능숙하게 배비장같은 양반에게 고유한 성격적 특성을 부여하고 그 일거일동의 구체적인 행동을 통하여 그 정체가 선명하게 드러나도록 형상화하고 있다는 것이다. 작가의 구체적인 인물 묘사 방식을 통하여 배비장의 말 한마디, 몸짓 하나에서도 풍자적 웃음이 만들어질 수 있다고 설명한다.

『천리마』에서도 〈배비장전〉이 진보적이며 인민적인 것을 비판적으로 잘 표현한 작품이라고 평가하고 있다.

위대한 령도자 김정일동지께서는 다음과 같이 지적하시였다.
우리는 민족고전문학예술유산에서 진보적이며 인민적인것을 현대적미감에 맞게 비판적으로 계승발전시켜야 한다.≫
소설 ≪배비장전≫은 19세기에 구전설화에 토대하여 창작된 작품으로서 잘 알려진 민족고전문학유산들중의 하나이다.
작품은 봉건말기의 지방관료들의 부패타락한 생활내막을 구체적으로 폭로하고있다.

---

20) 김하명, 『조선문학사』 6, 과학백과사전종합출판사, 1999, 36쪽.

주인공 배선달은 겉으로는 점잖고 고지식한 사람처럼 행동하나 뒤생활은 부패타락한 봉건관료로 그려져있다.

그가 비장이 되여 제주도로 가게 되자 남편의 생활리면을 잘 알고있는 안해는 다른 녀자에게 마음이 끌릴가봐 몹시 걱정한다. 그때 배선달은 이른바 량반이랍시고 자기의 ≪굳센 지조≫를 어떤 녀자도 흔들어놓을수 없다고 하면서 안해앞에서 허세를 부린다.

제주도에 내려간 비장은 거기서 정무장이라고 하는 량반과 만나게 된다. 수청기생 애랑과 떨어지기 서러워하며 추태를 부리는 정무장의 몰골을 본 때에도 그는 비웃음을 지으며 청렴한척 한다.

그러나 인차 애랑과 사귀면서부터 그는 자기의 ≪굳센 지조≫를 일시에 꺾어버리고 한갖 기생의 치마폭에 감겨돌아간다.

작품에서는 배비장, 정무장, 제주목사 김경 등 봉건관료들과 시중군들인 애랑, 방자 등의 호상관계를 풍자희극적으로 잘 그려내고있다.

제주목사 김경은 정사에는 아랑곳하지 않고 량반들의 향락적인 생활이나 뒤받침해주는 부패무능한 관료이며 애랑이나 방자 등은 봉건사회말기 부패한 관료들에게 붙어 살아가는 기생충들이다.

정무장이 애랑에게 녹아나 자기가 인민들에게서 긁어모은 재물과 보화를 모조리 그에게 주고 나중에는 입고있던 옷가지까지도 벗어주며 자기의 이발까지 뽑아주는 꼬락서니와 배비장이 애랑과 치정관계를 맺고 부화한 생활을 하다가 발각되여 알몸뚱이로 사람들앞에서 망신을 당하는 형상들은 당시 관료배들이 얼마나 부화방탕으로 허송세월했는가를 신랄하게 폭로하고있다.[21]

위의 인용문에는 〈배비장전〉이 배비장, 정무장, 제주목사 김경 등 봉건관료들과 시중꾼들인 애랑, 방자 등의 호상관계를 풍자희극적으로 잘 그려내고 있다고 평가하고 있다. 〈배비장전〉은 진보적이며 인민적인 것을 미적으로 잘 표현하여, 지방관료의 부패한 생활 내막을 구체적으로 폭로하고 있는 작품이라는 것이다.

---

21) 「고전소설 배비장전」, 『천리마』, 2006년 11호.

3.3. 〈배비장전〉의 주요 등장인물에 대한 해석

북한문학사에서는 전반적으로 〈배비장전〉의 작가가 사실주의적 창작 기법에 의해 이전까지 보기 어려웠던 구체적이고 새로운 인물 형상들을 만들어 냈다고 평가한다. 이에 따라 배비장 외에도 다른 등장인물들에 대한 논의도 많이 이루어졌다. 앞서 배비장의 형상에 대한 논의는 소개하였음으로 여기서는 배비장 외의 인물들에 대한 논의를 살펴보기로 하겠다.

우선 1977년에 발행된 북한문학사에 실린 정무장과 제주 목사에 대한 해석을 소개하면 다음과 같다.

> 작품은 주색과는 인연이 없다고 호언장담하면서 점잔을 **빼던** 배비장이 제주도에 도착하자 기생 애랑의 교태에 녹아 나 온갖 망신을 당하는 것을 기본 줄거리로 하고 있으며 여기에 정무장과 애랑의 이별 장면이 복선으로 설정되어 있다. 작품에 나오는 제주 목사 김경은 목사의 관직을 가지고 있으나 정사에는 아랑곳하지 않고 양반들의 향락적인 생활이나 뒷받침해 주는 무능 부패한 봉건 관료이며 배비장과 정무장은 부화 방탕으로 허송세월하는 인간 쓰레기이다. 이자들의 관심은 오직 산놀이와 기생 질뿐이다.
> 정무장이 애랑에게 녹아 나 자기가 제주도에 있는 동안에 인민들에게서 긁어모은 온갖 재물과 보화를 모조리 그에게 주고 나중에는 입고 있던 옷가지도 다 벗어 주며 자기의 이빨까지 뽑아 주는 꼬락서니와 배비장이 애랑과 치정 관계를 맺다가 발각되어 알몸뚱이로 사람들 앞에 나타나 온갖 추태를 다 부리는 몰골은 독자들의 조소를 강하게 자아낸다. 작가는 이와 같은 형상을 통하여 양반들의 위선성과 파렴치하고 패덕적이고 부패한 정신세계를 신랄하게 폭로하였다.[22]

위의 인용문에서는 정무장과 제주 목사에 대해 강하게 비판하고 있다. 제주 목사 김경은 정사에는 아랑곳하지 않고 양반들의 향락적인 생활을 뒷

---

22) 사회과학원 문학연구소, 『조선문학사』 고대·중세편, 과학백과사전출판사, 1977(『조선문학통사』1, 이회문화사, 1996), 445쪽.

받침해주는 무능 부패한 봉건 관료이며, 정무장은 애랑에게 빠져 제주도 인민들에게서 긁어모은 온갖 재물을 모조리 다 주고 나중에는 자기가 입고 있던 옷과 이빨까지 뽑아 주는 한심한 인간으로 묘사되어 있다고 하였다. 작가가 정무장과 제주 목사와 같은 인물을 형상화하면서 '인간쓰레기'같은 양반들의 위선성과 파렴치함, 부패한 정신세계를 신랄하게 폭로하고 있다고 본다.

정무장과 제주 목사보다도 북한문학사에서 〈배비장전〉의 등장인물에 대한 논의를 할 때 주로 다루어지는 인물은 애랑과 방자이다. 보통은 인물에 대한 해석을 할 때 양반지배층에 대한 비판이 주를 이루는데, 애랑과 방자는 양반이 아니어도 대단히 부정적인 인물로 평가된다.

1977년에 발행된 북한문학사에 실린 내용은 다음과 같다.

> 애랑과 방자는 정무장과 배비장의 정체를 폭로하는 역할을 하고 있으나 긍정적 인물은 아니다. 이들은 자본주의적 관계의 발생 발전이 낳은 인물들로서 그들의 성격에서 주고적 특질을 이루는 것은 시정 인적 기분과 엽기적 취미이다. 애랑과 정무장, 애랑과 배비장의 관계에 대한 묘사는 자본주의적 관계가 사람들을 얼마나 정신적으로 타락하게 만들고 불구화하는가를 잘 보여준다.[23]

위의 인용문을 보면, 애랑과 방자가 정무장과 배비장의 정체를 폭로하는 결정적 역할을 하기는 하지만 그렇다고 긍정적인 인물은 아니라고 보고 있다. 이들의 모습은 자본주의적 관계가 얼마나 사람을 정신적으로 타락하게 만들고 불구화하는가를 보여주는 예라고 평가한다.

1986년에 발행된 북한문학사에서는 보다 자세하게 애랑에 대한 인물 분석을 하고 있다.

---

23) 사회과학원 문학연구소, 『조선문학사』고대·중세편, 과학백과사전출판사, 1977(『조선문학통사』1, 이회문화사, 1996), 445쪽.

애랑의 형상도 역시 봉건사회말기 상품화폐경제의 발전과 함께 더욱 문란해진 사회현실을 바탕으로 하고 있다. 우리나라 고전문학작품에는 16세기 림제의 서정시 〈님을 맞이하는 노래〉, 〈님을 보내는 노래〉 등과 같이 제주도녀인들의 불행한 생활을 보여준 작품들은 오래전부터 있었으나 애랑이와 같은 제주 기녀의 형상을 보여준 작품은 별로 없다.

이런 의미에서도 애랑의 형상은 새로운 인간형상으로서 주목된다. 작가는 한편으로는 정무장, 배비장과의 관계를 통하여 량반관료들의 부정적 성격을 더욱 부각시켜 드러내고 다른 편으로는 애랑의 부정적성격, 특히 교태를 부려 물욕을 채우려는 그 더러운 성격적 특성을 비교적 실감있게 밝혀냄으로써 자본주의적 요소가 점차 발전하고 상품화폐관계가 발전함에 따라 그것이 인간 성격에 어떤 부정적 영향을 미치였는가 하는 것을 형상적으로 보여줄 수 있었다.[24]

위의 인용문에서는 애랑의 형상은 봉건사회말기 상품화폐경제의 발전과 함께 문란해진 사회현실을 바탕으로 하고 있다고 설명한다. 또한 애랑과 같은 제주 기녀의 형상을 보여준 작품이 별로 없었다는 점에 주목하면서 〈배비장전〉에서 보여주는 새로운 인물 형상화에 대한 의의도 언급하고 있다. 애랑의 형상은 새로운 인간형상으로서 주목된다는 것이다. 작품에서 애랑이 교태를 부려 물욕을 채우려는 더러운 성격적 특성을 실감있게 그려냄으로써 자본주의적 요소가 점차 발전하고 상품화폐가치가 발전함에 따라 그것이 인간 성격에 어떤 부정적 영향을 미치었는가를 보여주기 때문이다.

1999년에 발행된 북한문학사에서도 애랑의 형상이 갖는 의의를 다음과 같이 논하고 있다.

애랑은 거짓 울음을 울고 갖은 교태를 다 부리며 더러운 물욕을 위하여 어떤 파렴치한 행동도 할 수 있는 여자이다. 우리 문학에서 녀성이 주인공으로 등장한 작품들이 적지 않지만 소설 〈금오신화〉를 비롯하여 소설 〈박

---

24) 김춘택, 『조선고전소설사연구』, 김일성종합대학출판사, 1986(한국문화사, 1999), 480쪽.

씨부인전〉, 〈사씨남정기〉, 〈춘향전〉, 〈심청전〉 등에서 보는 바와 같이 일
반적으로는 긍정 인물들이며 〈사씨남정기〉의 교씨와 같은 악녀의 경우에
도 애랑과는 다른 성격적 특성을 체현하고 있다.[25]

　여성이 주인공으로 등장하는 작품들 예컨대 〈박씨부인전〉, 〈사씨남정
기〉, 〈춘향전〉, 〈심청전〉 등에 나오는 여성들은 일반적으로 긍정적 인물인
데, 〈배비장전〉의 애랑은 거짓 울음을 울고 갖은 교태를 다 부리며 더러운
물욕을 위하여 어떤 파렴치한 행동도 할 수 있는 새로운 여성 인물 형상을
보여주고 있다고 평가한다. 물론 〈사씨남정기〉의 교씨와 같은 악녀도 있지
만, 그 경우에도 애랑과는 다른 성격적 특성을 체현한다고 본다. 그만큼 애
랑의 인물 형상은 새로운 인간 형상을 보여주고 있다는 것이다.
　1999년 발행된 북한문학사에서는 방자의 형상도 이전의 다른 소설 속 방
자의 모습과는 차이가 있다고 논한다.

　　방자의 경우에도 소설 〈춘향전〉의 방자와 대비해 볼 때에 그들의 처지
　의 공통성에서 오는 성격상 공통성이 없지 않지만 배비장의 방자는 보다
　순진한 점이 없고 물질적리해관계에 더 밝다. 방자는 처음에 배비장과 내기
　를 걸며 그를 탕자로 유인하기 위한 〈음모〉에 적극적으로 가담하고 활동하
　며 애랑에게 편지 한 장 전하는데 백냥의 선금까지 받고 있다. 그만큼 그는
　활달하고 기지있는 소설 〈춘향전〉의 방자에 비하여 교활하다. 이것은 물론
　작품의 주제사상적과제와 그 구성상 특성과 관련되는 것이기도 하다. 다시
　말하면 이 작품에서는 봉건사회말기 량반들의 몰락상, 그들의 위선성을 폭
　로풍자하면서 그 부정인물인 배비장을 긍정적력량과 직접 맞세우고 있지
　않다.[26]

　위의 인용문에서 〈배비장전〉의 방자는 〈춘향전〉의 방자와 비교해볼 때

25) 김하명, 『조선문학사』 6, 과학백과사전종합출판사, 1999, 36쪽.
26) 김하명, 『조선문학사』 6, 과학백과사전종합출판사, 1999, 36쪽.

순진한 점이 없고 물질적 이해관계에 밝은 인물이라고 논하고 있다. 〈춘향전〉의 방자는 활달하고 기지가 있는 반면 〈배비장전〉의 방자는 교활한 인물이라는 것이다. 이렇게 방자의 형상이 더 부정적 인물로 그려지는 것은 작품 전체의 주제와 관련되는 것이라고 설명한다.

이렇게 전반적으로 북한문학사에서는 〈배비장전〉에 긍정적 인물 형상이 나타나지 않는다는 점을 주된 특징으로 꼽고 있다.

> 이 작품에는 부차적인물로 나타나는 해녀, 사공 등 인민의 형상을 제외한다면 긍정적주인공이라고 할만한 형상이 없으며 갈등은 부정인물호상간의 모순에 토대하고 있다. 제주목사 김경의 형상은 그의 부정성이 직접적으로 폭로비판된 것은 아니지만 사회와 인민과의 관계에 있어서 아무런 긍정적인 면도 보여준 것이 없으며 다만 유흥에만 마음을 쓰는 인물이다. 마찬가지로 방자도 배비장을 골려주고 그와 〈대립〉관계에 있지만 결국 그는 배비장의 위선행위의 조장자이고 방조자이며 그 과정에 스스로 자기의 욕망을 충족시키고 있다.[27]

위의 인용문을 보면, 해녀와 사공 같은 인민의 형상을 제외하면 작품 속에 긍정적 인물이 없고, 작품 속 갈등은 그렇게 부정적 인물들 간의 관계에서 발생하는 모순에 토대하고 있다고 논한다. 바꿔 말하면, 보통은 착취계급과 비착취계급 간의 갈등 구조 속에서, 긍정적 인물과 부정적 인물의 대립이 사건을 일으킨다면, 〈배비장전〉에는 부정적 인물들 간의 대립을 통해 사건을 일으킨다는 것이다.

2006년에 발행된 『천리마』에서는 〈배비장전〉 속 다양한 인물 형상의 부정적 특성을 다음과 같이 논의하고 있다.

> 제주목사 김경은 정사에는 아랑곳하지 않고 량반들의 향락적인 생활이

---

27) 김하명, 『조선문학사』 6, 과학백과사전종합출판사, 1999, 36쪽.

나 뒤받침해주는 부패무능한 관료이며 애랑이나 방자 등은 봉건사회말기 부패한 관료들에게 붙어 살아가는 기생충들이다.

정무장이 애랑에게 녹아나 자기가 인민들에게서 긁어모은 재물과 보화를 모조리 그에게 주고 나중에는 입고있던 옷가지까지도 벗어주며 자기의 이발까지 뽑아주는 꼬락서니와 배비장이 애랑과 치정관계를 맺고 부화한 생활을 하다가 발각되어 알몸뚱이로 사람들앞에서 망신을 당하는 형상들은 당시 관료배들이 얼마나 부화방탕으로 허송세월했는가를 신랄하게 폭로하고있다.[28]

위의 인용문에서는 제주목사같은 인물은 부패한 관료이며, 애랑이나 방자 같은 인물 형상은 부패한 관료들에게 붙어사는 기생충들이라고 강하게 비판하고 있다. 정무장과 배비장 같은 인물 형상도 봉건사회말기 관료들이 얼마나 방탕한 생활을 했는지를 신랄하게 보여준다고 논한다.

한편, 북한문학사에서는 비중이 작기는 하지만 해녀와 뱃사공 같은 인물이 작품에서 중요한 역할을 하고 있다는 점에 주목하고 있다.

이야기줄거리의 마지막 부분이기는 하나 해녀, 배사공 등 당대 사회의 최하층의 인간들을 등장시켜 그들의 입을 통하여 량반을 그 면전에서 조소하고 있다.

그들은 량반의 요구에 응하지 않을뿐아니라 더 나아가서 비웃고 비꼬아대는 립장에 서있다. 그들의 이러한 자세의 바탕에는 비천한 사람들의 〈상전〉으로 자처하던 량반의 〈위세〉를 더는 인정하지 않으려는 근대적지향이 깔려져있는 것이다.

이러한 점에서 이 소설의 풍자는 17세기 허균의 소설 〈남궁선생전〉의 풍자와 다르다고 볼수 있다.

소설 〈남궁선생전〉의 마지막에 나오는 인민들의 군상은 주로 인민도덕의 립장에서 허영과 안일을 추구하는 량반-남궁선생의 정신세계를 조소풍자하였다면 〈배비장전〉은 근대적지향의 견지에서 사멸해가는 량반계급의

---

28) 「고전소설 배비장전」, 『천리마』, 2006년 11호.

정신적공허성과 부패성을 까밝히고 있는 것이다.

이 소설이 처음부터 정무장이나 배비장과 같은 량반들의 추악한 모습을 보다 로골적으로 드러내놓고 있는것도 바로 해녀, 배사공 등 인민들의 립장에서 그들을 조소풍자하였기 때문이다.[29]

해녀와 뱃사공의 역할을 중요시 하는 이유는 그들이 양반을 그 면전에 대고 조소하는 인물들이라고 보기 때문이다. 해녀와 뱃사공은 양반의 요구에 응하지 않을 뿐 아니라 더 나아가 양반을 비웃고 비꼬는 입장에 서 있다고 하면서, 그들의 이러한 자세의 근간에는 양반의 위세를 더 이상 인정하지 않으려는 근대적 지향이 깔려있다고 해석한다.

3.4. 〈배비장전〉의 한계점에 대한 논의

전반적으로 북한문학사에서는 〈배비장전〉을 근대적 소설로의 발전에 중요한 역할을 한 작품으로 높이 평가하고 있다. 그럼에도 불구하고 〈배비장전〉이 갖는 한계점 역시 항상 지적되고 있다.

1977년에 발행된 북한문학사에서는 〈배비장전〉의 한계점을 크게 네 가지로 나누어 지적하고 있다.

소설은 이처럼 배비장, 정무장 등의 풍자적 형상을 통하여 양반 관료들의 타락성과 추악성을 날카롭게 폭로하면서도 비판의 화살을 주로 봉건 통치 배들의 도덕적 타락에 돌리고 있을 뿐 그들의 반동적인 사회 계급적 본질을 발가 놓는 데까지는 이르지 못하였다. 더욱이 작품은 마지막 부분에서 제주 목사의 '덕택'으로 배비장전과 애랑이 행복한 가정을 이루고 온갖 부귀영화를 누리게 하는 것으로 사건을 처리함으로써 양반에 대한 비판의 기백을 약화시키고 양반 출세 주의를 고취하고 있다. 이것은 작자가 봉건제

29) 김춘택, 『조선고전소설사연구』, 김일성종합대학출판사, 1986(한국문화사, 1999), 482쪽.

도 멸망의 불가피성을 보지 못하였고 따라서 봉건제도 자체를 부정하지 못한 사정과 관련된다.

　이와 함께 작품에는 김경이 제주도에 도착했을 때 그곳 정경에 대하여 어부들과 농민들이 격양가를 부르면서 "성은을 축하하여 연호 만세."한다고 당대의 불합리한 현실을 미화 분식한 표현들과 바다에서 풍랑을 만났을 때 용왕에게 제사지낸 결과 무사하게 되었다는 미신적인 표현도 있다.

　소설은 또한 배비장과 애랑의 묘사에서 자연주의적 요소를 발로시키고 과장의 수법을 지나치게 적용함으로써 형상에서 예술적 진실성을 약화시킨 약점도 가지고 있다.[30]

　위의 인용문을 보면 〈배비장전〉은 양반 관료들의 타락성과 추악성을 날카롭게 폭로하고는 있지만, 비판의 화살을 주로 봉건 통치배들의 도덕적 타락에 돌리고 있을 뿐 그들의 반동적 사회 계급적 본질을 고발하는 데까지는 이르지 못한다고 지적한다. 그러니까 양반 관료들이 본질적으로 갖고 있는 계급적 타락성을 비판하는 데까지 나아가지 못하고, 다만 도덕적으로 타락한 모습을 중점적으로 비판하는 것을 한계로 보는 것이다. 이러한 지적은 작품에서 보다 적극적으로 근원적인 양반들의 타락성까지를 비판해야 한다는 것을 강조하는 것이기도 하다.

　그리고 작품의 마지막 부분에서 제주목사의 덕택으로 배비장과 애랑이 행복한 가정을 이루고 온갖 부귀영화를 누리게 하는 것으로 끝맺은 것을 비판하고 있다. 이러한 결말은 양반에 대한 비판의 기백을 약화시키고 양반 출세주의를 고취하고 있다는 것이다. 그리고 이러한 한계가 나타나게 된 근본 원인은 작가가 봉건제도 멸망의 불가피성을 보지 못하고 봉건제도 자체를 부정하지 못했기 때문이라고 본다.

　또 다른 한계점으로는 작품 속 어부들과 농민들이 격양가를 부르면서 "성은을 축하하여 연호 만세."라고 하며 불합리한 당대 현실을 미화시킨 표현

---

30) 사회과학원 문학연구소, 『조선문학사』 고대 · 중세편, 과학백과사전출판사, 1977(『조선문학통사』1, 이회문화사, 1996), 446쪽.

들, 그리고 바다에서 풍랑을 만났을 때 용왕에게 제사를 지내니 무사하게 되었더라는 미신적인 표현들을 지적하고 있다. 마지막으로, 배비장과 애랑의 관계를 묘사할 때 과정적인 수법을 지나치게 적용함으로써 예술적 진실성을 약화시킨 약점을 가지고 있다고 하였다.

다음으로 1986년에 발행된 북한문학사에서도 위와 비슷한 맥락에서 〈배비장전〉의 한계점을 지적하고 있다.

> 소설 배비장전은 풍자적주인공인 배비장의 형상을 창조하는데서 그 비판이 철저하지 못한 제한성을 가지고 있다. 이러한 제한성은 특히 소설의 마지막부분에서 제주목사의 비호밑에 배비장이 정의현감의 벼슬을 얻어 애랑과 더불어 부귀영화를 누리는 것으로 이야기를 끝맺는데서 집중적으로 나타나고 있다. 이야기를 이렇게 엮어나간데로부터 소설은 풍자대상인 배비장의 부정적성격과 그의 운명을 끝까지 조소비판하지 못하였다.
> 비판의 이러한 불철저성은 이 소설이 판소리대본으로 리용되면서 량반들의 비위에 맞게 이야기를 끝맺으려고 한 소극적인 립장을 발로시킨데로부터 온것이라고 볼 수 있다. 이것은 이 소설의 작가가 량반의 정신도덕적부패성은 비판하였으나 량반의 존재를 부정하는 철저한 립장에는 서지 못하였다는 것을 보여준다.31)

위의 인용문에서는 보다 철저하게 배비장을 비판하지 못한 것을 한계점으로 지목한다. 특히 소설의 마지막 부분에서 배비장이 정의현감 벼슬을 얻어 애랑과 더불어 부귀영화를 누리는 것으로 이야기가 끝나는 대목은, 배비장의 부정적 성격과 그의 운명을 끝까지 조소비판하지 못한 한계를 갖는다고 보았다. 또한 이렇게 비판이 불철저한 것은 〈배비장전〉이 판소리대본으로 이용되면서 양반들의 비위에 맞게 이야기를 끝내려고 한 소극적인 입장이 발로되었기 때문이라고 본다. 그러니까 〈배비장전〉의 작가가 양반의 도덕적 부패성은 비판하였지만 양반의 존재 자체를 부정할 수는 없는

---

31) 김춘택, 『조선고전소설사연구』, 김일성종합대학출판사, 1986(한국문화사, 1999), 483쪽.

근본적 한계점이 있다고 보는 것이다.

다음으로 1999년에 발행된 북한문학사에서도 작품의 결말이 갖는 한계점을 지적하고 있다.

> 작품의 해결은 선행 시기 고전소설의 제약성을 극복하지 못하고 고진감래식으로 위선자 배비장의 소원이 성취되는 것으로 지어지고 있다. 애랑은 아무리한 성격발전의 계기를 제시함이 없이 갑자기 현숙한 녀성으로 표변하여 배비장에게 진심으로 대하며 허랑한 배비장은 애랑의 사랑을 얻을뿐 아니라 정의현감으로 등용된다.[32]

다른 문학사에서도 언급하듯, 1999년에 발행된 북한문학사에서도 〈배비장전〉의 결말부분에서 위선자 배비장의 소원이 성취되는 것으로 이야기가 끝나는 것과, 애랑이 갑자기 현숙한 여성으로 변하는 것 등은 이 작품의 커다란 한계점이라고 설명한다.

그런데 1999년에 문학사에서는 다른 소설과의 비교를 통해서도 〈배비장전〉의 한계점을 지적하고 있다.

> 여기서 이들의 소원성취는 소설 〈심청전〉의 심청이나 소설 〈홍보전〉의 홍보의 경우와는 다른 조건에 의해 〈실현〉되고 있다. 심청이나 홍보는 인민들의 지지와 사랑을 받았고 인민들은 그들이 행복하게 될 것을 념원하였다. 그러나 당시에 있어서 이들과 같이 가난한 인민들이 행복하게 살 수 있는 현실적 조건이 없었으므로 소설 〈심청전〉에서의 심청의 환생과 왕후로의 출세나 소설 〈홍보전〉에서의 보은박씨 등에 의한 해결방도를 찾았던 것이다. 그것은 바로 인민들의 고상한 인도주의사상과 행복한 미래에 대한 량만적 지향을 반영한 것이었다.
> 그런데 소설 〈배비장전〉에서 배비장이나 애랑은 인민의 증오와 조소를 받는 부정인물이며 그들의 성격이 갑자기 개변될 수 있는 아무런 현실적

---

32) 김하명, 『조선문학사』 6, 과학백과사전종합출판사, 1999, 37쪽.

조건이 없다. 그러므로 그들의 더러운 소원의 성취는 인민들의 미학적 리상
에 배치된다.33)

위의 인용문의 내용을 정리해보면 〈심청전〉이나 〈홍보전〉에서의 심청과
홍보는 인민들의 지지와 사랑을 받았기에 인민들은 그들이 행복하게 될 것
을 염원하게 되고, 따라서 작품 속에서 심청과 홍보가 소원을 성취하게 되
는 것을 기쁘게 볼 수 있다고 설명하고 있다. 반면 〈배비장전〉의 배비장이
나 애랑은 인민의 증오와 조소를 받는 부정적 인물임에도 불구하고 그들의
소원이 성취되고 있는데 이는 인민들의 미학적 이상에 배치되는 것이라고
설명한다.

4. 남한 연구와의 비교

남한연구사에서 〈배비장전〉에 대한 논의는 크게 네 가지로 나누어 살펴
볼 수 있다. 이본에 관한 연구, 근원 설화에 관한 연구, 풍자 문학으로서의
연구, 다른 소설과의 비교 연구 등이 그것이다.34) 이 글에서는 '풍자 문학으
로서의 연구'와 '다른 소설과의 비교 연구'를 우선적으로 살펴보려고 한다.

---

33) 김하명, 『조선문학사』6, 과학백과사전종합출판사, 1999, 37-38쪽.
34) 이은봉은 〈배비장전〉에 관한 연구를' 이본에 관한 고찰, 근원설화에 관한 연구, 풍자문학
으로서의 연구, 다른 소설과의 비교 연구'라는 4 항목으로 나누어 자세히 살핀 뒤, 다음과
같이 마무리 하고 있다. '이렇게 밝혀진 연구의 대부분은 이 작품의 적층 과정에서 나타
난 근원설화 연구와 주제와 관련된 풍자성 연구에 집중되어 있어 다양한 연구의 성과는
나타나지 않는 실정이다. 다만 근원설화와 관련된 신화적 접근이나, 주제와 관련된 서민
예술적 접근 등 새로운 시도는 있어왔지만 그 결론에 있어서는 대부분 선행 연구자들과
견해를 같이 하고 있어 연구의 한계성이 드러나고 있다. 하지만〈배비장전〉연구는 오랜
세월에 걸쳐 비판·종합되었기 때문에 새로운 사유의 주제의식이 나타나지 않는 한 그
논의의 벽을 허물기란 매우 힘들 것이다' (이은봉, 「〈배비장전〉연구사」, 『고소설연구사』
(일위우쾌제박사화갑기념논문집), 간행위원회, 2002, 845쪽.)

그것은 앞서 살펴본 북한연구사에서 〈배비장전〉에 대한 연구가 '풍자 문학으로서의 연구'와 '다른 소설과의 비교 연구'에 집중되었기 때문이다. 남한과 북한의 문학연구사에서 나타나는 차이를 보다 선명히 살펴보기 위해서는 논의의 범위를 좁힐 필요가 있을 것이다. 우선 남한과 북한의 공통적인 연구 방향을 살핀 뒤에, 북한문학사와는 구별되는 새로운 남한의 연구 동향을 소개하도록 하겠다.

남한연구사에서도 〈배비장전〉에 대한 논의의 핵심에는 '풍자'라는 키워드가 자리 잡고 있다. 그런데 남한연구사에는 〈배비장전〉이 갖는 풍자성의 의미망과 층위가 보다 세밀하게 나누어져 논의되어 왔다. 북한연구사에서는 〈배비장전〉의 의미를 파악할 때 지배층과 피지배층의 두 계급으로 나누어, 작품이 풍자를 통해 지배층에 대한 강한 조소폭로를 한다고 보는 것이 주된 논지이다. 그러나 남한에서는 풍자의 대상이 누구인가, 대상을 바라보는 주체는 누구이며 주체가 대상을 바라보는 시선은 어떠한가 등 보다 다양한 측면에서 작품의 풍자적 성격과 의미망을 파악하려는 시도를 해왔다.[35]

대표적으로, 권순긍은 〈배비장전〉의 풍자층위를 세 가지로 나누어 파악하고 있다. 그는 '제주목사의 주도로 이뤄지는 관인사회의 유흥 풍자(웃는 웃음)', '방자와 애랑의 주도로 이뤄지는 양반위선 폭로의 풍자(신랄한 풍자)', '해녀와 뱃사공이 양반에게 가하는 풍자(냉소)' 등 작품의 풍자층위를 세 가지로 파악하고, 이렇게 다양한 풍자의 스펙트럼이 나타나는 데에는 판소리 문학이라는 특성과 19세기라는 전환기 사회의 실상이 관련된다고 보았다.[36]

35) 한홍기, 「배비장전연구」, 계명대학교 교육대학원 석사학위논문, 1980 ; 한효석, 「배비장전의 풍자성 연구」, 충남대학교 교육대학원 석사학위논문, 1981 ; 이석래, 「배비장전의 풍자구조」, 『한국소설문학의 탐구』, 한국고전문학연구회, 일조각, 1978 ; 권두환, 「배비장전 연구」, 『한국학보』 5, 일지사, 1979 ; 박진태, 「배비장전 연구」, 『대구어문논총』 1, 대구어문학회, 1983 ; 조준호, 「「배비장전」에 나타난 골계성 연구」, 대구대학교 석사학위논문, 2003 ; 홍진주, 「〈배비장전〉의 형성과 훼절 양상 고찰」, 숙명여자대학교 교육대학원 석사학위논문, 2009 ; 나경운, 「남성훼절 소설의 비판의식 연구」, 서강대학교 교육대학원 석사학위논문, 2008.
36) 권순긍, 「〈배비장전〉의 풍자층위와 역사적 성격」, 『반교어문연구』 7, 반교어문학회, 1996.

김영주는 〈배비장전〉의 풍자구조를 크게 두 가지로 나누어 보았는데, 하나는 방자와 애랑에 의한 '위선 풍자'이고, 다른 하나는 목사와 비장들에 의한 '경직성 풍자'이다. 배비장은 방자와 애랑에게는 인간으로서 당연한 욕구를 억제하고 그렇지 않은 척하며, 자신의 권위를 더욱 다지려는 위선적인 지배층으로 인식되고, 동류 집단인 목사와 비장들에게는 집단 문화에 참여하지 않는 경직된 인물로 인식되고 있다는 것이다. 그런데 이보다 더 근원적으로 들어가면, 그들을 멀리서 보고 있는 피지배층의 눈으로는 지배층 전체의 쓸 데 없는 쾌락, 망신, 원칙 없는 인사 등이 선명하게 지적되고 있다고 논의하였다.37)

다음으로, 북한연구사에서와 마찬가지로 남한연구사에서도 〈배비장전〉과 연암의 한문단편인 〈양반전〉과의 비교 연구가 활발히 이루어졌다. 두 작품이 각각 지니고 있는 웃음의 의미에 초점을 맞춘 논의38), 〈양반전〉은 무위도식하며 상민의 재화를 토색하는 지배계층을 풍자한 대표작으로, 〈배비장전〉은 호색적인 양반계층을 풍자한 대표작으로 보는 논의,39) 〈양반전〉과 〈배비장전〉은 반영하는 시대상과 작품의 구조적인 면에서 공통점을 지니기는 하지만, 각각 '한문단편소설'과 '판소리계소설'이라는 이질적 속성을 갖고 있기 때문에 발생하는 차이가 있다고 보는 논의가 있다. 두 작품은 서로 다른 수용자에게 각각 다른 방식으로 수용되었다는 것이다.40)

이렇게 남한연구사에서도 북한연구사에서처럼 〈배비장전〉을 주로 당시의 사회상과 맞물려 시대를 비판하는 풍자적인 작품으로 보는 시각이 지배적이다. 다만, 북한연구사에 비해 보다 그 풍자의 층위를 다양하게 나누어 세밀하게 살펴보고 있다고 할 수 있겠다.

---

37) 김영주, 「〈배비장전〉의 풍자구조와 그 의미망」, 『판소리연구』 25, 판소리학회, 2008.
38) 최진원, 「웃음의 제재-〈양반전〉과 〈배비장전〉의 골계성」, 『성대문학』 6, 성균관대학교, 1960.
39) 권영석, 「조선후기 소설의 풍자성 연구」, 동국대학교 교육대학원 석사학위논문 1987.
40) 김영주, 「〈양반전〉과 〈배비장전〉의 이중적 풍자구조 연구」, 경북대학교 석사학위논문, 2005.

그런데 남한연구사에서는 인간의 '욕망'에 초점을 맞추어 〈배비장전〉의 의미를 연구한 논의들도 있다. 당대의 사회상과 연결 짓기보다 인간의 보편적인 욕망과 관련지어 작품을 이해하려는 시도라고 할 수 있겠다. 우선, 주형예는 〈배비장전〉을 성적 쾌락을 꿈꾸는 남성들의 판타지로 보았다. 그러면서 애랑이라는 인물이 갖는 주도성은 남성 향유층이 서사에 공감하며 쾌락을 추구하면서도 그에 따른 도덕적 부담감마저 전가시키려는 욕구가 전략적으로 반영된 결과로 해석하였다.[41]

이 보다 적극적으로 윤미연은 기왕의 〈배비장전〉과 관련한 연구에서 〈배비장전〉을 너무 '계층 대립' 문제로만 의식해 왔다는 것을 한계로 지적하였다. 기존 연구들은 배비장을 속인 사람들이 신분을 초월해서 공유하는 웃음과 배비장과 정비장의 '콩깍지 사랑'을 너무 간과한 채 〈배비장전〉의 의미를 연구해왔다는 것이다. 윤미연은 배비장과 정비장의 감정 또한 그들 입장에서는 사랑이라고 봐야 한다는 문제의식을 제기하면서 작품 속에서 시대를 초월하여 본질적으로 작용하는 기제를 찾기 위해 웃음 속에 담긴 욕망의 의미를 탐색하였다. 그러면서 작품의 서술자는 색(色)-사랑의 욕망이 인지상정임을 받아들여야 한다는 입장이라는 것을 논의하였다. 이러한 논의는 오늘날의 독자들에게도 적용될 수 있는 작품의 보편적인 의미를 밝히는데 중요한 의의가 있다고 할 수 있다.[42]

한편, 〈배비장전〉을 통해 학제간 연구를 시도한 논의들도 있다. 육재용은 〈배비장전〉에 드러난 관광적 요소에 초점을 맞추어 배비장을 비장 업무와 제주 관광을 통한 통과의례의 주체로 보고 작품의 의미를 새롭게 파악하려는 시도를 하였다. 배비장이 제주로 출발하는 순간부터 정의현감에 임명되기까

---

41) 주형예, 「『배비장전』의 성적 환상-남성 향유층의 쾌락적 전유와 도덕적 전가 방식-」, 『여성문학연구』 15, 한국여성문학학회, 2006.
42) 윤미연, 「〈배비장전〉에 나타난 웃음의 기제와 그 효용」, 『문학치료연구』 1, 한국문학치료학회, 2004 ; 윤미연, 「〈배비장전〉의 웃음 속에 담긴 욕망」, 『태릉어문연구』 13, 서울여자대학교 국어국문학과, 2006.

지의 전 과정을 배비장의 의식각성의 계기가 된 통과의례로 본 것이다.[43] 김동윤은 제주소설의 문화콘텐츠화 방안을 모색하면서 〈배비장전〉을 축제의 원천자료로서 활용할 수 있음을 논의하였다. 판소리 〈배비장타령〉의 재현, 민요와 마당극 공연, 목사 부임 장면의 재현, 봄꽃축제 등을 골자로 하는 문화축제 한마당 등이 〈배비장전〉을 통해 창출될 수 있음을 강조하였다.[44]

5. 참고문헌

5.1. 북한 자료

조선민주주의인민공화국 과학원 언어문학연구소 문학연구실 편, 『조선문학통사』
        (상), 과학원출판사, 1959(화다, 1989).
사회과학원 문학연구소, 『조선문학사』 고대·중세편, 과학백과사전출판사, 1977
        (『조선문학통사』1, 이회문화사, 1996).
김춘택, 『조선고전소설사연구』, 김일성종합대학출판사, 1986.
김하명, 『조선문학사』 6, 과학백과사전종합출판사, 1999.
「고전소설 배비장전」, 『천리마』, 2006년 11호.

5.2. 남한 자료

권두환, 「배비장전 연구」, 『한국학보』 5, 일지사, 1979.
권순긍, 「〈배비장전〉의 풍자층위와 역사적 성격」, 『반교어문연구』 7, 반교어문학
        회, 1996.

---

43) 육재용, 「〈배비장전〉 신고찰」, 『한민족어문학』 50, 한민족어문학회, 2007.
44) 김동윤, 「제주소설의 문화콘텐츠화 방안 -「배비장전」과 「바람 타는 섬」을 중심으로-」,
    『영주어문학회지』 13, 영주어문학회, 2007.

권영석,「조선후기 소설의 풍자성 연구」, 동국대학교 교육대학원 석사학위논문 1987.

김동욱,『한국가요의 연구』, 을유문화사, 1961.

김동윤,「제주소설의 문화콘텐츠화 방안 -「배비장전」과「바람 타는 섬」을 중심으로-」,『영주어문학회지』13, 영주어문학회, 2007.

김영주,「〈배비장전〉의 풍자구조와 그 의미망」,『판소리연구』25, 판소리학회, 2008.

김영주,「〈양반전〉과〈배비장전〉의 이중적 풍자구조 연구」, 경북대학교 석사학위논문, 2005.

김종철,「〈배비장전〉유형의 소설연구」,『관악어문연구』10, 서울대 국어국문학과, 1985.

나경운,「남성훼절 소설의 비판의식 연구」, 서강대학교 교육대학원 석사학위논문, 2008.

박진태,「배비장전 연구」,『대구어문논총』1, 대구어문학회, 1983.

오상태,「배비장전 연구」,『영남어문학』7, 영남어문학회, 1980.

육재용,「〈배비장전〉신고찰」,『한민족어문학』50, 한민족어문학회, 2007.

윤미연,「〈배비장전〉에 나타난 웃음의 기제와 그 효용」,『문학치료연구』1, 한국문학치료학회, 2004.

윤미연,「〈배비장전〉의 웃음 속에 담긴 욕망」,『태릉어문연구』13, 서울여자대학교 국어국문학과, 2006.

이석래,「고대소설에 미친 야담의 영향」,『성곡논총』3, 성곡학술재단, 1972.

이석래,「배비장전의 풍자구조」,『한국소설문학의 탐구』, 한국고전문학연구회, 일조각, 1978.

이은봉,「〈배비장전〉연구사」,『고소설연구사』(일위우쾌제박사화갑기념논문집), 간행위원회, 2002.

이정탁,「배비장전과 그 풍자」,『한국풍자문학연구』, 이우출판사, 1979.

이천종,「배비장전과 옹고집전의 풍자성 연구」, 경희대 교육대학원 석사학위논문, 1994.

장덕순,「배비장전의 소설화 과정」,『한국설화문학연구』, 서울대학교 출판부, 1970.

정충권,「〈배비장타령〉재고」,『고전문학과 교육』7, 한국고전문학교육학회, 2004.

조준호, 「「배비장전」에 나타난 골계성 연구」, 대구대학교 석사학위논문, 2003.

주형예, 「「배비장전」의 성적 환상-남성 향유층의 쾌락적 전유와 도덕적 전가 방식-」, 『여성문학연구』 15, 한국여성문학학회, 2006.

최진원, 「웃음의 제재-〈양반전〉과 〈배비장전〉의 골계성」, 『성대문학』 6, 성균관 대학교, 1960.

한홍기, 「배비장전연구」, 계명대학교 교육대학원 석사학위논문, 1980.

한효석, 「배비장전의 풍자성 연구」, 충남대학교 교육대학원 석사학위논문, 1981.

홍진주, 「〈배비장전〉의 형성과 훼절 양상 고찰」, 숙명여자대학교 교육대학원 석 사학위논문, 2009.

<나지영>

찾아보기

▶▶필진

김종군(건국대 통일인문학연구단 HK교수)

강미정(건국대 통일인문학연구단 HK연구교수)

전영선(건국대 통일인문학연구단 HK연구교수)

나지영(건국대 통일인문학연구단 HK연구원, 박사수료)

박재인(건국대 통일인문학연구단 HK연구원, 박사수료)

조홍윤(건국대 통일인문학연구단 HK연구원, 박사과정)

고전문학을 바라보는 북한의 시각 고전산문 2

초판 인쇄 2012년 5월 18일 | 초판 발행 2012년 5월 25일

지은이 건국대학교 통일인문학연구단 | 펴낸이 박찬익 | 책임편집 김민영

펴낸곳 도서출판 **박이정** | 주소 서울시 동대문구 용두동 129-162

전화 02) 922-1192~3 | 팩스 02) 928-4683

홈페이지 www.pjbook.com | 이메일 pijbook@naver.com

온라인 국민 729-21-0137-159 | 등록 1991년 3월 12일 제1-1182호

ISBN 978-89-6292-316-2 (93810)

* 책값은 뒤표지에 있습니다.